이미지,
가상과 실재의 유희

— 김진수 지음

이미지,
가상과 실재의 유희

초판 1쇄 발행 2023년 11월 30일
초판 2쇄 발행 2024년 11월 29일
지은이 김진수
펴낸이 김진수
펴낸곳 사문난적

출판등록 2008년 2월 29일 제313-2008-00041호
주소 경기도 성남시 분당구 판교로 210번길 14
전화, 팩스 031-707-5344

ISBN 978-89-94122-56-4

* 이 책은 서울문화재단 '2021년 문학창작집 발간지원사업'의 지원을 받아 발간되었습니다.

이미지,
가상과 실재의 유희

— 김진수 지음

사문난적

차례

2— 허구, 혹은 환상과 유토피아

머리말

당신에 가 닿으려는,
문학이라는 이름의 열망

문학은, 무엇보다도 먼저, 당신에게 가 닿으려는 절박한 열망의 몸짓으로 내게는 이해된다. "당신을 사랑해"라는, 너무나 단순하고도 명확한 이 마음의 사태를 어떠한 말로써도 당신에게 온전히 전할 수 없다는 사실에 문학의 절망이 있는 듯하다. 그럼에도 불구하고 달리는 그 어떤 방식으로도 전할 수 있을 것 같지 않은 그 절실한 마음을 더할 수 없이 순정하고도 지극하게 전하려는 열망 속에 또한 문학의 영광이 있다고 나는 믿는다. '상징시의 순교자'로 잘 알려진 말라르메S. Mallarme는 이 같은 문학의 열망을 일러 "언어를 단절한 것, 즉 음악, 신비적 현실, 신비주의, 기도"라고 말한 적이 있다. 나 또한 문학이라는 이름으로 불리는 이 열망이 언어로써는 전할 수 없는 우리의 전체 삶을, 모든 사람을, 온 생명을, 그리고 무엇보다도 당신을 사랑한다는 순정한 마음의 고백성사가 아니라면 또 무엇일 수 있을까 자문하고 있다. 그리고 '언어로써는 전할 수 없는'이라는 이 난감한 사태로 인해 문학과 예술의 감각적 이미지와 상상력이, 그것의 실천적 능력으로서의 환상이 자리할 여지를 마련하는 듯하다.

내게는 이 같은 문학의 열망이, 혹은 시의 몸짓과 노래가 이 지상의 언어에 속해 있는 것으로 보이지 않는다. 그 열망의 몸짓과 노래는 아마도 언어를 넘어선 언어이거나 발화된 소리 이전의 소리로 내게는 들린다. 그 노래는 눈으로 보거나 귀로는 들을 수 없는, 오로지 우리가 '마음'이라거나 '영혼'이라고 지칭하는 그런 것으로만 느끼고 향유할 수 있는 일종의 '침묵의 소리'로 들리는 것 같다. 그렇기에 문학이라는 이름의 열망으로 당신에게 바치는 이 침묵의 노래는 나의 '감각'과 '환각'의 경계를 넘나들면서 들려오는 일종의 '초감각적인 현상'으로 느껴지기도 한다. 그 열망은 우리의 일상적 감각을 무감각과 마비로부터 방어할 뿐만 아니라, 또한 우리 인간이라는 생물학적 종이 갖추고 있는 그 감각의 한계를 넘어서고자 하는 듯하기 때문이다. 그렇기에 비록 이 감각은 사라진다 하더라도, 당신에게 가 닿으려는 문학의 열망은 언제나 죽지 않을 것이다.

문학은, 그리고 시는 무엇보다도, 오로지 언어로만 존재하지만, 그 언어(문학어)는 언어(일상어, 개념어)이기 전에 언제나 하나의 감각적 이미지로 존재한다. 문학-언어적 이미지의 의미와 역할 및 기능은 내 문학적 관점과 비평적 관심의 초점이자 전체이다. 시의 포에지와 소설의 허구는 모두 이 이미지 속에 존재한다는 것이 내 문학관의 핵심이고, 이 이미지의 탐구가 내 비평관의 전부이다. 그렇기에 이미지의 존재는 내게 문학이라는 '코끼리의 전체'를 어렴풋이나마 그려보게 하는 '코끼리 뒷다리'의 역할을 해왔던 듯하다. 그것은 내게 '문학이란 무엇인가?'라는 궁극적이고도 근원적인 질문에 대한 가능한 하나의 답변을 위한 유일한 통로가 되었다. 내가 이제껏 쓴 글들이 모두 그러한 답변을 목표로 제출된 것은 아니지만, 적어도 언제나 그러한 질문을 염두에 두고 쓰인 것만은 분명하다고 말할 수 있다.

네 번째 비평집을 낸다. 1990년에 등단해 2000년에 첫 비평집《사랑, 그 불가능한 죽음》을 상자했으니, 등단한 지 33년이요 첫 비평집을 낸 이후 23년의 세월이 흐른 셈이다. 두 번째 비평집《감각인가 환각인가》(2018)와 세 번째 비평집《오직 시인일 뿐 그저 바보일 뿐》(2019)을 낸 이후 4년 만의 일이기도 하다. 지금의 예상으로는 아마도 4-5년 뒤에 다섯 번째 비평집을 낼 수 있을 듯하지만, 그 이후의 일에 대해서는 더 이상 어떠한 예감도 가지고 있지 않다. 어쩌면 더 이상 글을 쓰지 않는 삶을 살고 있을지도 모르겠다. 그때, 문학은 아마도 지난 첫사랑의 흔적처럼 기억 속에만 자리하면서 가끔씩 아무도 몰래 꺼내보는 내 존재의 알리바이에 지나지 않을 수도 있을 것이다. 하기야 그러면 또 어떻겠는가? 하지만 문학과 시에 대한 사랑이 영원하지는 않을지는 모르겠지만, 적어도 무한하기는 할 것이라는 사실만은 분명히 하겠다.

아무런 회한도 환희도 없는 먹먹한 길을 걷고 있다. 성급한 마음은 이윽고 더딘 걸음의 여유를 얻게 되고, 조급한 시선 속에는 하나의 필터가 끼워져 어느 정도 세상과의 거리 조절도 가능하게 되길 바랄 뿐이다. 모든 게 부족하지만, 모든 게 충분하다. 때로는 여전히 물살을 거슬러 그 세기를 가늠해보고자 하지만, 때로는 그 물살을 타고 자연스레 흐르고 싶기도 하다. 어느 것인들 자연의 순리가 아닌 것이 없을 테다. 어느새, 마침내, 이윽고 이순耳順에 당도했지만, 나는 그것을 귀가 순해가는 것이 아니라 귀가 먹어가는 것으로 이해하고 있다(귀와 눈이 이미 순해진 어르신들은 오해 없길 바란다).

이제 서른 전후를 살고 있는 두 아들에게 이 책을 바친다. 참으로 아무것도 해준 것이 없다. 아니, 책을 읽고 쓰면서 종이를 갉아 먹으며 망가뜨린 지구의 환경을, 곧 고갈될지도 모를 국민연금을, 연애도 결혼도 출산도 하지 않으려는 자유로운 삶을 남겨준 것만 같다. 지금껏 한 번도 고백한 적 없는 미안하다는 말을, 사랑한다는 말을 뒤늦게나마 전한다. 너희로 인해, 아직, 아무것도 늦지 않았다.

2023. 11월

I

이미지, 혹은 감각과 환각

문학, 이미지의 자리는 어디인가?

— 가상과 실재의 유희

1.

이미지Imagie와 이미지를 생산하는 상상력Imagination의 존재는 인간 정신 활동의 가장 신비로운 한 측면을 제공한다. 그렇기에 문학과 예술의 본성과 기원에 대해 논하려는 모든 미학적-비평적 담론은 이 이미지와 상상력의 존재에 대한 물음을 어떻게든 피할 수 없는 것처럼 보인다. 이미지에 대한 탐구는 문학과 예술에 관련된 "모든 문제 제기가 탄생하는 자리에 있는 숙명"(R. Debray, 《이미지의 삶과 죽음》, 정진국 옮김, 시각과 언어, 1994. 13쪽)으로 자리하기 때문이다. 서구의 미학과 예술론의 오랜 역사를 통해 보자면, 언어적 수단을 통해서건 혹은 형상적 수단을 통해서건 간에 문학과 예술이 이미지를 토대로 하여 형성된다는 점에는 어떠한 의심의 여지도 없다. 플라톤과 아리스토텔레스 이래 서구의 문학과 예술론을 지배해 온 '실재의 모방/재현으로서의 예술'이라는 '모방/재현론'의 관점에서든 아니면 그에 대한 반발로서 등장한 18세기의 낭만주의적 '감정의 표현으로서의 예술'이라는 '표현론'의 관점에서든, 예술은 이미지를 매개체로 하여 의미작용을 하는 존재라는 점에는 어떠한 이론異論도 존재하지 않는 듯하다. 모방론의 입장에서 예술은 객관적인 실재의 그림자 혹은 모방으로서의 이미지로 성립되며, 표현론의 입장에서 예술은 주관적-심리적 실재인 개인의 창조적인 상상력의 표현으로서의 이미지로 구성된다. 아마도 고전 미학과 근대 미학을 결정적으로 가름하는 이러한 모방론과 표현론의 차이는 이 같은 이미지 개념의 용법으로부터도 구분될 수 있을지도 모른다. 그러나 이들 미학이 공통으로 문학과 예술은 이미지를 제외하고는 논의될 수 없음을 전제한다는 점에서 다름이 없다.

이 같은 사정은 현대 미학의 이론들에서도 변함없이 등장하고 있다. 가령, '언어의 자의성'이라는 언어적 모델에 의존하여 모방론과 표현론 모두를 비판하는 구조주의 이론은 실재의 세계와 가상의 세계라는 이분법에서 벗어난 상징적 세계라고 하는 제3의 개념을 상정함으로써 예술이란 근본적으로 상징적인 이미지를 통해서 존재하는 인간 정신 활동의 영역으로 간주되고 있는 것이다. 여기에서 물론 이미지의 영역은 언어적 영역과 구분되지 않는다. 구조주의는 그 두 영역을 동일하게 해석함으로써 모든 문학과 예술은 근본적으로 이미지의 영역에 귀속되는 것으로 간주한다. 또한 보드리야르J. Baudrillard나 라캉J. Lacan 같은 후기 구조주의 이론에서도 예술과 이미지의 관계에 대한 근본적인 문제 설정은 변화되지 않는 것처럼 보인다. 보드리야르는 기의에 대한 기표의 우위를 주장함으로써 모방물이 아니라 원본을 갖지 않는 자립적 이미지로서의 시뮬라크르simulacre에 대해 논의한다. 그에 의하면, 이 시뮬라크르는 실재를 완전히 대체한 이미지이다. 그 결과 보드리야르의 '자율적 체계로서의 순환적 이미지'라는 관점이 성립하게 된다. 이러한 사정은 실재의 문제에 관심을 가졌던 라캉에게도 공통적으로 드러난다. 그에게 있어서 실재는 상징계의 매개를 통해서만 인식되는, 말하자면 상징계 속에서 경험하기가 불가능한 것으로 상정되기 때문이다. 결국 구조주의 예술론의 맥락에서 이미지는 실재를 대치하는 상징적 매개체로 자리하게 된다.

보드리야르와 마찬가지로 예술을 시뮬라크르로 간주하는 들뢰즈G. Deleuze에게서, 그러나 이미지의 역할은 달리 설정된다. 왜냐하면 보드리야르에게 있어서 이미지는 실재의 대체물이지만, 들뢰즈에게 있어서 이미지는 실재 그 자체이기 때문이다. 그에게 있어서 예술은 '잠재적인 것'을 어떻게 '현실적인 것' 속에서 직접 드러나게 할 것인가에 관련된 문제를 다룬다. 말하자면 예술의 특수성을 '잠재적인 것'에다가 실체를 부여하여 잠재태를 '구현한다'고 보는 들뢰즈의 관점에서 예술은 지각과 정서의 복합체인 '감각sensation의 창조'가 된다. 그는 "예술작품은 하나의 감각 존재이며, 다른 무엇도 아니다. 그것은 그 스스로 존재한다"(《감각의 논리》, 하태환 옮김, 민음사, 1995)고 말한다. 그러나 예술작품이 창조하는 이 감각은 개별적인 신체의 조건을 넘어서는 전-개체적이고 익명적인 것이다. 다시 말하자면, 하나의 시뮬라크르로서의 예술적 이미지는 '무기적 신체', 즉 '기관 없는 신체'의 수준인 "감각 자체를 표현할 수 있는 것"으로 상정된다. 결국 들뢰즈에게 있어서 이미지는 실재 그 자체로 자리하게 되는 것이다.

그렇다면 이미지에 대한 논의의 차원과 양상이 문제가 될 뿐이지 문학과 예술이 이미지에 의한 의미 생성과 소통의 장임에는 이제까지 어떠한 이견도 존재하지 않는 셈이다. 여기에서 이미지에 대한 존재론적 논의나 문학과 예술에 있어서 이미지의 기능 문제는 '예술이란 무엇인가'라는 미학의 원론적인 논의의 장으로 환원될 것이다. 보다 정확히 말하자면, 예술을 그 밖의 다른 모든 인간의 정신 활동, 가령 종교나 철학 또는 과학으로부터 구분 짓는 고유한 특성이 있다면, 그것은 바로 이 이미지의 작용과 기능에서 찾아져야 한다는 것이다. 하지만 이 용어는 외견상으로는 서로 아무런 관련성도 없어 보이는 온갖 종류의 다양한 의미로 사용되고 있어 사태를 난감하게 만든다. 그러나 일상적으로 통용되는 이 이미지의 존재 방식과 그에 대한 이해 방식은 예술과 그 현상을 해명하는 데 있어서 가장 중요한 핵심 고리의 하나로 설정될 수 있다. 가령, 현상학의 입장에서 미적 체험의 본질과 미적 대상의 존재를 규명하고 있는 뒤프렌느M. Dufrenne 같은 이는《미적 체험의 현상학》에서 "미적 대상이 어김없이 제기하고 또 첨예하게 만든 문제는 바로 지각된 대상물의 지위에 대한 문제"(김채현 옮김, 이화여자대학교 출판부, 1991. 356쪽)라고 말하는데, 여기에서 '지각된 대상물의 지위에 대한 문제'란 사실상 '예술적 이미지의 존재 방식에 대한 문제'와 다름없는 것으로 이해될 수 있다. 말하자면 미적 대상과 미적 체험의 핵심적 고리는 이 이미지의 존재 방식에 대한 이해에 달려 있는 것처럼 보인다는 것이다. 더 나아가 문학에 있어서 이미지의 문제를 탐구하려는 작업에서는 무엇보다 먼저 언어와 이미지의 관계에 대한 물음이 선행되어야 할 것이다.

구조주의자 바르트R. Barth에 의하면, 언어와 이미지의 관계에 대해서는 대립된 두 개의 입장이 존재하고 있다. "한쪽에서는 이미지가 언어에 비해 매우 초보적인 체계라고 생각하고, 다른 한쪽에서는 의미작용이 이미지의 말로 표현할 수 없는 풍요로움을 고

갈시킬 수 없다고 생각하는 것이다"(《이미지와 글쓰기: 롤랑 바르트의 이미지론》, 김인식 편역, 세계사, 1993. 87쪽). 초현실주의와 상징주의 운동을 통해서 문학과 예술은 무의식적인 정신 활동에 기반한 이미지의 생산이라는 점이 부각되었다. 초현실주의 예술은 무엇보다도 이미지를 유일한 운율법적 지주로 삼는다. 그것은 가능한 한 대비되는 어떤 이미지들의 연속적인 배합으로 형상화된다. 초현실주의 문학과 예술은 일상 언어의 표현이 지닌 문자 그대로의 논술적-외연적 의미가 아니라 함축-내포적인 은유로서의 의미와 현실을 넘어선 이미지를 만들어내는 가상적인 생의 비전을 목표로 하고 있다. 초현실주의에 있어서 이미지란, 가장 단순한 공식으로 말하자면, '보이지 않는 것의 드러냄'이 된다. 비가시성의 영역에 닻을 내리고 있는 가시성의 세계를 현상하는, 말하자면 실재와 부재의 매개체로서의 예술적 이미지를 통해 우리는 예술의 근원적인 존재 방식에 대한 하나의 해명을 제공할 수도 있을 것이라는 믿음을 가져봄직도 하다.

2.

모든 문학과 예술은 그 상상적 표상의 차원을 감각적으로 구체화함으로써 존재한다. 말하자면 문학은 상상의 언어를 통해서 언어 이전의 (실재의 — 물론, 그런 것이 존재한다면 말이지만) 세계와 직접 관계하고자 한다는 뜻이겠다. 문학은 오로지 현상 관계들 속에서만 주어지는 것을, 그것을 파악하기에는 적당한 매체가 아닌, 본질적으로 비감성적인 성질의 언어로써 파악하기 때문에 언제나 감각적인 육체성을 요구받고 있는 터이다. 역으로 말하자면, 이 요구에 부응하지 않는 언어적 구조물들을 우리는 문학이라고 부르고 싶지 않다는 것이다. 그리고 문학의 이러한 요구에 부응하고 자 하는 것이 바로 이미지의 존재이다. 그것은 문학적 상상과 감각 사이에 놓인 거대한 심연을 메우고자 하는 인간적 욕망의 흔적일 것이다. 그렇기에 이미지라는 말은 무엇보다도 삶과 죽음, 신성과 세속, 지성과 감각, 지식과 오류, 진리와 허위, 실재와 가상 같은 대립 쌍들의 영역과 연관된 용어라고 할 수 있다.

이미지와 실재/현실reality 사이의 유사성이나 유추적 인상이 어떻게, 얼마나 인간의 정신세계를 구축하는 데 기여하는가라는 사실 여부는 물론 문학과 미학의 영역 외에도 인류학과 심리학 등이에 관련된 많은 학문의 학제적 논의를 요구하는 문제이기도 하다. 그러나 이 같은 사정을 제쳐두고라도 흥미로운 것은 우리가 정신적 이미지라고 여기는 것이 시각화의 인상과 유추적 인상, 즉 이중적 인상을 결합하고 변형시킨다는 사실이다. 그렇기에 또한 언어에 있어서 이미지란 은유metaphor에 부여된 공통된 명칭이라고 할 수 있다. 문학에 있어서 대개의 경우 은유는 이미지와 동일시된다. 우리가 언어적 은유나 이미지로 표현된 것에 대해 아는 바는 두 단어의 유추적이고 비교적인 관계로 인해 한 단어를 다른 단어로 대체하여 표현할 수 있다는 사실이다. 하지만 두 단어가 서로 근접하여 상상력을 자극하고 이들 사이에 의심의 여지가 없는 공통점이 발견된다면, 이미지나 은유는 매우 풍부하고 창조적이며 동시에 뜻밖의 인식적 표현 방식이 되기도 한다. 그것은 문학에 있어서 초현실적인 이미지의 작동 원리였으며, 화가들은 이것을 시각적 이미지의 영역, 즉 미술로 그 외연을 확장시키고자 했던 것이기도 하다.

이미지는 무엇보다도 먼저 비가시적인 것을 가시화하는 매개체이다. 그런 의미에서 그것은 하나의 현존이자 부재, 즉 부재하는 현존이며 현존하는 부재의 기호이다. 그것이 '의사소통의 도구'라는 기호학적 접근법을 받아들인다 하더라도, 우리는 이미지를 더욱 포괄적으로 '인간과 세계의 관계를 설정하는 도구'로 사용할 수 있다. 이 같은 경우 이미지는 의사소통의 측면에서만 고려되기보다는 '세계와의 관계를 설정하려는 인간의 산물'로서 고려되어야 할 것이다. 왜냐하면 이미지라는 용어의 탄생은 어떤 부재하는 것을 지칭하기 위한 목적과 결부되어 있기 때문이다. 다시 말해서 그것은 이제 더 이상 이 현실에 존재하지 않는 어떤 부재의 존재나 상태 혹은 사태를 지시하고 있다는 것이다. 가시성의 영역에 가지를 드리우고 있는 이 이미지는 비가시성의 영역에 뿌리를 내리고 있는 것이다. 그렇기에 이미지야말로, 말의 진정한 의미에서, 가시적인 사물이나 존재의 표면에 드리워져 있는 비가시적인 것의 심연을 탐지해내는 깊이를 확보하고 있다고 말해야 한다.

물론 이미지는 문학의 외적 토대인 언어적 기호의 일정한 조합과는 다른 방식으로 작용한다. 그것은 단편들로 해체되거나 혹은 단어나 소리에 비교할 수 있는 어떤 토막이나 모순들로 해소되지 않는다. 만약 이미지가 하나의 언어라면 그것은 말로 옮겨질 수 있을 것이고, 그 말은 또한 또 다른 이미지로 옮겨질 수 있을 것이다. 왜냐하면 언어의 고유성은 번역 가능성에 있기 때문이다. 그러나 이미지의 표현적, 전달적 능력은 말의 길과는 전혀 다른 통로를 통해서 실현되는 것처럼 보인다. 하나의 이미지는 해석될 수 있고 또 해석되어야 할지라도 읽힐 수는 없는 어떤 특수성을 제시하는 하나의 기호로 자리한다. 이미지에 관해서 우리는 모든 것을 말할 수 있지만, 불행하게도 이미지 스스로는 그 어떤 것도 말하거나 의미하는 바가 없다는 데 이미지의 마술적 능력이 존재하는 듯하다.

소멸의 운명을 타고난 모든 가시적인 것을 통해서 영원히 머물 운명을 부여받은 비가시적인 것이 이미지 속에서 현상한다. 이미지의 이러한 마술적 특성은 그것을 미적 범주가 아니라 하나의 정신적 범주로 자리하게 하는 것 같다. 그것은 현실에서는 부재 중인 것을 우리의 눈앞에 가져다 놓는다. 우리의 시선은 그것을 통해 가시적인 것의 영역에서는 오직 부재로만 현존하는 어떤 비가시적인 것을 응시한다. 이 응시는 오로지 신경 다발로만 이루어진 단순한 망막의 작용을 넘어서 있다. 이 같은 비가시적인 것의 가시화를 담보하는 것이 바로 이미지이다. 그렇기에 그것은 아마도 덧없는 것의 영속을 주장하고 있는 것처럼 보일지도 모르겠다. 《이미지의 삶과 죽음》의 저자인 드브레R. Debray는, 그것은 우리의 기억보다 앞서 있는 기억이며 이 이미지들을 관통하면서 우리에게 손을 내미는 것은 어쩌면 인류라는 종 자체일지도 모른다고 말한다.

사실상 융C. G. Jung은 이미 이미지(물론, 원형Archetypus 이미지를 말한다)와 무의식의 관계를 설정하기 위해 다음과 같이 말한 바 있다. 《원형과 무의식》의 첫 번째 논문 〈정신의 본질에 관한 이론적 고찰〉에 등장하는 구절이다. "주체들의 유사성에 관해 말할 수 있는 경우는, 주체들이 매우 무의식적일 때, 다시 말해 그들의 실제적 차이점들을 의식하지 못할 때 가능하다. 어떤 사람이 무의식적일수록 그 사람은 정신적인 현상의 일반적인 규범을 따른다. 그러나 그가 자신의 개성을 의식하면 할수록 다른 주체들과의 차이

점이 전면에 드러나고, 또한 그는 보편적인 기대에 그만큼 덜 부합하게 될 것이다. (… 중략 …) 의식이 더 확대되면 될수록 의식은 더욱더 많은 차이점을 인식하고, 더욱더 집단의 규칙성에서 벗어나게 될 것이다. 왜냐하면 의식의 확장에 비례하여 경험적 의지의 자유는 그만큼 더 증가하기 때문이다"(14-15쪽). 그렇기에 이미지는 오랫동안 인간을 상징적 의사소통의 체계 속으로 편입시키는 통합의 역할을 담당해왔다. 신화의 이미지들은 바로 그러한 직접적인 의사소통의 체계이며, 문학은 이러한 신화적 이미지의 직접적인 후예로 오늘날까지 살아남아 있다. 융에게 있어서 원형은 바로 이미지 그 자체인 것이다.

3.

빙하기의 원시 인류가 저 어두운 지하 동굴의 암벽에다 동물의 이미지를 새겨 넣었을 때, 그 이미지는 자연 속에 존재하는 가시적인 하나의 사물을 단순히 재현하거나 모방해낸 것이 아니었다. 그것은 인간의 지각 작용의 한계를 넘어서는 다른 힘과 능력을, 말하자면 매혹시키거나 마법을 불러일으키는 초자연적인 힘을 갖고 있는 것이었다.《이미지의 삶과 죽음》의 저자에 의하면, 이미지 image는 마술magic과 동일한 어원을 지니고 있으며 마술의 끈질긴 후광이 이미지의 신비를 조명하고 있다고 한다. 그렇다면 마술이란 무엇인가? 그것은 무엇보다도 먼저, 무의식적 꿈과 마찬가지로, '비가시적인 것의 가시화'의 능력이라고 말할 수 있다. 미술에 있어서 보이는 것은 보이지 않는 것의 드러냄이다. 낭만주의 예술론, 특히 노발리스Novalis 시론Poetologie의 전문 용어로 자리하게 될 이러한 마술Magie의 개념 속에는 이미 어둠과 꿈과 죽음이라는 이 예술론의 핵심적인 모티프들이 필연적으로 자리하게 된다. 왜냐하면 서로 친족 관계에 있는 이 모티프들은 마술이 불러내는 비가시적인 것의 영역을 구성하는 본질적인 인자들이기 때문이다. 그렇기에 이미지는 부재와 무가 출현하는 인간 정신의 불가해함의 상징적 표지가 된다.

마술과 마찬가지로 이미지는 가시적인 것의 배후에 들어있는 비가시적인 것의 기호이며, 인류의 집단적 기억이 머물고 저장된 장소이다. 사실상 이 '기호'라는 말 역시 묘비를 뜻하는 라틴어 '세마Sema'에서 유래하고 있는 터이다. 그것은 하나의 묘지, 즉 죽음의 장소를 인식하게 하는 표지이다. 저 원시 인류가 각인한 들소 이미지의 저장소가 바로 어두운 지하 동굴이었다는 사실은 이미지의 기원이 가시적인 빛의 세계보다는 비가시적인 어둠의 세계와 더욱 관련이 깊다는 추론을 가능케 한다. 무엇보다도 이미지의 라틴어 어원 '이마고Imago'가 죽은 자의 얼굴을 밀납으로 주조한 것을 가리키는 말이었음은 우연이 아닌 셈이다. 이미지는 바로 죽음에 대한 기억이며 동시에 죽음의 그림자이다. 그러나 이 그림자는 또한 살아있는 존재나 사물의 영혼을 의미하는 것이기도 하다. 왜냐하면 저 로마인들이 죽은 자의 얼굴을 밀랍으로 주조했을 때 그 얼굴Imago, 즉 이미지는 덧없이 사라져 가는 사물이나 육체가 아니라 영원히 머물게 될 영혼을 드러내는 것이었기 때문이다. 죽은 자를 산 자로 대치하는 이러한 이미지의 사용은 어쩌면 죽음을 정복하려는 인간적 욕망의 기록으로 자리하게 될지도 모르겠다.

이미지라는 단어의 다양한 의미들 사이의 공통점은 그것이 무엇보다도 먼저 유비Analogie인 것처럼 보인다는 사실이다. 하나의 이미지는 무엇보다도 우선 '어떤 것과 닮은 어떤 것'이다. 이러한 유추나 유사성이라는 공통분모가 이미지를 재현의 범주 안에 위치시키게 된다. 그러나 이미지가 유사성을 지닌다는 것은 그것이 사물이나 사태 자체가 아니라는 점을 우선 말해준다. 이미지가 모방이나 재현이라고 한다면, 그것은 이미지가 우선 기호로 파악되었음을 뜻한다. 따라서 이미지는 현실의 유사물Analogon이라고 말할 수 있다. 그러나 우리는 이미지의 이러한 재현적 기능을 도외시해서도 안 되지만, 그것이 또한 하나의 표현적 매개물임도 간과해서는 안 될 것이다. 미술사가 곰브리치E. H. Gombrich의 《예술과 환영-회화적 표상의 심리학》(차미례 옮김, 열화당, 1989)에 따르면, 그 자체로는 '진실도 거짓도 아닌' 이미지는 현실 그대로의 재현이 아니라 도식적인 표상과 교정 행위가 번갈아 사용된 긴 과정의 결과이기 때문이다.

바르트는 "고대 어원에 의하면, 이미지라는 말은 '이미타리imitari(모방하다)'의 뿌리에 결부되어 있는 것이 틀림없다"(바르트, 83쪽)고 말한다. 사실상 이미지의 라틴어 어원 '이마고'는 어떤 사물에 대해여 재현적 유사성을 띠고 있는 현상을 지칭하는 것으로서 모방, 즉 '이미타리'의 행위를 전제하는 용어였다고 할 수 있다. 서구의 인식론에서 모방 관계는 지시 관계의 일종으로 이해되며, 진리는 지시적 일치adequatio라는 관점을 형성하고 있다. 그러나 예술의 역사에 있어서 모방은 이러한 인식론적 지시 관계를 넘어서거나 혹은 변형시키는 행위로서 규정된다. 가령, 아리스토텔레스의 의미에서 '모방Mimesis'의 개념이 바로 이러한 점을 명확히 보여준다. 아리스토텔레스에게 있어서 미메시스는 원본Original을 탁월하게 만들거나 원본보다 탁월해지는 것을 의미한다. 여기서 "탁월하다는 말은 그리스어 '히페르에케인

hyperechein'의 번역어인데, 어원적으로 보자면 이 말은 '보다 많이hyper' '갖고 있다echein'는 것을 뜻한다. 예술적으로 모방한다는 것은 그러므로 원본보다 더 많은 것을 소요한다는 것이고 원본에 없는 것을 지닌다는 것"(김상환, 〈영상과 더불어 철학하기〉, 《이미지는 어떻게 살고 있는가》, 생각의 나무, 1999. 83쪽)이라고 할 수 있다. 아리스토텔레스는 이러한 모방에 의하여 산출되는 잉여를 '쾌감hedone'이라고 하면서, 이를 예술이 지니는 생리적, 심리적 효과로서의 카타르시스Katharsis 개념과 관련지었음은 잘 알려진 사실이다.

사실상 이미지는 그 어원에 있어서 모방한다는 재현의 개념과 밀접하게 연관되어 있었다. 서구 형이상학의 뿌리를 형성하는 플라톤의 이데아론에 있어서도 이데아의 모방으로서의 이미지에 대한 성찰이 중요한 역할을 담당하고 있음은 주지의 사실이다. 플라톤에게 있어서 시각적 모방성을 띠는 이미지는 도덕-교육적으로도 사용될 수 있고 동시에 기만의 뿌리가 되기도 한다. 고대 그리스의 문학과 언어에서 이미지는 '에이돌론eidolon'이라는 용어의 의미 속에 고스란히 보존되어 있는데, 이는 살아있는 인간이거나 혹은 죽은 인간의 정신적 이미지spirit-image를 뜻하는 것이었다. 말하자면 그것은 인간의 형상을 한 환영phantom이나 유령ghost을 의미하는 것이다. 그런 의미에서 그것은 하나의 가상인 동시에 아리스토텔레스적 의미에서의 '형상eidos'이기도 할 것이다. '에이돌론'과 '에이도스(본질)'가 동일한 어원을 갖는다는 사실은 우연이 아니다.

4.

근대 미학에서 쾌감을 산출하는 예술적 행위는 모방 혹은 '이미타리'로서보다는 상상 혹은 '이마기나리imaginari'로서 새롭게 규정된다. 무엇보다도 칸트I. Kant의 《판단력 비판K.d.U.》에서 이미지는 상상력과 관련된 개념이라는 점이 분명하게 언급된다. 칸트에게 있어서 상상력은 지성의 한계를 넘어서는, 말하자면 언어적 표현 능력을 넘어서는 것으로 이해된다. "상상력이 인식을 위하여 사용되는 경우에는, 상상력이 지성의 구속을 받아 지성의 개념에 합치되어야 한다는 제한에 따라야 한다. 그에 반하여 미학적 관점에 있어서는 상상력은 자유로워서, 오히려 개념과의 그러한 합치를 넘어서되 그러나 꾸밈없이, 풍부한 미전개의 소재를 지성에 대하여 제공한다"(K.d.U., B.198). 여기에서 상상력의 산물인 이미지는 한 주체의 의식적, 무의식적 산물이며 구체적이고 지각 가능한 작품을 구성한다. 근대 미학, 특히 낭만주의 미학에서 예술가의 이미지는 '신적 예술가divino artista'로 간주되고, 그들의 창조성에 경의를 표하면서 고대 미학으로부터 스스로를 구분한다. 다시 말해서 근대의 심미적 경험은 언어적 사유로 환원될 수 없는 특별한 사유 형태와 관련된다는 것이다. 아마도 이 점이 고대 미학과 근대 미학의 차이를 지시하는 가장 중요한 지표가 될 것이다. 근대 이래로 이마고 혹은 이미지는 상상력의 상관물로서 이해된다.

칸트에 의하면, 상상력이란 곧 언표할 수 없는 것을 표현하여 그것을 보편적으로 전달하는 천재적 능력이다. 그는 이러한 천재적 재능을 일러 '미학적 이념을 현시하는 능력'이라고 설명한다. "미학적 이념은 상상력의 표상을 의미하는 것으로, 이 표상은 많은 사유를 유발하지만, 그러나 어떠한 특정한 사상, 즉 개념도 이 표상을 감당할 수 없으며, 따라서 어떠한 언어도 이 표상에 완전히 도달하여 그것을 설명할 수 없는 것"(B.192-3)이다. 여기에서 우리는 이 미학적 이념을 상상력의 표상, 즉 어떤 심리적 이미지를 지칭하는 것으로 이해할 수 있을 것이다. 이 이미지는 물론 개념적이거나 언어적 번역이 불가능한 요소를 띄고 있고, 또한 그러할 때만이 쾌감의 원리일 수 있다. 예술적 이미지에는 이처럼 언어로서 표현 불가능한, 어떤 부재하는 것의 실재가 각인되어 있는 것이다(이미지의 라틴어 어원 이마고는 그리스어 에이콘eikon과 판타스마 phantasma에 대응한다. 실제로 라틴어 이마고는 이 두 가지 의미 모두를 포괄하고 있다. 이는 이미지와 유령이 단지 어원적 친족 관계에 머물지 않고 사실적 함축 관계를 지니고 있음을 암시한다). 가령, 데리다J. Derrida는 이미지의 이러한 본성에 대해 "환영들, 이것은 동일자 안에 있는 타자의 개념, 스투디움 안의 푼크툼, 내 안에 살아있는 죽음 타자"(《Psyche: Inventions de l'autre》, Paris: Galilee, 1987. 280쪽)라고 말한 바 있다. 말하자면 이미지에 대한 본질 규정의 하나는 죽음이나 죽은 자의 귀환이라는 뜻이겠다. 다른 하나는 의식의 빛을 넘어선 상위 차원의 흔적을 현시하는 것이다. 이 같은 이미지의 작용은 마치 벤야민W. Benjamin이 사진에 대해 말하고 있는 다음과 같은 내용과 일치하는 것처럼 보인다. "이미지는 인간의 본능적 무의식을 드러내듯이 인간의 '시각적 무의식'을 포착하는 것이며 실재 안에서 숨 쉬는 '미세한 우연성의 흔적', 그리고 과거 현재 미래가 공존하는 '비가시적 지점'을 담고 있다." 이러한 관점에서도 역시 이미지는 비가시적인 것을 가시화하는 매개체가 된다고 말할 수 있을 것이다.

그런 의미에서 이미지는 세계와 인간, 객체와 주체, 무의식과 의식, 실재와 가상, 현존과 부재 등 긴장과 대립 관계에 있는 범주쌍들의 거대한 심연을 메우는 하나의 매개체로 자리하게 된다. 현상학적 관점에서 상상력을 의식의 본질적이고도 초월적인 조건으로 간주하는 사르트르J. P. Sartre 역시 이 이미지와 상상력이 근본적으로 '부재'와 관련되어 있음을 지적한 바 있다. "상상된 대상을 지각의 대상과 구별 짓는 데에는 상상된 대상의 이 원칙적인 부재, 이 본질적인 무로 충분하다"(〈상상하는 의식과 예술〉, 《상상력이란 무엇인가》, 장경렬 외 옮김, 살림, 1007. 156쪽). 사르트르에 따르면, 예술은 언어적 유사물을 통해 비실재적 대상을 구성하는 것이다. 왜냐하면 심미적 대상은 상상하는 의식에 의해 구성되고 정신으로 파악되며 비실재로서 설정되기 때문이다. 말하자면 이미지를 창조하는 상상력이란 실재하는 것의 비실재적인 이미지가 그 대상의 실제적 현존을 넘어서 나타나게 하는 힘이라는 것이다. 이처럼 이미지는 저승, 신성, 죽음과의 매개체로서 상징의 기능을 지니게 된다. 이미지의 어원사적 함축이 의미하는 것이 바로 그러한 흔적일 것이다.

비가시적인 것의 가시화의 매개체로서의 이미지는 카시러E. Cassirer가 《상징 형식의 철학》에서 말하는 상징 개념과 결부될 수 있다. 카시러는 상징 개념의 범위를 대단히 포괄적으로 정의하고 있는데. 그에 의하면, 인간 정신의 모든 에너지는 상징 형식으로 간주될 수 있다. 정신에서 나온 의미 내용이 구체적으로 감각되는 기호와 연결되면 의미가 기호 속에 녹아들게 된다. 그리고 언어의 영역에서 신화 종교적 영역과 예술에서 특수한 상징 형식으로 우리와 만난다. 이 모든 경우에 있어서 근본적인 현상은 우리가 외적인 형태를 있는 그대로 받아들이지 않고 하나의 형태에서 어느 개별적인 인상을 표현의 자유로운 실행과 결부시키고, 형태 뒤에 숨은 것을 꿰뚫어 본다는 데 있다. 이처럼 스스로 만들어진 그림들과 기호들은 일반적으로 객관세계라고 불리는 자연의 세계와 대치하면서 그것과 구별되는 자신의 독자적인 역량과 근원적인 힘을 소유하는 것이라는 상징의 개념은 그대로 이미지에 대한 우리의 관념과 정확히 일치한다고 말할 수 있다. 카시러는 인간 의식의 역사를 자기 해방의 역사로 본다. 인간의 정신이 도달하는 가장 높은 경지에서 인간은 정신이 행하는 상징화 행위를 투시한다. 정신의 힘이 끊임없이 만들어내는 상징의 형태들을 인식하는 일이야말로 정신이 수행해야 할 최고의 과제이다. 정신은 모든 내용적 진실을 넘어선다. 정신은 내용적 진실을 상징의 형태로 투시하기 때문이다. 카시러의 상징 형식의 철학은 전체를 파악하려는 시선, 모든 개별적인 형식이나 의미 내용에 대해 하나의 관점을 얻어내려는 노력, 모든 형식 내용적인 진리 규정을 상대화시키려는 시도라고 할 수 있다. 이미지는 그러한 상징적 기능을 통해 '형태 뒤에 숨은 것'을 꿰뚫어 보는 것이다. 거기에서 이미지는 근본적으로 상징의 형식으로 존재한다.

5.

이미지는 무엇보다도 먼저 시각적인 형상으로 표상된다. 그것은 언어에 선행하면서 동시에 언어가 따를 수 없는 고유한 의미작용을 수행한다. 언어가 무효화 되어 버린 영역에서 우리는 이미지에 의해 보다 정확하게 자신의 체험을 설명할 수가 있다. 그러나 이 시각적 형상이 현존하는 어떤 사물이나 대상을 직접적으로 지시하는 신호 체계로서 작용하지 않는 한, 그 이미지는 상징적 의미작용을 하게 될 것이다. 다시 말해서 수잔 랭거S. Langer의 상징 개념을 빌려 말하자면, 상징이란 직접 대상을 대리하는 것이 아니라 간접적으로 대상에 대한 개념을 표시하는 것이다. 어떤 사물을 생각하는 것과 그것에 대해 실제로 반응하는 것은 별개의 문제이다. 어떤 사물에 대해 이야기할 경우 우리는 그 사물이 그 장소에 없어도 그 개념이나 이미지로 떠올릴 수 있지만, 이때 사물 자체를 실제로 갖고 있는 것은 물론 아니다. 그리고 상징이 직접적으로 나타내는 것은 이 개념이지 사물은 아니라는 것이다. 그런 의미에서 이미지는 무엇보다도, 존 버거J. Berger가《이미지-시각과 미디어》에서 말하는 "새롭게 만들어진 또는 재생산된 시각"(편집부 옮김, 동문선, 1990. 28쪽)이라고 할 수 있다. 보다 정확히 말하자면 그것은 사물을 보는 시각을 구체화한다.

일련의 소리나 단어들은 하나의 의미를 갖지만, 이미지는 다만 '상상적 의미작용'만을 가질 수 있을 뿐이다. 이 의미작용으로 인해 이미지들의 한 연쇄는 수천의 의미를 동시에 가질 수도 있다. 그 결과 하나의 이미지는 언제나 결정적이고도 유일한 독해가 불가능한 수수께끼로 남는다. 말하자면 이미지가 어떤 풍경을 보여준다는 것은 결코 그 풍경에 대해 말한다는 뜻이 아니다. 이미지는 세계 인구의 수만큼이나 많은 잠정적인 해석 가능성과 고갈될 줄 모르는 다중의 의미를 지닐 수 있기 때문에, 그것에 대한 그 어떤 독해도 권위 있는 것으로 간주될 수 없도록 만든다. 이 점에 있어서는 이미지를 생산해낸 예술가 자신의 권위조차도 인정되지 않는 터이다. 이미지 그 자체는 무엇인가를 의미하는 것이 아니라 오로지 존재할 뿐이므로, 이 이미지의 존재로 하여금 우리가 바라는 모든 것을 말하게 할 수는 없는 법이다. 어떤 정확한 언어로도 그것을 명백히 드러내거나 그것에 혜택을 베풀 수 없다는 뜻이겠다. 그것에는 구문도 문법도 따로 존재하지 않는다. 그것은 참도 거짓도 아니고 모순도 불가능도 아니다. 더구나 그것은 논증술이 아니기 때문에 논박할 수 있는 것은 더더욱 아닐 것이다. 그러나 잠정적인, 무한히 다양한 해석의 가능성이라는 이 특성이야말로 바로 이미지의 전적인 힘이 된다. 그리고 일체의 문학적 존재 방식을 은유로 간주하는 니체에게서 이 무한한 해석의 가능성이야말로 바로 문학의 주권성Souveränität을 결정짓는 핵심 사항이 된다. 그에게서 진리는 오로지 은유로만 존재할 수 있기 때문이다.

이미지가 지닌 해석의 다양성은 하나의 이미지가 가시적인 것을 통해 비가시적인 것을 대치하는 은유적 특성으로부터 나온다. 그리고 역으로, 이미지의 고유한 이 은유적 특성이 한 세계를 다른 세계로 이전시킨다. 이미지는 이러한 전이의 매개물이 되는 셈이다. 따라서 그것은 의미를 전달하려는 것이 아니라 그것을 마주하고 선 자에게 그 스스로 의미가 된다. 말하자면 그것은 그 자체로 하나의 풍경이 된다는 뜻이리라. 시인이나 예술가들은 무엇인가를 의미하기 위해서, 또는 어떤 관념이나 정념을 전달하기 위해서 이미지를 사용하는 것이 아니다. 시인이 이미지를 통해 전달하고자 하는 것은, 마치 꿈이 그렇듯이, 어떤 무의식적인 실재의 풍경일 뿐이다. 엄밀하게 말해서 하나의 생생한 예술의 의미는 의식의 촉수가 닿는 그곳에 있지 않다는 뜻이다. 이러한 측면에서 문학의 언어는 자신의 언어적 본성의 한계를 넘어서 있다고 할 수 있다. 왜냐하면 문학의 언어는 이미지를 '현상'하려고 열망하기 때문이다. 결국 시인은 관념론자가 도달하게 되는 곳과는 정반대의 방향으로 나아간다. 관념론자는 가시적인 것을 비가시성의 닻에 정박시키려는 자이며, 역으로, 시인은 비가시적인 것을 가시성의 영역 속에 현상하려고 하는 자이다. 말하자면 이미지야말로 살아있는 육신의 생리를 간직한 실재의 제유이며 승화된 연장이라는 것이다. 이미지는 부식될 수 없는 살아있는 것의 정수이다. 여기에서 예술, 특히 회화를 '유사성'의 관점에 입각한 '재현'으로 간주하지 않는 들뢰즈의 이론은 특히 주목할 만하다. 그는 회화에 있어서 '구상적인 것le figuratif'과 '형상적인 것le figural'을 구분함으로써 구상적인 것은 삽화적이고 서술적인 것, 그리고 재현의 체계 속에서 작동하는 것이고, 형상적인 것은 이를 탈피한 것, 즉 감각 자체를 표현할 수 있는 것으로 간주한다. 들뢰즈의《감각의 논리》에 있어서 구상은 재현의 대상으로 환원되지만 형상은 감각으로 환원된다.

언어보다는 훨씬 '유기적인' 비유적 이미지로 충만해 있는 풍경은 가시적인 사물의 외관에 드리워져 있는 비가시적인 비의를 상징적으로 포착한다. 이러한 상징적 이미지를 통해 문학과 예술은 가시적인 것과 비가시적인 것의 심연을 중개한다. 어원학적으로 '상징symbolon'이라는 용어는 일종의 우의를 나누는 짝패를 가리키는 말이었다. 다시 말해 그것은 나누어진 것의 분리를 복원시키거나 거리를 뛰어넘는 것을 목적으로 한 표지였던 것이다. 그것은 나누어진 것들을 재결합하기 위해서 자신의 지평에 나머지 숨겨진 짝패를 끌어들인다. 이처럼 상징적 이미지는 통합적이고 재구성적인 관계를 맺게 해준다. 달리 말하자면 이미지는 어떤 초월성을 전제로 한다는 것이다. 가시적인 것 속에 비가시적인 것을, 일상에 초월을 불러들이는 이 마술적인 힘 속에 이미지의 본질적 특성이 존재한다. 그러므로 이미지의 최종적인 의미는 그것이 우주의 중재자라는 사실에 놓여 있다.

이미지의 상징적 기능으로 인해 그것은 실재보다 더 많은 것을 의미할 수 있게 된다. 가령, 베르그송H. Bergson에게서 이미지는 이데아 혹은 관념보다도 더 많은 함량의 실재성을 소유한다. 오랜 플라톤주의 전통에서 이미지는 에이도스 혹은 이데아의 모방적 아류이고, 그 결과 아류로서 실재성의 함량을 결여하고 있는 것으로 간주되어 왔다(그 때문에 플라톤의 '시인추방론'의 가장 강력한 논거가 되었다). 그러나 베르그송은 이미지가 이데아에 뒤지는 '에이돌론'이 아니라 이데아보다 더 많은 함량의 실재성을 소유하고 있다고 본다. 그에 의하면 지각의 일차적 상관물은 이미지이고, 관념은 이 이미지의 추상물에 지나지 않기 때문이다. 추상물로서의 에이도스에는 이미지의 풍부한 내용, 그 다양성과 차이에 의해 형성된 잠재력이 사상되어 있기 때문이라는 것이다. 베르그송의 의미에서 이미지는 물질세계를 구성하는 일차적 요소이다. 지각 앞에 나타나는 모든 사물은 그 자체로서 이미지이며, 따라서 외면적 물질세계는 이미지의 총체에 불과하게 된다. 베르그송은 이러한 등식을 실재론과 관념론 사이의 대립을 넘어서기 위한 전략으로 삼았다. 물론 이미지는 순수한 실재 자체가 아니다. 베르그송의 의미에서 순수한 실재는 지속이고, 이미지는 이 지속 다음에 오는 어떤 것이다. 정확히 말해서 이미지는 물질화된 지속, 지각적 차원에서 경험되는 지속이다. 물질화된 지속으로서의 이미지는 그러나 표상의 산물이 아니라 이미 표상 이전에 그 자체로 존재하는 물질로서 어떤 잠재적 표상이라고 말할 수 있을 것이다.

결국 이미지는 어떤 외재적인 빛의 조명 아래 처음 모습을 드러내는 것이 아니라는 뜻이겠다. 빛은 이미지의 외부로부터 오는 것이 아니라 이미지 내부에서부터 발산된다. 베르그송에게서 빛은, 그리고 가시성은 사물 자체, 물상 자체 안에서부터 발하고 있는 것이다. 들뢰즈에 따르면, 베르그송은 바로 이 점에서 아인슈타인의 광학과 만나고 있다. 자신 안에서 빛을 발하는 시공간적 복합체, 그 빛의 형태가 물질이고 물질로서의 이미지이다. 이미지는 아직 의식에, 눈에 나타나기 이전의 존재이다. 이미지는 빛을 자기 안에 갖듯이 스스로 눈을 갖는다. "다시 말해서, 눈은 사물들 속에, 스스로 빛나는 이미지들 자체 속에 있다. 사진은, 만일 사진이라는 것이 있다면, 바로 사물들의 내면 안에, 그리고 공간의 모든 지점들에 대하여 이미 찍혀 있고 촬영되어 있다"(《Cinema 1: L'image-mouvement》, Seuil, 1983. 89쪽). 그렇다면 시간과 공간은 이미지에 덧붙여지는 것이 아니라 이미지 안에서 이미지를 통하여 비로소 존재한다고 말할 수 있을 것이다. 마찬가지로 빛은 이미지에 대해서 외재적이 아니라 내재적이다. 표상은 이미 이미지 안에 잠재하고 있고, 이미지는 스스로 움직이며 빛을 생산한다.

6.

사실상 이미지의 대한 이러한 현대적 이해의 통로를 마련한 것은 독일 낭만주의의 공로로 돌려져야 한다. 독일 낭만주의는 모든 예술의 장르를 일원화하는 예술의 통합적 이념을 추구했는데, 이러한 통합은 '공감각Synästhesie'이라는 개념을 통해 선취된다. 여기에서 개별 예술 장르의 융합은 단순한 호사가들의 유희가 아니라 예술의 구원을 이룩하는 길로 선언되었다. 서로 다른 감각의 연상과 교환 작용인 공감각은 예술의 공생을 뒷받침하는 심리학적 근거로 간주된다. 그리고 이 같은 예술의 공감각적 표현 기법은 바그너R. Wagner의 '총체예술작품Gesamtkunstwerk'의 이념으로 발전하기도 했다. 낭만주의에서 추구된 예술의 통합화 경향은 한 세기가 지난 19세기 말 프랑스를 중심으로 한 초현실주의와 상징주의 운동 등 현대 예술사조에서 예술 형식의 혁신으로서 계승되었다. 이후 이미지의 혁신성은 바로 문학의 미래를 결정짓는 최대 관건이 되었음은 주지의 사실이다.

이미지는 감각과 상상의 영역을 왕복한다. 그러나 무엇보다도 이미지를 생산하는 상상력의 실제적인 힘은 환상Phantasie이라는 능력을 통해서 발휘된다. 낭만주의에 있어서 그것은 무엇보다도 상상력의 실천적-종합적 행위로 간주된다. 역으로 말하자면, 상상력이란 환상을 실행할 수 있는 이론적-선험적 능력인 셈이다. 낭만주의는 문학과 예술을 꿈과 무의식을 포함한 상상력의 소산으로 간주할 수 있게 됨으로써, '인간적 본성'으로서의 상상력이 그려내는 예술의 '가상적 특성'이야말로 오히려 문학과 예술의 고유한 자리임을 적극적으로 평가하게 된다. 가령, 낭만주의 문학관의 형성에 있어서 결정적인 중요성을 갖고 있는 슐레겔F. Schlegel에게는 가상을 산출하고 실행하는 능력으로서의 상상력이란 이미지를 통해서 우리를 사물의 지배로부터 자유롭게 해주는 능력으로 정의된다. 따라서 그것은 인간의 절대적인 자유의 이념을 기초할 수 있는 미적 발명품으로 간주될 수 있게 되는 것이다. 이처럼 문학과 예술의 고유한 기관Organ으로서의 상상력에 대한 평가와 아울러 예술적 가상에 대한 구원이 이루어질 뿐만 아니라, 거기에서도 더 나아가 오히려 가상이야말로 과거에 진리가 담보했던 자리를 주장할 수 있게까지 된다.

진리가 자유의 이념 속에서 규정되는 낭만주의 문학관에서 가상은 진리의 부정이 아니라 그것의 현상을 위한 필연적인 조건이 된다. 왜냐하면 가상이 없다면 인간의 자유는 진리로부터 배제되기 때문이다. 여기에서 자유는 '유동하는 상상력의 상태'를 갖는 것으로 특징지어진다. 상상력과 자유의 관계에 대해서는 초기 낭만주의의 작가이자 이론가였던 노발리스의 다음과 같은 발언을 참조하기로 하자. "자유로운 존재는 자아의 경향이다. 자유로울 수 있는 능력은 생산적 상상력이다. 조화는 그것의 대립물들 사이에서의 활동의, 유동의 조건이다. 모든 존재, 존재 일반은 자유-존재 이외에는 아무것도 아니다." 이러한 맥락 속에는 물론 인간의 자유가 배제된 진리란 존재할 수 없으며 의미조차 없을 것이라는 낭만주의의 확고한 신념이 똬리 틀고 있다. 진리와 가상의 관계에 대해서는 슐레겔의 다음과 같은 발언을 참조하는 것이 도움이 되겠다. "상상력은 진리와 가상이라는 두 종류의 산물을 갖는다. 하나는 다른 것을 배제하고 부정한다. 가상이 이상이고 진리가 진리인 한, 양자는 동일하다. 진리는 가상의 형식이다. 가상은 진리의 형식이다."

근대적 현상으로서 낭만주의의 이러한 미적 근대성의 특징은, 니체F. Nietzsche에게서 이론적-방법적으로 정점에 이르는, 문학외적인 것이나 종교적인 것, 정치적인 것들로 더 이상 환원되지 않는 문학의 고유한 자리를 확보한다. 모든 가치를 전도시키려 한 니체의 시도는 진리와 허위, 선과 악, 아름다움과 추함이 서로 배제하고 있는 전통적 형이상학에 대한 전면적 회의로 이어질 뿐만 아니라 대립자의 통일이, 헤겔G.W.F. Hegel의 경우처럼, 지양을 통해 체계적인 종합으로 수렴되지도 않는다. '형이상학자들의 기본 신앙은 가치의 대립에 대한 믿음'이라고 말한 니체는 이제 그러한 대립의 양 항이 지니고 있는 '본질의 동일성'을 주장하기에 이른다. 거기에서 진위와 선악은 둘로 분리될 수 없다. 《선악의 피안》에 등장하는 다음과 같은 언급을 보도록 하자. "훌륭하고도 고상한 존재들의 가치를 형성하는 본질이 외관상 이와 대립하는 듯이 보이는 조악한 것들과 실은 위험스럽게 관련되고 뒤얽혀 있어서, 이 둘은 본질에 있어 동일한 것인지도 모르는 일이다." 이러한 주장은 결국 진리와 가상의 본질이 동일하다는 결론으로 이어지고, 마침내 형이상학적 철학의 진리 개념이 폐기됨으로써 그것을 가상과 맞바꾸는 결과를 불러오게 된다. 같은 책에서 니체는 결정적으로 "'가상적' 세계가 유일한 세계이다. '참다운' 세계란 단지 허위로 덧붙여진 세계일 따름이다"고 말한다.

가상에 대한 이 같은 옹호는 물론 문학과 예술의 가치를 평가절상하는 효과를 낳는다. 거기에서 예술은 '가상을 향한 선의'로 규정된다. 니체는《즐거운 학문》에서 다시 "나에게는 가상이 현재 영향을 미치고 있고 또 살아있는 것 그 자체"라고 말하고 있다. 예술은 모든 진리 추구와 본질 추구의 저편에서 바로 이 '영향을 미치는 것', '살아있는 것'을 표현한다. 그러므로 이제 니체에게 있어서는 문학과 예술을 형성하는 상상력의 가상적 특성은 오히려 적극적으로 진리의 자리를 주장하기에 이른다. 니체에 의한 가상과 진리의 자리바꿈은 다음과 같은 급진적인 결론에 도달하기 때문이다. "그러니 진리란 무엇인가? 은유들, 환유들, 의인화들의 유동적인 집단일 것이다"(〈도덕 외적인 의미에서 진리와 허위에 대하여〉). 결국 니체에게 있어서 진리란 과학이나 체계적 철학의 개념적 진리가 아니라 문학의 미학적 진리인 셈이다. 왜냐하면 진리란 절대불변의 것이 아니라 새로운 가치의 창조이기 때문이다. 니체는 플라톤이 부정적으로 간주했던 예술의 특성들, 즉 감각적 즐거움이나 현혹 또는 수사적 기만을 예술의 긍정적이고도 근본적인 속성으로 간주한다. 이 모든 담론의 토대를 형성하는 것이 바로 문학과 예술의 '이미지'이고, 이 이미지를 생산하는 '상상력'이며, 상상력을 실제적 힘으로서 사용하는 '환상'이다. 이미지는 가시성과 비가시성의 중개를 통해 가상과 실재를 매개하면서 그 둘 사이에서 유희한다.

눈멀고 귀먹은 미친 광대의 춤,
혹은 우주적 몸의 노래

— 강정 시집 《그리고 나는 눈먼 자가 되었다》

풀을 춤춘다
아기 손바닥만 한 타원형의, 끝이 뾰족한
오래 잠들어 있던 우주의 비늘들이 펄럭인다

—〈풀춤〉

어쨌거나 계속 춤출 일만 남았다.

—〈시인의 말〉

"풀이 춤춘다"가 아니라, "풀을 춤춘다"이다! 풀을 춤추는 자는, 물론, 풀이 된 자일 테다. 그는(또는 풀은), 어느새, 풀이(또는 그가) 되어, 춤춘다. 그렇게 풀은, 풀이 된 자의 몸을 통해, 스스로를 춤춘다. 그러므로 이제 우리는 다시, 풀이 된 자의 춤을 통하여, 그저 "풀이 춤춘다"고 말해도 좋으리라. 그러니, "풀을 춤춘다"가 아니라, "풀이 춤춘다"이다! 놀라운 주객전도와 물아일체의 광경이다. 애초의 "풀이 춤춘다"라는 자동사문은, 그러나 주체와 대상의 분리를 전제한다. 풀은 춤추지만, 그 춤추는 풀을 바라보는 주체는 풀의 춤 바깥에 있어야 하기 때문이다. "풀을 춤춘다"는 타동사문은, 통사론적으로는 목적어를 필요로 하여 주체와 대상의 분리를 전제하는 듯이 보이지만, 그러나 그 문장의 의미론적 맥락에서 주체와 대상은 분리되지 않고 한 몸을 이룬다. 주체가 대상을 춤춘다! 그때 대상은 이미 주체다. 이 같은 사태는 통사론과 의미론의 분열과 모순을 넘어선 어떤 경계를 지시하고 있다. 주체와 대상을 구분하고, 또 주체와 행위를 분리하는 것은 어쩌면 오래된 인간의 못된 언어적 관습에 불과한 것인지도 모른다. 그 관습은, '나'와 '풀'의 구분을 없앤 저 경계에서 춤추는 자를 '미쳤다'고 말할 것이다. 그러니, 분명《그리고 나는 눈먼 자가 되었다》는 미친 광대가 추는 '춤의 시집'이라고 불리는 것이 마땅하다. 무엇보다도 먼저,《그리고 나는 눈먼 자가 되었다》는 풀로 상징되는(물론, 시집에는 물, 불, 바람, 돌 같은 다양한 원소들도 널려 있으며, 바람/빛을 가둔 돌/어둠과 돌/어둠 속에서 깨어난 바람/빛 같은 이미지들이 도처에서 발견된다) 대지(자연)의 '몸짓'과 우주적 '몸의 언어'로 구성된 시집이기 때문이다. 시인은 이미 이 '몸짓'을 두고, "그것은 온전히 살아있는 자만이 느낄 수 있는 유일한 죽음의 진심, 그리하여 우주의 뿌리"(〈시인의 말〉)라고 언명한 바 있다. 그리고 우리는 몸의 행위 혹은 몸짓이 몸의 언어(이 경우, 특히 리듬을 염두에 두고 있으므로 '노래'라 불러도 무방하다)를 질료로 삼아 시Poesie를 쓰는 일을 이미 '춤'이라는 언어로 명명하고 있는 터이다. 무릇 모든 몸짓이 그 무엇인가의 표현(드러남/드러냄)이긴 할 테지만, 그것이 또한 리듬을 갖지 않는 한 춤이라고 불리지는 않는다. 그러므로 춤이 그 무엇인가의 언어적 표현이고 또한 리듬을 갖추고 있다면, 그러한 몸짓 자체를 시라고 해야 하지 않을 이유는 어디에도 없어 보인다. 당연히, 음악이 그러한 것처럼 말이다. 그렇게 음악과 춤과 시는 하나의 뿌리를 갖는 세 가지들에 지나지 않는다. 신화적 사태를 빌려 말하자면, 그것들은 모두 '기억'의 여신 므네모시네Mnemosyne라는 한 어미의 자궁으로부터 나온 뮤즈Muses 자매들이다. 그리고 내가 아는 한, 오로지 춤과 음악과 시의 관능/아름다움에 헌신하고 있는 시인 강정은 이 뮤즈 여신들의 충실한 제사장쯤으로나 보인다. 첫 시집《처형극장》이래《들려주려니 말이라 했지만》,《키스》,《활》,《귀신》,《백치의 산수》를 거쳐 이제 막 상자되는《그리고 나는 눈먼 자가 되었다》는 '춤의 시집'은 시인의 지극한 탐미와 관능이 도달한 하나의 우주적 풍경을 완성해 내고 있다.

《그리고 나는 눈먼 자가 되었다》는 무엇보다도 저 자매들의 출생의 기원을 보고하는 시집으로 내게는 읽힌다. 보다 정확하게 말하자면, 시집은 이 아름다운 세 자매들의 공통된 출생의 비밀을 들여다보게 하는 비서秘書로 보인다는 것이다. 시집은, 더불어 이 관능적인 자매들이 구비한 아름다움의 비밀을 폭로한다. 이 보고서의 핵심 사항을 추려보자면 다음과 같은 세 가지 계기가 존재하는 듯하다. 첫째, 뮤즈들의 관능적 아름다움은 생기론적인 몸의 흐름으로부터 나온다는 것. 둘째, 이 몸의 유동적인 움직임은 삶과 죽음이라는 대지(자연)의 순환의 질서 자체라는 것. 셋째, 이러한 생명의 순환/갈아듦이 곧 우주적 리듬이라는 것. 결국《그리고 나는 눈먼 자가 되었다》는 범우주적 생명의 질서가 몸의 리듬을 만들고, 이 몸의 리듬이야말로 춤과 음악과 시라는 예술의 아름다움의 뿌리가 된다는 사실을 보고하고 있는 셈이다. 그렇기에 이 아름다움은 또한 에로티즘과 죽음을 잇는 끈의 다른 이름이기도 할 것이다. 그러나《그리고 나는 눈먼 자가 되었다》에서 보다 결정적인 사안은 이 몸의 흐름으로서의 춤이 '눈멀고 귀먹은 미친 광대의 춤'이라는 사실이다. 눈멀고 귀먹은 자의 세상은 사실상 외계로부터 거의 차단되어 있을 것이다(그 세상은 촉감이나 운동감 등으로 이루어져 있을 테지만, 그렇기에 역설적으로 눈멀고 귀먹은 자는 외계와의 접촉을 위해서 훨씬 더 많은 몸짓이나 운동을 시도할 것이다. 그에게 세계는 몸짓과 운동으로 구성된 어떤 것일 테다). 그렇기에 그의 춤(음악, 시)은 외부 세계의 객관적인 표현(이 경우에는 모방이거나 재현이 되겠지만)일 수도, 또 그 외계로부터 자극된 주관적인 감정의 표현일 수도 없다. 그것이 감각이라는 수단에 의해 매개된 것인 한, 어쨌든 그러한 표현들은 언제나 '간접적'인 동시에 '상대적'일 뿐이다. 남는 것은, 눈멀고 귀먹은 이 미친 광대의 춤이 그 무엇인가의 '직접적'이며 '절대적'인 표현이 되는 길밖엔 없다. 그는, 자신의 직접적인 몸짓을 제외하고는, 어떠한 매개도 없이 세상을 곧바로 직면한다. 보다 정확히 말하자면, 이 광대의 몸짓은 감각이라는 외적outernal 감관에 의해 매개되지 않는 순수한 내적internal 본능과 욕망의 절대적 운동인 동시에, 대지(자연)과 우주의 직접적 운동이라는 사실이다. 이 광대는 "나는 내 소리의 그림자 / 소리는 우주의 정겨운 흠집 // 그리고 나는 눈먼 자가 되었다"(《맹盲》)고 자신의 이력을 밝혀 놓았던 터이다. 이 광대의 춤이 우주적 몸의 노래가 되는 까닭이 거기에 있다. 이 광대는 일찍이 "눈물을 말려 긁어낸 소금으로 시를 썼다"(《하얀 곰팡이》)고 알려져 있는 자로서, 그의 염원은 오로지 다음과 같은 것이었다. "걸을 땐, / 다리여 사라져라 // 네가 내 이름이 되지 않도록 / 땅이 너를 탓하지 않도록"(《그리고 나는 눈먼 자가 되었다》).

시인은 "가만히 있어도 춤이 되는 사지"(《잠수한계치》)라고, 이 광대를 단적으로 표현한다. 눈멀고 귀먹은 미친 광대의 춤은 몸으로부터 저절로 솟아오른다. 시인은 또한 "나아가는 모든 길이 몸 안의 유적이나 진배없어 / 절로 노래를 흥얼거린다"(〈그림자의 표본〉)거나 "나는 내 몸이 스스로에게 하는 소리를 듣네"(〈누드 입상〉)라고 노래한다. 그리고 이 같은 사태는 시인에게 하나의 의문을 일으킨다. 그는 이제 "이것은 과연 누구의 귓속말이고 / 누구의 차진 입술일까"(〈말의 살〉)라고 자문한다. 광대의 몸/존재로부터 저절로/자연적으로 솟아오른 우주적 순환/생명의 리듬 외에 그것을 지칭할 수 있는 표현은 달리 없어 보인다. 바로 "자네 몸 안이 그들의 이동무대"(〈망실공비 패턴〉)인 것이다. 결국 이 광대의 춤은 우주적(그러니, 말 그대로 '보편적'이라는 뜻이겠다) 몸의 리듬, 즉 대지(자연)의 순환의 절대적 흐름 그 자체일 수밖에 없어야 한다. 그리하여 "모든 음악은 하늘의 발자국 소리"(〈하늘과 음악〉)가 된다. 눈멀고 귀먹은 미친 광대의 춤은 그렇게 절대적인 우주적 몸의 노래가 된다. 저 우주적 순환의 리듬 속에서 삶과 죽음은 서로를 넘나들며, 대지(자연)은 저 광대가 춤추는 관능과 에로티즘의 무대가 된다. 그러나 독자로서, 또한 평자로서 내가 정작 궁금했던 것은 이 광대가 왜 눈멀고 귀먹게 되었을까 하는 점이다. 왜 이 광대는 미친 춤이나 추는 자가 되었을까? 아마도 이 질문 속에 《그리고 나는 눈먼 자가 되었다》라는 '춤의 시집'의 비밀이 숨겨져 있을 듯하다. 시집의 제목은 아무런 조건이나 전제 없이 곧바로 '그리고…'로 시작된다. 내 의문은 이 접속 부사 '그리고'로 시작되는 앞의 사건에 있다. 왜 시집의 제목은 앞의 사건과의 관계에서 '그래서'나 '그러나', 혹은 '그런데' 같은 순접이나 역접 혹은 전환 관계가 아니라, 하필이면 '그리고'라는 병렬 접속사로 시작되는가? 앞의 사태와 뒤의 사태가 서로 인과 관계(그것이 순접이든 역접이든 전환이든 어쨌든 그 관계들은 앞의 사태와의 관계 속에 존재한다) 속에 있는 여느 접속사들과는 달리, 제목의 문장은 '그리고' 앞의 사건과의 모든 인과 관계를 벗어나 있다. 말하자면 우리는 '그리고 나는 눈먼자가 되었다'는 진술 앞의 생략된 문장(만약 생략된 무언가가 있다면 말이지만, 이 접속사는 그 자체로 앞의 사태를 전제하지 않고도 존재할 수 있다. 그 경우 이 어사는 엄밀히 말해서 접속사가 아니라 췌사나 간투사 혹은 감탄사로 읽혀야 하리라!)과 어떠한 인과적-논리적 관계도 추론할 수 없다. 말하자면 '그리고' 앞의 사태는 '창세기' 이전의 사건이 된다는 뜻이겠다. 그것은 전적으로 우리의 상상력만이 접근할 수 있는 일종의 '무無의 사건' 속에 던져져 있다. 그래서 나는 이 눈멀고 귀먹은 미친 광대의 춤이 어떠한 기원이나 결과도 갖지 않는 '순수한 무'로부터 솟아난 몸짓이라고 밖에는 이해할 수 없게 된다. 이 비밀을 눈치 챈 시인은 "귀먹는 게 세상이 지워버린 뭇 소리들을 / **최초의 울음**(* 강조는 필자)인양 다시 채록하는 거라 여겨"(〈최초의 이명〉) 저 미친 광대가 추는 몸의 노래('최초의 울음')을 채록한 것이겠다. 그 노래는 그냥 우연에 맡겨진 세계의 운동이거나 대지(자연)의 순환, 혹은 우주의 섭리 같은 것일지도 모르겠다. 이 미친 광대의 춤이 곧 "영원불멸의 재생터"(〈오름 극장 2〉)이자, 혼돈Chaos인 동시에 우주Cosmos적 몸의 노래가 되는 까닭이다.

탈주하는 말들의 풍경
— 김익경의 시세계

1.

김익경의 첫 시집《모음의 절반은 밤이다》를 처음 펼쳐드는 독자들은 상당히 당혹스러울 것이다. 우선, 간명하긴 하지만 수수께끼 같은 시집의 제목부터 그러하다. 독자는 그 의미의 실마리를 찾고자 같은 제목의 시가 있는지 시집의 '차례'부터 살펴보겠지만, 그런 제목의 시는커녕 그런 구절이 들어 있는 시조차 발견되지 않는다. 통사론적으로 완결된 한 문장의 의미가 불명확하다면, 그것을 둘러싼 맥락context의 도움이라도 받아야 한다. 하지만 시집에서는 그런 맥락조차 발견되지 않는다. 의문은 해결되지 않은 채 여전히 수수께끼로 남는다. 제목의 경우에만 사정이 그러한 게 아니다. 시집에 실린 51편의 시들 대부분이 제목의 의미를 캐려는 수고쯤이야 수고도 아니라는 양 한층 더 난감함을 불러일으킨다. 통사론적으로 파편화되어 있는 시어들은 그 의미론적 맥락을 짐작하기가 어렵고, 시적 이미지들 역시 거의 아무런 관련성이 없는 것처럼 보이는 것들이 서로 병렬적으로나 중첩적으로 제시되어 있어 그 의미의 해독이 쉽지 않다. 두 경우 모두를 고려해 단순하게 말하자면, 김익경의 시적 언어들은 그것이 드러내고 있는 기표와 그것이 지시하고자 하는 기의 사이의 거리가 너무 멀어(기표와 기의의 관계가 자의적이라는 것은 물론 널리 알려져 있는 사실이지만, 그렇더라도 이 자의성은 언어공동체 구성원들의 약속에 의해 제한되어 '사전적으로' 정의되어 있다) 그 의미를 해독하기가 어렵다는 결론을 얻게 된다. 시학의 측면에서 말하자면, 언어의 외연denotation과 내포connotation 사이의 간격이 너무 커서(혹은 이질적이거나 전복적이어서) 마치 초현실적인 상징의 화폭처럼 난해한 풍경을 만들어낸다고 말할 수 있을지도 모르겠다.

〈시인의 말〉과 더불어 시작되는 시집에서, '시인의 말'은 그 시집의 좌표와 방향과 목표를, 혹은 그것들에 대한 어떤 단서를 던져주기도 한다. 하지만 김익경의 시집에서 그것은 마치 해독 불가능한 요령부득의 암호로 이루어진 유서나 유언처럼 읽히기도 한다. "내 몸의 기관들이 갈기갈기 / 쓸모없이 / 누군가, / 부고를 내지 말 것"(〈시인의 말〉)이란 말들은 하나의 온전한 문장들로 수렴되지 못하고, 그야말로 '갈기갈기' 파편화되고 분절되어 있다. 통사론의 규칙을 따르지 않은 분절된 말들(혹은 그 흔적들이나 풍경)은 그러므로, 당연히, 의미론의 틀 속에 온전히 자리할 수 없다. 왜냐하면 의미란 기본적으로 문장 단위로만 구성되고 또 그 문장은 엄격한 통사론의 규칙을 따라야 하기 때문이다. 〈시인의 말〉에서는 다행히도 마지막 한 구절만은 온전한 문장을 만들고 있어서, 그 의미를 독해하기가 어렵지 않긴 하지만 말이다. 이런 사태는 시집에 실린 많은 시들(특히 시집의 1부)에서 벌어지고 실정이다. 가령, 《모음의 절반은 밤이다》의 첫 자리를 차지하고 있는 〈초면들〉이란 시에는 "입을 떠난 얼굴들이 일제히 실례를 합니다" 같은 해독하기

난감한 문장이 등장한다. 주어와 술어를 갖는 형식상의 문장은 완성된 것처럼 보이지만, 그것은 의미론적 맥락에서 주술 관계를 형성하지 못한 채 결합될 수 없는 말들의 파편으로 흩어져 있는 것처럼 보인다. 시인의 표현을 빌리자면, 아마도 말들이 구성하는 '으깨어진 풍경'(〈간편한 초대〉) 같은 것일지도 모르겠다. "읽는 것은 결국 귀의 몫이에요"(〈귀 성장 클리닉〉) 같은 문장이나 "얼굴을 신다가 사라진 구두를 생각한다"(〈Nikon〉) 같은 전도된 의미의 문장은 그나마 정도가 덜한 편에 속한다고 할 수 있다. 그렇다면 어떻게 이런 일들이 벌어진 것일까? 우리의 행로는 이 의문을 해결하는 과정을 거치지 않을 수 없겠다. "점자를 읽듯 밤의 민낯을 읽는"(〈의혹〉) 시인의 독해법을 따라가야 할 이유이다.

우선, 이미 언급된 〈초면들〉이라는 시에서 그나마 해독하기가 비교적 수월해 보이는 문장으로부터 시작해보자. 시에는 "거울 앞에서 당신은 나의 옷을 벗고 있습니다"(〈초면들〉)라는 구절이 등장한다. 물론 '거울 앞에서' "나의 옷을 벗고 있"는 '당신'이 '나' 이외의 다른 존재일 수는 없을 것이다. 그런데 문제는, 그가 '초면'인 듯하다는 사실에 있다. 그래서 "우리, 언제 봤었던가요"라는 '질문'(시의 첫 구절이 "이런 질문을 해도 될까요"이다)이 등장하는 것이다. 그리고 이어지는 시의 마지막 구절은 "너무 멀리 와 버렸네요"이다. 독자로서의 내게는 이 구절이, 주체가 스스로에게 낯설게 된 어떤 소외의 상황 혹은 모종의 자기분열의 상태를 드러내고 있는 것이 아닌가 하는 추측을 불러일으킨다. 만약 그렇다면, 《모음의 절반은 밤이다》에 실린 시들은 이러한 주체의 내적인 자기분열 혹은 자신이 스스로에게 낯설게 된 어떤 소외의 상태를 풍경화하고 있는 것이 아닌가 하는 짐작을 자연스레 하게 된다. 하기야 분열과 소외는, 현대인의 초상을 가장 극적인 방식으로 선취했던 카프카F. Kafka의 작품들에서 잘 드러나고 있듯이, 현대 자본주의 사회의 보편적 세계상태가 된 지는 이미 꽤나 긴 이력을 지니고 있는 터이긴 하다. 그러니, 주체가 앓고 있는 이 분열과 소외의 상태를 우리는 한 개인의 내면적 체험으로만 한정해서는 안 된다. 표면적으로는 지극히 개인적 내면 체험들로 보일 수도 있는 김익경의 시들은 사실상 정치경제적 맥락과 사회문화적 징후에 대한 예리한 성찰과 치열한 탐색의 결과이기도 하다. 평자로서의 나는 그 점을 강조하는 것이 중요하다고 생각한다. 왜냐하면 이 맥락과 징후를 염두에 두지 않는다면, 시인의 시세계는 요령부득의 말장난에 지나지 않는 것으로 치부될 수 있을 것이기 때문이다.

2.

《모음의 절반은 밤이다》에서 시적 언어들은 지극히 개별화, 탈-코드화 되어 있어 하나의 고정된 의미론적 맥락의 형성을 어렵게 한다. 달리 말하면, 김익경의 시어들은 사전에 등재된(코드화된) 말이 지니는 의미의 자장으로부터 완벽하게 일탈해(혹은 탈주하고) 있다고 할 수 있다. 언어는 기본적으로 개별성(파롤)과 보편성(랑그)의 결합으로부터 그 의미를 보장받는다. 그러므로 코드화되지 않은 개별 언어들은 의미의 자장을 형성하지 못한다. 꿈의 언어나 정신병의 언어가 바로 그러한 예들에 속할 것이다. 그것들 역시 발화된 말임에는 분명하지만, 우리가 해독할 수 있는 거의 아무런 단서도 남기지 않는다. 왜냐하면 그 말들은 언어가 하나의 보편적 법칙이라는 사실로부터 벗어나 탈-코드화 되어 있기 때문이다. 그렇다면 《모음의 절반은 밤이다》를 쓴 시인이 의도하고 있는 것은 '탈-의미'인가라고 물을 수도 있겠다. 어쩌면 그럴지도 모르지만, 그것은 너무 나간 얘기인 것 같다. 역설적이긴 하지만, 일단 발화된 어떤 말도 그럴 수는 없다. 비록 우리의 의식에 도달해 해독 가능한 것이 되지 않는다 할지라도, 꿈이나 정신병의 언어 역시도 이미 어떤 의미 구조의 자장 속에서 움직이고 있다는 사실을 우리는 이미 알고 있다. 그렇기에《모음의 절반은 밤이다》의 시인이 목표로 하는 보다 결정적인 사안은, 통사론과 의미론의 일치로부터 벗어난, 탈주하는 말의 '자유'인 것처럼 보인다. 그런 의미에서 김익경의 시적 작업은 현대시의 출발점이었던 프랑스 상징주의 시학의 영향에서 그리 멀리 떨어져 있지 않다. 시인의 이러한 시적 전략을 나로서는 말의 '탈-코드화' 작업이라고 부르고 싶다. 이 작업은 보편적인, 외연을 갖는 기호로서의 언어를 개별화, 사사화 함으로써 시의 화폭을, 마치 초현실적인 꿈의 세계와도 같이, 해독 불가능한 상징의 장으로 만든다. 김익경의 시적 작업이 잃고 있는 것은 말의 고정된 의미이지만, 해독 가능한 기호로서의 기능을 상실한 언어가 그 대가로 얻는 것은 탈-코드화된 말의 자유이다. 내게는《모음의 절반은 밤이다》가 통사론과 의미론의 합치로부터 벗어난 이 같은 '말의 난장'을 목표로 하고 있는 것처럼 보인다.

달리 말할 수도 있다. 김익경의 시적 작업은, 비유적으로 말하자면, 시인 자신이 에셔M. C. Escher의 그림이라고 주석을 붙여 놓은 한 시의 표현처럼, "그리는 손을 그리고 있는"(〈오래된 부음〉) '손'을 목표로 하고 있는지도 모르겠다. 그의 시세계는 단순히 그려진 풍경의 문제가 아닐 뿐만 아니라 그것을 그리는 손의 문제도 아니라, 풍경을 그리는 '손을 그리는 손'의 문제를 천착하고 있는 것이 아닌가 한다는 뜻이다. 풍경은, 물론, 대상화된 세계와 존재의 흔적일 테다. 하지만 그것을 그리는 손은 주체의 감각과 사유의 활동이어야 한다. 그렇다면, '손을 그리는 손'을 문제 삼는다는 것은 제곱된(배가된) 감각과 사유, 다시 말하자면 감각의 자기반영 혹은 사유의 자기반성이어야 할 것이다. 결국《모음의 절반은 밤이다》라는 '문제적' 시집이 탐색하고자 하는 것은 정신의 자기 반영성, 즉 언어학적으로 말하자면 언어의 자기-관련성 혹은 자기-지시성의 문제일 수밖에 없어 보인다. 가령, "모든 크레타 인은 거짓말쟁이"라고 말하는 크레타인의 역설이 이 같은 '자기-지시적' 언어 사용의 전형적인 예에 속할 것이다. 언어라는 기표로서의 기호가 지시하는 기의는 기표 바깥에 따로 존재해 있어야 그것의 의미를 보장받는다. 그러므로 자기-지시적 언어는 언제나 무의미의 공허로 떨어질 위험을 감수해야 한다. 거울을 비추는 거울을 떠올려 보면 이 사태를 정확히 이해한 것이 된다. 김익경의 시세계가 드러내는 사태가 바로 이 같은 언어적 상황이라고 나는 생각한다. 〈일주일째 집을 나서지 않은 사람들을 위한 집 밖의 사람들이 있다고 하자〉 같은 시 제목의 문장 역시 경우는 다르지만, 유사한 상황을 보여준다고 할 수 있다. '집을 나서지 않은 사람들을 위한 집 밖의 사람들'이 어떤 의미를 갖겠는가?

그렇기에 시인은 "보이는 것과 보이지 않는 것 사이"(〈세잔의 단백질〉)라고 말했을 것이다. 내게는 김익경의 시들이 이 '보이는 것'과 '보이지 않는 것' 사이의 긴장 지대에서 그것들을 왕복하고 있는 것처럼 보인다. 아마도 '탈-코드화 된' 탈주의 길은 바로 이 왕복 운동을 말하는 것이어야 하겠다. 그렇다면 이러한 탈주의 시적 전략이 의도하고 또 목표로 하는 점은 무엇인가 물어야 한다. 어쩌면 시인에게는 지금 펼쳐져 있는 세계나 존재, 혹은 언어 자체가 이러한 '사이'의 차이를 지우고 있거나 감추고 있는 것으로 보일지도 모르겠다. 이미 시인은 "귀 기울이면 더 깊은 수렁의 말이 된다"(《적의 화장법》)고 말했다. 또한 그는 "보이는 것과 보이지 않는 것 사이의 / 과일들이 / 어긋난 수평선 위에 놓여 있다"(《세잔의 단백질》)고도 말한다. 귀 기울일수록 '수렁의 말'이 되고, 존재와 사물의 지반이 되어야 할 세계의 '수평선'이 이미 어긋나 있다면, 그때 '존재의 진리'를 드러내고자 하는 시의 언어가 감당할 수 있는 일이란 어떤 것일까? 시인에게는 우리가 서 있는 세계 자체가 이미 뒤죽박죽이 된 세계("어긋난 수평선")로 간주된다. 그렇기에 그는 이 뒤죽박죽인 세계 자체를 어쩌면 다시 원래의 상태로 되돌려 놓고 싶었을지도 모른다. 그렇다면 방법은 단 하나, 뒤죽박죽인 세계를 다시 뒤죽박죽으로 만들어야만 할 것이다. 이제, 우리는 이렇게 말해야 한다. 김익경의 시적 작업과 전략이 목표로 하는 것은 기존의 정형화된 시적 틀(언어의 구조)을 파괴하여 새로운 방식으로 언어를 직조하는 일이라고 말이다. 이 '시적 틀'의 새로운 직조는 창안했다는 새로운 언어의 발견이나 창안을 통한 세계와 존재의 갱신을 목표로 할 것이다. 이 새로운 세계의 창조를 위해서, 가령 러시아 형식주의자들은 소위 '낯설게 하기' 같은 방법을 고안했다는 문학사적 사실을 우리는 기억하고 있다. 시인의 '탈-코드화'의 전략 역시 시가 단순히 의미의 전달만이 아니라 또한 그 의미 전달의 방식을 문제 삼음으로써 세계와 존재를 새롭게 해석할 뿐만 아니라 갱신을 도모해야 한다는 점에 동의하고 있는 것처럼 보인다. 이러한 도발과 전복의 작업은 세계와 존재의 근원적인 갱신을 열망하고 또 촉구하는 언어적 모험의 기록으로 자리하게 될 것이다.

3.

검은 대륙에 흰 독수리의 문자가 떠돌고 있다 정글 속 사각거리는 문자의 입자들 무방비의 저녁에서 돌아오는 아침이면 바람의 소리를 닮은 낱말들이 상처 난 머리카락을 내놓고 있다

우리의 손은 간밤의 소리보다, 문자보다 늦었다

늪지를 빠져 나온 자판은 눈보다 지문을 먼저 익혀야 한다 자음과 모음의 법칙은 정글에서 통하지 않는다 소리만이 강자가 된다 자판이 만드는 존재의 문자는 낯선 상처를 안기는 이별이 많았다

—〈넘버 2〉 전문

"아침이면 바람의 소리를 닮은 낱말들이 상처 난 머리카락을 내놓"는 세계, "자음과 모음의 법칙은" 통하지 않는, "소리만이 강자가" 되는 '정글'의 세계, 일찍이 그러한 세계를 상정하여 '언어의 인공낙원'을 꿈꾼 이들이 있었던 것으로 알고 있다. 우리는 이 자연 속에, 세계 속에, 우주 속에 인과율이 존재한다고 믿는다. 말의 질서도 바로 그러한 인과율에 대한 믿음 위에 구축되어 있다. 그러나 만약 이 인과율이 객관적 사실이 아니라 다만 인간 관념의 주관적 소산에 불과하다면? 만약 인식이라는 것이 자연의 객관적 사실이 아니라 한낱 인간 정신(칸트의 용어로는 '오성'을 말한다)의 주관적 구성에 불과하다면? 그때 자연은, 또한 세계는 당연히 '알 수 없는 그 무엇'으로만 남게 될 것이다. 시인의 인식론적 회의주의 안에서 세계는 그냥 우연(인과율의 필연성에서 벗어나 있으므로)에 맡겨

진 사건들의 집합에 지나지 않는다. 그 세계에서 희생당하는 것은 '진리' 개념이지만, 그 희생의 대가로 승리의 나팔을 울리게 되는 것은 '말의 유희'라는 '쾌'의 개념이다. 이 세계에서 말은 그 어떤 무엇에도 속박됨이 없이 오로지 기표들의 유희를 즐길 것이다. 그 말의 세계는 '영원한 진리'를 포기했지만, 대신 '무한한 우연'을 긍정할 수 있게 된 세계이다. 시인은 "일요일을 세다보면 / 최초의 일요일들이 자꾸만 찾아온다"(〈일요일도 아닌데〉)고 노래한다. 그렇기에 모든 일요일은 언제나 최초의 일요일이다. 끝없는 우연과 생성의 반복만이 존재할 뿐, "세상의 기운은 운7 복3 기1이다"(〈훌라 할 줄 아세요〉). 오로지 우연만이 지배하는 그 세계는 언제나 최초의 세계이고, "나는 안이 없는 사람"(〈일주일째 집을 나서지 않은 사람들을 위한 집 밖의 사람들이 있다고 하자〉)일 뿐이다. 그렇기에 나는 또 완전히 새롭게 태어날 것이다. 언제나 새롭게 태어나는 모든 말은 '아담의 언어'(〈10초의 거리〉)이고, 모든 여자는 "아담의 첫 여자, 이브 이전의 여자"(〈릴리트〉)일 것이다. 그곳은 모든 것이 새롭게 태어날 수 있는 창세기 이전의 세계, "채워지면 채워질수록 / 중심으로부터 멀어지는"(〈훌라 할 줄 아세요〉) '탈주'의 세계일 터이다.

단단해지고 싶다
가장 아름답게 벗기고 싶다

얇은 피부가 늘어나도록 며칠을 굶는다 목에 호스를 꽂아 열기구처럼 부풀 때까지 술을 먹는다 벌려진 입 속으로 칼을 넣어 척추를 해체 한다 머리에 못을 박는다 박힌 머리를 삭둑, 자른다 오렌지색 피가 봇물처럼 뿌려진다 나는 온전히 벗겨진다 200년 전처럼

대사율이 느리고 혈압이 낮아진다 산소와의 내통을 끊는다
신경의 손상이 느린 것은 즐거운 고통 머리는 머리대로 몸은
몸대로 날카롭다 늦고 날카로운 만큼 은혜로운 무두질이다

벗겨진 채 며칠을 살아 있었고
부위별로 관능적 빛깔이 입혀진다

인식되는 거리마다
비를 피하는 아담의 언어들이 바쁘다

—〈10초의 거리〉 전문

시인은 "일어난 사건과 일어났다고 판단하는 사건의 모든 진실은 현명하지 않다"(〈무협〉)고 믿는다. 그러니, 모든 사물과 상황과 사건들의 진실은 오리무중일 뿐이다. 심지어 '나'라는 주체도, 그 주체의 정신조차도 말이다. '일어난 사건'이라는 객관도, '일어났다고 판단하는' 주관도 모두 진실이 아니다. "모든 진실은 현명하지 않다". 그렇다면 무엇이 사실('일어난 사건')이고 무엇이 진실('일어났다고 판단하는 사건')인가? 사실상 모든 인식은 인과율의 법칙에 대한 믿음 위에서야 가능하다. 인과율의 필연성을 상정하지 않는다면, 어떤 (논리적) 인식도 가능하지 않은 법이다. 하지만 《모음의 절반은 밤이다》의 시세계에서 어떤 사건들은 인과율로부터 벗어나 있는 듯이 보인다. 가령, "소말리아 해변식당에서는 20명 이상이 초고속어뢰에 당했고 헐리우드 배우는 팬과 사랑에 빠졌다"(〈무협〉)는 구절을 보기로 하자. 앞의 사건과 뒤의 사건에서 우리는 어떤 인과적 고리도 발견할 수 없고, 그렇기 때문에 이 문장의 의미는 수수께끼가 된다. 그것은 그냥 어떤 사태나 사건들의

병렬적 기술에 그치고 있다. 이때 독자의 머릿속에 떠오르는 의문은 '그래서 어쨌다는 거야?' 같은 것이다. 하나의 사건이나 사태는 다른 사건이나 사태와 아무런 관련성도 없이 그냥 나란히 놓여 있거나 포개져 있을 뿐이다. 이러한 사태가 김익경의 시세계에서는 빈번하게 목격된다. 그러니, 결국 이렇게 말해야 한다. 그 세계에서는 인과율의 필연성이 배제되어 있고, 또 이러한 필연성의 배제가 바로 시인의 시세계를 난해하게 만든다고 말이다. 거기에서 논리적 인식과 이해는 가능하지 않다. 이제 남는 것은 기의에 도달하지 않은(또는 못한) 고삐 풀린 말들의 행로이다. 기의의 고삐에서 풀려난 기표들의 세계는, 말 그대로의 의미로, 순전한 말의 난장을 형성할 것이다. 이제 시는 기표들의 무한한 유희 공간으로 화한다. 말들은 자신 이외의 그 어떤 것에도 속박되지 않고, 오로지 자신들만의 축제를 벌인다. 그곳에는 말들의 폭력적인 위계도 질서도 존재하지 않는다. 오로지, 다른 그 무엇도 아닌, 오로지 말을 위한 말만이 존재할 뿐이다. 그것이 바로 시라고 시인은 믿는다.

4.

> 막다른 커브길에서 우리는 삶의 기울기를 만나 기울기의 실체를 여실히 드러낼 수밖에 없어 그곳에 가보면 알아 기울어져 가는 아침이 기울고 무릎은 바닥을 향해 있어 기울기는 가속도잖아 당신의 기울기는 안전하니
>
> — 〈가속도〉 부분

《모음의 절반은 밤이다》의 시세계에서 시적 자아는, 시인의 현실이 아마도 그렇겠지만, 대개 중년쯤의 사내로 보인다. 그는 "몰

래한 사랑"과 "스팸에 중독"되어 "오늘은 나를 해제"하거나(〈수신 거부〉), "그들끼리 접 붙기를 좋아"하는 '훌라'를 하거나(〈훌라 할 줄 아세요〉), "원나잇을 꿈꾸는 불빛" 아래서 새벽까지 나이트클럽에 앉아 있거나(〈접미사〉) 하면서 일상을 견디는, 그래서 또한 술을 즐겨 마시는 사내이다. 하지만 일상의 풍경 속에서 드러나는 그의 현실은 슬픔과 아픔으로 '기울어져' 가고 있다. "틈 속에서 자꾸만 납작해지는"(〈크리넥스〉) 그 삶은, 가끔은 "정오를 증오로 읽"거나 희망곡希望曲을 '희망곡希望哭'으로, "방광을 발광으로 읽는"(〈정오의 희망곡〉) 그 사내의 삶은 간신히 지탱되고 있는 것 같다. 사내는 "한 발짝도 나설 수 없어 너에게 갇혀 있"(〈신발〉)는 삶을 살고 있다. "입술 없는 입 혀 없는 소리"(〈화살나무〉)로 상징되는 이 사내의 삶은 노동의 고단함과 일상의 지리멸렬함에 찌든, "그가 지배하는 침대는 관과 같"은 "우리 동네 목욕탕 이주노동자 벤허 김 씨"(〈벤허 김 씨〉)의 삶과 그리 달라 보이지 않는다. 그는 다음과 같이 말한다."어제 살았으므로 오늘도 살 것이라는 우연은 지루하다"(〈굿모닝〉).

약혼을 하다말고 문상을 갑니다 서약은 완성되지 못하는 목적지에 정박 중입니다

선물은 의미가 닿기 전 말을 잃습니다 나는 땅 끝에서 목청껏 허리를 구부릴 뿐입니다

— 〈지갑의 길이〉 부분

오늘도 무사히는 간절하지 않다 어제 살았으므로 오늘도 살 것이라는 우연은 지루하다 남자를 사랑할 때는 목을 조심해

야 한다 뜻하지 않은 일들은 소리의 가면을 쓰고 있다 거북이 와 토끼의 우화는 두 개의 세계가 하나로 연결되고 물 밖과 속이 구분되지 않는다

— 〈굿모닝〉 부분

나는 16개월 동안 무심한 알을 낳았다 총애 받는 생식기를 가진 동료들은 몸속의 피를 토해낸 새 자궁으로 다시 절반의 새를 낳았다

(… 중략 …)

폴 베리 박사는 스트레스 없이 분당 150마리의 닭을 살처분했고 이들은 발굴되지 않았다 양계장에는 사은품으로 털 뽑아주는 기계가 제공됐다

— 〈곳간〉 부분

"의미가 닿기 전 말을 잃"는 세계를 살고 있는 시인은 같은 시에서 "창세기, 개들이 짖고 있습니다"(〈지갑의 길이〉)라고 노래한다. '개 짖는 소리'로 새롭게 시작된 이 세계는, 효율성만을 제1의 원리로 삼는, 다시 말해 '경제성의 원리'만이 작동하는 자본주의적 현실이다. 그 현실은 모든 가치들이 뒤섞이고 전도된 세계이다. "물 밖과 속이 구분되지 않는"(〈굿모닝〉) 세계, "16개월 동안 무심한 알을 낳았"던 닭을 "분당 150마리"씩 "살처분"(〈곳간〉) 하는 세상(시인이 붙여 놓은 주석에 의하면, 이 시에 등장하는 '폴 베리 박사'라는 인물은 "사람 대신 닭을 잡아주는 기계를 개발한 영국인"이라고 한다)에 대해 시인은 이제 무심을 가장하여 "참 지긋지긋해요"(〈자독自瀆〉)라고 고백한다. 그렇기 때문에 동시에, 사내는 뒤죽박죽 된 이 현실의 세

계를 창세기 이전의 상태로 되돌릴 꿈을 꿀 수밖에 없었다. 또한 시인으로서의 사내는 현재의 질서(특히, 언어에 의존할 수밖에 없는 그에게는 바로 '언어적 질서'를 말한다)를 다시 뒤섞고 전복시켜야만 했다. '지독한 난독증'(〈무거운 식단〉)과 '실어증'(〈베르테르〉)을 앓고 있는, 제 경로를 벗어난 세계의 무의미한 질주를 되돌리기 위해서는 그 질주로부터 벗어나는 길(탈주, 혹은 탈-코드화 된 언어 전략)밖엔 달리 선택의 여지가 없을 것이기 때문이다. 안쓰럽게 보일 정도로 저 길 없는 광야의 폭풍 속으로 탈주하고 있는 사내와 더불어, "누군가 말을 걸어온다면 / 아주 조금씩 / 지난 시간을 배회하는 그대가 / 내 안에 있다"(〈적의 화장법〉)고 말할 수 있는 그런 세계는, 그런 갱신된 존재의 시간은 어떻게 가능할까 생각한다. 다행히도 나는 시집에서 한 편의 동화와도 같은, 너무나 아름다운 절창의 시를 발견할 수 있었다. 거기서 세계는, 존재는, 언어는 다시 새로운 꿈을 꿔야 하리라. 왜냐하면 "실어증은 말 이전의 말을 배우게"(〈베르테르〉) 함으로. 모든 새로운 생성을 가능케 하는 저 '물'의 '꿈'과도 같이.

> 달이 눈썹의 길이로 내려앉는 날, 그 날마다 별의 문이 열린다 별사람들 숙면에 취해 있다 별에서의 일은 새털 같은 이슬을 세는 일 뿐이다 무료한 별나라 이주민들은 물을 키우기로 했다 물은 자라면서 가벼워지는 속성을 익혔다 산란기에는 우수가 되어 롤러코스터처럼 지상에 내려앉거나 앞발의 미각으로 야음의 속곳을 뒤지기도 했다 물은 낮에만 자랐다 밤에는 너무 많은 지상의 눈이 부담스러워, 구름 속에서 사랑을 나누고 괄약근을 키우기도 했다

물의 심장이 뛰기 시작했다 별나라 사람들은 종이컵에 심장을 담아두었고 손저울로 무게를 단다 심장의 적정 무게는 두 근 반, 세 근을 넘기는 심장은 별나라 수문장의 간식으로 제공된다 평정심을 잃어버린 물은 미완의 반숙이거나 바르지 않는 바퀴가 될 것이라 믿었다 별스러운 생각은 그들만의 법칙이었다 **모든 생성은 물로부터 시작되었고 물은 꿈을 꾸기 시작했다**(* 강조 - 필자)

더 이상 하늘을 쳐다볼 수 없다

— 〈별나라 잠행〉 부분

(보유)

해설을 쓰는 자리에서는 여지를 얻지 못한, 시집의 바깥에 있는 것을 따로 적기로 한다.

내가 시인을 처음 지면으로 접한 것은 그가 동인으로 참가하고 있는 〈수요시 포럼〉의 제10집 《푸른 행성의 질주》(사문난적, 2013)에 실린 6편의 시를 통해서였다. 그 작품들 가운데서 유달리 기억나는 것은, 이번 시집에는 누락되어 있는, 〈안경 밖 세상〉이란 제목을 달고 있는 시의 "안경 밖 세상은 바른 것이 없다 / 바르지 않는 것이 바른 것이다"라는 구절이었다. 나는 '안경'을 '언어'로 바꾸어 읽었다. 시인에게 있어서 언어는 마치 안경과도 같아서, 이미 그 자체로 존재와 세계를 굴절시켜(다시 말해, 왜곡하여) 보여주는 것으로 이해되었다. 그렇기에 세계를 바로 보기 위해서는, "바르지 않는 것이 바른 것"이라는 사실을 직시하기 위해서는 이 언어를 해체하거나 넘어서지 않으면 안 되었을 것이다. 그렇기에 시인에게 있어서 '정상'이라고 불리는 것보다 더 '비정상'은 없었을 터였다. 이듬해에 나온 〈수요시 포럼〉 11집 《캥거루의 밤》(사문난적, 2014)에 실린 〈당신은 너무 가볍군요〉라는 제목의 '시작 노트'에서 시인은 다음과 같이 썼던 것이다. "나의 눈은 정상이다. 섣불리 찾아온 노안老眼으로 인해 가까이 있는 사물들이 희미하게 보이지만 사팔뜨기나 장님이 아니니 정상이다. 그러나 나의 눈은 비정상이다. 정상이어서 비정상인 것, 비정상이 되고 싶다. 비정상이 되지 못해 안달이고 안달이어야 한다. 사팔뜨기나 장님이 되고 싶다. 그래서 더 간절해지고 싶다". 아마도 그럴 것이다. 독자로서의 내가 김익경의 시가 '어렵다'고 느끼는 것은 내가 '정상'의 눈으로 그의 시를 들여다보려 하기 때문이고, 또 이 '정상'이라고 믿고 있는 내 눈이 이미 그 자체로 비정상임을 이해하지 못하고 있기 때문일 것이다. 시인의 시는 안경 밖으로, 언어의 바깥으로, 마비된 일상의 감각을 넘어서 가고자 한다. 그렇기에 김익경의 시는, 언어는, 감각은 '바람'처럼 늘 '정상'의 바깥으로 떠돈다. 〈수요시 포럼〉 제12집 《도마 위의 수평선》(사문난적, 2015)에 실린 다른 한 산문 〈내 마음의 시 한 편〉에서 그는 다음과 같이 썼다. "나는 늘 못 견딘다. 못 견디게 설렌다. 쉴 새 없이 설렌다. 늘 바람이 분다. 바람만이 나를 안다. 그런데 나는 바람을 모른다". 그리고 내가 김익경의 '시론'이라고 할 만한 글을 발견한 것은 〈수요시 포럼〉 제13집 《벽장 속 해변》(사문난적, 2016)에 실린 〈말이 되었으면 좋겠다〉라는 산문을 통해서였다. 다소 긴 글이지만, 시인의 시적 작업과 언어적 관점이 가장 분명하게 드러나 있는 것으로 보이기에, 부분적으로 옮긴다.

말이 시가 되었으면 좋겠다 시가 말이 되었으면 좋겠다 말과

> 시가 하나였으면 좋겠다 말할 줄 아는 사람은 모두 시인이 되고 시인은 말하는 사람이면 좋겠다
>
> (… 중략 …)
>
> 말은 무엇인가 되고자 한다 말이 말 되고자 하는 것은 말이 안 된다 세상을 지탱하는 것은 말 되지 않는 말들이다
>
> (… 중략 …)
>
> 나의 말은 시도 씨도 되지 않는다
> 나의 시는 말을 따라갈 수 없다
> 말 되지 않는 말을 만들어내지도 못한다

시인과 더불어 나 역시, 말이 시가 되고 시가 말이 되는, 그런 세상을 희망하고 있다.

'나는 있는다'의 시학

— 송승환의 송승환 읽기

나는 아무 이름도 아니다

— 송승환, 〈있다〉에서

1. '이름'은 부서져서 '이름들'이 된다

당신이 있다면 당신이 있기를 그친다면 당신이 드러난다면 **마침내 당신이 밝혀진다면 이름은 부서져서 이름들이 된다** 그럼에도 불구하고 지금 적어도 이른바 이제껏 허투루 이토록 한층 한달음에 함께 여름에 겨울에 남으로 북으로 좀처럼 자주 바닥으로 창공으로 바람으로 눈으로 영원히 절대로 가령 깊숙이 왼쪽으로 오른쪽으로 이를테면 솟구치듯 불쑥 마치 오히려 한결같이 완전히 헛되이 가까이 아니면 이윽고 그것뿐인 양마치 아무것도 어떤 것도 더하지도 덜하지도 송두리째 바란 듯이 숫제 똑같이 아니 여기에 거기에 이미 살며시 밤마다 언제나 그러나 전혀 어쩌면 예외로 대부분 아마도 그처럼 그토록 텅텅 그토록 그처럼 아마도 대부분 텅 텅 당신이 걸어나간다면 끝까지 예외로 어쩌면 전혀 그러나 언제나 온전히 밤마다 살며시 이미 거기에 여기에 아니 똑같이 덜하지도 더하지

도 어떤 것도 아무것도 마치 그것뿐인 양 이윽고 아니면 가까
이 완전히 한결같이 오히려 마치 불쑥 솟구치듯 **마침내 당신이
밝혀진다면**(* 강조 - 필자)

— 송승환, 〈심우장尋牛莊〉 전문

나는 언어 속에 있고 언어 속에 없다

나는 세계를 채우고 세계를 작동시킨다

모든 것이 나로부터 출발하고 모든 것이 나에게 도착한다

— 송승환, 〈플라스틱〉 부분

명사로부터 시작해보기로 하자. 무엇보다도 먼저 명사는 이름이다. 그리고 이 명사의 권력은 바로 호명하고 명명하는 데 있다. 이 호명으로 인해 모든 존재는 언어 속에서 새로 태어나고, 이 명명 행위로 인해 모든 구체적이고도 개별적인 것들은 하나의 추상적이고도 보편적인 것 속으로 이행한다. 그리고 이 이름의 보편성은 공동체의 약속에 의해 유지되어야 한다. 그 약속을 명문화한 것이 사전이라는 것의 존재이다. 사전은, 언어의 유일한 기능이라고 할 수 있는 의사소통이 가능케 하는 언어의 지급보증서이다. 그것은 마치 금 본위제 아래에서 화폐가 유통될 수 있게 하는 금 같은 것이다. 이 지급보증서가 없다면, 언어는 불환 지폐에 불과한 것이 된다. 명사와 사전의 관계는 아마도 국가와 헌법의 관계에 상응할 것이다. 그러나 모든 개별적인 것들을 하나의 보편적인 것으로 호명해 들이는 이 명사의 권력은, 동시에, 모든 개별성(생명)을 희생해 보편성(관념) 속에 복속시키는 폭력의 다른 이름이기도 하다. 그것은 전제주의 체제에서의 국민과 국가의 관계 같은

것이다. 그 체제에서 국가는 가령, 한 민족이라는 공동체의 이름으로 국민을 전쟁터에 보낼 것이다. 명사의 권력이 지닌 호명으로 인해 모든 존재가 언어 속에서 새로 태어나듯이, 또한 그것의 명명으로 인해 모든 존재는 언어 속에서 사라져 버리는 듯하다.

불행히도, 이름은 살아있는 개별적 존재나 사물을 현전시키지 못한다. 명사가 지닌 보편성의 전제가 하나의 원인이라면, 다른 원인은 그것이 변화하는 존재와 사물들의 세계를 동결시킨다는 점이다. 명사는 무엇보다도 존재being의 언어이기 때문이다. 그것은 생성becoming 중인 세계를 자신의 체제 속에 수용할 수 없는 것이다. 유동적인 세계와 이름으로서의 명사의 관계는 흐르는 물과 응고된 얼음의 관계와 같다. 가령, 명사로서의 '나'를 떠올리면, 내게는 '나는 나'라거나 '나는 있다'라는 사태가 출현한다. 그러나 '나는 나'라거나 '나는 있다'라는, 뜻이 아주 단순하고도 명확해 보이는 이 문장들은, 존재의 실상을 제대로 전하지 못한다. '존재한다(있다)'는 것은 '살아있다'는 것이고, 또 살아있다는 것은 응고된 상태being가 아니라 생성becoming 중인 사건이기 때문이다. 살아있다는 것은 모두 움직임(운동) 가운데 있다는 것이다. 움직임이 없다는 것, 움직이지 않는다는 것은 이미 죽은 것이기 때문이다. 그렇기에 죽은 것을 두고 '나는 있다'고 말할 수는 없는 것이겠다. 그렇기에 살아있다는 사태나 사건은 존재를 하나의 이름에 정박시키지 못하게 한다. 살아있는 '나'는 단수로서의 존재가 아니라 복수로서의 존재이기 때문이다. '나'는 '너'이기도 하고 '그'이기도 하다. 그렇기에 명사로서의 '나'라는 이름은 부서져야 하고 부서질 수밖에 없는 운명을 갖는다. 시인은 이 같은 사태를 두고 "이름은 부서져서 이름들이 된다"고 했던 것 같다. 생성을 수용할 수 없는 명사의 운명을 자각한 시인은 또한 그러한 난감한 사태를 해결하고자 "나는 있는다"(〈시인의 말〉)라는 독창적인 언어와 문법을 창안하기도 한 것 같다. 명사의 보편성과 응고성이라는 결핍을 보충하기 위해서는 동사가 변화해야만 했고, 또 문법 역시 바뀌어야 했던 것이다.

2. '매우' 느리게 움직이는 표범과 '너무' 빨리 달리는 달팽이

> 하지만 실은 어쩌면 그러나 조금 굉장히 가까스로 가끔 그러나 그래도 그렇다면 그래 하마터면 어쩌면 그리고 짐짓 차라리 단김에 꼬박 거푸 따라서 더욱 도리어 그러나 그래도 그렇다면 슬그머니 문득 바라건대 불현듯이 시나브로 밤낮으로 온통 오직 끝까지 사뭇 아마 겨우 모처럼 실컷 아니 아예 한낱 참으로 철철이 켜켜이 통째로 툭하면 퍽 흠씬 힘껏 갑자기 흠뻑 돌연 한꺼번에 아기야 그러하다면 오로지 이대로 이로써 엉겹결에 물밀듯이 문득 여기에 십상 부디 아니나다를까 바야흐로 보아하니 쉽사리 스스로 일시에 더욱 그런데 의외로 막상 실제로 뜻밖에 다시 역시 기어이 그렇게 이제야 너무 더디게 천천히 그러므로 도무지 멋대로 마구 모조리 틀림없이 반드시 **하지만 실은 어쩌면 그러나 조금 굉장히 가까스로**(* 강조 - 필자)
>
> — 송승환, 〈이화장梨花莊〉 전문

접속사와 부사들만의 축제다. 마지막 구절이 첫 구절로 되돌아가 있으니, 아마도 시는 되풀이해서, 끊임없이 계속될 모양이다. 말(언어)의 기능은 뜻을 지시하는 데 있다고 한다. 언어학자들의 용어로는 기표와 기의의 연결망이 언어라는 것이다. 그런데, 말이지만 말이 아닌 경우가 존재한다. 바로 부사副詞라는 존재이다. 그 말의 뜻을 그대로 전달하자면, 부사는 말에 복무하는副 말辭이다. 그것은 정사正辭, 즉 바른 말이거나 주인 되는 말이 아니다. 부수적이거나 장식적인, 어쩌면 없어도 좋을, 뭐 어쨌든 그리 중요하지 않은 말이라는 것이겠다. 그래서 그것은 그 자체로는 아무런 의미도 지시하지 못한다고 간주된다. 부사는 아무것도 지시하지 않는 언어이다. 그러므로 그것은 언어의 기능을 상실한 언어, 말하자면 언어가 아닌 언어이다. 그래서 부사(말에 복무하는 말)이다. 있어도 되고 없어도 되는 존재, 말하자면 췌사(사전적 의미로는 없어도 좋을, 쓸데없는 군더더기 말)이다. 하지만 과연 그럴까? 내 생각으로는, 그것이 없다면 언어는 지시 기능을 잃을지도 모른다. 달리 말해서 부사만이 담당할 수 있는 언어적 기능이 분명 존재할 뿐만 아니라, 더 나아가 그것이 없다면 언어적 체계 전체가 기능적으로 작동하지 않을 수 있다는 것이다. 그 점이 부사가 존재하는 이유이지만, 그 존재 이유는 사실상 우리가 생각하는 것 이상이다.

부사가 없다면, 표범이 '달리는' 것과 달팽이가 '기는' 것의 차이가 없어지기 때문이다. 사전적 정의에 의하면, 표범은 '매우' 빨리 달리고 달팽이는 '너무' 느리게 움직인다. 만약 '너무' 느리게 달리는 표범과 '매우' 빨리 움직이는 달팽이가 있다면, 그들 사이의 언어적 차이는 존재하지 않는다(그렇다면 사전은 불가능하다). 하지만 이 차이를 적시해주는 것이 부사의 기능이다. 그리고 이 차이를 드러내는 것이야말로 바로 언어의 가장 중요한 기능이다. 언어는 무엇보다도 차이의 표현이기 때문이다. 그렇기 때문에 '악한' 천사와 '선한' 악마는 사전에 존재하지 않는다. 그것들의 차이가 무화되었기 때문이다. 장미와 대나무의 차이를 드러내지 못한다면, 그것은 언어로서의 자격을 상실한 것이다. 그런데 차이를 가장 분명히, 그리고 가장 명확하게 드러내는 것이 또한 부사라는 사실은 언어의 역설이다. 차이의 구분이라는 사태를 염두에 두자면, 사실은 부사야말로 언어의 기능에 가장 충실한 말이라고 할 수 있다. '매우' 빨리 달리는 표범과 '너무' 느리게 움직이는 달팽이야말로 이들의 차이를 가장 분명하게 드러내고 있기 때문이다. 행위는, 그 자체로는 의미를 갖지 못한다. '매우' 빨리 달리지 못하는 표범은, 이미 표범이 아니다. '너무' 느리게 움직이지 않는 달팽이도 이미 달팽이가 아니다. 표범이 표범이라 불리는 것은 '매우' 빨리 달리기 때문이고, 달팽이가 달팽이로 불리는 것은 '너무' 느리게 움직이기 때문이다.

문제는 '너무' 느리게 움직이는 표범과 '매우' 빨리 달리는 달팽이의 경우이다. '너무' 느리게 움직이는 표범은 표범인가? '그리고, '매우' 빨리 달리는 달팽이는 달팽이일까? 그럴 수는 없다. 표범의 사전적 정의가 '매우' 빨리 달리는 동물이고, 달팽이는 '너무' 느리게 움직이는 동물이기 때문이다. 상대적으로(정도의 차이에 따라) '느리게' 움직이는 표범은 표범일 수 있지만, '너무 느리게' 움직이는 표범은 표범일 수 없다. 그것은 사전적 정의에 어긋난다. 하지만 부사는, 사전적 정의를 넘어서, '매우' 느리게 움직이는 표범과 '너무' 빨리 달리는 달팽이 모두를 가능하게 한다. 다시 말해, '너무' 느리게 달리는 표범과 '매우' 빨리 움직이는 달팽이도 존재한다는 사실을 드러낸다. 그것은 표범과 달팽이의 차이를 드러내 줄 뿐만 아니라, 또한 표범과 표범 사이의 차이 역시 가능하게 한다. 그리고 무엇보다도 언어는 차이의 표현인 것이다! 결국 부사야말로 표범과 달팽이라는 언어적 차이를 가장 분명하게 전달하는 '언어의 언어'라고 해야 한다. 왜냐하면 이 차이의 구분이야말로 언어가 감당할 몫이고(그렇지 않다면 언어는 무의미해진다), 바로 이 차이들을 가장 분명하게 드러내는 것이 부사로 보이기 때문이다.

이 부사의 존재로 인해 표범은 '매우' 빨리 달리는 표범이라는 언어의 보편성(그러므로 아무런 의미도 갖지 않은)으로부터 벗어나 '너무' 느리게 움직이는 표범도 존재한다는, 생명력 있는 개별성을 획득하게 된다. 하지만 언어는 이 개별성을 용납하지 않는다. 이 개별성을 허용하면 언어는 언어(보편성)로서 성립하지 않기 때문이다. 사전적 정의에 있어서 '매우' 느린 표범은 있을 수 있지만, '너무' 느린 표범은 있을 수 없기 때문이다. 표범이 '매우' 느릴 수는 있어도 '너무' 느릴 수는 없다. '너무' 느린 표범은 사전적 정의에 어긋난다. 그리고 우리의 언어 관습에 있어서 언어는 사전 속에 존재해야 하고, 이 사전 속에 존재하는 표범은 '매우' 빨리 달려야 하기 때문이다. '매우' 느리게 달리는 표범과 '너무' 빨리 움직이는 달팽이는 저 언어의 사전 속에 존재하지 않는다. '너무' 느리게 움직이는 표범과 '매우' 빨리 달리는 달팽이는 이미 표범도 달팽이도 아니다. 그러나 부사는 '너무' 느리게 움직이는 표범과 '매우' 빨리 달리는 달팽이도 표범이나 달팽이라고 말할 수 있게 한다. 부사야말로 언어의 기능에 가장 충실한 역할을 하는 것이다.

역으로, 그것이야말로 언어를 가장 배반하는 언어라고 말해야 한다. 왜냐하면 언어는 보편성이 없다면 그 존재 의미를 상실하기 때문이고, 부사는 그 보편성을 훼손해 개별성을 드러내기 때문이다. 하지만 그 개별성은 온전히 살아 있는 생명의 문제이다. 생명(삶)은 보편적으로 존재하지 않고, 언제나 개별적으로, 또한 특수하게 존재한다. 모든 생명(삶)이 존중받아야 마땅할 이유이다. 그것은 대치, 혹은 호환 불가능성을 생명으로 삼는다. 만약 그것이 다른 어떤 것과 대치될 수 있다면(언어의 보편성은 이 개별성을 희생한 대가 위에 세워진 바벨탑이다. 그리고 이것을 허용한 것이 언어이다), 그것은 그 무엇인가를 위한 한낱 수단에 불과할 것일 테다. 그러나 한낱 수단에 불과한 그 어떤 존재도, 생명도 지상에는 존재하지 않는다. 부사는 이 존재와 생명의 존귀함을, 그것의 유일성과 일회성을 증거하는 강력한 알리바이다. 부사로 인해 명사와 형용사는 비로소 존재할 수 있고, 또 그 생명력을 보장받는다. 그러므로 부사는 췌사이기는커녕, 언어의 가장 핵심적인 기능, 즉 차이와 그 차이의 차이를 보증해 줄 수 있는 핵심적인 말이라고 해야 한다. 그것이 없다면, 아마도 언어는 자신의 존재 의미를 상실할지도 모른다.

3. 시집 한 권과 비평집 한 권

지난 해 봄, 시인 송승환은 자신의 세 번째 시집《당신이 있다면 당신이 있기를》(문학동네)을 상자했다. 2007년에 첫 시집《드라이아이스》(문학동네)가, 2011년에 두 번째 시집《클로로포름》(문학과지성사)이 나왔으니, 두 번째 시집을 낸 지 8년만의 일이다. 그 시인은 또한 비평가이기도 해서 지난 해 가을에는 자신의 두 번째 평론집《전체의 바깥》(문학들)을 펴냈다. 2010년《측위의 감각》(서정시학)이 나온 지 9년만의 일이다. 해서, 나는 순전히 그의 시와 평론으로만 이루어진 글, 말하자면 오직 인용으로만 이루어진 그런 글을 써보고 싶었다. 그것은 비평가로서의 송승환이 시인으로서의 송승환의 시에 대해 말하는 자리가 될 터이다. 이 단락 이후의 인용들은 그러한 실험의 소산이다. 인용된 시집 《당신이 있다면 당신이 있기를》은 I로, 평론집 《전체의 바깥》은 II로 표기했다.

4. 송승환의 송승환 읽기

"시는 시인의 언어를 통해 탄생한다. 미지의 시가 시인의 언어로 탄생한다는 점에서 시는 시인이 사용하는 언어로 확정된다는 의미뿐만 아니라 시인이 사용하는 언어의 시적 전통의 지평에 출현하여 그 전통을 계승하고 확장시킨다는 의미 또한 지닌다. 한 편의 시와 한 권의 시집은 시인의 시세계뿐만 아니라 시인이 사용하는 언어의 시적 전통에 영향을 준다는 뜻이다. 시의 전통은 매우 낯설고 이질적인 시가 출현하기 전까지 시의 정의와 질서를 완전히 규정하고 있는 것처럼 보인다. 그러나 낯설고 이질적인 시가 출현하여 '시란 무엇인가'라는 근본적인 물음을 시의 전통에 제기할 때 전통적인 시의 정의와 질서는 균열을 일으키고 희미해진다."(II. 〈정전 속에서 움직이는 많은 손들〉, 251쪽).

"시는 시인이 언어를 통해 삶과 세계의 사태를 포착하고 '지금-여기'의 삶과 세계를 형상화하고 성찰함으로써 '지금-여기'의 결핍과 난관과 고통을 극복할 수 있는 '미지-거기'의 세계와 다른 삶의 가능성을 모색하는 글쓰기이다. 그러나 언어는 실재의 삶과 세계와는 자의적 관계이고 그 실재의 삶과 세계를 완벽하게 재현할 수 없다는 한계를 지닌다. 시는 실재가 부재하는 언어로 '지금-여기'의 삶과 세계를 완벽하게 그려냄과 동시에 '미지-거기'의 세계와 다른 삶의 가능성을 탐색해야 하는데, 그것은 그 자체로 실패가 예견되어 있고 완전한 삶과 미美의 이상은 실패할 수밖에 없다. 시는 실패의 글쓰기이고 실패담의 기록이다."(II. 〈실패 없는 실패〉, 196-7쪽).

"시는 '지금-여기'의 상황을 재현하고 비판하면서도 '지금-여기'의 의미를 항상 재구축하는 언어의 형식을 통해 '지금-여기'의 미적인 것과 정치적인 것을 초과하는 낯선 현존, 동경의 대상을 '지금-여기'에 출현시킨다. 이질적인 언어의 형식과 상상력을 통해 지금까지 보지 못했거나 감춰져 있던 세계의 이면을 드러낸다. 시는 고통의 경험에서 흘러넘치는 낯선 언어의 경이를 받아 적는 '낯선''나'의 목소리이다. 이름 붙일 수 없는 어떤 세계의 출현을 '지금-여기' 타자로서의 내가 재현 불가능한 언어로 기입하는 것이다."(II. 〈염려하는 주체와 언어의 형식〉, 71쪽).

밤은 스스로 무엇을 하는지 모른다

모든 것이 가까이 있다

모든 것이 있다

— I. 〈다른 목소리〉 부분

"시는 스스로를 자명하다고 확정하는 그 주체에게, 차별과 폭력을 가하는 테바이의 왕, 크레온에게 "나는 진실로 어떻게 하는가?"라는 물음을 끊임없이 던지는 것이다. 시는 주체의 언어로 말하는 것이 아니라 타자의 언어에 귀를 기울이고 침묵하면서 타자의 언어를 응시하는 침묵의 자리에서 고요히 흘러넘치는 언어로서 출현한다. 그 침묵 속에서 너의 언어는 나의 언어를 대신하지 않으면서 너와 내가 함께 만나는 환대의 윤리를 마련한다. 그리하여 시는 주체와 국경, 그 전체의 바깥과 미지에서 도래하는 타자의 목소리를 듣는 주체의 침묵에서 현현한다."(II. 〈책 머리에〉, 11쪽).

> 1
> 나는 진원지로부터 멀리 떨어진 곳에서만 일어나는 해일을 생각한다
> 그리고 나는 세계의 밤에 내던져진다
>
> 2
> 나는 벽을 바라보는 자
> 나는 벽 뒤에 있는 자
> 나는 뜨거운 검은 비를 맞으며 해안에서 해안으로 달린다
> 나는 뜨거운 겨울의 검은 빛을 손으로 움켜쥔다
>
> 나는 모래밭에 엎드린다
>
> — I. 〈B102〉 부분

"주체는 주체 스스로 육체를 포기하거나 육체적 삶이 끝난 후 무無가 될 수 있지만 자신의 육체 안에 거주하고 있는 한 객관적 세계를 무無로 만들 수 없다. 주체는 객관적 세계로부터 기원한 것이지 객관적 세계가 주체로부터 기원한 것은 아니다. 객관적 세계에서 사물은 주체가 대상으로 삼기 이전에 이미 실재하고 있을 뿐만 아니라 그 주체의 탄생 이전에도 실재한다. 그리고 주체가 탄생한 이후 언어를 습득하고 언어로 표현하기 이전에도 사물은 실재한다. 주체가 습득하는 언어는 주체가 학습한 언어권의 자의성에 따라 구성된 의미 체계이며 사물의 이름은 주체가 자의적으로 명명한 기호일 뿐이다. 사물이 주체의 대상이 되어 한 언어의 이

름으로 명명되고 호명된다고 하더라도 언어에 사물은 부재하고 사물은 언어와 무관하게 실재한다. 그런 점에서 언어는 주체가 객관적 세계를 대상으로 삼을 때 발생하는 주체의 환상이자 환상의 의미 체계이다. 언어는 대상과 무관하게 문법의 경계와 의미 체계를 넘나들면서 자율적으로 의미를 생성하고 증식하고 소멸시킨다."(II. 〈비대상과 초현실〉, 208-9쪽).

나는 두 개의 무덤
사이에서 태어난다

나는

극지의 바닥으로 내려간 자정을 알고 있다
적도의 바다 한 점에 머무는 자정을 알고 있다

나는

얼음을 두 손으로 부숴 삼킨다
빙하의 밤 심해의 쇄빙선 안에 갇혀있다

검은 돌
검은 돌
그림자

자정에서 자정으로
백야에서 백야로
그러나 나는 도끼로
망치로

쐐기로

작살로

나는 투명한 얼음의 밤을 깨뜨릴 수 있는가

— I. 〈검은 돌 흰 돌〉 부분

"시인은 보이는 것 너머의 보이지 않는 것을 투시하는 자이면서 동시에 보이지 않는 것을 모국어로 번역하고 명명하는 자이다. 시인이 바라본 것을 언어로 명명하지 않을 때 세계는 인간의 언어 바깥의 세계로 남아 있고 의미 이전의 사태로 현존한다. 시인의 그 사태를 가장 적확하고 최적의 언어로 명명하고자 고심할 때 이미 주어진 언어는 고려의 대상이 아니다. 이미 주어진 언어는 저 풍경의 사태를 최초로 명명한 순간의 순수성을 상실하고 죽은 언어이다."(II. 〈강요된 침묵과 언어의 파열〉, 169쪽).

"시인이 꽃의 아름다움을 노래하고 꽃에 삶의 고통과 환희의 의미를 부여할 때 그 언어는 꽃과 아무런 관계가 없다. 그 언어는 꽃에 대한 심미적 취미 판단이며 시인의 고통과 환희의 목소리를 담아낸 협의의 '서정시'일 뿐이다. 프란츠 카프카는 구스타프 야누흐가 쓴 《프란츠 카프카와의 대화》에서 그 언어를 예술이 아니라고까지 말한 바 있다. 그것은 일시적으로 인간의 마음을 위무할 뿐 실존에 대한 깊은 성찰과 실재하는 꽃의 본질을 파악하지 못한 거짓 화해이기 때문이다. 그것은 환자의 환부를 도려내는 메스의 언어가 아니라 환부에 투입하는 마취제의 언어일 뿐이다. 시가 사람과 사람 사이의 교감과 위무의 역할도 해야 하지만 그 역할에만 만족하고 한정될 때, 시는 삶과 세계에 대한 깊이 있는 성찰의 언어로 진화하지 못한다."(II. 〈실재와의 만남은 불가능한가〉, 244쪽).

"이제 그는 시적인 것의 전체, 시적인 것의 의미와 문법을 전혀 의식하지 않는다. 그는 지금까지 매번 실천해 온 서사의 구축과 의미 지우기를 하지 않는다. 더 이상 어떤 시적 포즈를 취하거나 새로운 시적 의미를 추구하지 않는다. 그는 가능한 시의 전체, 그 바깥의 최전선에 서 있는 무의미의 전위이다. 그는 무의미를 리듬으로 실천한다. 그 리듬은 시적인 것의 의미로부터 자유롭고 뜻을 버림으로써 획득한 '소리 다발'이다."(II. 〈이야기의 틈과 바깥의 언어〉, 149쪽).

1

자정

밤의 페이지
시침 분침 초침

책을 펼친다

2

병은 비어 있다
마저 한 방울 마신다

켜졌다
꺼졌다
건너편
건물 첨탑 불빛

붉은

유리

창문 의자 탁자 화분 화병 장미 벽지 책상 책장 장롱 호스 링
거 리넨 차트 선반 열쇠 액자 이불 침대 베개 커튼 천장

검다

검다

있다

아마도

만약 그리하여 그러므로 그러면 그에 그래서 그렇듯 하지만
그러기에 그런데 그렇지만 혹은 그래도 그제야 그러나 그리
고 어쩌면

그림자

있다

아마도

3

밤의 거울

마주 선다

사라진다 나타난다

— I. 〈어떤 목소리〉 전문

"전체의 내부를 돌아보며 가능한 것에서 시작할 때 시인은 어제의 시와 안주하는 삶으로 회귀한다. 그러나 전체의 바깥을 바라보고 불가능한 것에서 시작하려 할 때 시인은 자신이 알고 있는 시와 자신이 살아갈 수 있는 삶을 경멸한다. 자신의 시와 가능한 삶의 방식을 모두 도려내고 불가능한 것에서 시작하려 할 때 시인은 죽음과 무無를 바라보고 있다. 시인은 전체의 바깥을 바라보며 경계에 서 있다. 삶과 죽음의 경계. 어제와 오늘의 경계. 오늘과 내일의 경계. '지금-여기'와 '미지-거기'의 경계. 이쪽 절벽과 저쪽 절벽의 경계. 시인은 자신이 소유한 시의 영토를 뒤로하고 경계 너머로 저쪽 절벽을 향해 내딛는다. 이쪽 절벽 끝에서 저쪽 절벽 끝을 향해 눈을 감고 허공 속으로 내딛는 한 발. 미약한 언어에 실존을 걸고 온몸을 던지는 시적 도약의 순간."(II. 〈전체의 바깥과 오늘의 감각〉, 131쪽).

"이미지는 실재와 실재를 지시하는 언어 사이에 위치한다. 이미지는 실재를 드러내면서 실재를 가린다. 언어가 실재를 지시하면서도 언어의 자의성 때문에 매번 실재를 온전히 지시하지 못하는 실패를 겪는다면 이미지는 보이지 않는 비존재와 다른 세계의 현존을 눈앞에 드러낸다. 죽은 예수의 시체에 드리워져서 예수의 얼굴을 드러낸 '토리노의 수의Shroud of Torino'처럼 이미지는 말해지지 않은 것과 고대적인 것, 있지 않은 것과 죽어 있던 것을 드러낸다. 이미지는 눈앞에 보이지 않는 사물과 생명체가 거기에 있었음을 드러내는 잔존의 영상映像이다. (… 중략 …) 이미지는 기억과 파토스의 잔존을 통해 부재하는 현존, 그 실재와 실재에 가장 근접한 언어가 만날 수 있는 자리를 매개한다."(II. 〈염려하는 주체와 언어의 형식〉, 79쪽).

1

이름

빈 무덤

어머니가 없다

2

솜으로 귀와 코를 막는다 눈을 감기고 턱을 받치고 입을 닫는
다 머리를 높이 괸다 손발을 주무르고 몸을 눈힌다 백지로 얼
굴을 덮는다 배 위에 왼손 오른손 올려놓는다 받침대로 옮기
고 홑이불로 덮는다 병풍으로 가린다
향나무 삶을 물로 씻긴다 머리 빗질을 한다 자른 머리카락 깍
은 손톱 발톱 주머니에 넣는다 이불에 넣는다 물 수건 빗 마
당에 묻는다 몸을 관에 눕힌다 몸과 관 사이 메운다 문을 닫
는다 나무못을 박는다 관을 묶는다 병풍으로 가린다
묘지 네 모서리 말뚝 아래 관이 내려간다
어머니가 있다

3

어머니가 없다 부를 것인가
어머니가 있다 부를 것인가

— I. 〈병풍〉 전문

“무無를 직시하는 인간은 유한有限의 인식을 전제한다. 인간 스스로 육체의 한계와 정신의 결함을 절감할 때 유한에 대한 자각

은 매우 통렬하다. 갑작스러운 질병과 급격한 노환은 육체가 얼마나 유약한 것인지를 보여주며 죽음은 삶과 함께 항상 공존해 왔음을 환기시킨다. 한편 정신은 사유와 성찰을 수행함으로써 세계에 대한 이해와 인간 자신에 대한 탐구를 증진시킬 수 있지만 개인이 다다를 수 있는 최고의 사유와 삶의 깊이는 주체의 거듭된 반성과 저 육체의 한계를 통해 유한성을 다시 깨닫게 한다. 그런 점에서 개인이 육체와 정신을 극단으로 밀고 나가면서 느끼는 임계점은 목숨을 건 도약의 출발점이다. 그것은 삶에서 죽음으로, 있음에서 없음으로, 의미에서 무의미로, 가능한 것에서 불가능한 것으로의 경계다. 주체가 그 경계 너머로 나아갈 때 주체는 전혀 다른 주체로 태어나게 된다. 그것은 주체가 현실 바깥의 세계로 나갈 때 타자가 되는 지점이다. 그 타자의 얼굴은 죽음이며 무無이고 무의미다. 죽음과 무無는 생명을 지니고 있지 않아서 영원하고 언어 없이 존재하기에 의미가 없다. 죽음과 무無는 의미 없는 비존재로서 영원하다."(II. 〈강요된 침묵과 언어의 파열〉, 161쪽).

"음악은 침묵 속에서 솟아올랐다 침묵 속으로 사라진다. 음악은 침묵을 찢고 나왔다가 침묵 속으로 돌아간다. 음악을 들으면 들을수록 음악이 사라진 뒤에 떠오르는 침묵이 더 큰 울림으로 다가온다. 침묵은 음악을 되새기게 하고 침묵 속의 음악을 바라보게 한다. 침묵은 음악의 기원이고 사라져가는 음악의 미지未知이다. 그런 점에서 침묵은 '소리-존재'의 생성을 준비하고 귀환의 자리를 마련하는 무無이다. 무無는 없음 자체가 아니라 존재의 생성과 귀환 운동을 무한히 발생시키는 없음이다."(II. 〈육체의 형식과 시의 형식〉, 151쪽).

"시는, 사태의 자리에 부재하다. 시는, 사태 이후에 온다. 시는,

사태 이후에 오기 때문에 사태, 그 자체의 끔찍함을 온전히 재현할 수 없고 경악스러운 고통을 즉각적으로 말할 수 없다. 사태의 현장에 부재했다는 부채감과 무력감 속에서 말할 수 없는, 그러나 말을 해야만 하는 시인은, 실패할 수밖에 없는, 시의 언어는, 그리하여 매번 다시, 고쳐서 말해야만 하는 언어는, 사태를 기억하기 위해 상상하는 언어는, 언제나 나중에 도래한다. 상상을 통해, 시인의 육성이 아니라 사태의 어둠 속에서 아직 밝혀지지 않은, 이름 없는 타자의 목소리로, 사태의 어둠 속 하나의 파편에서 비롯된 상상력으로, 온전히 고통스럽게 사태를 살아낸, 시인의 온몸을 빌어서 돌연, 도래한다."(II. 〈재현의 정치성에서 상상의 정치성으로〉, 41쪽).

시적 이미지의 물성적 구조

— 오규원, 채호기, 박용하의 시

시적 언어가 직조해내는 이미지의 감각적 물질성을 생생하게 포착하고 있으면서 역동적인 상상력을 보여준 작품들이 우선 눈길을 붙든다. 한 시대가 저물어가는 세기말의 황혼 속에서 우리의 시인들은 이제 다시금 시란 무엇이고 무엇이어야 하는가를 진지하게 성찰하고 있는 모습을 보여주고 있는 것 같다. 이러한 성찰과 반성 속에서 근래의 우리 시들은 새로운 서정성의 형식을 각인하려는 노력의 흔적을 남긴다. 그러나 이 서정성은 단순히 과거의 반복이어서는 안 되고 새롭게 정립되어야 할 하나의 화두가 되어야 할 것이다. 왜냐하면 시란 언제나 특정한 역사와 상황 속에 위치한 인간 정신의 기록이어야 하기 때문이다. 시대의 정신을 형식화하는 일이야말로 무엇보다도 시에게 부여된 자랑스러운 임무인 것이다. 그러므로 시의 언어가 담보하고 있는 저 이미지의 물질성과 상상력의 역동성은 이 시대의 정신에 의해 언제나 새롭게 조명되고 생명력을 부여받게 될 것이다. 무엇보다도 먼저 시의 생명력을 고갈시키는 치명적인 독소는 상투성과 추상성일 것이기 때문이다. 그것들은 시의 언어를 일상어의 차원으로 끌어내림으로써 사물과 존재의 세계를 죽은 관념의 세계로 만들기 때문이다. 그러므로 근래의 서정시들이 싸워야 할 또 하나의 대상은 '전통적' 서정시의 형식을 답습하는 것일 터이다. 그것은 시의 운명을 과거의 것으로 화석화시킬 뿐이다.

오규원의 〈골목과 아이 4〉는 새롭게 선보이는 연작시 중의 한 편이다. 마침표나 행갈이, 연의 구분도 없이 하나의 상황을 지극히 객관적으로 묘사하고 있는 이 연작시들은 즉물적인 풍경을 드러내주긴 하나, 이러한 즉물적인 풍경으로 인해서 그 시들이 불러일으키는 분위기는 마치 초현실적인 어떤 상황을 연상시키게 되어 시의 해석에는 난감함과 다양함이 공존하게 된다. 우선 이 시에서 두드러지는 것은 즉물적인 사물과 사태의 연쇄가 드러내는 어떤 상황의 긴장된 분위기이다.

> 급작스레 비가 왔다 (… 중략 …) 골목 끝에서 소리치며 솟구친 매미 한 마리가 허공에서 다시 솟구치고 나뭇잎들은 일제히 수평을 유지하려고 빗줄기에 부딛쳐 갔다 다름없이 그곳에 있는 것은 빗줄기를 꼿꼿하게 세우고 있는 허공뿐이다 비가 오자 지붕은 더 미끄럽고 담벽은 보다 두터워졌다 어느새 남자 아이도 쪼그리고 앉아 한 나무에서 다른 나무로 가는 길과 한 나무에서 문이 닫혀 있는 집으로 가는 길과 닫혀 있는 집에서 다시 나무로 돌아오는 길과 그 길에서 새가 떠난 새집으로 가는 길에 떨어지고 있는 비를 함께 보고 있다.
>
> — 〈골목과 아이 4〉, 전문

수직과 수평의 대립된 이미지들로 조성된 긴장과 갈등이 이 시의 전면을 지배하는 핵심적인 요소이다. 수직으로 내리는 빗줄기

("빗줄기를 꼿꼿하게 세우고 있는 허공")와 수평을 유지하려는 나뭇잎("나뭇잎들은 일제히 수평을 유지하려고")과의 사이에 팽팽한 긴장이 조성되고 있는 것이다. 그래서 시인은 '나뭇잎'들이 '빗줄기'에 "부딪쳐 갔다"며 이 이미지들 사이의 긴장감을 능동태 문장으로 구성한다. 네 개의 길의 이미지를 포함하여 지붕과 담벽도 수평과 수직 이미지의 대립으로 이루어져 있다. 이러한 수직 이미지와 수평 이미지의 팽팽한 긴장 자체가 이 시의 생명과 활력을 불어넣고 있는 것이다. 근래에 씌어지는 오규원의 시들은 시적 자아라고 부를 만한 일체의 인간적인 시선이 철저히 배제된 채, 즉물적이거나 상황적인 어떤 사태나 사건의 객관적인 기술을 목표로 하고 있는 듯이 보인다. 그러한 시들에서는 시인의 일체의 감정이나 의식은 표면화되지 않고 마치 냉정한 카메라의 시선처럼 사물의 사태와 존재의 사건이 기록되는 것처럼 보인다. 그러나 제아무리 카메라로 찍듯이 사물과 존재의 세계를 '객관적으로' 드러낸다고 하더라도 거기에는 카메라의 렌즈를 들이대는 관점(시적 자아)이 이미 존재하기 마련이다. 다시 말하자면 그 어떤 즉물적이거나 상황적인 시라도 특정한 하나의 관점, 즉 시적 자아로부터 자유로울 수 없다는 것이다. 그렇다면 이 시적 자아는 이미 그것이 바라보고 있는 사물과 존재의 세계 속에 융해되어 있다고 말해야 한다. 사물과 존재의 세계 속에 자아를 위탁시켜버리는 시인의 방법론은 비록 전통적인 시작법으로는 낯설게 보일지라도 자아를 세계 속으로 풀어놓으려는 시의 본령에는 대단히 근접해 있다고 할 것이다.

채호기의 〈수련의 비밀〉은 시의 언어가 그려내는 이미지와 그 이미지의 물질성의 관계를 보다 분명하게 보여주는 시이다. 시의 언어는 일상 언어의 추상성과 상투성을 넘어서 사물과 존재의 세계가 구축하고 있는 물질성에 보다 직접적으로 닻을 내리고자 한다. 시적 언어의 이미지는 바로 이러한 일상어의 추상성과 존재의 물질성 사이에서 위태롭게 존재하고자 한다. 여기에서 위태롭다는 것은 시적 언어는 언어를 통해서 언어를 넘어서고자 하는 언어라는 사실을 지적한다. 말하자면 시적 언어가 표상하는 이미지는 추상과 구상, 존재와 개념, 기호와 실재 사이에, 그 경계에 서 있다는 것이다. 시인은 다음과 같이 노래한다.

> 종이 위에 '수련'이란 글자를 쓰자마자
> 종이는 연못이 되어 출렁이고
> 자음과 모음은 꽃잎과 꽃술이 되어 피어난다.
>
> 만년필에서 흘러 나오는 푸른 잉크는
> 종이에 적셔지며 선들로 뻗어나가거나
> 둥글게 뭉쳐져 덩어리를 이룬다.
> 물 위에 떠 있는 짙푸른 잉크 - 잎들.
>
> —〈수련의 비밀〉, 부분

이 시에서 한글 자모음으로 구성된 '수련'이란 언어는 언어의 외피를 걸쳐서 추상화되어 죽은 기호가 아니라 주관에 의해 내면화되기 이전의 물질성을 갖는, 시인의 표현대로라면 "꽃잎과 꽃술이 되어 피어나"는 '수련'이다. 시인은 이러한 사태를 시의 마지막 구절을 빌려 "수련, 언어의 나체, 당신의 하얀 알몸"이라고 노래했다. 그렇다, 시적 언어는 일상어의 주관성과 추상성을 벌거벗은 '나체의 언어'이자 '언어의 나체'가 된다. 이미 오래 전부터 유달리 인간의 '정신'이 아닌 '몸'에 대한 시를 써왔던 시인은 이 '몸'

의 사유를 넓혀 세계 속의 모든 존재들의 '몸'을 사유의 대상으로 확장하고 있다. 채호기의 시의 언어는 저 주관화된 언어의 추상성을 넘어서 '몸'의 물질성에 당도하고자 하는 시적 언어의 본령을 그 열망의 대상으로 삼고 있는 것이다.

박용하의 〈구월의 산책〉은 존재의 쓸쓸함과 고적함을 가을밤을 빌려 노래하고 있는 시이다. 그러나 이 시에서 드러나는 시적 자아의 고적함은 얼음장처럼 맑아서 '쩡! 쩡! 쩡!' 소리를 낼 정도이다. 이 맑은 고적함이 시인의 존재의 쓸쓸함을 상투적이지 않게 한다. 다시 말하자면 시인에게 있어서 존재는 '맑은', 그리하여 투명한 존재이다. 존재를 직접적으로 대면하고자 한 자리에서 터져 나오는 저 쩡쩡거림이야말로 이 시에 생명력을 부여해주는 시인의 상상력의 역동성을 보여준다. 이러한 존재의 생명력 속에서는, 그러므로 저 존재의 고적함도 제법 위로받지 않겠는가. 그리하여 시인은 "하나님도 위로받고 싶어 한다 // 별도 인간처럼 위로받고 싶어 한다"고 노래하는 것이다.

> 그대는 어디서 살고 있는가. 세월의 나무는 가자미처럼 매끄럽다. 계속해 살지 않는다면 누가 길을 걸어가게 하겠는가. 구월 밤 공기 속을 두드려보라. 거기에는 쩡! 쩡! 쩡! 울리는 살얼음 같은 오솔길이 수줍어하고 있다.
>
> 별은 밤 모래사장 위에서 초롱꽃만하다.
>
> — 〈구월의 산책〉, 부분

외로움과 고적함을 노래하며 견디는 태도 역시 박용하의 다른 시들과 마찬가지로 당당하다. "밤송이 밤"과 "구월 밤은 별을 턴다"는 시인의 진술은 저 고적한 가을밤 역시도 알찬 성숙의 밤으로 돌려놓음을 알려준다. 이 고적함 속에서 성숙해져 가는 가을밤의 별은 '호박꽃만하'고 '초롱꽃만하다'. 말하자면 시인에게 있어서 별은 저 어둔 가을밤 하늘에 고적하게 떠 있는 외로운 존재가 아니라 살아있는 싱싱한 '호박꽃'이 되고 '초롱꽃"이 된다. 그리하여 저 숱한 시인들이 노래한 상투적인(따라서 생명력이 없는, 추상화되고 일반화된) 별이 아니라 생생한 물질성을 지닌 새로운 하나의 별이 뜬다. 그 별은 이제 막 새롭게 돋아난, 지상에 존재하는 유일한 별이 될 터이다.

시의 근본적인 지반이 언어에 있음은 두 말을 요하지 않는다. 그러나 시적 언어의 특성이 무엇인가를 말해줄 수 있는 어떤 고정된 시학은 존재하지 않는다. 우리는 다만 시적 언어가 지니는 가장 중요한 특성 중의 하나가 이미지image의 연쇄, 다시 말하자면 시인의 입장에서든 독자의 입장에서든 상상력imagination에 의존하고 있다는 사실만은 분명히 알고 있다. 그러한 점에서 시적 언어가 자아내는 이미지는 추상적으로 개념화된 일상어와는 달리 존재하는 것들의 현존성을, 보다 정확히 말하자면 현존의 물질성을 생생하게 보존하게 된다. 일상어가 사물과 존재의 세계를 내면화된 주관성의 체계 속에 환원시켜 동일화한다면,시적 언어는 감각적 이미지의 물질성을 통해서 사물과 존재의 세계를 차별화 한다고 할 수 있다. 거기에서 더 나아가 시적 언어가 직조한 이미지의 연쇄 속에서 주체는, 역으로, 자신의 내면성을 넘어서 사물과 존재의 세계 속에 융해된다고 말할 수 있다. 시의 언어 속에서 주체는 세계를 대상화하여 인식하는 '고독한' 자아가 아니라 오히려 세계 속으로 스스로를 풀어놓는 주체 바깥의 주체, 흔히들 '시적 자아'라고 부르는 주체로 변화된다. 그러니 이 시적 자아는 일종의 초월적 자아인 셈이다. 우리가 초월이란 단어를 주체라는 동일자가 자신의 동일성의 바깥과 대면하는 어떤 존재론적 사건으로서 이해한다면 말이다. 그렇다면 시적 자아에 의해서 포착된 사물과 존재의 세계는 내면화된 주관성 속으로 환원되지 않은 차이로서의 세계를 온전하게 지닐 수 있을 터이다. 그러한 차이로서의 세계 속에서 사물과 존재는 자신의 생명력을 상실하지 않은 채 오롯이 그 타자성을 보존하게 될 것이다. 그렇다면 하이데거의 맥락과는 또 다른 의미에서 오로지 시적 언어만이 '존재의 집'이 되는 셈이다. 그러므로 이미지와 이미지 사이의 긴장으로 충만한 시는 아름답다. 왜냐하면 이 이미지들의 긴장과 연쇄 속에서 작용하는 상상력에 의해 사물과 존재의 세계는 생명력이 약동하는 세계로 그려지기 때문이다. 상상력은 이 이미지들의 긴장과 대립과 삼투의 상호작용에 의해 역동성을 띄게 됨으로써 시의 생명과 활력을 담보해준다.

상상적인 것의 물성과 물질적인 것의 상상력

— 시와 회화의 유형론에 대한 한 생각

1.

한 낭만주의 시인의 관점에 의하면, 예술은 인간이 상실한 황금시대의 낙원을 향한 욕망의 흔적들이다. 이제는 추방당한 저 낙원에서 인간은 사물과 존재들의 총체로서의 세계와 일체가 되어 지복의 삶을 누렸던 것으로 신화는 전하고 있다. 그렇다면 유토피아란 세계와 일체가 된 인간 존재의 상태에 다름이 아니겠다. 저 시인의 말씀을 다시 풀어쓰자면, 예술은 인간 존재의 근원으로, 즉 객관적인 실재의 세계로 회귀하고자 하는 욕망의 표현이다. 이때 예술의 상상력은 저 욕망이 발현되는 유일한 통로가 된다. 인간이 그 본성상 결핍된 존재라는 이러한 인식은 사실상 서구 형이상학의 뿌리인 플라톤으로부터 유래한다. 그는 참된 실재와 시간적인 것 사이의 긴장이라는 착상을 통해 이러한 욕구를 해석하고자 했으며 또 철학적 인식을 통해 그러한 간극을 극복할 수 있다고 생각했다.

그러나 우리가 아는 한, 의식하면서 사는 인간의 삶이 저 실재의 세계와 행복하게 일체화되는 경우는 없다. 왜냐하면 인간은 사유의 기관으로서의 언어를 매개로 해서만 존재들의 세계와 관계하지만, 그러나 니체를 빌려 말하자면, 언어란 '존재의 내면화' 과정에 의해 구성된 인간의 주관적인 산물에 불과하기 때문이다. 즉 언어의 기원은 객관적인 실재에 있는 것이 아니라 인간의 개별적인 주관성에 있다는 것이다. 따라서 인식하는 인간의 행위인 예술이 감각의 현상적 세계와 관계한다는 저 철학자의 통찰은 정당했지만, 그러나 그러한 이유 때문에 존재론적 서열에서 열등하다는 판단은 보류되었어야 옳았다. 왜냐하면 인간은 감각의 기관으로서의 육체를 가지고 있는 것이 아니라 바로 육체 자체이기 때문이다. 그리고 예술의 상상력 역시도 이러한 인간의 조건을 벗어날 수는 없는 것이다.

그러므로 객관적인 실재로서의 황금시대의 낙원을 동경하는 예술은 자기 모순에 처하게 된다. 왜냐하면, 저 낭만주의 시인에 의하면, 예술은 무엇보다도 인간의 언어적 의식의 한계를 넘어선 상태, 즉 저 이데아의 철학자라면 신들림이나 광기의 일종인 '열광enthusiasmus'이라고 불렀을 어떤 불가능한 정신의 상태로 존재하기 때문이다. 예술은 언어 이전의 자리에서 인간과 세계, 주체와 객체가 융합된 하나의 전체를 포착한다는 것이다. 사실상 예술이라는 현상이 드러나는 풍경 속에는 세계와의 최초의 대면 순간에 대상과 일체화된 인간, 객체와 융합된 주체 바깥의 존재의 흔적을 보여준다. 우리는 그러한 예술의 탄생의 자리를 세계와 타자를 향한 '존재의 균열'의 자리로 명명할 수 있을런지도 모른다.

시와 미술에 관한 개별적인 예술 유형론의 문제 역시도 예술 일반의 존재 방식에서 유도된 것임에 틀림없다. 왜냐하면 예술의 유형론이란 예술 일반의 공통적인 존재 방식을 세분하여 갈래지은 것에 지나지 않을 것이기 때문이다. 물론 어떤 한 예술 장르가 전체적으로나 부분적으로 초시간적인 상수로서 간주되어야 하는가 아니면 시간의 생성과 풍화작용 속에 있는 역사적인 변수로서 간주되어야 하는가의 문제는 엄밀한 미학적인 검토를 요구하는 일이다. 아도르노의 표현을 빌자면, 오늘날의 '제 경로에서 벗어난' 장르들 및 작품 개념의 해체는 전통적인 예술 장르를 가름했던 분류틀을 문제시하면서 우리들을 아직도 충분히 착수되지 않고 있는 많은 다른 문제들과 맞닥뜨리게 하고 있다. 예술이라는 세계 내에서의 장르 경계는 물론이고 심지어는 예술과 비예술, 반예술의 경계까지도 요동치고 있는 오늘날의 상황은 예술 장르의 경계설정이라는 문제가 과거의 이론가들이 믿었던 것만큼 그리 선명할 수만은 없다는 사실을 실증적으로 보여주고 있다.

그러나 이러한 문제들과는 별로 관계없이 예술의 유형론에 있어서 시와 미술, 확대하자면 문학예술과 조형예술이라는 두 유형 사이의 경계는 비교적 여전히 엄격하게 유지되고 있는 것으로 보인다. 왜냐하면 앞서의 문제들은, 가령 문학이라는 유형 안에 있는 보다 하위의 범주들, 즉 괴테가 '문학의 순수한 자연 형식들'이라고 불렀던 서정시나 서사시 또는 드라마의 장르 구분에 있어서나 조형예술 내에서의 건축, 조각, 회화의 경계 구분에 있어서는 제기됨직한 것일 수도 있겠지만, 보다 광범위한 예술 일반의 범주로서의 유형, 즉 예술현상으로서의 작품의 객관적 구조를 논의함에 있어서는 문학예술의 영역과 조형예술의 영역은 혼동될 수 없는 것으로 보이기 때문이다. 오늘날의 장르 해체의 과정에서 논점이 있다면 오히려 예술 일반의 개별적인 유형들 내에서의 문제이거나 아니면 예술과 비예술의 경계가 문제이지 시와 미술의 경계가 관심사로 대두된 적은 없었던 것이다.

아리스토텔레스의 시학이 그렇듯이, 문학사의 초기에는 매우 규범적이었던 장르론이 현대에 이르러서는 기술적descriptive으로 이해되는 방향을 취하고 있다고는 하지만, 그러한 방향 전환 역시도 문학이라는 유형 내에서의 문제에 그치는 것일 뿐이다. 또한 20세기에 들어 조형예술의 영역에 있어서 일군의 새로운 경향들이 등장하여 각양각색의 재료들과 기술적인 매체 내지는 전자적인 매체를 통하여 예술과 비예술 및 반예술의 경계를 포함한 재래의 장르 경계를 현저히 동요시키면서 폭넓게 용해했음에 불구하고, 그러한 '경계 허물기'의 작업이 시와 미술의 경계를 의문시하게 만들 정도로까지 진척된 적은 없었던 것으로 보인다.

예술 일반의 유형론에 관한 문제는 예술의 발생학적 계통론이나 체계론과 밀접한 관련을 맺고 있다. 그러한 점에서 예술의 유형에 관한 발생론적인 문제는 아마도 미학의 영역을 넘어서 생리학이나 심리학 및 인류학을 포함한 광범위한 인간학의 문제로 환원되지 않을 수 없을지도 모른다. 그러한 작업은 이 글의 능력 훨씬 바깥에 놓여 있다. 우리의 논의는 오늘날까지 일반적으로 통용되고 있는 예술 유형상의 특징들을 선이해의 지평으로 놓을 것이며, 그러한 지평 위에서 특히 상상력이라는 문제와 관련하여 시와 미술의 관계를 검토할 것이다.

2.

예술 유형론에 있어서 일반적으로 널리 사용되는 분류틀은 예술창작의 객관적인 조건에 의한 규정으로서, 그것은 표현수단에 있어서의 매체의 성질과 표현대상에 있어서의 제재의 성질에 의해 예술의 유형을 분류한다. 거기에 의하면, 시는 상상 속에서 표상되는 문학이라는 '글쓰기 방식'의 한 부분 영역으로서 무엇보다도 언어를 그 표현의 매체로 삼고 있다. 이에 반해서 공간을 차지하거나 공간을 표현하는 구조물을 산출하는 조형예술의 하위 범주로서의 미술은 근본적으로 선이나 색채와 같은 가시적인 질료를 매체로 부리고 있다. 이러한 매체에 의한 분류 외에도 철학적인 입장에 따른 분류가 흔히 행해지기도 하는데, 그러한 관점에 의하면, 미술은 시각을 통해 동시적인 것을 정적으로 표현하는 객관적인 예술이고 음악은 청각을 통해 계기적인 것을 동적으로 표현하는 주관적인 예술인데 반해, 시는 이들의 종합이라고 설명된다. 또한 발생론적인 입장에 의한 분류는 자연과학의 발생론적 관찰법과의 유비에 의하여 원시민족에 있어서의 예술의 기원이나 원형을 고찰하여 이 원시예술로부터 분화의 과정으로서 예술들의 유형을 계통분류학적으로 나눈다. 이러한 분류학에서 시와 미술은 공통적으로 무용이라는 제의와 연관된 행위에서 분화된 것으로 인식된다. 이외에도 많은 유형학적 분류들은 자유 예술과 응용 예술, 공간 예술과 시간 예술, 뮤즈적 예술과 비뮤즈적 예술, 사물적 예술과 비사물적 예술 등등의 용어를 동원하기도 한다.

그 어떤 분류틀을 취하든 예술 유형론에 있어서 시와 미술은 분명히 구분되는 것으로 용인된다. 그중에서도 예술 창작의 객관적 조건에 의한 분류틀로서의 매체에 의한 규정은 아마도 시와 미술의 최소한의 구분 근거로 작용할 것이다. 우리는 언어를 떠난 문학을 생각할 수 없고 선이나 색채에 의한 공간분할을 떠난 순수 조형예술이나 미술을 상정할 수는 없다. 시를 미술과 같은 조형적인 형태화를 갖는 공간의 문제와 결합시키려고 했던 20세기 초의 몇몇 아방가르드적 시도에 있어서조차도 그들의 타이포그래피적

'시각시' 자체는 미술이 아니며, 화폭을 문자만으로 구성한 작품이나 언어 자체를 조형적 구성의 매체로 사용하는 서예 역시도 시는 아니다. 전자에 있어서는 여전히 언어가 작동시키는 상상적인 표상이 문제의 핵심을 차지하고 있어서 타이포그래피 같은 언어 상의 공간적 배열은 그 표상의 핵심에 대해서는 하찮은 에피소드에 지나지 않는 것이다. 또한 후자에 있어서 문자나 언어는 화폭의 조형적인 구성을 위한 단순한 소재에 불과한 것으로 그것 자체의 의미가 아니라 그것을 배치하거나 구조화하는 공간상의 구성이 문제의 핵심을 차지하고 있는 것이다.

미술의 역사에 있어서 다다와 초현실주의 운동에서만큼 시와 미술이 친밀성을 지녔던 적은 없었던 것으로 보인다. 예술과 삶을 결합시키면서 풍부한 상상력을 요구했던 이 운동의 대표자들인 마그리뜨나 달리 또는 에른스트의 작업에 있어서 중요한 것은 시각적 이미지 자체가 아니라 그것들이 상징하고 있는 어떤 상상의 세계였던 것으로 이해된다. 그러나 시와의 이러한 친밀성은 어떤 기법이나 아이디어 상의 문제에만 한정된다고 할 수 있다. 가령 초현실주의 미술이 '자동기술법automatism'이라는 개념을 도입함으로써 아무런 외적 대상의 재현이나 형식을 따르지 않고 무의식에서 우러나오는 심상에 따라 사태를 기록하거나 표현하고자 했을 때조차도, 그것은 시와 미술의 유사성이나 차이성의 문제가 단순히 그러한 기법과 아이디어의 공통성으로만은 해결될 수 없다는 점에서 다른 차원의 논의에 지나지 않는다.

또한 표현주의에서 추상 표현주의 미술에 이르는 일련의 작업들도 지각 가능한 외부의 대상을 문제로 삼는 것이 아니라 예술가의 내면에 있는 느낌을 표현하고자 했던 것이다. 이들에게 있어서는 양식이 문제가 아니라 내적 실재나 상상을 보고 만질 수 있는 것으로 만드는 정신 자세가 문제였다고 할 수 있다. 그러한 점에서는 상징주의 미술도 동일한 논의의 차원에 놓일 수 있다. 거기에 속한 예술가들은 형상과 색채 뒤에는 항상 다른 무엇, 즉 다른 세계와 의미 체계가 존재하고 있는 것으로 상정했다. 이들 예술가의 경우는 플로티노스가 신비주의 철학자를 가르켜 "자기 뒤로 신전의 조상을 남겨둔 채 자기 마음 깊은 곳에 있는 성전을 향해 서둘러 나아가는 사람과 같다"고 했을 때의 사정과 흡사한 것처럼 보인다. 그러나 이러한 운동들이 전통적인 미술과는 다른 어떤 미술을 원했을지는 몰라도 그들이 목표로 했던 것이 적어도 시 자체는 아니었음은 분명하다. 그들의 상상의 세계 역시도 그것을 구성하고 표상하는 방식에서는 어쨌든 시와는 현저한 거리를 두고 있다. 결국 조형예술에 있어서의 표현은 질료에 절대적으로 의존해 있으며 또한 그 질료가 허용해주는 형태의 한계에 구속될 수밖에 없는 것이다.

예술사를 통해서 보건대, 심지어 시와 미술이 '예술'이라는 동일한 이름으로 함께 논의되기 시작한 것도 그리 긴 역사를 갖고 있지는 않다. 정확히 말하자면, '미'의 범주와 미적 대상의 영역이 처음으로 구성된 르네상스 시대에 이르러서야 그러한 일은 가능했던 것이다. 이전 시대까지 '기계적 기술artes mechanicae'에 속했던 미술은 이 시대를 거치면서야 '자유로운 기술artes liberalis', 즉 예술의 자리로 격상되어 시와 어깨를 나란히 할 수 있었다. 서구에서 '예술'이란 언어사적으로는 수공적인 숙련이나 모방과 관계되는 그리스어 techne에 해당되는 라틴어 ars에서 유래한다. 이 용어가 후기 고대의 개념인 'scientia'와 'ars'의 종합 개념으로 전용되면서 예술은 학문이나 종교와는 구분되는 자율적인 영역으로서의 기틀을 마련하게 되었던 것이다. 물론 이러한 예술 개념의 단초들이 이전의 역사에서 없었던 것은 아니지만, 플라톤과 아리스토텔레스 이래로 개별 장르들은 그 대상과 수단 및 영향의 견지에서만 구분됨으로써 그러한 관점은 모든 예술의 근거를 나타내는 근대적인 예술의 개념을 형성하지는 못했던 것이다.

예술에 대한 근대적인 이해는 이탈리아의 벨로리나 알베르티, 또는 바자리 같은 초기 르네상스의 미술가 및 이론가들을 통해서 이루어진다. 그리고 이러한 근대적인 예술 이해는 예술과 미를 결합시킴으로써 가능했다. 그들 이론가들은 '시를 회화와 같이 ut pictura poiesis'라는 슬로건을 통해 미술을 '기계적 기술'이라는 수공예술의 등급으로부터 '자유로운 기술'의 영역으로 격상시켰던 것이다. 그러나 이후에도 시와 미술 사이에는 그것들이 공통적으로 미를 추구하는 '아름다운 기술beaux arts'이라는 것 외에는 별다른 유사성을 갖는 것으로 간주되지 않았다. 가령 독일의 계몽주의 문학가인 레싱은 공간 예술의 동시적 표현과 시간 예술의 연속적 표현을 구분함으로써 예술 장르의 본질에 적합한 과제의 분리 및 결합 형식에 대한 비판에 기여했다. 물론 이러한 종류의 관점은 예술의 특수성을 다만 일면적으로나 추상적으로 언급하기 때문에 또다른 관점의 등장도 얼마든지 가능할 수 있었던 것이다. 가령 헤겔의 상징적, 고전적, 낭만적 예술이라는 이념사적인 유형론이나 예술창조의 심리학이라는 관점에 의한 폴켈트의 유형론 및 니체의 아폴론적 예술과 디오니소스적 예술 등의 유형학이 언급될 수 있는 것도 그러한 이유에서이다.

3.

시와 미술의 상관성에 대한 논의는 앞서 언급한 유형학상의 문제와는 다른 층위의 장을 마련해준다. 말하자면, 하나의 장르가 지니고 있는 고유한 상상적인 것의 특성이 다른 한 장르의 예술적 상상력의 폭을 넓혀줄 수도 있다는 측면에서의 논의나 작품 창작상의 상호적인 영향관계에 대한 논의, 아니면 예술이라는 '가족' 내에서의 '유사성'에 관한 논의 등에서 그것은 풍성한 결실을 맺게 할 수도 있다. 후자의 문제는 다시 예술이란 무엇인가라는 미학원론의 문제로 회귀될 것이기 때문에 우리는 여기에서 다만 시와 미술이라는 개별 예술 장르가 지니는 고유한 상상력의 특성들을 고려함으로써 그러한 특성들이 상호적으로 어떤 영향관계를 맺을 수 있을 것인가를 생각해보고 싶다.

우리가 그것을 어떻게 정의하든 간에 시에서는 '문학성'이, 그리고 미술에서는 '회화성'이라고 부르는 질적 특성이야말로 시를 시로서, 미술을 미술로서 만든다고 할 수 있다. 앞서 언급한 예술 운동들이 문학성이나 회화성이라는 저 아포리아에 대한 재래의 형이상학적 가설들을 전복시키려고 했음에는 분명하지만, 근본적으로는 시라는 이름으로나 미술이라는 이름으로 그러한 과제를 수행하고자 했음은 의심의 여지가 없다. 그들에게 있어서는 어떤 문학성과 회화성이냐가 문제였지 문학성이나 회화성 자체가 문제시되지는 않았던 것으로 보인다. 그리고 만약 저 최소한의 지반마저도 제거하고자 한 어떤 작업들이 있을 수 있다면, 그것은 이미 예술이라는 이름 자체를 거부하면서 그 바깥에 놓이길 원하는 것이리라. 거기에 대해서 우리는 어떠한 할 말도 가지고 있지 않다.

인식론적으로 말하자면, 예술 창작이나 수용 과정에 있어서 미술은 시각이라는 감각을 통한 단순 표상에 의해 성립되지만 시는 그러한 일차적인 표상에 기초해 있는 '기억'이나 '이미지의 보존' 이라는 복합 표상으로 이루어진다. 그렇기 때문에 외형상으로 미술은 감각적인 것과의 접촉이 많은 예술로, 시는 감각적인 것과의 접촉이 가장 적은 예술로 보여진다. 왜냐하면 미술의 질료는 오로지 감각적인 것일 뿐이고 시의 질료는 단지 언어뿐이기 때문이다. 시는 음악과 공유된 질료로서 의미를 지닌 음향이라는 말과 소리를 통해 단순한 감각의 지반을 넘어선 직관과 표상의 세계, 즉 상상력 그 자체를 표현하는 것으로 이해된다.

미술은 시각이라는 감각에 직접적으로 호소함으로써 자신의 효과를 발휘하지만 시는 어떠한 일차적인 감각에도 직접적으로 관계하지 않는다. 말하자면, 시는 그러한 감각적인 표상들의 복합작용 속에서 생기하는 상상적인 표상으로부터 영향력을 발휘하는 것이다. 회화적이거나 음악적인 이미지를 중요시하는 이미지즘의 시들 역시도 그러한 감각적인 이미지 자체에 그 시의 핵심이 놓여 있지는 않다. 그러한 시공간적인 이미지들은 오로지 그 이미지들이 통합적으로 표상하고 있는 어떤 상상적인 것을 효과적으로 달성하기 위한 수단에 불과한 것이다. 시에서의 이미저리는 시의 한 요소에 불과할 뿐이다. 그에 반해 미술에서의 시각적 이미저리는 미술의 전부라고도 할 수 있을 정도로 가장 중요한 요소임에 분명하다. 시에서의 감각적 이미저리는 필요조건이지만, 미술에서의 그것은 필요조건인 동시에 또한 충분조건이기도 하다.

그러나 다른 한편으로 모든 시는 그 상상적 표상의 차원을 감각적으로 구체화함으로써 존재한다. 말하자면, 시는 상상적인 언어를 통해서 언어 이전의 실재의 세계와 관계하고자 한다는 것이다. 그것은 오로지 현상관계들 속에서 주어지는 것을 그것에 적당한 매체가 아닌 본질상 비감성적인 성질의 언어로 파악하기 때문에 늘상 감각적인 육체성을 요구한다. 그에 반해서 미술은 무엇보다도 감각적인 지각가능성의 차원에 직접적으로 위치하고 있어서 그 감각적인 물성은 언제나 비감성적인 직관의 세계를 동경하게 된다. 따라서 시는 언제나 보다 더 구체적인 감각의 결을, 미술은 보다 더 풍부한 상징적 함축을 담아내고자 한다. 그렇다면 그 둘은 상호적으로 서로의 상태를 동경하고 있다고 할 수 있다. 시가 감각적인 이미지의 구체성을 담보로 하지 않고 단순히 상상적 직관의 차원에만 머무른다면, 그것은 관념이나 자의적인 상념의 토로에 그침으로써 예술이 요구하는 생동감을 상실하게 될 것이다. 마찬가지로 미술의 색채나 형태가 눈만을 위한 단순한 시지각적인 대상으로 남을 때, 그것은 상상적 표상의 차원을 획득하지 못함으로써 예술의 정신적 가치에 도달하지 못할 것이다. 그렇게 시는 미술의 생동하는 구체성을, 미술은 시의 함축적인 상징성을 동경하고 거기에 접근하려고 한다.

시와 미술의 이러한 상호적인 동경 속에서 서로에 대한 영향관계가 발생한다. 그 영향의 폭은 사소한 아이디어 하나나 기법상의 차용만이 아니라 작품 전체를 지배하는 분위기를 거쳐서 하나의 공통적인 이념이나 세계관에까지 이를 수 있다. 우리는 상징주의나 표현주의 및 추상 표현주의 미술 작업에서 강력한 영향을 받은 시들을 어렵지 않게 열거할 수 있고, 또한 시적 분위기에서 자극받은 많은 미술 작품들, 이를테면 당말의 시인 두목의 '산행'을 화제로 하여 심전 안중식이 그린 '추경산수도'를 알고 있다. 아마도 진정한 시는 음악적인 효과와 마찬가지로 미술적인 효과까지도 충분히 포괄하는 폭넓은 자장을 형성할 것이다. 마찬가지로 진정한 미술은 시지각적인 색채와 형태를 통해서 시가 도달하고자 했던 그러한 영역에까지 도달할 것이다. 그 둘이 서로 겹치면서 호흡하는 저 미지의 영역이 바로 우리가 충분히 규정하지 않은 채로 오늘날 예술이라고 부르고 있는 것의 본질적인 영역일지도 모른다. 그러나 그러한 것이 가령 전통적인 문인화의 경우처럼 시와 미술을 형식상으로 병렬시키는 방식으로 단순하게 이루어질 수는 없을 것이다. 거기에서 시와 미술은 하나의 전체를 이루는 개별적인 부분 요소들일 뿐이기 때문이다. 그러나 미술의 가시성을 체화하고 음악의 가청성을 육화한 진정한 시는 독자적인 하나의 전체를 이루는 예술 자체가 될 것이다.

진정한 시는 시의 영역을 넘어서며 진정한 미술은 미술의 영역을 넘어선다. 왜냐하면 시의 지평을 넘어서려는 저 끊임없는 창조의 열정과 미술의 지반을 확장하려는 저 도저한 파괴의 열정이야말로 우리가 진정으로 '예술'이라고 부를 수 있는 그 어떤 것의 본질이기 때문이다. 거기에서 시와 미술은 예술로서 함께 자리할 것이다. 시는 미술이 지닌 저 구체적인 감각의 실물성에 도달함으로써 자신의 상상적 표상에 풍부한 육체를 부여하고자 하며, 미술은 시가 지닌 저 깊은 정신성의 세계에 도달함으로써 자신의 감각적 육체성을 정신화하고자 한다. 진정한 예술은 저 정신과 감각이 화해롭게 공존하는 그런 장이어야 한다. 그런 의미에서 시와 미술의 친근성과 차이성의 문제는 예술의 본질에 관한 논의로 되돌려진다. 결국 진정한 시와 진정한 미술은 상상력을 통해 저 황금시대의 낙원에 도달하고자 하는 예술이라는 동일한 인간 욕망의 다른 이름들일 뿐이다.

네 겹의 텍스트적 공간

— 김기택, 염성순의 《시, 몸, 그림》

우리는 여러 예술들을 서로 접근시키고
한 예술에서 다른 예술로의 이행을 추구하여야 한다.
— A. W. 슐레겔

무엇보다도 빼어난 시인이자 우리 근대시사 연구자인 김기택이 쓰고, 또한 독창적인 색채 미학의 예술적 세계를 개척해온 화가 염성순이 그린 《시, 몸, 그림》은 말하자면 네 개의 겹으로 이루어진 다중적인 텍스트의 공간을 선보이고 있다는 점에서 우리의 관심을 끈다. 그 네 개의 겹은 다음과 같이 구분될 수 있는 것처럼 보인다. 첫째, 시인이자 문학연구자로서 김기택이 그 대상으로 삼고 있는 이상과 서정주의 서로 이질적인 시적 '몸'의 공간이 이 텍스트의 근본 배경이자 하나의 겹을 형성한다. 둘째, '몸'이라는 코드로 저 근대적 시인들의 세계를 읽어내는 김기택의 문학적 연구 공간이 이 텍스트의 전경으로서 또 하나의 겹을 이루고 있다. 셋째, 이러한 문학적 연구를 바탕으로 하여 화가 염성순이 그림으로써 재해석해낸 예술적 '몸'의 형상들이 또 다른 한 겹을 구성한다. 여기에는 하나의 텍스트가 원래의 매체형식(문자언어)에서 벗어나 또 다른 매체형식(시각형상)으로 이전됨으로써 발생하는 '매체의 전이' 혹은 '매체교체'라는 미학적 문제가 중요한 이슈가 될 터이다. 마지막으로 넷째, 근대적 '몸'의 코드로 투과된 이상과 서정주의 시세계와 김기택의 문학연구 공간과 염성순의 회화적 텍스트가 서로 조응하기도 하며 긴장을 불러일으키기도 하는 새로운 형식 실험의 층위, 즉 시와 문학연구와 그림이 만남으로써 발생하는 '상호텍스트성'이라거나 '상호매체성' 혹은 '예술의 상호해명'이라고나 할 만한 어떤 낯선 공간이 만들어내는 텍스트의 겹이 또한 존재한다. 이 네 개의 겹들은 서로 맞물리고 화답하면서도 또한 각자의 이질적인 목소리들의 살과 결이 생생하게 살아있는 '다성성'과 '이의성'의 대위법적 공간을 연출한다고 해야 하리라.

김기택의 연구에서 이상과 서정주의 시세계는 무엇보다도 근대적 몸의 굴곡과 음영을 드리우고 있다. 보다 정확히 말하자면 "나의 폐가 맹장염을 앓다"고 노래한 이상의 세계는 '병든 몸의 자유'를, 또한 "즘생스런 우슴은 달드라"고 노래한 서정주의 세계는 '동물적 몸의 무한과 영원'을 표상한다고 할 수 있겠다. 저자는 이 '몸'의 시인들에 대해 다음과 같이 보고하고 있다. "세상으로부터 고립되어 벌판 한복판에 있는 꽃나무는 '생각'이라는 거울을 통해 제가 생각하는 꽃나무, 즉 자신과 대칭인 또 하나의 꽃나무를 만든다. 그는 생각 속의 꽃나무, 즉 가상현실을 이상적인 공간으로 여기고 생각으로 만든 꽃나무에 다가가려 한다. 그러나 그 꽃나무는 진짜 꽃나무가 아니므로 갈 수 없다. 그러므로 이상의 시는 거울을 통해 대칭이 되는 가상적인 자아를 만들어 놓고 그것과 하나가 되기 위해 다가가지만 가지 못하고 이상스러운 흉내만 되풀이하는 과정이라고 요약할 수 있다"(이상의 세계). 이에 비해 "서정주는 어느 시인보다도 보이지 않는 몸을 보이는 몸처럼 자유자재로 능숙하게 이용할 줄 알았던 시인이다. 그가 언어의 마술사라고 불리는 이유는 보이지 않는 몸을 보이는 몸처럼 아주 자연스럽고 능청스럽게 잘 사용할 줄 알았기 때문이다"(서정주의 세계).

시와 회화 혹은 텍스트와 형상의 만남, 즉 문학과 조형예술의 상호텍스트성이나 상호매체성 혹은 '예술의 상호해명'이라는 문제는 역사적으로 오랜 (비교)미학적-예술학적 과제이자 또 그만큼 많은 논쟁의 여지를 만들어내면서 예술장르의 상호연관성 및 통합성이라는 시각에서 풍성한 결실을 맺을 것으로 기대되는 분야이다. 일찍이 고대 희랍의 시인 시모니데스가 "그림은 말없는 시, 시는 말하는 그림"이라고 노래한 이래, 그리고 또한 '시는 회화와 같이'라는 모토를 제시했던 로마의 시인 호라티우스 이래로 빈켈만과 레싱의 '라오콘' 논쟁을 거쳐 괴테의 문학과 미술의 관계에 대한 언급 및 낭만주의자들의 '예술의 통합' 혹은 '통합적 예술'의 개념에 이르기까지 시와 회화의 관계 혹은 문자언어(매체)로 이루어지는 문학과 시각형상(매체)로 이루어지는 조형예술의 관계는 오늘날까지도 만만치 않은 미학적-예술학적 과제를 제기하고 있다. 그만큼 문학과 미술의 상호매체성이나 상호텍스트성 연구는 현재적 맥락에서 중대한 시사점을 던지고 있다 할 것이다. 그런 의미에서 근대적 몸의 코드로 김기택에 의해 해석된 이상과 서정주의 시를 염성순이 형상으로 재해석한《시, 몸, 그림》이 갖는 문학-예술사적, 문화사적 의의는 간과할 수 없는 의미심장한 작업이자 결실이라고 해야 한다.

염성순의 작업을 염두에 두면서 '색채 이미지'를 거론하지 않을 수 없는 일이겠다. 염성순의 작업은 거의 전부라고 말할 수 있을 정도로 상징성이 깃든 관능적인 색채와 그러한 색채가 그려내는 현란한 이미지(그것이 심리적 이미지이든 신화적 이미지이든, 아니면 또 다른 어떤 상징적 이미지이든 간에 관계없이)의 제국을 형성하고 있다고 말할 수 있다. 그렇다면 염성순이 그려내는 이 이미지들은 도대체 '그 무엇'으로부터 파생된 모델의 결과물인가 아니면 특정한 모델이 없는 순전한 정신적 창조의 결과들인가? 이 같은 이미지에 대한 질문은 곧 염성순이 이러한 이미지들을 창조해내는 그 상상력의 질과 결을 묻는 질문과 다르지 않다. 왜냐하면 우리는 이미지와 그 이미지를 만드는 정신적 에너지 자체를 상상력이라고 부르기 때문이다. 그렇다면 우리는 먼저 이미지와 그 이미지를 창조해내는 상상력의 일반적 특질에 관해 살펴보지 않을 수 없는 처지에 놓여있는 셈이다. 이 이미지와 상상력의 일반적 특질 위에서야 비로소 염성순이라는 화가 개인의 이미지들과 상상력이 지니는 고유한 질과 결이 드러날 것이다.

발생론적으로 보자면, 이미지는 언제나 '그 어떤 것'의 이미지일 수밖에 없을 것이다. 다시 말해 이미지는 항상 그 어떤 모델로서의 실재reality를 전제한다는 뜻이겠다. 모델로서의 실재를 우리가 원본이라고 한다면, 이미지는 언제나 이 원본에 대한 복제물 혹은 복사물에 지나지 않게 된다. 이때 관건이 되는 것은 이 복제물로서의 이미지가 원본과 얼마나 충실하게 닮았거나 다른가 하는 문제일 터이다. 이미지가 지니는 원본과의 같음과 다름 사이의 문제는 미학적 관점에서는, 그것이 형태적 모방이건 내적 속성의 재현이건 간에, 일찍이 플라톤과 아리스토텔레스에 의해 제기된 바 있는 모방론과 '미메시스' 이론을 통해 어느 정도 해명될 수 있을 것으로 보인다. 이에 대한 상세한 언급은 여기에서 피하기로 하자. 다만 여기에서는 이미지가 실재하는 모델로서의 원본으로부터 파생된 부차적 결과물임을 확인하는 것으로 만족하기로 한다. 이 경우 헤겔의 다음과 같은 발언이 당면한 사태에 대한 정확한 표현이 될 것이다. "모방을 통해 자연과 경쟁하려고 한다면 예술은 언제나 자연의 하위에 놓이게 될 것이고, 그 모양은 마치 코끼리와 어깨를 겨누기 위해 노력하는 벌레와 비교할 수 있을 것이다". 여기에서 우리는 이미지라는 인간적 창조의 노력에 적극적인 가치와 의미를 부여하기 위해 이미지와 상상력을 그 지시대상이나 모델로부터 독립시켜 자율성을 줄 수는 없을 것인가 하는 문제와 씨름해야 할 것이다. 사실상 근대적 사고의 뿌리는 인간의 정신적 산물로서의 이미지와 상상력을 이러한 원본으로부터 떼어내 자율성을 부여하려는 노력을 보여주었다. "그 어떤 이미지도 그것이 재현해내는 대상과 닮을 필요가 없다"고 말한 이는 바로 근대적 사유의 효시인 합리주의자 데카르트R. Descartes였던 것이다.

근대는 화가의 눈과 손을 통해 재현된 이미지의 인위적, 자의적 성격을 두드러져 보이게 함으로써 이미지 자체가 가지고 있는 내재적 의미를 상실하게 만들었던 것이다. 예술의 이미지는 본질적인 것이 아니라 현실을 재현하는 인위적 기호로 취급되고, 회화공간은 사물의 내밀한 성격을 표현하는 것이 아니라 그 사물을 인간이 창안한 인공물이라는, 전혀 다른 성격을 가진 기호로 대체하여 표현하는 것이 되었다. 보다 정확히 말하자면, 회화의 이미지는 약속된 규칙에 따라 색과 형태를 배열함으로써 인간의 눈이 그것을 알아볼 수 있도록 하나의 가상과 외관을 만들어낸 것이 된다.

다음과 같은 주장을 참조하기로 하자. "이미지가 그 내재적 의미를 상실한다는 것은, 이미지와 그 대상과의 관계에 유사성이 상실되었다는 것을 의미한다. 하나의 이미지는 인위적 가공물일 뿐 그 참조대상과는 무관하게 하나의 기호로 존재하게 되는 것이다. 이미지가 대상과 맺고 있는 닮음의 속성이 부정되고, 미메시스가 일종의 파문을 당하면서 그 다른 속성만이 강조되어 언어의 자의성에 결정적으로 종속되게 된 것은 데카르트에 의해서이다"(유평근 진형준, 《이미지》, 살림, 2001. 91-2쪽). 그러나 원본에 대한 이미지의 종속성을 주장하는 경우와 꼭 마찬가지로, 언어와 이미지의 자의성을 강조하는 경우에도 이미지의 지시대상을 지우는 것이 아니라 오히려 그 지시대상의 현존성을 더욱 강조하고 있다는 사실은 주목할 만하다.

그렇다면 우리는 이렇게 자문해 볼 수 있다. 우선 모든 이미지에는 반드시 그에 상응하는 전형으로서의 모델이 있어야 하는가? 바로 이러한 물음 앞에서 들라크르와Delacroix의 그림에 대한 다음과 같은 보들레르Ch. Baudelaire의 지적은 시사적이라고 할 수 있다. "가시적 세계 전체란 상상력에 의해 상대적 가치와 지위를 부여받게 될 이미지와 기호의 보관소 같은 것이다. 그것은 상상력에 의해 소화되고 변형될 반죽 같은 것이다"(《1895년의 살롱》). 요컨대 이미지란 자연이 그 자체로 지니고 있는 근원적 의미를 재현하는 것도 아니고 자연을 있는 그대로 객관적으로 재현해내는 것도 아니라, 그 대상을 상상력을 통해 숨어 있는 의미, 새로운 의미의 운반자로 변형시키는 것이라는 점이다. 이미 신플라톤주의자인 플로티노스는 이미지에 대해 다음과 같이 말했던 터이다. "예술은 직접적으로 가시적 대상을 모방하지 않는다. 예술은 자연적 대상들이 나오게 된 이치로까지 거슬러 올라간다. 또한 예술은 그 자연적 사물들에게도 유익하다는 사실을 덧붙이기로 하자. 예술은 아름다움을 지니고 있음으로 해서 그 사물들의 결점을 보충해주기 때문이다." 이들에 의해 이미지는 대상의 재현이 아니라 변형과 보완에 의한 상징적 상상력의 창조물이 된다. 이미지를 그 대상, 진리와 격리시켜 그 나름대로 의미를 지니고 있는, 새로운 진리를 만들어가는 창조물로 인식하는 흐름은 성상에 대한 인식론, 텍스트의 해석학 등의 접근을 통해 꾸준히 이미지 인식의 중요한 한 흐름을 형성해왔다. 이미지에, 예술에 그러한 의미를 부여할 수 있다면 이미지가 단순히 모델의 재현이라는 생각은 유보될 수밖에 없다. 이미지는 대상의, 세계의, 실재의 복사가 아니라 대상, 실재, 세계를 그 이미지를 통하여 볼 수 있게 하는 또 하나의 능동적 주체가 된다.

이러한 입장에서 볼 때 예술가란 외부의 사물을 모방하는 자가 아니라, 우리의 경험 속에서는 접할 수 없었던 이상적이고 본원적인 형태로 그 사물을 복원하는 자이며, 따라서 예술은 미리 존재하고 있는 형태를 복사한 것이 아니라 비가시적인 상태에 머물러 있던 것에 처음으로 얼굴과 형태를 부여한 것이 된다. 그렇게 될 때, 실제의 사물(대상, 모델)은 어떤 의미에서는 그것의 복사인 이미지보다 근원적인 것으로부터 멀리 떨어진 범상한 존재일 수도 있다. 다시 말하자면, 이미지가 그 모델과의 외적 관련성을 끊는다는 것이 곧 이미지의 자의성을 두드러지게 만드는 것은 아니다. 이미지의 자의성을 강조하는 경우 이미지는 약속된 코드와 관습에 종속되게 된다. 그러나 이미지의 자율성이 강조되는 경우 이미지는 모델에서도, 약속된 코드에서도 해방된 그 자체가 최초의 출현이 된다. 낭만주의 이후 상징주의를 거쳐 초현실주의에 이르는 일련의 미술사적 흐름은 바로 이러한 이미지의 자율성에 대한 확고한 믿음을 심는 데 결정적인 역할을 하게 되었음은 주지의 사실이다.

대화적 세계로의 모험
— 시 속의 연극적 요소

– 당신은 某年 某月 某日 청사포 앞바다에서 알몸으로 헤엄치다 해운대 경찰서에서 즉결재판을 받은 적이 있지요?

– 네

– 왜 그랬습니까? 청사포가 누드촌입니까?

– ……

– 당신은 밤마다 파자마 바람으로 오토바이를 타고 시내를 돌아다닙니까?

– 나의 산책 습관입니다

– 미친놈. (사이) 당신은 비무장지대에서 방뇨한 적이 있지요?

– 네?

— 이윤택, 〈막연한 기대와 몽상에 대한 반역 16〉 부분

의심할 바 없이 언어예술로서의 시는 종합적인 극예술로서의 연극과는 예술 유형학적으로나 장르상으로 분명히 구분된다. 그럼에도 불구하고 연극이 시적 요소를 자체 내에 담지할 수가 있

는 것과 마찬가지로('무용시' 혹은 '영화시'라는 표현 및 풍경과 같은 자연미적 대상에 관해서 시를 말하는 경우 대개는 정신적이거나 정취적인 내용의 요소를 지시하기 위해서 사용된다. 그러나 연극의 경우, 가령 시극 부흥운동의 예에서 보듯이, 직접적으로 운문을 사용함으로써 산문으로는 표현할 수 없는 일상성을 초월한 고차의 시적 세계를 형성할 것을 목표로 하기도 한다) 시 역시 위에서 인용한 작품처럼 연극적인 요소와 특성 및 효과를 지닐 수가 있다. 이러한 의미에서 시 속의 연극적 요소란 창작하는 시인의 입장에서 보자면 시적 상상력의 폭을 확대시키는 계기가 되고, 독자의 입장에서는 시를 폭넓게 이해하기 위한 의미 있는 문제로서 제기된다.

일반적으로 연극이란 인생의 사건적 과정을 대화의 형식으로 쓴 극문학을 살아있는 인간의 육체를 통해서 공간적, 시간적 예술작품으로 변형시켜 관중 앞에서 재현하는 조직 전체를 일컫는다. 우리는 무대의 상연을 떠난 연극을 생각할 수 없는 것과 마찬가지로 희곡이라는 문학적 텍스트를 떠난 연극도 생각할 수가 없다. 재생산적 예술로서의 연극에서 일차적 표현인 희곡과 이차적 재현인 극의 통일적 고찰방법을 찾는 작업은 연극학의 중요한 과제이긴 하지만, 시와 연극의 관계를 다루는 이 글에서 우리는 이차적 재현의 문제를 접어둔 채 오로지 연극의 일차적 표현인 희곡만을 문제로 삼을 것이다. 왜냐하면 시와 연극의 영향 관계를 논의하기 위해서는 범주의 차원이 다른 두 가지를 같은 선상에서 다루어야 할 난점에 처하기 때문이다. 말하자면, 예술의 독자적인 동등한 상위 범주로서의 극예술(연극)과 언어예술(문학)의 관계라면 몰라도 상위 범주로서의 연극과 문학이라는 상위 범주의 하위 장르로서의 시를 같은 차원에서 논의하기란 거의 불가능하게 보인다는 것이다.

그렇다면 '시와 연극'의 관계에 대한 논의가 의미있게 되기 위해서는 '문학과 연극'의 관계나 아니면 '시와 희곡'의 관계에 중심이 두어져야 할 것이다. 편집자의 의도가 아마도 그럴테지만, 우리는 후자의 관계에 초점을 맞추어 논의를 진행하고자 한다. 전자의 경우라면 전혀 다른 논의의 장이 마련될 수밖에 없을 것이다. 따라서 우리의 논의에서 사용되는 연극이라는 표현은 엄밀히 말해서 연극의 한 측면인 희곡을 지칭하게 된다는 점을 밝혀두기로 하자. 희곡이란 극예술 중에서 연극으로서의 무대적 표현이라는 측면을 배제한 언어적, 시적 표현의 측면을 지칭한다. 그러나 그것은 단순한 언어적 표현이 아니라 발화되고 행위화 되기 위한 언어이다. 그리스어로 드라마가 행위를 의미하듯이 인간 행위의 전개가 눈앞에서 벌어지고 있는 것으로 표현하는 예술이 희곡인 것이다. 그리고 연극은 무엇보다도 희곡이라는 이러한 문학의 특수한 한 장르에 의존하여 성립된다.

애초에 '문자, 문서'를 의미하는 프랑스어 'littera'에서 유래한다는 점에서 문학은 광의로는 문서의 형식으로 고정된 모든 언어적 텍스트를 포괄하지만, 협의로는 그 중에서도 특히 미적 품격을 갖춘 언어적 텍스트에 적용된다. 우리가 오늘날 일반적으로 사용하는 문학이라는 개념의 의미는 후자의 경우, 즉 예술적 가치의 실현을 본래의 목적으로 하는 창조적 언어형성을 지칭하는 것으로 사용된다. 이러한 언어형성에 있어서 그 표현의 방식이나 양상에 의해서 문학은 흔히 괴테가 '문학의 순수한 자연 형식들'이라고 불렀던 서정문학(시), 서사문학(소설), 극문학(희곡)으로 구분된다. 여기에서 소설이나 희곡이 사건의 객관적인 전개나 인물의 행위를 그 대상성에서 묘사하는 데 비해서 시는 시인 자신의 주관적 감동을 그 상태성에 있어서 표출한다는 장르적 특성을 갖게 된다. 그리고 시와 희곡이 대개는 현재 시제로 표현되는 데 반해서 소설은 사건을 과거에 발생한 것으로 서술한다는 차별성을 갖는다. 또한 소설 및 시가 원칙적으로는 각각 3인칭 및 1인칭의 주체를 중심으로 오로지 언어적 서술을 위주로 하는 독백적인 표현 형식을 취하는 반면 희곡은 주로 행동에 의한 모방을 목적으로 하여 상연을 예상하는 대화 형식으로 나아간다는 점이 이들 사이의 중요한 공통성과 차이성이라고 할 수 있다.

우리는 이 글의 논의와는 관계없는 소설을 제외하고 시와 희곡을 중심으로 하여 이들 장르의 특징을 다음과 같이 정리할 수 있겠다. 즉 시와 희곡이라는 장르 모두가 현재 시제로 진행된다는 점에서는 공통성을 지니지만, 시가 1인칭의 독백적 표현 형식을 통해 시인 자신의 주관적 심의 상태를 표출하는 반면에 희곡은 특정한 관점을 갖는 다수의 주체들이 대화적인 표현 방식을 통해 인물의 행위나 사건의 전개를 객관적으로 드러낸다는 것이다. 희곡은 서정시와 마찬가지로 주관적인 성격의 내면성으로부터 발생하는 상태를 제시하긴 하지만 이것이 결심을 가지고 행위로 나타나 외계에 작용하는 바를 묘사하는 것이다.

이러한 표현상의 방식이나 양상에 의한 문학의 구분 외에도 우리는 창조적인 언어 형성의 요소라는 측면에서 문학의 성음적 요소(어음, 운율)와 의미적 요소(수사, 조사, 문체) 및 대상적 요소(소재, 모티프, 인물, 상황, 플롯, 테마, 문제, 이념)를 구분할 수도 있다. 성음적 요소와 의미적 요소가 주로 시에서 상대적으로 중요한 것임에 반해서(19세기 이후 시학이라는 명칭은 운율학과 수사학의 의미로 쓰이는 경우가 많아진다), 인물이나 사건과 같은 대상적 요소는 소설이나 희곡에서 훨씬 더 중요하게 취급된다(대개의 경우 소설에서는 사건이, 희곡에서는 인물이 우선한다고 생각된다). 가령 문학의 대상적 요소에 있어서 소재는 인물, 사건 및 그밖의 객관적인 소여, 즉 제재의 의미로 사용되는데, 이러한 의미에서의 소재라는 개념은 주관적이고 내면적인 체험의 표현을 주목표로 하는 서정시에는 적용되지 않는다고 할 수 있다. 소설이나 희곡에서 소재는 개별적이고도 구체적으로 규정된 사건의 성격을 지니게 되는 것이다. 이러한 언어 형성의 요소 있어서도 시와 연극은 상이한 요소에 의존하게 된다. 따라서 시 속에 드러난 연극적 요소가 우리의 논의의 중심적인 관심사라면 당연히 시 속에서 이러한 언어 형성의 대상적 요소가 어떻게 작용하고 영향을 미치는가 하는 문제를 추적해야 할 필요가 있을 성싶다.

언어는 연극에서 가장 중요한 지위를 차지한다. 그러나 연극의 언어란 단순히 문자로 쓰이는 것에 그치지 않고 반드시 배우의 입을 통해 말해져야 한다. 주지하다시피 이것을 대사라고 한다. 그러나 연극에서의 대사는 단지 입으로 말하는 것만이 아니라 신체 동작의 표정, 즉 몸짓을 수반한다. 그러므로 연극의 언어에는 자연히 함축성 있는, 말하자면 입체적인 독특한 성질이 요구되는 것이다. 이러한 극적 언어의 기초 형식은 대화이다. 비록 연극에서의 독백이 대화와는 달리 한 사람의 인물이 혼자서, 또는 자기 자신과 이야기 하는 말이나 그러한 장면을 의미하긴 하지만, 내적 성질의 면에서 본다면 독백이 가장 순수한 형태로 나타나는 것은 자문자답의 경우인데, 이것 역시도 단순한 중얼거림이 아니라 대개는 격한 심중의 토론이며 개인 내부로 옮겨진 일종의 대화라고 할 수 있다. 그러므로 독백도 본질적으로는 대화의 일종이라고 볼 수 있게 된다. 또한 방백도 혼자서 또는 자기 자신과 이야기하는 말이므로 결국 독백의 일종이지만, 독백이 일종의 대화인 것과 마찬가지로 그것 역시 대화의 한 양태라고 간주될 수 있다.

그렇다면 이러한 희곡과 분명히 구분되는 장르적 특성을 갖는 독백적인 시의 세계가 그럼에도 불구하고 연극적인 요소를 포함하려고 한다는 것은 어떤 의미를 지니게 되는 것일까? 단적으로 말하자면, 그것은 대화적 세계를 향한 모험이라는 의미를 지닌다고 말할 수 있다. 서정시가 주로 영원한 현재의 시점에 의한 1인칭 독백의 세계인데 반해서 연극은 현재의 시점으로 다수의 주체들에 의한 대화적 세계를 표현하는 것이다. 일종의 엄숙한 상황극을 연상시키는 다음의 시에서 우리는 그러한 대화적 세계를 향한 노력을 발견할 수 있다.

연구실 문을 열고
스위치에 손을 대다 멈칫한다.
반 어둠 속 소파 위에
낯익은 중년 사내 하나가 앉아 있다.

"놀라지 말게,
나는 바로 자넬세.
며칠 전 새로 맞춘 이 안경
그제 저녁 술집에서 떨어뜨려 낸 이 흠을 보게.
주민등록증, 공무원증, 비씨카드, 운전면허증이 든 지갑과
바뀐 전화번호까지 잔뜩 적혀 있는 수첩
여기 있네.

네 시 강의는 내가 맡을 테니
잠시 편히 쉬게."
스위치를 켠다
아무도 없다.

나는 누구냐?

— 황동규, 〈관악일기 1〉 부분

자아중심의 독백적인 시의 세계가 연극이라는 대화적인 세계의 요소를 도입하고자 할 때, 그러한 요소들에서 중요한 것은 대화적 상황과 극적 긴장 및 인물과 사건의 객관적인 묘사 등이다. 왜냐하면 대화란 언제나 특정한 상황 속에서 발생하는 것이고 또 그러한 상황 속에서는 각각의 대화 참여자들 사이의 극적 긴장감이 중요한 요소로 등장하며, 이 모든 것을 객관적으로(또는 상호주관적으로) 서술하는 일이 관건이 되기 때문이다. 상황이 주관을 압도하는 경우를 드러내려는 시에서 이러한 방식의 연극적 요소의 도입은 필연적인 일로 보인다. 서정시란 대개 외계를 주관화하여 다룸으로써 거기에서는 객관적인 대상성 보다는 주관적인 상태성이 더 중요하게 여겨지는 것이다. 그러나 대상이나 사건, 또는 상황이 너무나 압도적이어서 그러한 사태를 주관이 내면화하기가 불가능할 때(역으로 상황의 압도성을 강조하고자 할 때), 시인의 상상력은 이러한 극적 상황과 사건의 객관적인 묘사로 이끌릴 것이다. 연극은 관객의 직접적인 참여와 눈을 통해서 바로 눈앞에서 벌어지고 있는 것으로 전달됨으로써 긴장과 박력을 불러내는 실감의 측면에서는 그 어떤 예술보다도 탁월할 수가 있다. 아래의 시는 그러한 극적 긴장감을 의도하기 위해 연극적 요소를 도입한 작품으로 보인다.

그놈은 지금 그놈의 死線에 엎드려 있다.
그 사선은 나의 사선이다. "이번이 기회야.
놓쳐선 안 돼." 여차하면 이놈은 눈 깜짝할 사이에
틈 속으로 매복해 버린다.
"죽여요. 죽여!" : 아내도 마루 끝에서 소리친다.
짠 — 긴장 : "이놈, 우리 現世의 사생활을 분탕칠하는
이 더러운 놈, 네놈의 그 더러운, 지상에서의 몸을
죽여주마. 깨끗한 몸으로 교환하여 다시 태어나거라."
중얼거리는 내 마음 속에서 다시 태어나고 싶어하는
이놈을 갖다가, 슬리퍼로, 그냥,

딱!

(쳤다)
(나는 죽였다)

— 황지우, 〈바퀴벌레는 바퀴가 없다〉 부분

물론 이러한 극적 긴장감을 불러일으키기 위해서만 연극적 요소가 시에서 사용되는 것은 아니다. 문학에 있어서 작중 인물과 그 주변 사정 간에 존재하는 일정한 관계가 표현의 장을 형성하여 사건이나 운명의 전개를 준비할 때 이것을 상황(장면, 국면)이라고 하는데, 이는 주로 소설이나 희곡에서 문제가 되는 언어 형성의 대상적 요소이다. 상황은 어떤 인물을 둘러싼 자연적 환경이나 사회적 환경을 떠나서는 생각될 수 없지만, 그러한 환경 자체가 아니라 그것을 인물과의 내면적 관계에서 파악한 것이라고 말할 수 있다. 따라서 상황은 거기에 놓여진 인물의 성격이나 의지, 감정 상태와 어떤 방식으로든 결합되어 그것을 반영한다. 그러나 아래

와 같은 시는 극적 상황을 객관적으로 묘사하기 위해서 연극적 요소에 많은 부분을 의존하고 있는 것이다.

(전화벨소리와 함께 눈뜨는
갓전등 불빛
책상 위에는 쓰다 만 원고지
펜과 잉크병, 그리고
초췌한 모습으로 드러나는 시민 K
그는 책상에 앉은 그대로 밤을 세운 것 같다)

소리: 좋은 아침입니다. 재판 날짜와 장소가 정해졌습니다. 가능한 귀하의 일상 업무에 지장을 주지 않기 위해서 재판 날짜를 오늘, 즉 일요일로 정했습니다. 이웃과 직장의 시선을 고려해서 우리 기관의 재판은 비밀리에 진행됩니다.

(시민 K, 수화기를 끊는다.
실내를 어슬렁거리며)

— 이윤택, 〈막연한 기대와 몽상에 대한 반역 15〉 부분

본래 희곡의 양식적 표징이라고 하는 대화 형식은 극예술의 행위적 표현으로서의 근본성격이 희곡이라는 문학상에 투영된 것이다. 말하자면, 희곡에서는 인물의 대사만이 행위의 관련으로부터 끄집어 내어져서 여러 인물들의 성격의 상호작용이나 그 주위 상황과의 교섭으로부터 사건을 전개시키기에 적합하게 대화의 형식이 취해지고 있다는 것이다. 그런데 인간의 행위는 그것을 내면적으로 동기지우는 의지의 실현이므로 인물을 실제로 행동하고 있는 것으로 모방하는 극문학은 다른 문학에 비하여 특히 의지적 정

신활동을 가지고 일관성을 유지하게 되는데, 거기에서는 여러 인물들이 각각 자신이 의욕하는 바에 따라서 행동하고 얼마간의 장애를 만나 그것을 극복하면서 목적을 달성하려는 노력과 투쟁이 묘사된다. 결국 언어 사용상에 있어서 시의 세계와 가장 분명히 구분되는 연극적 세계란 언어의 대화적 특성에 있다고 할 것이다.

이에 비해서 시에서는 모든 외적 및 내적 경험의 소재는 자아에 의해 흡수되고 주관화되어 정취가 풍부한 것으로 형성된다. 이 자아중심적이고 주정적인 성격은 자연히 시를 감정의 파동에 따르는 리듬 내지 운율의 형식으로 향하게 한다. 자아의 내면에 집중된 체험을 현재의 시점에서 파악하고 표현하는 점 때문에 시는 소설이나 희곡에 비교하면 대체로 짧은 형식을 지니는 것이 보통이다. 일반적으로 예술의 미적 성격이 대상을 주관에 주입시켜 자아화하는 것 내지는 순간적임에도 불구하고 영원한 현재에서 생동하는 데에 있다고 한다면, 서정시는 확실히 그 자아를 위주로 하는 성질과 현재성에 있어서 특히 예술적 특질이 가장 풍부한 문학의 한 범주라고 할 수 있겠다. 그렇다면 시 속의 연극적 요소란 1인칭 독백의 세계로서의 시가 바로 연극의 대화적 세계를 향해 모험을 감행한 노력의 흔적이라고 할 수 있는 것이다.

눈을 바라보는 별

— 정병근의 시세계

나는 운다
나 때문에 울고 너 때문에 울고
그 때문에 운다
— 〈파안破顔〉에서

1.

여기는 기억의 피가 도는 땅
이별의 체온이 상속되는 곳
쉽게 입이 삐뚤어지고 뼈가 뒤틀리는 건
허기를 후비는 바람 때문
눈은 한쪽으로만 기울지

생각하지 마라
왔던 곳으로 돌아가려면
굽은 다리와 꼬부라진 등으로
측백측백측백을 하늘의 별만큼 외워야 한다
— 〈측백나무 그 별〉 부분

정병근의 시세계는 어떤 궁극의 한 점으로 수렴되는 압도적인 구심력의 작용에 의해 직조되고 있는 것처럼 보인다. 그 힘의 자장은 너무나 강력해서 시인의 존재와 삶 전체를 견인하고 있다 해도 무방할 정도다. 아니, 오히려 시인의 현실과 현존 자체가 그 힘에 의해 구성되어 있다고 말하는 편이 차라리 옳을지도 모른다. 그리고 그 힘의 작용은 시인의 시세계에서 사실상 '눈'이나 '보다'와 같은 시각적 표상이나 행위들(이것들은 또한 '알다'와 동의어이다)을 통해 대부분 이루어진다. 그렇기에 이러한 시각적 이미지들의 계열체가 시인의 시세계를 조직화하는 핵심적인 모티프들이 되는 것 또한 당연한 이치라고 하겠다. 그런데 "함께 있을 때 타오르다가 / 혼자일 때 문득 젖는"(〈빨간 눈〉), "안 보고도 다 보는"(〈정처 없는 이 눈길〉) 이 '눈/보다'의 방향이 언제나 앞이 아니라 뒤를 향해, 다시 말해 시간적으로는 과거를 향해 있다는 사실은 각별히 주목할 만한 사실이다. 시의 한 구절은 이러한 사실을 "눈은 한쪽으로만 기울지"라고 적시해 놓았다.

이 구심적 자장의 근원, 그러니까 시인의 현존을 모조리 환원해 들이는 '존재의 블랙홀'이라고나 해야 할 기억의 중심에 자리하고 있는 것은 '고향'과 '옛집'과 '어머니'의 이미지이다. 시인의 시세계에서 그것들은 동일한 이미지의 변주들에 불과한 것처럼 보인다. 공간적으로는 차례대로'고향' 속에 '옛집'이, 또 그 '옛집' 속에 '어머니'가 존재하고, 시간적으로는 '어머니'가 부재한 이후에는 '옛집'이, 또 그 '옛집'이 사라진 뒤에는 '고향'이 자리하고 있긴 하지만 말이다. 시인의 시세계에서 이 동일한 이미지들은 결국, 시인 자신의 비유를 그대로 가져오자면, "눈을 감아도 끝내 나를 바라보는 눈"이자 "모든 표정의 전위이면서 배후인 / 어머니별"(〈안점眼點〉) 같은 상징적 차원을 획득하고 있다. 그리고 시인의 시적 자아에게는 자신의 존재론적 근원이자 뿌리가 될 이 상징적 차원의 '어머니별'과 '눈'은 또한 그의 삶과 현존의 모든 극적 드라마를 연출해내는 '꿈의 공장'이 되기도 한다. 이 공장의 위상은 양면적이다. 그것은 한편으로는 시적 자아의 유토피아적 이상향이 배태되는 자궁이기도 하지만, 동시에 다른 한편으로는 존재의 모든 악몽들이 출현하는 묘혈이기도 하기 때문이다.

그러니, 이제 이렇게 말해도 좋겠다. 정병근의 시세계에서 '기억'과 '꿈'은, 그리고 더 나아가 과거와 미래는 두 개의 머리를 가진 한 몸을 이루고 있다고 말이다. 행복했던 기억과 허물어진 꿈은, 악몽 같은 기억과 도달해야 할 꿈은 둘이 아니다. 그렇기에, 내가 보기에, 기억과 꿈을 한 몸으로 삼고 있는 시적 자아에게 있어서 '고향/어머니'는 '별'인 동시에 '병'이고, '거울/눈'이긴 하지만 이미 깨어진 거울破鏡이다. 시집에 실린 한 시는 "깨지는 것을 파경이라고 한다 / 파편마다 눈알이 고여 있다 / 버려진 눈 밖에서 / 독한 꽃냄새가 난다"(〈파경破鏡〉)고 기술하고 있는 터이다. 그러니 깨어진 거울로서의 저 별이 상징하는 것은 삶과 죽음, 불변과 이변, 고귀함과 비천함, 다정과 무정, 풍요와 빈곤이 동거하는, 일종의 '모순어법'으로 존재하는 어떤 것이겠다. 그러나 이 모순들이야말로 저 자아의 현실과 현존을 지배하는 변증법을 구성한다. 보다 정확히 말하자면, 시인의 시적 자아는 하나의 육체를 갖는 두 개의 영혼 '사이'를 왕복하고 있다고 할 수 있다. "마른 그늘에서 우물 냄새가 났다"(〈구월의 구전口傳〉)거나 "나는 벌레의 발을 가졌네 / 한 곳으로 모여지지 않네"(〈산도散道〉)라고 노래하는 자아야말로 그런 두 개의 영혼을 가진 존재일 수밖에 없을 것이다. 그리하여 "나는 두 개의 문을 통과하여 / 셋 이상의 너를 만나고 백 개의 문밖으로 상실"(〈북쪽보다 더 북쪽이고 남쪽보다 더 남쪽인〉)된다.

어제는 나를 만났다
평화롭고 온화한 얼굴이었다
어떤 생각 끝에 담배를 꺼내 무는데
어디에서 왔는지
동그랗게 손을 모아 불을 붙여주었다
좀 어떠냐고 물었고
견딜 만하다고 대답하였다
이대로, 라고 눈을 밀었고
아마도, 라고 고개를 끄덕였다
손을 잡고 다정한 속도에 몸을 실었다

— 〈나를 만났다〉 부분

정병근의 시세계에서 저 '사이'가 만들어내는 두 영혼의 각기 다른 정조는 외로움과 쓸쓸함이다. 그리고 그것들의 공통된 존재의 외적 표현이, 제사題詞의 시가 표현하고 있듯이, '울음'인 것 같다. 여기에 있을 때 한 영혼은 외롭고, 저기에 있을 때 다른 한 영혼은 쓸쓸하다. 그 정조들은 "그가 없는 그의 책상"(〈그의 책상〉)처럼 하나의 육체에 깃들긴 했지만 둘로 분리된 영혼의 방황을 상징하는 마음의 풍경 같은 것일 테다. 그러나 '사이'는 또한 모든 '관계'가 비롯되는 지점이기도 하다. "관계의 궁극을 통찰"(〈생활주의자〉)하고자 하는 시인의 인식론적 태도는 그의 시세계 전체를 관통하고 있는 욕망처럼 보인다. 그러나 둘로 분리된 영혼에게 있어서 모든 관계는 그저 위태로울 뿐이다. 그 영혼에게 있어서 존재란 "고독해서 혼자가 아니라 살아서 혼자"(〈뿔들의 사회〉)이기 때문이다. 그렇기에 모든 관계는 "자주 미끄러지고 어긋난다"(〈눈에 띈 슬픔〉). 시인은 이제 그러한 관계가 "아주 어긋나서 너를 오래 잃고 / 뒤늦게 안 보여서 운다"(같은 시)고도 노래한다. 존재는 무심하고, 삶은 무상하며, 세상은 무정하다. 그럼에도 불구하고 모든 상황이나 사태는 또한 "돌이킬 수 없"는 것이고, "돌이킬 수 없어 나빠진 것"(〈당신을 보는 법〉)이다. 돌이킬 수 없는 것은, 어쨌든, 돌이킬 수 없는 법이다. 그러니, 다음과 같이 "턱 밑이 무릎"인 삶도 또한 삶이어야만 한다.

> 세운 무릎 바짝 껴안고 있다
> 무릎 위에 머리만 달랑 얹혔다
> 턱 밑이 무릎이다
> 무릎이 등을 바짝 업고 있다
> 전차가 끌고 온 바람이
> 할머니를 팔랑팔랑 넘긴다
> 더덕 냄새가
> 지하도 멀리까지 퍼진다
>
> — 〈더덕〉 전문

2.

《왼 손으로 쓴 시》는 시인의 네 번째 시집으로, 이전 시집이 나온 지 근 10여년 만에 상자된 것이다. 《오래 전에 죽은 적이 있다》(천년의 시작, 2002), 《번개를 치다》(문학과지성사, 2005), 《태양의 족보》(세계사, 2010)가 그간의 이력들이다. 그 이력들이 보여주는 바에 의하면, '고향'('옛집'이나 '어머니'와는 동의어라는 사실을 앞서 말했다)은 시인의 시적 자아가 배태된 자궁이라고 할 수 있다. 사실상 이번 시집에서도 그 이미지는 대개 긴 휘장처럼 드리워져 어두운 배경을 이루고 있다. 그것이 어두운 배경으로 머물 수밖에 없는 이유는 이미 사라져버려 이 지상에 존재하지 않기 때문이다. 그것은 이제 오로지 시적 자아의 기억에 의해서만 (재)구성될 수 있을 뿐이다. 그런 의미에서도 시인의 시세계는 온전히 서정시의 영역에 거주하고 있는 셈이다. 서정시란 무엇보다도 먼저 '기억의 시학'이기 때문이다. 풍화된 세월/시간의 흔적과 외롭고 쓸쓸한(모든 사라진 것들의 흔적이 갖는 아우라가 그것 아니겠는가?) 기억으로 축성된 저 자아의 서정 속에서 독자가 우선 만나는 것은 "흩어진 가족과 옛집의 내력"(〈나를 만났다〉)이다. 그리고 이 가족과 내력의 중심에는 다음과 같이 가난하고 병든 어머니의 이미지가 또렷하게 부각되고 있다.

> 광주리에 뙤약볕을 이고
> 갔고 등 뒤로 밭고랑을 밀며
> 갔고 베틀에 앉아 삼베를 짜며
> 갔고 철 솥에 김을 펄펄 피우며
> 갔고 점방 마루에 앉아 꾸벅꾸벅 졸면서
> 갔다
> 부지런히, 참 멀리 갔다
> 어린 우리를 보듬고 찍은
> 흑백 사진 속 엄마도 멀리 갔다
>
> 무엇이 그리 급했는지
> 바람풍으로 캄캄하게 누워

냄새로 우거지다가 무섭게 무섭게
활활 타며 엄마는 갔다

— 〈엄마는 간다〉 부분

"어린 우리"에게는 세상과 삶의 전부였을 그 어머니가 병들어 마침내는 "활활 타며"세상을 버리고 떠난 저 사건을 시인은 "무섭게 무섭게"라는 중첩된 어사 속에 응축시켜 놓았다. 아무래도 한 번으로는 어림도 없었을 것이다. 그리고 이 어사가 환기하는 정조야말로 이후 시인이 사는 세상과 삶에 대한 이미지로 오롯이 각인된 것 같다. 다른 한 시에는 이 병든 어머니를 보살피다가 결국에는 자신마저 "안동포 수의에 검은 유건을 쓴 아버지"(〈아버지의 소꿉〉)의 이미지까지 덧붙여져 있어 이 가족사의 내력을 짐작하기란 그리 어렵지 않다. 시인은 또 다른 시에서 "고향에 가면 / 피에 겨운 어린 내가 있고 / 고향에 갔다 오면 / 나는 백년 늙는다네"(〈서울이라는 발굽〉)라고도 노래했던 터이다. 아마도 그 고향집 마당 한 구석에는 유난히 "피가 많은 칸나"(〈칸나〉) 역시 피어있었던 것 같다. 그렇기에 과거는 멀면 멀수록, 시인에게는 저 '피'의 이미지처럼 더욱 더 선명하게 떠오르는 것 같다. "이것은 파충爬蟲에 관한 이야기다"로 시작되는 〈왼손으로 쓴 시〉에서 시인은 자신의 시적 작업을 "우물가에 뚝뚝 떨어지는 꽃의 목"이나 "불을 쏟으며 달리는 짐승"과 같은 강렬한 은유적 이미지들로써 수식해 놓았다. 《왼손으로 쓴 시》에 '피'의 이미지가 자주 출몰하는 것은 그러므로 우연이 아니다. 반면, 미래는 가까우면 가까울수록 더 불투명해지는 것처럼 보인다. 시인은 "내 발 앞에는 / 안개에 덮인 가시밭이 있고 / 구사일생의 유곡이 있"(〈발 앞에〉)다고 이 같은 상황을 단적으로 표현하고 있다.

이제 시인의 현실과 현존은, 이 안 보이는 것들의 투명과 보이는 것들의 불투명 사이에서 위태롭게 흔들린다. 《왼 손으로 쓴 시》에서 저 위태로움의 뿌리는 또한 양면적이다. 한편에는 삶의 지리멸렬과 무상이 있고, 또 다른 한편에는 그것들의 근거에 대한 나의 무지가 자리한다. 시인은 "그 먼 길을, / 모르기 위해 나는 여기까지 왔다 / 내게서 떠나간 모든 이별과 / 다가갈수록 멀어지는 몸을""나는 까마득하게 모른다"(〈모른다〉)고 노래하고 있는 터이다. 그러니, 삶의 무상과 나의 무지가 바로 저 위태로움의 근원인 셈이다. 그렇기에 시인의 시적 자아는, 과거의 투명이든 미래의 불투명이든, 그 어느 쪽으로든 가야만 한다. 그렇지 않고서는 이 현실과 현존의 시간을 견딜 수 있는 방법은 없는 것처럼 보인다.

> 나의 까마귀는 검은 비닐봉지
> 보도 위를 굴러가는 검은 비닐봉지
> 쥐똥나무 울타리 밑에 검은 비닐봉지
> 나뭇가지에 나부끼는 깃발
> 속을 잃고 떠도는 한줌의 어둠
> 생각은 무슨 생각 말은 무슨 말
> 너는 작은 바람에도 살랑인다
> 어디로든 가야 한다
>
> —〈까마귀〉 부분

시집에 실린 거의 모든 시들이 보여주는 바와 같이, 시인의 능기는 무엇보다도 일상의 삶과 존재에 대한 세밀한 통찰에 있다. 그 통찰에서 얻은 지혜의 내용은, 그러나 역설적이게도, 삶의 무의미와 나의 무지에 대한 각성일 뿐이다. 하기야 무지에 대한 각성의 촉구야말로 인류 최고의 스승들이 힘주어 강조해온 지혜에 이르는 첩경이긴 하다. 일상은, 또한 나는 바람에 날려가는 '비밀봉지' 같은 것일 뿐이다. 그러나 정작 중요한 문제는 나는 무엇이 그것을 그렇게 날려가게 하는지 모른다는 사실에 있다. "바람에 날려가던 비닐봉지의 안부를 / 나는 하나도 모른다"(〈모른다〉). 또 다른 시는 "눈이여, 무섭고 쓸쓸한 안점이여 / 바라보면 충혈이 오는 / 유정한 혹성에 당신과 내가 있다"(〈안점〉)고 노래했다. 바라보면 충혈이 오는 눈은, 그리고 모르면 좋았을 것을 알게 하는 지혜는 잔인하다. "공포는 수치를 모르고 // 수치를 모르는 공포가 지나간 양양한 평화"(〈뿔들의 사회〉)는 삶과 존재의 무정과 무심을 웅변할 뿐이다.

> 모르는 마음으로 생각하노니,
> 내가 아는 것들
> 내 눈에 오래 머문 것들은
> 모두 불타서 폐허가 되었다
> 그것은 나로부터 그리된 것
> 알지 말자, 모름의 하염없는 동지들
> 모르는 것들의 모르는 힘이 나를 펴 올린다
> 나는 모르는 것들에 실려서
> 동쪽처럼 나아가고 서쪽처럼 돌아온다
> 모르는 것들이 사방팔방으로 나를 돋운다
>
> — 〈모르는 힘〉 부분

또 다른 문제는, "알지 말자"거나" 눈을 깜박이며 자꾸 잊자"(〈사월의 꽃들〉)는 그 각오가 지켜지지 않는다는 사실이다. 그 이유는 아마도 삶이 가져다주는 세월과 중력의 무게 때문일지도 모르겠다. 그것들은 어쨌든 '모르는 마음'과 '모르는 힘'을 그냥 내버려 두지 않고 무엇인가를 알게 하는 것 같다. 그러니, "알지 말자"는 각오는, 시인의 의지대로 지켜질 수 있는 것이 아니다. 그것은 지킬 수 없는 약속 같은 것이다. "당신은 그렇습니다, 돌이킬 수 없습니다 / 불후입니다"(〈당신을 보는 법〉). 그러므로 《왼 손으로 쓴 시》의 세계는 또한 지키려는 의지와 지켜질 수 없는 사실의 긴장과 갈등의 영역에 자리하고 있다고 해야 한다. 시인이 "돌아보는 내 죄가 환합니다"(〈당신을 보는 법〉)라고 고백할 때, 거기에는 이러한 긴장과 갈등이 게재되어 있다. 중요한 것은, 저 어머니와 가난이 과거의 기억 속에만 존재하고 있는 풍경들이 아니라는 사실에서, 시인의 시세계는 '생활주의자'(〈생활주의자〉)의 면모를 추구하고자 한다는 점이다. 하지만 이 생활주의자의 생활에는 사실 생활이라고 할 만한 형편이 거의 들어서 있는 것 같지는 않다.

3.

죽은 선배를 문상하고 왔다
그이는 다정한 사람이었다
생각건대, 먼저 죽은 사람들은
모두 다정하다는 것
던적스럽게 굴지 않고
꾸역꾸역 살지 않았다는 것
살아서 어질던 그들은 맥없이 갔다
나무처럼 덤덤하고

풀꽃처럼 소박한 삶이었다
살면 사는 대로
죽으면 죽는 대로
다정은 가난과 함께 했다

—〈다정한 죽음〉 부분

《왼 손으로 쓴 시》에 실린 시들은 대개 물 흐르듯이 유연해서, 또한 그만큼 평이하게 잘 읽힌다고 할 수 있다. 굳이 언어를 조탁하고자 과잉된 힘의 낭비를 허용하지도 않고, 또한 어설픈 인식이나 통찰을 드러내고자 턱없이 무겁거나 관념적인 말도 사용하지 않는다. 위 시의 표현을 빌려 말하자면, 정병근의 시세계는 "나무처럼 덤덤하고 풀꽃처럼 소박한" 노래로 이루어져 있다. 또한 그 노래는 "던적스럽게 굴지 않고 / 꾸역꾸역 살지 않았다는 것"을 더하거나 뺄 것 없이 그대로 보여주는 것 같다. 바로 그 점이 시인의 시세계에 대한 취미가 갈라지는 지점이라는 것도 사실일 것이다. 보다 직설적으로 말하자면, 시인의 시세계가 보여주는 단순소박의 시학과 작품의 소재나 배경적 측면이 되고 있는 고향이나 어머니, 혹은 가난한 가족사에 대한 오랜 경도는 그의 시세계에 대한 평가를 가름하는 기준선이 되고 있는 것처럼 보인다.

그러나 문제가 그렇게 단순한 것은 물론 아니다. 사실상 "살면 사는 대로 / 죽으면 죽는 대로 / 다정은 가난과 함께 했다"고 감히 노래할 수 있는 마음의 풍경과 경지는 결코 소박하거나 평범한 것으로 치부될 수 있는 것이 아니기 때문이다. 시인이 스스로를 '생활주의자'(〈생활주의자〉)로 표방하고자 하는 그 모토는, 역설적으로, 그의 올곧지만 빈한한 삶을 증거하고 있는 것으로 보인다. 곡진한 현실과 넉넉하고자 하는 마음이 길항하는 자리가 바로 시인의 시적 화두가 시작되는 지점일 터이다. 그렇기에 시인의 시세계가 갖는 단순 소박의 시학은, 마치 태풍의 눈 같은, 고요함과 격렬함의 중용이라고 나는 생각하는 편이다. 이 같은 시적 태도와 미학이 언어관이라고 해야 할 것에까지 영향을 미치지 않았다면 그건 이상한 일이겠다.

접는 의자를 물속에 펼쳐놓고
노인이 앉아서 발을
담근다는 것을 담그고 있다
흐르는 것을 흐르는 물
아이들이 물장난을 치며
논다는 것을 논다

—〈계곡이라는 계곡〉 부분

시제로 사용된 "계곡이라는 계곡"을 포함해 "담근다는 것을 담그고 있다"거나 "흐르는 것을 흐르는 물", "논다는 것을 논다"라는 말장난 같은 구절들이 유독 눈에 띌 것이다. 시인의 언어에 대한 관점 혹은 태도를 가장 분명하게 보여주고 있는 것으로 내게는 보인다. '계곡'을 '계곡'이라고 이름하는 것은 그렇게 부르기로 한 공동체의 약속 때문이다. 그리고 그 약속은, 우리가 이미 잘 알고 있듯이, 자의적이라는 사실도 널리 알려져 있다. 달리 말해서, 계곡을 계곡으로 부르는 데는 어떠한 인과적이거나 논리적인 필연성도 없다는 뜻이다. 그렇다면, 언어라는 것과 언어적 인식이라는 것은 모두 허망한 것이라고 말해야 한다. "말없는 자는 말 많은 자 / 말 많은 자는 말없는 자"(《말이 많다》)라거나 "내가 아는 것들 /

내 눈에 오래 머문 것들은 / 모두 불타서 폐허가 되었다 / 그것은 나로부터 그리된 것"(〈모르는 힘〉)이라는 역설적인 인식은 모두 그러한 태도로부터 나온 것일 테다. 그렇기에 시인은 "보내기 전 / 말은 아름다웠다 // 부를 필요도 없이 너는 너였고 / 말하지 않아도 나는 나였다"(〈보내지 않은 말〉)고 노래했던 것이리라.

삶의 무의미와 자아의 무지에 대한 각성 속에는 또한 그러한 언어의 허망함에 대한 통찰도 자리할 것임에 틀림없지만, 그럼에도 불구하고 이 언어가 없이는, 이 무망한 생활이 없이는 어떠한 존재도, 세계도 자리할 수 없을 것이다. 허망하지만, 그 허망을 통과하지 않고서는 나도, 삶도, 시도 없는 것이다. 시인은 어쩌면 그 허망을 사는 것이 삶이라고 말하고 싶었을지도 모르겠다. 그러나 "내가, 내가 아니고 / 사는 게 사는 게 아니다가 / 내 이럴 줄 알았다 죽어갈 것이다"(〈보험은 말씀처럼〉)는 사실을 모른 채 사는 것과, 삶은 허망하고 나는 무지하다는 사실을 성찰하면서 사는 태도는 전혀 다르리라. 그 태도는 최소한 맹목과 무지로부터 초래되는 사태들을 경계하고자 할 것이고, 또 저 허망한 삶 앞에 겸손하고자 할 것이다. 올곧은 선비의 태도를 견지하고 있는 시인의 시적 정신과 태도는 아마도 이 같은 각성으로부터 초래된 것일 테다. 생활과 시를 일치시키려는 이 '생활주의자'의 정신이 소중한 것은, 허망한 삶을 허망한 시로는 만들지 않을 것이기 때문이다. 비록 시의 언어가 허망한 것일지라도, 그 언어가 없다면 삶은 그저 허망한 풍화의 흔적에 지나지 않을 것이다. 그래서 시인은 "해서 미치고 / 안 해서 미친다 / 밤낮으로 미친다"(〈말〉)고, 이 같은 언어의 양가성 '사이'에서 분투하고 있는 것이다. 그리고 이 같은 시적 태도가 어쩌면 삶과 존재의 사건들에 대한 새로운 '눈'을 만들어낼지도 모르는 일이다. 모든 것은 "담을 수 없는 물처럼 / 주울 수 없는 구슬처럼"(〈발 앞에〉) 흘러갈 뿐이다. 아래의 시가 노래하고 있듯이, 우리가 할 수 있는 일이란 그저 그것들을 "가로질러가"는 것뿐이리라. 그러한 인식의 전환은, 마치 햇빛을 가로질러가는 저 나비의 '우화羽化'에 맞먹는 하나의 존재론적 사건이 되어야 한다. "최후의 일인처럼 비장하게 / 우리는 가긴 가야 한다"(〈간다〉). 그러기 위해서는 또한 먼저 헤어져야만 할 것이다.

헤어져야 노래는 아름답다
간 끝에 돌아오는 길이 굽고 멀다
꽃이 예쁘면 마음이 서럽다
갈 수 없고, 안 보이는 얼굴이 그립다
아무것도 안 하는 햇빛을
나비는 가로질러간다

— 〈우화羽化〉 부분

제 아무리 '생활주의자'의 면모를 구한다 할지라도, 시인의 작업은 역시 꿈꾸는 일이다. 이제 그는 자주 "꿈을 꾼다 빛이 내려오는 무덤의 바깥을 다녀온다"(〈물밑〉). 시인은 "거기까지 도달하려면 / 몇 십만 광년쯤 걸린다"(〈물별 365호〉)는 어느 우주 속에 있는지도 모를 '별'이나 '달의 뒷면'(〈물밑〉)의 안부를 궁금해 하기도 하고, "어서어서 흩어지자 더 멀리 가자 / 멀리 가서 뒤돌아보자 뒤돌아보며 / 반짝이는 별이 되자"(〈산도散道〉)고도 노래하고 있다. 이 같은 '반짝이는 별'의 이미지는 곡진한 삶의 허망을 넘어 방황하고 있는 영혼이 마침내 도달하고자 하는 하나의 이상향이자 유토피아의 상징일 것이다. 하지만 이 유토피아의 꿈 또한 부질없는 헛것에 지나지 않음을 시인은 또한 '알고 있다'. "여기에서 그 먼 별의 일을 헤아리기란 / 상상조차 안 된다"(〈물별 365호〉)고 시인은 고백한다. 그렇다면 이제 남아있는 길은, "쳇바퀴와 헛바퀴로 겹겹이 에워싼 / 굴레의 둘레"(〈바퀴〉)를 벗어날 수 있는 방도는 무엇일까?

지금 여기를 유토피아로 만드는 일, 그것만이 유일한 방도가 아닐까? 시인은 아마도 그렇게 생각했던 것 같다. 〈인도에 안 가기〉라는 역설적인 시가 바로 그러한 점을 시사하고 있다고 나는 생각한다. 시인은 거기에서 "인도에 안 가는 동안 / 인도는 수시로 나를 다녀갔다 / 인도에 안 가는 그 긴 세월 동안 / 나는 오른손으로 밥을 버무려 먹고 왼손으로 밑을 닦았다 / 내 속엔 인도가 너무나 많아"라고 노래한다. 생활과 탈속이 혼재하는 곳. 굳이 인도에 안 가도 이미 이곳이 인도라는 사실을 그는 이미 깨닫고 있는 것이다. 아니, 그는 자신이 살고 있는 그 자리를 이미 인도로 만드는 어떤 존재론적 사건을 맞았던 것임에 분명하다. 그렇기에 시인은 이미 인도를 살고 있다. 굳이 따로 인도에 갈 이유가 없는 것이다. 다음과 같은 절창의 노래가 출현하는 것도 그러한 마음의 자리에서나 가능한 것이리라. 그 자리는 박용래의 〈강아지풀〉과 김수영이 〈풀〉이 자라고 있는 곳인데, 시인은 이제 겨우, 가까스로, 마침내 그곳에 당도한 것 같다.

> 눈 온다
> 눈 쌓인다
> 강아지풀 눈 받는다
> 누비이불을 덮어쓴
> 길이 맨발로 걸어온다

이름도 정부政府도 없는

한 생각이 흔들린다

잘못되지 않으리

세상에

헛사는 것은 없네

천지간 눈 온다

강아지풀 눈 받는다

—〈강아지풀 위에 쌓이는 눈〉 전문

꽃과 고요와 그리고 그리움

— 지영희의 시세계

시집의 서두에 놓인 〈시인의 말〉에서 시인은 "19년간 떠돌아다니던 내 시들"이라고 적었다. 그렇다, 사실상 《가까운 별 내 안의 새들》은 시인의 첫 시집 《사람이 두렵습니다》(2001)가 상자된 지 정확히 19년 만에 나오는 두 번째 시집인 까닭이다. 그만큼 이 시집에 실린 작품들의 다양한 관심사와 편차와 변화의 폭을 시사하는 말씀으로 받아들일 수도 있겠다. 근 두 번의 10년이 지나는 긴 시간의 흐름 속에서 우주의 중력과 세월의 풍화가 아무런 흔적도 남기지 않았다면, 그 또한 말이 되지 않을 테니까 말이다. 그러니, 이왕 말이 나온 김에, 제 아무리 긴 세월을 격하고 있다 할지라도, 첫 시집에 대한 간략한 언급조차 생략할 수는 없을 듯하다. 시간이 초래한 불변과 이변의 자연을 가늠하기 위해서도 우선 그 기준선은 있어야겠기에 말이다. 첫 시집의 해설 〈언어화된 삶, 그 높고 쓸쓸함에 대하여〉를 쓴 시인 이상국은 '쓸쓸함과 정결함'이라고 말했다. 그래, 그 쓸쓸함과 정결함으로 직조된 시집의 〈自序〉에서 시인은 "난 아직 좋은 사람이 되지 못하고 있다. 그러기에 좋은 시 쓰는 것은 여전히 나의 꿈"이라고 고백했다. 사람살이와 관계의 어려움을 직설적으로 토로하고 있는 듯이 보이는 시집의 제목《사람이 두렵습니다》가 의도하고자 한 바도 아마 그 점이 아니었을까 싶다. 그러한 인식은 이번 시집에까지 고스란히 흔적을 남기고 있어서 가령, "마음이란 것이 사람마다 달라서" "사람의 길은 꿈속에서조차 힘들다"(〈비 온 뒤, 낮잠〉)고 적시되어 있는 터이다. 아마도 사람마다 다른 마음이 시인에게 '쓸쓸함'을 불러온 것이라면, 꿈속에서조차 힘든 사람의 길을 고수하려는 그 마음이 또한 '정결함'의 원인이 되었을 테다.

첫 시집 '자서'의 발언은 중의적 해석이 가능할 듯하다. 문맥을 그대로 따르자면, 시인에게는 '좋은 시 쓰는 것'과 '좋은 사람이 되는 것'은 동일한 의미를 지니고 있는 것처럼 보인다. 하지만 그 둘의 관계에서 어떤 하나가 다른 어떤 하나의 원인인지 아니면 결과인지에 따라서 두 방향의 해석이 가능하게 된다. 그 해석들은, 시를 그것을 짓는 자의 인품이나 덕성과 동격으로 세우는 저 '사무사思無邪'의 정신이 시 자체의 순정성으로부터 유래하는 것인지 아니면 삶에 대한 시인의 마음의 진정성으로부터 만들어진 것인지 하는 의문과 맞닿아 있다. 우선, 좋은 시 쓰는 것이 좋은 사람이 되는 것의 원인이라면, 저 발언은 미학적으로 해석될 것이다. 그때 시인의 삶은 그 자체로 시적 삶 혹은 시가 될 것이다. 반면, 좋은 사람이 되는 것이 좋은 시 쓰는 것의 전제가 된다면, 시인의 저 꿈("좋은 시 쓰는 것은 여전히 나의 꿈")은 윤리적으로 해석되어야 할 것이다. 그때 시인의 작품은 도덕적 삶의 정화 혹은 자유 의지의 실천적 장이 될 터이다. 그 선택은 전적으로 시인의 몫에 속할 테지만, 또 그 선택과 무관하게 시를 읽고 해석하는 것은 오로지 독자의 몫에 속한다. 전자의 선택을 응원하고 있는 독자로서는 다만 첫 시집에 실려 있는 다음과 같이 대단히 아름답고 인상적인 시 한 편을 소개하는 것으로 그 근거를 옹호할 수 있을 뿐이다.

광산 벌판을 바라보고 있으면
둥지만 치고 돌아오지 않는
새들이 생각난다
소나무들끼리 술렁이는 바람 속
배경으로 물러앉은 아스팔트길에
진부령 새벽을 희끗희끗 묻힌
자동차들이 달린다
벌판을 노老 부모 품에 맡긴 채
논밭을 가르고
황홀한 네온의 허구 속으로 달릴 때
도시로 먼저 간 새들은 이 들녘을 꿈꾸리라
찌든 벌레를 쪼아대던
짧은 부리를 겨드랑이에 끼고
선잠 든 듯
봄꿈처럼 쏟아지던 별빛을 받는 양
헛날개짓 하다가
이 벌판 위로 이미 날고 있으리라
저녁마다 붉은 그림자 드리우는
이 둥지 위로

— 〈새들은 꿈꾸고〉 전문

'진부령'을 모르는 사람은 없겠다. 하지만 '광산 벌판' 역시 강원도 고성에 있는 지명이라는 사실을 알아도 시의 의미는 크게 달라지지 않는다. 중요한 것은, 이 벌판에는 이제 새들이 쳐놓고 떠난 빈 둥지만 오롯이 남아 있고, 둥지를 떠난 저 새들은 지금 백두대간 너머 어느 "황홀한 네온의 허구" 속 도시를 질주하고 있다는 사실이다. 새는 이제 '별'의 벌판이 아니라 '네온'의 도시 속을 날고 있다. 도시의 '아스팔트길'과 '자동차' 행렬이 뿜어내는 황홀한 네온 빛은 저 들녘의 둥지에 "선잠 든 듯", "봄꿈처럼 쏟아지던 별빛"과 정확히 대조를 이룬다. 그리하여 이제 시인의 세계에서 '별빛'은 새의 '봄꿈' 속에서나 겨우 빛나는 것이 되었다. 벌판의 둥지를 떠난 새에게 저 별은 다시 되돌아가야 할 꿈의 고향을 지시하는 등대 같은 것이 된 듯하다. 첫 시집에 등장하는 이 같은 '별'과 '새'의 이미지는 마침내 이번 시집 《가까운 별 내 안의 새들》에서는 제목의 자리에까지 자신들의 벌판과 둥지를 마련하게 되었다. 이 '가까운 별'과 '내 안의 새'가 바로 빈 둥지를 남겨두고 백두대간을 넘었던 첫 시집에서의 그 별과 새라는 사실에는 의심의 여지가 없을 것이다. 그렇기에 저 고향 벌판을 떠나 살았던 새와 별의 지난 19년 세월의 이력과 연유를 살피는 일은 곧 첫 시집과 두 번째 시집 사이의 연속과 단절을 따져보는 일이 되기도 하겠다.

별에도 검은 색이 있다면
저녁 어스름에 떼 지어 나르는 새들과 같겠다
맑은 눈동자도
화려한 깃털도
딱딱한 부리와 발톱도
별을 위해 낮추고
낮은 하늘을 비추는

우리는 왜 새들을 희망이라 하고
자유로움을 새로 노래하는지
저 별을 보니 알겠다
단순한 몸짓으로 넉넉한 저녁 하늘을 노래하는
살아있는 별들
땅에도 내려왔다가
하늘에서도 아름다운
가까운 별들
내 안의 새들

— 〈저녁 어스름을 나는 새들〉 전문

시인의 상상 속에서 별이 검은 색을 갖는다면, 그것은 당연히 하늘을 나는 새가 되어야 한다. 마찬가지로 새가 반짝이는 빛을 갖는다면, 그것 또한 허공에 붙박힌 별이 되어야 마땅하다. 시인의 시세계에서 새와 별은 둘이 아니다. 새는 하늘을 나는(운동하는) 별이고, 별은 허공에 붙박힌(정지한) 새다. 그것들은 상호 교환 가능한 동일한 이미지의 변주로 이해되어야 한다. 그리고 이 이미지들이 상징하는 바는 아마도 지금은 상실된 고향('벌판의 빈 둥지')을 지시하는 '희망'과 '자유'의 이념("왜 새들을 희망이라 하고 / 자유로움을 새로 노래하는지") 같은 것이리라. 그 새와 별은 무엇보다도 우선 필연적인 자연의 질서에 속하지만, 그것들은 중력을 거슬러 하늘을 나는 날개를 가진 탓에 또한 자유를 상상하도록 하기 때문이다. '자유는 자연'(《아름다운 것 — 자유는 자연이다》)이라는 시인의 유별난 주장이 강력한 증거로써 제시하고 있는 바가 어쩌면 바로 이 이미지들이 될 것이다. 아마도 시인은 자유가 자연이 되는 곳에서만 아름다움이 존재한다고 말하고 싶었던 지도 모르겠다. 그리고 물론, 이 아름다움의 이념들은 상실된 고향, 즉 '실낙원lost paradise' 이라는 현재 상태에 대한 강력한 알리바이가 될 것이다.

스크럼 짜서 산을 차지한 아파트
저기는 바로 강줄기가 놓여 있던 자리다
낮은 둑길 따라
안개가 늦도록 따라 걷던,
자갈들의 숨소리와
흐르는 강이라 할 수 없는 물줄기가 어정대던 저곳
젊은 내 피를 뜨겁게 불러내 함께 걷던
저 둑길 어디로 갔을까?
발목을 따갑게 혹은 간질이던 저 풀들
어디쯤에서 웅성대고 있을까?
푸른 핏물 튀기며 흘러가는 소리만
둘 곳 없이 창을 넘는다

— 〈오래 전 그 풀들은 어디로 갔을까〉 전문

오십천 마지막 구비에 걸쳐진 출렁다리의 울렁임이
뜨거운 한낮의 외로움으로 읽혀지는데
그게 그러니까 그리워진다
(… 중략 …)
매일 눈 뜨는 아침이
지지 못한 낮별이
해질녘 바라다보이는 산 능선들이
그리움이란 걸
넘을 수 없기 때문이다

— 〈심장 터지는 고개〉 부분

"바로 강줄기가 놓여 있던 자리"에 "스크럼 짜서 산을 차지한 아파트"가 들어선, 실낙원의 한 풍경을 노래하고 있는 시로 읽을 수 있겠다. 일찍이 "젊은 내 피를 뜨겁게 불러내 함께 걷던 / 저 둑길"은 이제 시인의 기억 속에만 존재할 뿐이다. 그렇기에 시인의 노래는 상실된 낙원으로서의 고향을 상기시키는 그리움과 귀향의 노래가 되어야 한다. 저 새의 기억 속에 존재하는 '광산 벌판'의 둥지와 별빛의 노래가 되어야 하는 것이다. 물론, 저 벌판이 이번 시집에서는 '미시령 옛길'이나 삼척의 '오십천' 같은 다양한 외피로 출현하긴 하지만 말이다. 하지만 그것들 모두가 그리움의 이름으로 소환된다는 사실보다 중요한 것은 없다. 그리움은 무엇보다도 대상의 결핍과 부재에 기반을 둔, 그것들을 환기시키는 감정이다. "한번 심은 불씨는 / 불길이 꺼졌다 해도 다시 살아"(〈아름다운 것 - 사는 힘 한 가지〉)나는 법이다. 그것은 '지금 여기에 없음'이라는 대상의 결핍과 부재로부터 환기되는 기억이나 추억의 한 형식이지만, 또한 그것은 동시에 대상의 부재를 확인하는 감정의 한 형식이기도 하다. 그런 의미에서 모든 그리움의 대상은 언제나 '이미지'로 존재하고 또 '이미지'로만 머문다. 그것은 지금 여기에 존재하지 않지만, 동시에 지금 여기에 머물고 함께 하는 영속적인 현재의 사태가 된다. 시인은 "이 순간도 빠르게 흐른다 / 훗날 그리움 될 것이니 행복"(〈흐르는 시간 속에서 낭만 혹은 잃어버린 단어를 찍어 올려보는 즐거움〉)이라며 그리움이 영속화할 현재의 순간을 노래한 적이 있다. 그리움이라는 감정의 형식 속에서 '대상의 부재'는 '부재의 대상'이라는 이미지로서 영속하게 된다.

여기서 기억이나 추억에 의해 소환되는 것은 '대상'이 아니라 대상의 '부재' 자체이다. 모든 이미지가 말하고자 하는 바는 결국 그것이다. 그것은 '부재하는 대상'을 표상하는 것이 아니라 '대상의 부재 자체'를 표상한다. 그렇기에 그것은 기억되는 대상의 객관적 형식이 아니라 추억하는 대상의 부재에 대한 우리의 주관적 감정의 형식이 된다. 그 감정의 형식 속에서 이제 대상은 사라지고 오로지 부재만 살아남는다. 그것은 형식상의 측면에서는 '대상의 부재'라는 결핍과 상실의 감정이지만, 그러나 동시에 내용상의 측면에서는 '부재하는 대상'의 현존이라는 실재적 감정이기도 한 것이다. 대상은 지금 여기에 존재하지 않지만, 동시에 지금 여기에 존재하지 않는 방식으로 대상은 영속을 획득한다. 그렇기에 그리움은 부재하는 대상을 영원히 현존케 하는 마술이기도 하다. 그리움의 정조가 쓸쓸함과 아울러 달콤한 느낌을 동시에 불러오는 것은 바로 그러한 이유 때문일 것이다. 그것이 대상의 부재를 표상할 때 그 정조는 쓸쓸함을 동반하지만, 그것이 부재의 대상을 표상할 때 그 정조는 달콤함을 동반하는 것이다. 그렇다면 저 새가 떠나온 백두대간의 그 길목이 '진부령'이든 '미시령'이든 무슨 상관이겠는가? 아래의 시에서처럼 "와그르르 구르기도 하는" 별만 있다면, 그것이 '한계령'이면 또 어떻겠는가?

미시령 터널이 생긴 이래
옛 길이 되고 있는
미시령 고갯길을 가본 적이 있는지요
꽃대궁 늘어지게 누운 길
저희들끼리 이마를 맞대고
저녁 어스름 고요를 헤치며 어정거리는
한밤, 별들이 와그르르 구르기도 하는

그 길
가끔은 산짐승들도 한가하게 거닐곤 하겠지요
우리가 통행료 이천팔백 원 세고 있을 동안
우리가 빠른 길 달리고 있을 동안
우리가 옛 길이라고 말하는 동안
우리의 기억을 덮고 있는
꽃과 고요와 그리고

— 〈미시령 옛 길〉 전문

"우리의 기억을 덮고 있는" 시의 마지막 구절은 "꽃과 고요와 그리고"로 생략된 채 끝나고 있다. 그러니, 이 기억의 목록이 여기서 끝난 것은 아닐 것이다. '그리고' 다음에 이어질 긴 물목들이 바로 저 새와 별이 그리워하는, 그리고 또한 저 새와 별로 인유된 그리운 대상들의 목록이 될 터이다. 그 목록의 길이는 아마도 시집 한 권 분량을 모두 채우고도 남을 만큼의 긴 내력을 보여줄지도 모르겠다. 시집에서 그 그리움의 대상들은 모두 세월의 흐름 속에서도 제 가치를 잃지 않고 빛을 발하는 자연의 신비와 경이를 표상하는 것들이다. 《가까운 별 내 안의 새들》에서는 구름, 비, 바람, 나무, 산, 바다, 호수, 폭포, 숲 같은 자연물들이 바로 그 목록의 내용을 구성하고 있다. 시집에서 이러한 자연물들은 또한 그 자체로 시인의 '고향'이나 '유년기'의 기억과 동의어가 된다. 저 새와 별에게서 고향과 자연은 둘이 아니다. 새와 별은 그 자연에서 태어났기 때문이다. 일찍이 고향 벌판을 떠나왔던 저 새는 이제 "희끗희끗한 머리카락 물들이며 / 자신으로 돌아가는 길을 헤아리"(〈돌아가는 길〉)고 있다. 이 그리움과 귀향의 노래를 통해 저 새는 "나도 어쩜 다시 태어날지도 모르겠다"(〈시인의 말〉)며, 조심스럽게 자기갱신과 부활을 예감하고 있는 것처럼 보인다. 그 부활과 신생의 삶이 바로 회복된 낙원으로서의 고향, 즉 자연에서의 삶이자 '자연적인 삶'일 터이다. 고향은 우선 시인에게는 무엇보다도 '아름다운 것'이다(시집의 2부에 실린 작품들은 주로 그 고향의 아름다움을 노래하는 데 바쳐지고 있다. '민박집 아저씨' '성악가''사는 힘 한 가지' '상처' 등의 부제가 붙어 있는 그 고향의 모습은 시인의 시적 자아에게는 무엇보다도 아름다움의 세계로 표상되고 있다. 그 세계 속에는 '민박집 아저씨'를 꿈꾸며 "왼손가락 허공에 여섯 줄 현란하게 짚는" '나의 넷째 오빠'가 있고, '성악가'로 데뷔하고자 레슨을 받고 싶어하는, "두 눈썹이 새까맣게 붙은 / 동네에서 소문났던 호랑이 오빠"도 자리하고 있다. 물론 "출판기념 시낭송회를 열일곱 해 참여하면서 / 때론 시가 아닌 선율이 있는 노래로 대신하고 싶었"던 시인 자신의 초상도 일찍이 그 고향에 자리하고 있었던 터다).

네가 왜
먼 바다에까지 외등을 밝히고
밤마다 서성이는지 알아야겠다
갈고리에 끼운 쇠줄
힘껏 당기어
네 가슴 한가운데를 끌어내는데
내 먼저 가고 있는 건
발 먼저 내달아지는 건 무슨 까닭인가

바람 속 너를 끌어안고 싶은
오늘
내 가슴 한가운데로
굵은 쇠줄 하나 내리고 싶다

—〈청호동으로 가는 갯배〉 부분

그렇기에 "먼 바다에까지 외등을 밝히고 / 밤마다 서성이는" 저 '굵은 쇠줄'이 내려져야 할 자리가 있다면, 그곳은 바로 백두대간의 진부령이나 미시령 너머의 별이 반짝이는 바닷가 벌판일 수밖에 없을 것이다. 앞서 그리움 속에서 대상의 결핍과 부재는 부재의 대상으로 전환된다고 말했다. 그렇기에 그것은 언제나 다시 현존해야 할 미래의 사건이 된다. 그리움은 과거를 미래 속에서 현재화한다. 거기에서 '상실된 낙원'은 '회복된 낙원'의 전제일 뿐이다. '부재하는 대상'에 대한 그리움의 감정이 동시에 '대상의 부재'에 대한 예감이 되는 것은 그 때문이다. 그 감정 속에서 아마도 시간은 무화되는 것 같다. 감정 속에는 과거도 없고 미래도 없기 때문이다. 감정은 언제나 현재적 사건이고, 또 예감은 미래에 대한 현재의 감정이기 때문이다. 그리움의 감정이 단순히 과거에의 퇴행으로만 그치고 마는 추억이나 향수와 구분되는 것이 바로 그 점일 것 같다. 그리움은 언제나 또한 미래의 예감이기도 하기 때문이다. 그렇기에 그것은 과거와 현재가 대화하는 소통의 자리이며, 현재와 미래가 서로 우선권을 주장하는 긴장의 영역이기도 하다. 첫 시집에서 새들이 둥지를 버리고 떠났던 저 '광산 벌판'은 이제 "설악으로 덮인 도문동 들녘"이라는 새로운 이름으로 등장한다. 하지만 이 들녘이 저 벌판임은 두 말을 요하지 않겠다.

> 설악산 아래 도문동 들녘은 나를 나무이게 한다
> 안간힘으로 버티는 뼈마디 구석구석
> 따뜻한 말씀으로 생기를 불어주는 설악의 깊은 숨을
> 꼼꼼히 읽는 나무

(… 중략 …)

설악으로 덮인 도문동 들녘에 서면
은은하게 익어가는 나무가 된다

— 〈설악으로 덮인 도문동 들녘에 서면〉 부분

여기에서 '설악'은 저 새와 별의 고향으로서 대자연의 다른 이름에 지나지 않는다. 그 속에 서면 인간은 나무가 되고, 또 새도 되는 것 같다. 낭만주의 이론가 슐레겔F. Schlegel은 "자연은 말하자면 현실화된 신성"이라고 말한 바 있다. 이 낭만주의 이론가는 세계와 자연을 구분하면서 '세계는 메커니즘의 체계로서의 전체'이지만, '자연은 생성 중인 신성의 상Imagie'이라고 말했다. 그 결과 자연의 개념은 학문의 한계들 바깥에 놓여 있게 된다. 그것은 더 이상 인식의 대상으로서 필연적인 법칙이 지배하는 세계가 아니다. 자연은 그 세계의 법칙 또한 넘어서 있다. 시인은 "봄날 햇살처럼 / 담 틈새 핀 풀잎에 말 걸며 / 가벼이 가벼이 살 수는 없었던 걸까 / 군살 빼고 주머니 내던지고"(〈사월 셋째 날에 쓴 일기〉)라고 노래한 적이 있다. 이처럼 간명하지만 활력적인 삶의 태도는 앙상하게 헐벗은 '겨울나무'의 이미지조차 꽃으로 둔갑시키게 만드는 것 같다. 그 나무는 시인에 의해 "새로운 숨결로 뭉쳐진 / 잎이다 / 꽃이다"(〈겨울나무〉) 같은 생동하는 비유에 의해 활력을 부여받고 있는 터이다. 이 시인의 시세계에서 삶은 '꽃'이고 '향기'이고 '열정'이다. 그 점을 시인은 '101세 되신 어머니'(〈시인의 말〉)의 삶을 통해서 깨닫고 또 그 어머니의 삶을 노래하기도 한다(〈가을꽃〉 〈우리 엄마〉 〈내 푸른 핏줄기는 어디서 왔을까?〉 〈검은 오디〉 등 4부에 실린 대부분 시들의 노래는 그 어머니의 삶에 바쳐져 있다).

그러나 물론, "산다는 게 그리 간단치가 않다는 걸" 시인은 이미 알고 있다. 금이 간 그릇을 보며 "너도 나만큼 사느라 / 온몸에 보이지 않는 멍이 들었구나"(〈무던히 그릇이 깨지다〉)라고 시인이 노래할 때, 그 노래의 곡조에는 안쓰러움과 애절함이 묻어있는 것이다. 여기가 힘들수록 저기가 더욱 빛나 보이는 것은 인지상정일 것이다. 하지만 자연은 그런 상대성을 넘어서 바람처럼 떠다니는 삶을 정박시킬 존재의 근원적 자리인 것이다. 이 같은 맥락에서 우리의 시인이 주장하는 '자유는 자연'이라는 인식도 가능하게 될 것이다. 그렇기에 시인의 시세계에서 자연은 필연적인 인과율의 법칙을 따르는 기계 같은 것이 아니라, 오히려 인과율의 법칙 자체가 하나의 자유로써 구성되는 것 같다. 그것을 아무리 인간의 뜻대로 구부리려 해도 자연은 구부려지지 않는다. 그것은 언제나 제 모양대로 되살아나고 또 회복된다. 자연이 아름다운 것은 바로 이 항구성 때문이라고 해야 할 듯하다. 자유를 향한 항구성 말이다.

드라이어로 뜨거운 기운을 쐰다
한 곳을 향해
거침없이 쭉 뻗는 머리카락을 위해

본질은
물기만 만나면 오들오들 되살아나
제 삶 그대로 드러내는데
아침마다 한 방향으로 가게 한다
아름다움이라는 덫을 향해
뜨거운 맛을 보인다

하, 되살아날

저 자유

—〈아름다운 것 - 자유는 자연이다〉 전문

아름다움 속에서 '자유는 자연'이 된다. 매일 드라이어로 "거침없이 쭉 뻗는 머리카락"을 반듯하게 펴놓긴 하지만, "물기만 만나면 오들오들 되살아나"는 그 '자연'의 본성이 바로 '자유'이고, 그 '자유'의 근원적인 에너지야말로 '자연'인 것이다. 자연과 자유가 행복하게 화해하는 그 자리가 바로 '아름다운 것'이 존재하는 자리이다. 인과율의 필연적인 법칙을 따르는 자연과 도덕율의 법칙에 지배받는 자유의 행복한 화해가 바로 '아름다움'의 자리, 곧 예술이라고 설파한 이는 철학자 칸트I. Kant였을 것이다. 그러한 관점의 연장선에서 "자연은 예술처럼 보일 때 아름답고, 예술은 자연처럼 보일 때 아름답다"는《판단력비판》의 저 유명한 발언이 나온다. 시인의 시세계에서 아름다움은, 그리고 시는 이 같은 자유와 자연의 결합에서 나온다. 어찌할 수 없는 그 필연적인 자유의 마음을 우리는 아름다움이라고 부를 것이다.

아프다고 말하지 않았습니다

그리워할 거라는 말도 하지 않았습니다

못 본 척도 본 척도 않고

눈물도 없이 하늘만 봅니다

하늘 한가운데로

소리 없는 느낌이 지나가는 자리에

흰구름 한 줄기 거칠게 일어납니다

울지 않길 참 잘했다 뇌어봅니다

내일 또 다시 하늘엔 새로운 구름이 떠가고
그렇게 떠가고
그래도 아름다움은 오래 남을 겁니다

— 〈아름다운 것 - 사랑 혹은 이별이라는 의미〉 전문

시는 이 사랑의 아름다움의 다른 이름이다. 《가까운 별 내 안의 새들》의 시인에게는 "쿠바 음악의 살아 있는 전설" '베보 발데스'가 바로 그런 시의 상징이 된다. "느낌 없는 천개의 화음이 / 정성 담긴 한 개의 음을 당해낼 수 없"(〈베보 발데스〉)는 것, 그것이 바로 시가 아니던가? 그것이 바로 "세상과 교신할 두고 온 노래"(〈베니스의 노래〉)가 아닌가 말이다. "용서가 없으면 눈물도 없다"는 것을 알려준 "리처드 용재 오닐의 섬집 아기"(〈용재 오닐의 눈물〉)가 아니던가? 그러니 결국 이렇게 말해야 한다. 시인에게는 고향이 바로 시라고, 고향이 바로 아름다움이라고 말이다. 그리고 그 고향은 바로 자연이자 자유의 다른 이름이라고 말이다. "흘러내기… / 흘려보내기 / 흘러가기 / 곧 모든 무늬와 하나 되기"(〈어스름에 대한 증명〉) 같은 시의 구절은 시인이 추구하는 정신적 성취의 경지를 보여주고 있는 것처럼 보인다. 그 성취는 곧 '자연스러운 마음'의 풍경과 경지를 향하는 것이었다. '마음 그 자체로 세상과 하나 되기'라는 그 지난한 성취에 대해 시인은 "곧 모든 무늬와 하나 되기"라고 노래한 것이리라.

《가까운 별 내 안의 새들》에서 '별'은 지금은 사라진, 그리운 모든 아름다웠던 대상들에 붙여진 이름이다. 시인은 "별이 되고 싶냐구요? / 그립죠"(〈어머, 늙나봐〉)라거나 "그냥 별이 되는 거지 어둠이 오든 빛이 오든 그냥 그 자리를 지키는 거야 / 혹시 알아 존재만

으로 희망이 될지"(〈새벽별〉)라고 노래했던 것이다. 모든 별들이 빛을 내지만, 그 빛이 별 자체에서 나오는 것이 아니라는 것도 사실이다. 모든 별은 광원으로부터 자신이 받은 빛을 반사하고 나눔으로써 비로소 별이 된다. 별의 빛은 나눔으로써만 실현되는 것이다. 이제 그 별의 빛으로 시인은 아주 작고 겸손한 목소리로 새의 노래를 부른다. 새가 부르는 그 별의 노래를 사랑의 노래라고 불러도 좋은 이유이다. 그리고 이 사랑의 노래가 시인에게는 바로 시였던 것이다. 세찬 바람의 저항이 새를 날게 하고 밤하늘의 어둠이 별을 빛나게 한다면, 그 사랑은 또한 세월의 아픔과 상처 속에서 정련된 것일 테다. 시인에게는 그 아픔과 상처의 영광에 주어진 이름이 바로 사랑이고 시였던 것일 테다. 그리고 이 사랑과 시의 구체적 형태가 또한 '엄마꽃'(〈우리 엄마〉)이었을 것이다. 그것은 "단 한 단어 / 온몸이 담긴 단 한 개의 언어"(〈베보 발데스〉)로 된 시이다.

에코 - 포에틱스의 한계와 가능성

들어가며 — 신화의 한 풍경

곧은 나무가 넘어진다 톱의 힘이다
도끼의 힘이다
밑둥의 싱싱하게 젖은 톱밥을 흘리면서
흰 뿔 모양의 나무조각들이
도끼날에 찍혀 튀어나오며 나무가 넘어진다
벌목이 끝난 뒤에 어둠 속으로
노을을 지고
가라앉은 헐벗은 산의 긴 침묵을
침묵하며 생각하는 동안
연거푸 곧은 나무들이 쿵쿵 넘어진다 넘어진다

— 최승호, 〈벌목〉 부분

신과 자연에 대항하고자 했던 인간의 탐욕과 오만이 불러온 끔찍한 운명의 결말을 알고 있는가? 신화는 신들의 질서와 자연의 생명력을 파괴한 에리직톤이라는 한 불경한 자의 운명에 관해 다음과 같이 전하고 있다. 상당한 재물을 가진 부자였던 에리직톤은 평소 신과 자연을 경멸하는 자였다. 그의 불경함은 마침내, 주위의 간곡한 만류에도 불구하고, 곡물과 풍작의 여신 케레스Ceres에게 바쳐진 숲을 도끼로 남벌하는 죄악을 범하기에 이른다. 그 숲에는 여신이 총애하는 거대한 참나무 한 그루가 서 있었는데, 에리직톤의 오만과 광기는 그 나무조차 베어내기를 주저하지 않는다. 그는 "여신이 총애하는 나무든 아니든 상관없다. 설령 여신이라 할지라도 내 길을 막는다면 베어버리겠다"고 소리치면서, 공포에 떨며 자신을 만류하는 하인의 목을 도끼로 벤 다음 그 참나무마저 베어버린다. 그때 참나무 속에 살고 있던 님프로부터 다음과 같은 저주의 목소리가 들려온다. "이 속에 살고 있는 나는 케레스의 총애를 받고 있는 님프이다. 지금 네 손에 걸려 죽지만 꼭 복수를 할 테니 그리 알아라."

이제 이 오만불손한 인간의 운명을 추적해주기로 하자. 남벌 당한 숲의 님프들은 상복을 입고 케레스에게 몰려가 저 불경한 인간에게 벌을 내려달라고 간청한다. 그리하여 여신은 에리직톤을 '기아'의 여신 라모스에게 넘기는 처벌을 내린다. 기아의 여신이 잠자고 있던 이 인간의 몸속에 독기를 불어넣자 에리직톤의 운명은 이제 완전히 달라진다. 잠에서 깨어난 그는, 당연히, 견딜 수 없는 배고픔을 느끼게 된다. 그는 먹을 수 있는 것이라면 무엇이든 탐욕스럽게 먹으면서도 언제나 배고픔을 한탄한다. 그의 재산은 끊임없는 식욕 때문에 갑작스레 줄어들지만, 그러나 그의 배고픔은 조금도 감소되지 않는다. 마침내 이 오만한 인간은 하나 남은 딸마저 노예로 팔아서 자신의 굶주림을 채우는 지경에 이른다. 그 다음은? 어떻게도 허기를 면할 수 없게 된 에리직톤은 결국 자신의 사지마저 뜯어먹음으로써 허기를 채우고자 한다. 죽음이 케레스의 복수로부터 그를 해방할 때까지 기아의 고통은 계속되었다고 한다.

이 끔찍한 신화적 사건 속에서 우리는 인간의 탐욕과 오만에 의한 인간의 살해와 자연의 살해를 동시에 목격한다. 그리고 이 이중의 살해는 결국 가해자인 에리직톤 자신의 파멸과 죽음으로 귀결된다는 것도 알게 된다. 또 다른 신화에 의하면, 모든 숲과 들판은 원래 목양신 판Pan의 영지라고 한다. 산이나 계곡을 방랑하면서 수렵을 하거나 님프들의 무용을 지도하는 일을 업으로 삼고 있는 이 신은 또한 음악을 좋아하여 '쉬링크스'라는 양치기의 풀피리를 발명한 신으로도 알려져 있는 터이다. 인간에게 휴식과 노동의 장소를 제공하고 예술을 수호하며 평화를 애호하는 이 신은, '판의 공포'라는 말이 전래되고 있듯이, 또한 두려움과 외경의 신이기도 하다. 왜냐하면 그의 영지인 신성한 숲이나 들판을 통과할 때, 그 숲의 어둠과 적막은 사람들로 하여금 이유 없는 공포를 느끼게 하기 때문이다. '모든'이라는 뜻을 갖는 판의 이름은 결국 그가 우주의 상징 내지는 자연의 화신으로서 인류에게 숭배되었음을 말해주는 터이다. 다시 말해서 판의 영지이자 케레스의 수호지인 숲을 남벌한 에리직톤의 행위는 곧 우주와 자연의 파괴라는 의미를 가지며, 이러한 파괴는 동시에 인간 자신의 파멸로 이어진다는 뜻이다.

계몽의 프로젝트의 이면

자연의 파괴와 인간의 파멸을 불러온 에리직톤의 오만과 탐욕은 신화적 상징에 불과한 것이 아니다. 그것은 또한 근대의 역사를 살고 있는 오늘날의 세계에서도 우리가 도처에서 목격하고 있는 현재적 사건이기도 하다. 바로 이 점이 근대가 내장하고 있는 아이러니이자 역설이라고 할 수 있다. 근대는 계몽의 프로젝트의 산물이자 또한 그 기획의 최종 목적이기도 하다. 그리고 이 계몽의 프로젝트는 무엇보다도 '해방의 기획'으로 자리한다. 이 해방은 다음과 같은 두 가지 '억압의 현실'로부터 그 토대를 획득하여 자신의 존재 근거와 정당성을 획득한다. 하나는 자연에 의한 인간의 억압이고, 또 다른 하나는 인간에 의한 인간의 억압이다. 따라서 이 해방의 기획이 목표로 하는 것은 이러한 두 가지 억압으로부터의 동시적인 해방이라고 할 수 있다. 우리는 물론 이 해방의 서사를 기획하고 추진해온 인간 정신의 위대성에 대해서 마땅히 존경을 바쳐야 하리라.

이 해방의 기획자들은 인간이 지닌 신적인 능력, 즉 이성에 의해 자연의 억압과 인간의 억압을 동시에 해결할 수 있다고 믿었다. 그리고 사실상 인간의 절대적 이성에 의한 계몽과 해방의 기획은 과학과 지식, 기술과 산업, 법률과 제도 등 현실의 모든 영역에 있어서 눈부신 발전을 가능케 한 역사의 원동력으로 작용했던 것이다. 그리하여 오늘날 인류의 역사는 근대의 문턱을 이미 넘어선 어떤 지점에 당도해 있는 것처럼 보이기도 한다. 그렇다면 이제 인류는 자연의 억압으로부터, 또한 인간의 억압의 억압으로부터 해방을 성취했는가? 이 질문 앞에서 우리는 저 계몽의 프로젝트가 추진해온 위대한 해방의 기획에 어떤 회의와 불신의 눈초리를 보내지 않을 수 없게 된다. 이러한 해방의 서사를 기초한 18세기의 칸트가 비판의 법정을 열어 '이성의 가능성과 한계'를 시험했듯이, 오늘날의 인류는 어쩌면 또 다시 저 말썽 많은 이성을 비판의 법정으로 소환하여 그 가능성과 한계를 재검토하지 않으면 안 될 자리에 도달한 듯하다.

사실상 오늘날의 인류는, 저 계몽의 프로젝트가 목표로 한 자연에 의한 인간의 억압과 인간에 의한 인간의 억압으로부터 이중의 해방을 성취하기는커녕, 오히려 자연에 의한 공포와 인간에 의한 폭력을 더욱 심각하게 느끼는 상황에 당도한 것 같다는 의심 속에서 살고 있는 듯이 보인다. 한편으로, 자연에 의한 인간의 억압으로부터의 해방이라는 목표는 오늘날 초과 달성되어, 역으로, 인간에 의한 자연의 파괴와 환경의 오명이라는 사태를 연출하고 있는 것은 아닌가라는 의문이 존재한다. 인간에 의한 이러한 자연환경의 파괴는 이제 자연의 재앙이라는 대가로 인간에게 되돌아오는 듯하다. 물론 오늘날에도 인류는 여전히 빈곤과 질병과 자연재해로부터 완전한 해방을 성취하지 못한 것이 어쩌면 사실일 터이다. 그러나 오늘날 이러한 자연으로부터의 억압은 사실상 인간 자신에 의한 자연의 억압으로부터 발행한 측면이 훨씬 더 많아 보인다는 점은 어떻게 설명될 수 있을까? 가령, 자연환경의 파괴로 인한 기상이변이나 동식물의 멸종 혹은 물 부족 현상 등은 사실상 인간에 의한 자연의 억압으로부터 발생한 것이기 때문이다.

다른 한편으로, 인간에 의한 인간의 억압은 감소하기는커녕 날이 갈수록 심화되고 있는 것은 아닌가 하는 의문이 존재한다. 근대화 이전의 과거에 누렸던 공동체의 소속감은 오늘날 파편화된 일상의 고독과 소외로 바뀌고, 자본에 의한 노동의, 다수에 의한 소수의, 남성에 의한 여성의 억압은 눈덩이처럼 커져가고 있는 것이다. 영양실조로 죽어 가는 소말리아와 북한의 어린이가 있는 한편에는 몇 십억 짜리 폭탄을 파리똥 누듯 줄줄이 쏟아 붇는 거대 자본주의 국가가 있고, 심장병으로 죽어 가는 소녀가 있는 다른 한편에는 1킬로그램의 살을 빼기 위해 수백만 원을 들여 지방질 제거 수술을 하는 사모님이 있기 때문이다. 그렇다면 인류는 자연의 억압과 인간의 억압으로부터 한 발치도 진전하지 못했다는 얘기가 될 것이다.

도대체 저 계몽의 프로젝트 어디에 허점이 있어서 이 같은 사태가 초래되었을까? 이성에 의한 계몽과 해방의 프로젝트가 추진해온 과학과 지식, 산업과 기술, 법률과 제도 등 이 모든 근대화의 귀결이 다시금 자연으로부터 인간의 억압과 인간으로부터 인간의 억압이라는 사태의 원점으로 되돌아온다면 도대체 문제는 어디에 있는가? 이 모든 의문 속에서 비로소 '생태시eco-poetry' 혹은 '생태학적 시'라는 개념이 자신의 입지를 마련하게 되는 것처럼 보인다. 이 개념이 등을 기대고 있는 생태학ecology 혹은 생태주의ecologism의 등장이 무엇보다도 중요한 문제가 되는 것은 그것이 논리나 감정 혹은 이데올로기의 문제가 아니라 인간과 자연의 생존과 직결되는 문제라는 점 때문이다. 오늘날 생태학적 사유와 상상력은 가장 시급하게 해결해야 할 현안들을 우리에게 제기해주는 당면한 문제로 요청되고 있다. 우리는 이러한 생태학적이거나 생태주의적 관점에 의하여 생겨났거나 혹은 생태학적 인식과 환경운동의 이념들에 대한 적극적인 지향을 표방하는 시적 실천이나 작품들을 생태시라고 명명할 수 있다. 다시 말해서 생태시는 생태학이라는 학문과 생태주의라는 이념으로부터 자기 존립의 근거를 취하면서 이들의 방법론과 이념을 작품 속에 구현하고자 하는 시라고 간략히 정의할 수 있다는 것이다. 그리고 이러한 생태시의 근거와 존재 방식 및 이념의 틀을 '생태시학'이라는 용어로 사용할 수 있을 것이다(에코-포에틱스'라는 용어는 영문학자인 최병현이 1997년《시와 반시》봄호에 게리 스나이더G. Snyder의 시론을 소개하면서 처음 사용한 것으로 보인다. 김병현은 또한 〈에코포에틱스와 현대시〉라는 글에서 이 용어를 본격적인 문학비평 용어로 제안하면서 이를 개념적으로 정립하고자 한다. 나는 여기에서 그가 사용한 이 용어를 빌려오긴 하지만, 그가 생각하는 에코포에틱스의 내용에는 전적으로 동의하지 않는다는 것을 이 글의 후반부에서 밝힐 것이다).

생태주의의 등장과 생태시의 의의

생태시라고 불릴 수 있는 시적 동향의 등장은 서구에서, 특히 독일어권 나라들에서 50-60년대의 태동기를 거쳐 70년대에 들어 하나의 뚜렷한 문학적 흐름을 형성하게 된다. 그리고 사실상 '생태시Okolyrik'라는 용어는 독일에서 80년대에 이르러서야 등장하게 된 것을 보고되고 있다(이 명칭이 처음 사용된 것은 생태학자이자 문학연구자인 마이어-타쉬P. C. Mayer-Tasch가 쓴 논문 〈생태시는 정치적 문화의 기록물〉(1980)이다. 특히 마이어-타쉬가 편찬한 책《직선들의 폭풍우 속에서 — 독일의 생태시 1950-1980》(Munchen, 1981)은 독일어권 국가들의 유일한 생태 사화집으로 알려져 있다. 이 책은 송용구의 부분적인 번역(시문학사, 1998)으로 우리나라에 소개되어 있다). 생태시라는 용어의 출현은 생태학이라는 학문적 토대와 생태주의라는 이념에 뿌리를 두고 있다. 집이나 주거 또는 가정을 의미하는 라틴어 '오이코스 oikos'로부터 유래하는 생태학이라는 학문은 생물학의 분과 학문으로서 생명체의 유기적 생존 양태를 주변 환경과의 상호 관계 속에서 총체적을 연구하는 학문을 일컫는다(생태학이란 용어가 처음 사용된 것은 1869년 미국의 동물학자 언스트 헤켈E. Haeckel에 의해서라고 알려져 있다. 이후 생태학을 '표층 생태학shallow ecology'과 '심층 생태학deep ecology'으로 구분하면서 기왕의 생태학을 보다 철학적으로 심화시키는 작업을 수행한 바 있는 노르웨이의 철학자 아르네 네스 A. Naess는 환경오염이 나 자원의 고갈을 막고자 서구 국가들이 그동안 벌여왔던 녹색 운동이나 환경 운동 같은 움직임을 표층 생태학의 관점에 서 있는 것을 판단하면서, 이러한 관점의 생태학은 여전히 인간의 건강과 풍요가 그 사고의 중심에 있는 인간중심주의적 사고임을 천명한 바 있다. 반면에 심층 생태학은 개체와 공동체, 자연과 만물 사이에 새로운 균형과 조화를 모색하는 범생명주의적 생명평등주의라고 천명한다. 이는 모든 생명체를 유기적 전체로 보고 각종의 생명체들은 이 전체와의 상호보완 관계에서 존재한다고 간주한다. 그러므로 생명 평등주의는 생태계의 모든 유기체들과 존재는 모두 동등한 내재적 가치를 지닌다고 주장한다. 이 심층 생태학의 관점에서는 기존의 자연을 통제하려는 지배적인 세계관이 비판되며 자연과 조화를 모색하고자 한다. 이러한 생명평등주의와 자연과의 조화라는 목표를 위해 이 관점이 내세우는 실천적 전략은 인간의 욕구를 자아의 보존과 실현에 필요한 최소한의 것으로 제한하자는 것이다. 결과적으로 표층 생태학으로부터 심층 생태학으로의 전환은 인간중심주의적 생태학으로부터 생명 평등주의적 생태학으로의 전환이라고 할 수 있다). 그리고 이러한 학문적 입장에서 생태계를 개체와 전체가 유기적으로 연결된 하나의 생명체로 보는 관점이 바로 생태주의의 기본적 토대가 된다고 할 수 있다. 그러므로 생태주의는 종래의 자연관에서 이탈한 새로운 자연관, 말하자면 생태주의적 자연관의 정립을 요구한다. 또한 그것은 '인간중심주의'에서 벗어나 '생태중심주의bio-centrism' 또는 생명평등주의를 주장한다. 이데올로기로서의 생태주의는 사실상 새로운 인간관, 인간의 지배로부터 해방된 자연관, 새로운 페미니즘이나 윤리학 및 미학 등의 구축을 요구하는 혁명적 성격을 띤 지식 체계를 형성한다.

우리 시에서 80년대 후반 이후부터 급격하게 진행되어 온 변화의 양상은 무엇보다도 지난 시대의 문학적 행보와 그 귀결에 대한 반성과 자기성찰로부터 유래하는 듯하다. 말하자면 80년대라는 '시의 시대'를 통과하면서 90년대의 우리 시는 변화된 사회 상황과 삶의 실존적 토대 위에서 어떤 새로운 지향점을 적극적으로 모색해왔다는 것이다. 그리고 이러한 적극적인 모색의 노력이 신서정시, 문명비판적 도시시, 생태시, 여성주의시, 정신주의시 등 다양한 시적 양상들로 분화한 것처럼 보인다. 그러나 사실상 이들의 공통된 정신적 배경은 이념의 부재와 비전의 상실이라는 시대적 상황과 무관하지 않을 것이다. 사실상 우리가 여기에서 주목하고 있는 생태시라고 불리는 경향의 시들은 신서정시나 문명비판적 도시시, 여성주의시, 정신주의시 등과 그리 명확한 경계를 두고 있는 것처럼 보이지는 않는다. 말하자면 이들은 서로 희미한 경계를 사이에 두고 서로 겹쳐있다는 것이다. 이들을 구분하려는 시도는 다만 편의적인 요구에 따른 것에 불과하다는 뜻이다. 이들은 자신을 규정하고 있는 그 용어에 걸맞은 자기정체성의 형식을 충분히 획득하지 못한 채, 다만 그 모티프나 제재 및 내용상의 경향에 의해 그렇게 불릴 뿐이다. 사실상 생태시는 신서정시와는 그 형식상의 구조에서, 문명비판적 도시시와는 그 사상적 배경에서, 여성주의시와는 그 이념적 지향에서, 정신주의시와는 서정적 부정성의 극복이라는 측면에서 시적 지반을 공유하고 있는 것처럼 보인다.

우리 문학사에서 본격적으로 환경과 생태에 적극적인 관심을 가진 시들의 등장은 아무래도 80년대 후반부터라고 해야 한다. 그리하여 90년대 초반에는 이미 '생태환경 시집'[1]이라는 부제가 붙은, 고진하와 이경호가 함께 엮은 《새들은 왜 녹색 별을 떠나는가》가 출현하게 된다. 여기에 수록된 시인의 수는 무려 22명에 이른다. 이후 고형렬의 《서울은 안녕한가》, 최승호의 《회저의 밤》, 이승하의 《생명에서 물건으로》, 이하석의 《고추잠자리》와 《녹》 등의 시집이 출간되면서 생태주의적 경향의 시들은 지난 10여년 동안 우리 시의 주요한 한 흐름을 형성하기에 이른다.

이러한 생태시의 흐름에서 가장 중요한 시인은 아무래도 최승호라고 해야 할 것이다. 그는, 생태주의에 대한 의식적이고도 적극적인 지향까지는 아니더라도 이미 그러한 지향의 단서를 부분적으로 보여주고 있는, 첫 시집 《대설주의보》로부터 시작하여 《고슴도치의 마을》과 《세속도시의 즐거움》을 거쳐 지난 해 낸 '생태시선집' 《코뿔소는 죽지 않는다》와 《모래인간》에 이르기까지 지속적으로 이러한 생태주의적 흐름의 중심에 위치해 있는 대표적인 시인임을 입증한 바 있다. 그의 시 세계의 진폭은 생태시를 가운데 두고 한편으로는 문명비판적 도시시로부터 또 다른 한편으로는 정신주의시에 이르기까지 폭넓은 자장을 형성하고 있는 것처럼 보인다. 그것들은 종잇장처럼 얇은 경계를 두고 서로 겹쳐 있다.

생태시의 발생 및 전개는 과학기술의 발전과 고도의 산업화사회로 인한 환경오염, 생태계의 파괴에 대한 우려와 인식이 그 배경이 된다. 그런 점에 있어서 그것은 첫 단계에서는 무엇보다도 문명비판적인 도시시의 형태를 띠기 쉽다. 이러한 경향의 시들이 주로 취급하고 있는 것은 산업화사회가 안고 있는 비인간화의 문제와 관련이 있을 것이다. 그러므로 생태시는 전통적인 상투적 서정성을 거부하면서 보다 절실한 현실 문제를 시에 수용함으로써 서정시의 지평을 확장하고자 하는 장점을 지니게 된다. 현대 자본주의사회의 물신화와 대량소비화의 경향이 빚어낸 환경오염과 자연의 파괴 및 인간존엄성의 붕괴와 개성적 사유의 박탈은 인간의 자기파멸을 불가피하게 하는 것처럼 보인다. 이러한 상황에서 생태시가 추구하고 있는 현실비판적, 실천적, 윤리적 지향들은 오늘날의 상황에서 당면한 문제가 된다. 생태학적 상상력에 의한 생태시의 등장이 우리 시의 전개에서 신선한 활력이 되고 있음은 분명하다.

생태시의 지평과 가능성

생태시의 초기 단계로서의 문명비판적 도시시들은 우선 전통적인 서정시에서 찬미되는 자연관을 일체 부정하는 것으로부터 출발하는 듯하다. 말하자면 생태시의 세계에서 자연과 대지는 더 이상 인간에게 무한한 은총을 베푸는 자애로운 어미의 모습이 아니라 오히려 인간에 의해 더럽혀져 죽어가는 한없이 연약한 딸의 모습을 갖거나 아니면 그 오염과 파괴에 대한 복수심으로 인해 인간을 위협하고 공포에 떨게 하는 무서운 재앙의 진원지로 변모된다는 것이다. 자연은 이제 생성의 어머니 가이아Gaia로부터 복수의 딸 네메시스Nemesis로 변한다. 전통적 서정시에서 나타나는 낙관론적 자연관은 생태주의적 관점에 의해 철저히 부정되는 것이다. 그리고 이 파괴된, 복수심으로 불타는 자연의 얼굴의 이면은 곧 문명의 다른 이름이 될 것이다. 다시 말해서 자연은 이제 파멸해가는 도시적 일상의 풍경으로 전이된다는 것이다. 여기에서 도시적 일상은 대개 자연의 복수와 문명의 자기파괴에 의한 이 지상의 마지막 날을 예고하는 듯한 종말론적 풍경을 보여준다.

> 무뇌아를 낳고 보니 산모는
> 몸 안에 공장지대가 들어선 느낌이다.
> 젖을 짜면 흘러내리는 허연 폐수와

아이 배꼽에 매달린 비닐끈들.
저 굴뚝들과 나는 간통한 게 분명해!
자궁 속에 고무인형 키워온 듯
무뇌아를 낳고 산모는
머릿속에 뇌가 있는지 의심스러워
정수리 털들을 하루종일 뽑아댄다.

— 최승호, 〈공장지대〉 부분

그러나 이처럼 파괴되어 죽어가는 듯한 자연도 실은 그렇게 연약한 것이 아니다. 생태시의 다른 한 측면은 인간의 손에 의해 오염되고 파괴되어 가는 자연이, 그럼에도 불구하고, 끊임없는 생명의 순환 고리를 만들고 있음을 노래한다. 말하자면 생태시의 생태주의적 지향 속에는 문명비판적 경향을 지니는 동시에 또한 자연의 생명력에 대한, 생명의 평등함에 대한 믿음이 굳건히 존재한다는 것이다. 이러한 맥락에서 생태시는 또한 여성주의시나 정신주의시와 같은 자장을 형성하게 된다. 문명비판적 관점에서의 자연관과는 모순적으로 보이는 생태시의 이러한 자연관은, 그러나 인간중심주의적 관점이 아니라 우주적 관점에서 보자면 모순되는 것이 아니다. 왜냐하면 인간중심주의적 관점에서라면 저 자연은 이미 파괴되어 죽어가는 것처럼 보일지도 모르지만 우주적 관점에서는 인간 없이도 온전히 건재할 수 있을 것이기 때문이다. 그렇다면 사실상 환경의 오염과 자연의 파괴로 인해 파멸되고 죽어가는 것은 결국 인간이라는 종일 뿐이라고 말해야겠다. 이제 우주와 자연은 인간을 중심으로 회전하는 것이 아니라 그 자체로 순환의 고리를 이루면서 전개될 것이다.

> 눈사람이라는 게 이미 순환의 바퀴이기 때문에 대륙횡단 열차의 바퀴 같은 것을 굳이 발 없는 눈사람에게 달아서 굴러가게 할 필요는 없다. 눈사람은 시냇물로 달려가는 바퀴이고 강으로 바다로 돌아다니는 바퀴이며 맑은 날이면 하늘로 굴러가는 바퀴이다. 그 바퀴는 들꽃 속으로 들어가고 나무 꼭대기로 오르며 샘에서 다시 굴러나온다. 공중 목욕탕에서 솟아오르는 수증기를 보며 누가 바다 빛에서 팔 없이 헤엄치던 눈사람을 기억할까.
>
> — 최승호, 〈순환의 바퀴〉 전문

따라서 생태시는 전통적 서정시에서 두드러지게 나타나는 서정적 이미지와 정취에 의존하지 않으며 동시에 비유나 상징, 암시 등의 미학적 장치를 과감히 포기하는 경향을 보이기도 한다. 시에서 미학적 기교가 우세해질수록 자연의 실상은 은폐되거나 왜곡될 수 있는 가능성을 지닐 수 있기 때문이리라. 눈앞에 펼쳐져 있는 파괴된 자연과 오염된 환경을 은유와 상징의 밀실에 가두어 놓는 것은 위험한 일이라는 것이다. 그리하여 생태시는 마치 사진을 찍듯이 자연의 병인들을 정확히 진단하여 기록하는 일을 시급히 요구하는 것처럼 보인다. 그것은 인간을 에워싸고 있는 자연과 환경이 더 이상 서정적 정서를 유발할 수 없을 정도로 불구가 되었음을 반증한다. 그리하여 생태시는 흔히 르포르타주를 주된 기법으로 삼는 경향이 있다.

> 수달 멧돼지 오소리 너구리 고라니 멧밭쥐 다람쥐 관박쥐 (…) 조밥나물 번은 씀바귀 벌씀바귀 씀바귀 왕고들빼기 이고들빼기 고들빼기

〈동강 유역 산림 생태계 조사보고서〉
(1998. 12. 산림청 임업연구원)를 읽으면서
내가 아무르장지뱀이나
용수염풀,
아니면 바보여뀌나 큰도둑놈의갈고리나 괴불나무로
혹은 더위지기로 태어났을 수도 있겠다는 생각을 했다.

— 최승호, 〈이것은 죽음의 목록이 아니다〉 부분

생태시에 대한 논의 중점은 생태학적, 사회적, 정치적 생명 의식에 비중이 주어지게 된다. 왜냐하면 생태시는 자연 환경의 오염에 의해 나타나는 생명체의 질적 변화를 생명 의식에 근거하여 사실적으로 묘사하거나 고발하는 시이기 때문이다. 생태시는 우선 자연 환경을 파괴하는 사회적 원인들에 대해 비판적 태도를 취한다는 점에서 오늘날 자본주의 사회에 대한 특정한 정치적 목적을 지닌 현실 비판적, 참여적 경향을 갖게 될 수도 있다. 그런 의미에서 그것은 80년대의 노동시나 현장시의 정신적 맥을 잇고 있다고 할 수도 있다. 생태시는 전통적인 가치 체계의 이분법을 비판하고 전복을 시도함으로써 현대 문명의 지반이 되는 휴머니즘 자체를 근본적으로 재고하고, 또 자연의 파괴와 환경의 오염에 대한 사회적, 정치적 원인 규명을 통해 미래 사회의 전망을 모색한다. 이는 생태시가 생태학적 진실과 환경오염의 현장을 실증적으로 고발할 뿐만 아니라 그 원인이 되고 있는 사회 제도와 인간의 자연관에 대한 근본적인 전환을 요구하고 있다는 의미를 함축하고 있다. 생태시의 자연에 대한 인식은 철저하게 현실의 밑바탕에서 출발하고 있다는 장점을 갖는다. 그러한 단단한 지반으로 인해 그것은 오늘날의 파편화된 자연과 현실을 비판적으로 성찰케 해준다. 그러나 현대 문명과 현실에 대한 이러한 비판적 태도가 관념적 허무주의나 절망으로 향할 때, 그것은 관조적 정신주의와 그리 먼 거리에 있지 않게 될 것이다.

나가면서 — 생태시학의 한계와 전망

생태시는 그것이 지닌 문명비판적인 성격으로 인해 현실 참여적인 실천적, 정치적 목적과 손쉽게 연대할 수가 있다(심층 생태학에 대한 사회적 확장과 비판은 '사회 생태학social ecology'의 길을 열게 된다. 즉 미국의 북친M. Bookchin은 생물중심주의biocentrism가 주장하는 반인본주의적 생명 평등주의는 결국 '에코파시즘ecofascism'으로 전락할 수 있음을 경고하면서 오늘날 생태계의 위기는 인간의 자연에 대한 지배보다 인간이 다른 인간을 지배하고 억압하는 사회적 불평등에 그 원인이 있다고 본다. 여성에 대한 남성의 억압, 한 계급에 대한 다른 계급의 지배와 억압 등 불평등한 지배 구조가 자연에 대한 지배와 착취로 이어졌다는 것이다. 따라서 사회 생태학은 먼저 계급질서를 토대로 한 사회구조를 변혁시켜 평등 사회를 구현하는 것이 생태 위기를 극복할 수 있는 선결과제라고 본다. 사회 생태학의 핵심이 남녀 성차별과 인간의 불평등이라고 할 때, 당연히 제기될 수 있는 것이 '생태 여성주의eco-feminism'이다. 워렌K. Warren은 〈여성주의와 생태학〉(1989)이란 글에서 남성에 의한 여성의 억압과 착취, 자연의 억압과 착취에는 공통점이 있음을 인정하고 여성주의와 생태학 상호 간에 관점을 공유해야 한다고 주장한다. 이처럼 생태주의와 여성주의가 결합하게 된 것은 남성과 여성, 문명과 자연이라는 이분법의 논리에서 여성은 곧 자연과 동일시되며 남성은 문명의 주도적 존재라는 사고에서 여성과 자연이 함께 억압의 대상이 되었다는 점과 이로 인해 여성과 자연이 위기를 맞게 되었다는 점에서 비롯된다. 따라서 생태 여성주의는 남성 중심적이고 인간 중심적인 과점에서 벗어나 성차별의 사회구조를 철폐하고 아울러 자연의 존엄성을 재인식하여, 여성과 자연의 근원적인 결합을 통해 성의 조화와 모든 생명체들의 공생을 도모하고자 하는 것이다). 그와 반대로 그것은 또한 문명의 발전에 대한 회의적이거나 허무주의적인 관점으로 인해 손쉽게 관조적 선시풍의 경향과 손을 잡을 수도 있다. 생태시의 장점과 가능성은 그것이 지닌 혁명적인 자연관과 인간관에 있음이 분명하지만, 동시에 그 혁명적인 관점은 곧장 '현실 속으로'나 '현실 밖으로' 향하게 될 위험성을 지니게 된다. 그 양자 어느 쪽도 시에서는 바람직한 것이 아니다. 시는 현실과의 '거리 두기'와 '거리 좁히기' 사이의 경계에 위치해 있어야 한다고 나는 생각하는 편이다. 실천적인 목적성이 우선하게 되면 시는 '현실 속으로' 이탈할 것이며, 또한 정신적 초월이 우세하게 되면 시는 '현실 밖으로' 이탈할 것이다. 그리하여 그 양자는 자신이 전달하고자 하는 메시지와 정신의 무게에 짓눌려 지루한 스테레오타입의 반복을 일삼게 될 것이다. 사실상 이러한 염려가 기우에 지나지 않길 바라지만, 지난 10년여에 걸친 생태시의 이력을 추적하다 보면, 그것이 다만 기우에 불과한 것만이 아님을 또한 우리는 확인하게 된다.

생태시가 지닌 또 다른 약점은 미학적 관점으로부터 제기될 수도 있다. 생태시학은 윤리학과 미학을 절충시키려는 듯이 보인다. 윤리학과 미학을 재결합한다는 것의 의미는, 시와 예술의 자율성을 부정하면서 미의 가치를 윤리적, 실천적 선의 영역으로 환원시킬 위험성을 내장하고 있다는 뜻이다. 이는 미적 측면에서 생태시학이 지닐 수 있는 보수성의 위험을 암시해준다. 문학과 예술의 미적 자율성을 실천적이거나 도덕적인 윤리학의 영역으로 환원시킬 때, 생태시는 생태시학이 아니라 생태윤리학으로부터만 그 존재 근거를 확보하게 될 것이다. 거기에서 생태시학은 더 이상 시학이기를 중지하게 될 것이다. 시에서 생태학적 자연은 사실의 세계가 아니라 가치의 세계이다. 이러한 근본적인 사실을 망각할 때, 생태시학은 시학으로 존속하지 못할 수도 있다.

그렇다면 생태시의 운명은 어떻게 이 실천적인 목적을 시라는 미학적 형식으로 성취할 수 있을까 하는 문제에 달려 있을 것이다. 생태시가 만약 그 목적을 우선하여 예술성의 손실을 감수하고자 한다면, 그때 그것의 운명은 이미 우리가 문학의 역사를 통하여 수없이 목도해온 그런 시의 자기파멸의 전철을 되밟게 될 것이다. 그렇다면 생태시의 지속적인 가능성은 어떻게 그것이 하나의 온전한 시로서 존재할 수 있는가 하는 문제에 달려 있다고 할 수 있다. 그런 의미에서 생태시가 시로서 살아남고자 한다면, 동어반복에 불과한 말이 될 테지만, 그것은 무엇보다도 우선 새로운 시대적 감각의 형식과 시적 방법론을 확보해야 할 것으로 보인다. 시는 그 소재나 모티프, 또는 그 메시지나 내용에 의해 시가 되는 것이 아니다. 시는 그 자체로 시가 된다. 그리고 시를 그 자체로 시이게 하는 것은 시대적 감수성의 확보와 그러한 감수성에 의한 감각의 두께나 깊이의 확장에 있을 것이다.

시는 무엇보다도 하나의 장소이다. 자아가 자신의 자기동일성의 바깥에서 타자와 조우하는, 그 불가능한 어떤 섬광과도 같은 순간 속에 시는 존재한다. 그 순간에 시는 자아를 지우고 세계를 세운다. 시의 자리는 자아와 세계가 몸을 섞는 장소이다. 생태시의 목적이 만약 인간과 자연, 주체와 타자의 조화로운 일체감, 생명체의 유기적 연속성 속에 존재한다면, '시 그 자체'야말로 바로 이러한 생태시의 완전한 모델이 된다고 할 수 있다. 왜냐하면 시는 주체의 자기동일성이 해체되는 어떤 불가능한 순간에 타자와 몸을 섞어 세계의 연속성 속으로 흘러드는 자리이기 때문이다. 그러니 시란 주체/인간의 활동이면서 동시에 주체/인간의 차원을 넘어서 있는 셈이다. 시는 인간의 존재를 자연의 존재로 되돌린다. 결국 시의 이념은 하나인 셈이다. 생태시가 무엇보다도 생태시라는 명칭에 가장 잘 부합하는 경우, 그것은 또한 언제나 그냥 '시 그 자체'일 것이다.

‘한국적 서정’이라는 환의 실체

— 정과리 비평집 《‘한국적 서정’이라는 환幻을 좇아서》

‘내가 사랑한 시인들 — 세 번째’라는 부제가 붙은 정과리 비평집 《‘한국적 서정’이라는 환幻을 좇아서》(문학과지성사)는, 책의 제목이 드러내고 있는 의미 그대로, ‘한국적 서정’이라 불리는 것의 실체를 확인하고자 하는 작업의 소산으로서, 무엇보다도 그 기원의 자리에 놓여있는 1920년대의 한용운과 김소월 이래 근대 초엽의 시인들에 대한 새로운 해석을 통해 한국문학에 있어서 근(현)대성의 기원과 그 전개 양상을 탐색하고 있는 ‘문제적’ 역작이라고 할 수 있다. 이 야심찬 기획의 비평집이 ’문제적‘이라는 사실은 책의 서두에 놓인 〈머리말을 대신하여〉에서 비평가 스스로 이미 밝히고 있다 할 것이다. 거기에서 비평가는 김구의 《백범일지》에 등장하는 한 단락을 인용함으로써 이 저작물의 의도와 목표를 분명히 개진하고 있는 것처럼 보인다. “모든 계급 독재 중에도 가장 무서운 것은 철학을 기초로 한 계급 독재다”로 시작되는 그 단락은 백범이 주자학파의 철학을 기초로 수백 년 동안 조선에 행하여온 계급 독재의 문제를 지적하고 있는 대목으로서, 비평가는 그 인용을 통해 “오늘날의 국문학(차라리 한국학) 연구 풍토와 조선시대의 주자학적 정신환경을 연결"함으로써 기존 학계의 근대문학 연구에 대해 심각한 '철학적' 문제의식을 제기하고 있는 터이다. 특히 이 비평집의 핵에 해당하는 1부 '시의 그루터기로 모이는 잔가지들'에 실린 글들, 그 가운데서도 특히 〈'진달래꽃'이 근대시인 까닭 혹은 몰이해의 늪에서 꺼낸 한국시의 특이점〉과 〈서정을 규정하는 이 땅의 희극에 대해서: '한국적 문학 장르' 규정 재고〉는 '서정시'에 대한 기존 학계의 장르이론을 전면적인 비판의 표적으로 삼음으로써 이 같은 문제의식의 첨단을 보여주고 있다. 그런 맥락에서 이 비평집의 미덕은 '근대적 서정'과 '서정시'에 대한 폭넓은 철학적-미학적 이론의 토대 위에서 기존 한국문학 연구의 풍토에서는 '문제적'일 수도 있을 완전히 새로운 해석 틀을 적용하고 있다는 데 있다고 할 것이다. 물론 이 비평집에서 새로운 해석의 대상이 된 텍스트들은 한용운과 김소월로부터 시작해 1930년대의 김영랑과 정지용, 박용철, 이상, 윤동주 등을 거쳐 김수영과 김춘수, 박재삼에 이르기까지의 아주 긴 스펙트럼을 형성한다. 비평가는 '한국적 서정(시)'의 본류를 형성하고 있는 이들 시인들의 작품세계에 대한 새로운 분석과 재해석의 틀을 통해서 한국문학에 있어서 근대성의 모습을 확인하고 그 양태를 조명하고자 했던 것이다. 그렇기에 이 비평서는 단순한 현장 비평서이길 넘어서 근(현)대 한국문학사와 문학이론을 아우르는 연구서로서도 전혀 손색이 없다고 하겠다.

비평가가 의도하고 있는 근대 초엽의 '한국적 서정(시)'의 발생과 전개 양상을 파악하기 위해서는 무엇보다도 우선 '근대성(모더니티)'의 문제에 대한 해명이 전제되어야 한다. 왜냐하면 여기에서는 '모더니티'의 문제가 '한국적 서정(시)'의 규정에 대한 준거점으로 작용하고 있기 때문이다. 게다가 "1920년대는 바로 서양적인 문학 형식의 강력한 유입과 토박이 문화의 저항 사이의 갈등을 조율하면서 적절한 문학 형식을 찾으려 모색하는 시기였으며, 한용운과 김소월의 시는 그 모색의 아주 대조적인 두 결실"(50쪽)로 간주되기 때문이다. 여기에서 언급되고 있는 '서양적인 문학 형식'이란 18세기 낭만주의 이래의 근대적 서정시 형식을 말하는 것으로서, 그것은 불가피하게 저자의 논의를 '모더니티'의 규정문제로부터 출발케 한다. 사실상 오늘날 독자가 이해하고 있는 '개인의 내적 감정의 표출' 혹은 '강력한 감정의 자발적 넘쳐흐름'(W. 워즈워드)이라는 근대적 서정시의 개념은 18세기 말 독일과 영국의 낭만주의 시인들에 의해 정립된 것이다. 낭만주의의 등장 이래 결정적으로 근대문학은 더 이상 외적 경험(그리고 이 경험의 질서화로서의 이성적 체계)의 문제가 아니라 내적 체험(내적 감정의 고양과 승고화)의 문제로 전환되었다. 이때 근대문학의 핵심에는 '개인'이라는 관념이 똬리 틀고 있었는데, 이 "개인은 공동체의 부분적 발현이 아니라 핵심 주체"(84쪽)가 되기에 이른다. 과거의 전통적인 문학적 태도나 세계관과는 뚜렷이 구분되는 근대문학의 가장 분명한 징표가 바로 이 같은 새로운 주체의 등장이라고 할 수 있다. 그리하여 비평가에게 있어서 "모더니티란 인간이 세계의 주체가 된 시공간의 존재양식"으로 이해되며, "그때 인간의 실체적 단위는 개인"으로서 이 "개인이 인간 시대의 실체적 단위라는 것은 공동체와의 단절이 개인의 성립에 전제가 된다"(60쪽)는 사실에 주목한다. 그렇기에 근대는, 그리고 근대적 서정시는 무엇보다도 세계와의 '단절'로부터 시작되었다. 왜냐하면 그러한 단절이 있어야만 비로소 온전한 개인으로서의 '나'가 성립될 수 있기 때문이다. 낭만주의 문학론에서 자아와 세계 사이의 이 같은 모순과 단절의 의식으로부터 저 유명한 '낭만적 이로니romantische Ironie' 이론이 등장한다는 것은 이러한 사실과 관련하여 간과될 수 없는 것이다. 어쨌든 이와 같은 관점에서 이윽고 한국적 '근대시'의 출현을 알리는 두 사람의 시인이 등장하게 되는데, 한용운과 김소월이 바로 그들이었다. 그리고, 사실상《'한국적 서정'이라는 환幻을 좇아서》라는 비평집의 가장 빛나는 부분이야말로 이들 시인의 작품들에 대한 정밀한 분석과 탁월한 해석에 의해 드러난 근대적 자아의 출현에 있다고 할 수 있다.

> 지금 이 자리에서 우리가 확인해야 할 것은 '서정'을 주관성의 표현이라고 이해하는 순간, 거기에는 시와 세계 사이의 관계 혹은 시적 태도에 대한 결정적인 관점이 포함된다는 것이다. 그 관점은, 낭만주의가 근대 개인주의의 산물이면서 동시에 근대에 대한 가장 독한 부정이라는 점에 상응하게, '반-세계적' — '개인'의 입장에 서서 세계를 바라보는 관점을 가리킨다. 그 '반-세계적' — '개인'에서 두 항목, '반-세계성'과 '개인'은 완벽하게 동등한 무게를 갖는다. (〈한국 현대시에서 서정성의 확대가 일어나기까지〉, 23-4쪽).

비평가의 정치하고도 탁월한 분석력에 의하면, 우리 문학에서는 김소월의 〈진달래꽃〉의 시적 화자를 통해서야 비로소 '나'의 단독성과 나의 '행위성'을 갖춘 '진정한 의미에서의 근대인'이 탄생했다. "이는 바로 한국인 최초로 '세계의 창조자이자 모험가로서'의 근대인으로 태어나는 순간"(64-5쪽)이라고 비평가는 그 순간을 '한국적 서정시'의 기원으로 확정한다. 그렇기에 한용운과 김소월의 문제의식의 자장 속에 있었던 1930년대는 한국문학의 전환기로 간주된다. 왜냐하면 "1930년대는 개인성에 대한 인식이 언어문화적 사건으로 나타난 시대, 즉 언어문화적 차원에서 근대가 '출발'한 시대"(86쪽)이기 때문이다. 하지만 또한 이런 점 때문에 비평가는 서정시가 한국에서 전혀 새로운 언어문화 형식일 뿐만 아니라, 한국인의 정신적 토양에 매우 부적합할 수도 있었음을 암시하고 있다. 왜냐하면 근대의 서정시가 전제하고 있는, 일체의 감각적 대상 세계를 넘어서 있다는 점에서 이 같은 '초월적 자아' 혹은 '절대 자아'의 개념은 당대의 한국인들에게는 매우 낯선 것일 수 있기 때문이라는 것이다. 다시 말해 서구 낭만주의의 전통 안에서 서정시란 개인(개별성)의 절대화인데 반해, 한국의 정신사적 전통 안에는 세계와 분리된 개인이 그때까지 존재하지 않았다는 것이다. 그렇기에 한용운의 《님의 침묵》의 시적 화자는 "개인적 차원과 사회적 차원을 동렬에 올려놓"(28쪽)음으로써 "주체를 스스로 존재할 근거와 능력과 실체를 가진 존재로서, 다시 말해, 일종의 '절대적' 자아로서 인정하고 있다"(28쪽)고 할 수 있고, 또 이러한 사실을 통해 〈님의 침묵〉은 무엇보다도 근대시에 속하게 된다. 〈복종〉이라는 만해의 시에 대한 분석을 통해 비평가는 시인이 "자아를 결코 어떤 무엇에도, 그것이 세계이든, 윤리이든, 진리이든, 행복이든, 그 무엇에로도 환원시키지 않는다"(31쪽)고 말한다. 그 결과 만해의 시에 나타나는 자아는 '절대적 자아'의 모습을 띄게 되면서, "그런 절대적 자아는 '개인주의'가 삶의 원리로, 법으로서는 아니더라도 어쨌든 최소한 행동강령으로서 정착한 후에 가능할 것"(33쪽)으로 간주된다. 만해의 이 같은 자아는 "공적인 차원에서는 아무 의미도, 영향력도 갖지 못하는" 일본문학의

'완벽하게 고립적인 자아'와는 전혀 다른 것(33쪽)이었다. 그 '절대적 자아'는 또한 모더니티의 산물로서의 서정적 자아와도 관련이 없다. 왜냐하면 이 자아에게는 "단절의 의식이 없"(34쪽)기 때문이다. 그 결과 비평가는 다음과 같이 확정할 수 있었다.

> 한용운의 시는 서양의 서정시와는 무관한 방향에서 태어나 형성되었다. '절대적 자아'라는 표면적인 동일성은 그러나 근본적인 차이를 두고 있는데, 그것은 서정시에 있어서 그 절대적 자아가 비현실 혹은 반현실의 자리에 위치하는 데 비해 한용운의 시에서는 정확히 현실에 위치한다는 점에 있다. 이것은 한용운의 시가 서양적인 문학 개념으로부터 '자아'라는 아이디어만을 빌려 왔으며, 자아의 실질적인 속성은 아주 다른 근원으로부터 취했다는 것을 가리킨다. (〈한국 현대시에서 서정성의 확대가 일어나기까지〉, 50쪽).

반면, 소월의 시를 말하기 위해서는 서정시에 대한 또 다른 정의가 필요했다. 왜냐하면 소월에 의해서 "이제 서정시는 주관성의 표현일 뿐만 아니라 자연을 노래하는 시이기도 한 것이 되"(42쪽)었기 때문이다. 여기에서 문제가 되는 것은 "그러나 그의 시에서 자연은 상당 부분 '대상' 혹은 '목표'로 설정된다"(42쪽)는 사실이다. 왜냐하면 소월의 작품들은 "한편으로 세계와의 단절이라는 서정시의 근본적인 태도를 정확하게 간파하면서도, 다른 한편으로 그것의 적용을 토박이 문화의 저항을 수용하는 방식으로 꾀하는 과정 속에서 나타났"(51쪽)기 때문이라는 것이다. "그의 태도가 창조적이라는 것은 (…) 그의 시가 한국의 전통적인 언어문화에도 표현된 바가 없고 서양의 서정시에서도 전례를 찾기 어려운 특별한 정서적 자세를 보여주었다는 것을 가리킨다"(51쪽)는 비평가의 주장 역시 그러한 판단으로부터 연유한다. 그런 의미에서 비평가가 보기에 〈진달래꽃〉은 "그동안 심각한 오독 속에 방치되어 있었다"(55쪽). 왜냐하면 "김소월을 한국의 전통적 시 형식의 계승자로서 간주하는 태도와 긴밀히 연결"되어 있는 그러한 (오)독법은 "1970년대에 한국 현대시의 리듬을 전통적 율격의 계승과 변형으로 보려는 '주체론'의 물결 속에서 소월의 시는 가장 모범적인 사례로서 가정되고 분석되곤 했던 사정으로까지 이어졌"(55쪽)기 때문이다. 그래서 비평가에게 있어서 "김소월은 전통시의 계승자라기보다는 오히려 전통적인 주제를 '활용'하여 근대적인 시를 한반도의 언어문화의 장 안에서 개발하려고 했"(56쪽)던, 또한 "전통을 계승하는 방식으로가 아니라 전통과 단절하는 방식으로 활용함으로써, 전통적인 것으로부터 근대적인 것으로의 이행을 수행"(56쪽)한 '한국적 서정(시)'의 선구자로 간주되기에 이르는 것이다.

사실상 '한국적 서정'이라는 기존의 용어와 개념 틀 속에서 비평가에게 가장 문제가 되었던 것은 자아와 세계, 개인의 내면과 외적 자연의 관계에 대한 해석의 문제였던 것으로 보인다. 《'한국적 서정'이라는 환幻을 좇아서》의 저자는 기존 근대문학 연구들이 '한국적 서정'을 자연과 자아를 등치시키고 있는 것으로 간주한다. 그러나 "한국적 서정시에서 광범위하게 나타나는 자연에의 귀의를 세계의 자아화와 등치시키게 된다면, 우리는 세계의 자아화가 결국 자아의 세계화와 다를 바 없다는 것을 알아차릴 수 있다"(75쪽)는 것이 비평가의 판단이다. 이때 자아는 '자연의 대리인'으로서 "그 자아는 개성적 자아, 단독적 자아가 아니라 보편적 자아"(76쪽)에 불과하게 된다. 여기에서 '보편적 자아'란 아마도 세계와 미분화된 관념적 자아를 말하는 것으로 이해될 수 있을지 모르겠다. 그래서 이 같은 관점에서 보자면, 기존의 장르이론은 "모더니티의 의미, 즉 개인을 핵자로 하는 인간 주도 사회의 출현의 의미와 그 존재론과 무관한 자리에서 제작"(77쪽)된 것으로 간주될 수밖에 없다. 그러나 "모더니티란 개인을 핵자로 하는 인간이 신을 물리치고 세계의 주도권을 쥔 시대, 아니 차라리 그런 존재 양식을 근본적인 삶의 원리로 갖고 있는 사회"(74쪽)인 것이다.

비평가에 의하면, "원래의 장르이론에서 '서정 장르'는 시 일반을 가리키는 것"(77쪽)인데 반해 "한국에서의 규정의 변형은 한국의 서정시를 '자연 서정시'라는 특성을 가진 것들에 한해 지칭하게 하였다"(77쪽)고 한다. 달리 말하자면, 기존의 근대문학 연구들이 '한국적 서정'을 너무 협소하거나 편향(왜곡)된 해석의 틀 안에서 파악했다는 뜻이겠다. 그렇기에 비평가는 "다만 겨우 한 걸음이라도 이 울타리를 벗어나는 시늉을 하는 것만으로 새로운 한국문학 연구를 위한 실마리에 한 올을 보태는 일이 될 수 있지 않을까?"(10쪽) 자문하면서, '근대 초엽의 문학들'('한국 근대시')에 대해 새롭고도 '좀 더 온당한 해석'을 제시하고자 희망했던 것이다. 비평가가 문제시하는 상호 이질적이면서도 종횡으로 얽혀 있는, 그러나 "문학 환경 전체에 영향을 미치고 있"는 사항들은 이미 책의 〈머리말을 대신하여〉에서 다음과 같이 제시된 바가 있다. 첫째, 한국문학을 단일체로 이해하는 폐쇄주의. 둘째, 세계 이론에 대한 절대적인 의존. 셋째, 전통의 계승과 극복의 요구가 전통의 온존과 확산으로 현상. 넷째, 그 결과 기이한 해석 틀 속으로의 침닉. 다섯째, 문학적 감응 능력의 결여. 그리하여 비평가는 "기존의 오류를 수정하고 새로운 해석의 지평"을 열고자 "연구 대상의 실체에 진지하게 접근하여 쇄신의 방식으로 재해석하는 일에서 출발하는 것만이 우선이라고 생각”(10쪽)했던 것이다. 그리고 이 ‘문제적’ 역작을 통해서 비평가는 마침내 ‘쇄신의 방식’으로 ‘한국적 서정’을 재해석함으로써 “새로운 한국문학 연구를 위한 실마리에 한 올을 보태는 일”을 충분히 감당하고 있는 것으로 보인다.

2 허구, 혹은 환상과 유토피아

성찰과 환상의 힘

— 이제하 장편소설《진눈깨비 결혼》

이제하의 소설 세계는, 설령 도드라져 보이지 않은 경우가 있을지라도, 폭력적인 역사와 억압적인 현실이 드리우는 길고도 어두운 그림자를 휘장처럼 두르고 있다. 소설에 등장하는 인물들은 대개 이 어두운 그림자를 후경으로 하여 상처입어서 고통스런 표정을 짓고 있다. 이러한 발언은 이제하의 소설이 폭력적인 세계와 고통 받는 인간, 또는 억압하는 타자와 억압받는 주체라는 이분법에 기초해 있다는 것으로 이해될지도 모르겠다. 이러한 이해는, 물론, 오해다. 이제하의 소설에 있어서 저 현실 세계의 그림자는 인간 존재의 내면과 완전한 구조적 상동성을 갖는 것으로 상정되기 때문에 역사와 개인, 세계와 자아, 현실과 환상, 타자와 주체는 별개의 것으로 대립되어 있지 않다. 아니, 오히려 저 어두운 그림자는 곧바로 인간 존재의 내면에 도사리고 있는 어떤 욕망의 가시적 현상일 뿐이라고 작가는 생각하는 것 같다. 말하자면 역사나 현실이라는 외부 세계의 그림자는 바로 '나'라는 자아의 내면에 뿌리내리고 있는 어떤 폭력적인 충동이나 환상의 투사물에 지나지 않는다는 것이다. 세계나 타자의 폭력을 이처럼 외부적 사태로 간주하지 않고 '나'라는 존재 내면의 사건으로 보는 것, 그리하여 주체와 타자를 이분법적인 대립 관계의 그물망 속에 던져 넣지 않는 것, 그것이 이제하의 소설 세계를 이루는 세계 인식의 지평이 된다. 그러니, 여기에서 세계 인식이란 곧바로 인간 자체에 대한 탐구의 다른 이름을 의미하는 것이겠다. 사실상 나는 이제하 소설의 출발점이 바로 이러한 '인간'이란 것의 존재와 그 존재를 이루는 '욕망'의 탐구에 있다고까지 생각하는 편이다.

세계의 폭력과 현실의 억압이 각각의 인간 존재의 내면으로부터 기인한다는 것, 저 폭력과 억압에 '나' 역시 무관하지 않다는 것, 그러니 그것에 대해 내게도 책임이 있다는 이 철저한 자기 성찰이야말로 이제하의 전 소설 세계를 관통하는 일관된 주제를 이루는 것처럼 보인다. 작가로서 이제하의 관심은 이러한 폭력적인 세계를 마주하고 선 인간의 모습을 그리는 것, 다시 말해서 인간이란 무엇인가라는 존재론적인 물음과 더불어 이 폭력적인 세계 속에서 인간은 어떻게 살아야 하는가라는 윤리적인 물음을 던지는 것이었다. 여기에서 작가가 찾아낸 가능한 답변 중의 하나는 그의 초기 소설 세계를 그 토록이나 강렬한 색채와 이미지로 물들였던 '미친 예술가의 삶'이라는 미학적 해결책이었다. 억압하는 타자와 억압받는 주체가 사실은 구조적 상동성을 갖는다는 것, 아니 폭력적인 타자 자체가 바로 그것에 의해 희생당하는 주체의 다른 얼굴이란 것, 더 나아가 오히려 세계의 폭력 자체가 '나'의 내면으로부터 유래한다는 이러한 인식 지평에서라면 주체는 이중화될 수밖에 없을 것이다. 이제하의 소설에 빈번하게 등장하는 부정과 일탈의 저 '미친' 인간의 출현은 바로 이러한 분열된 주체로서의 인간 삶을 보여주는 것이 아니었을까? 초기의 단편 〈유자 약전

劉子略傳〉(1969)으로부터 장편 《소녀少女 유자》(1988)에까지 이르는 저 '미친' 인간의 출현은 이렇게 분열된 자아, 즉 타자이면서 동시에 주체인 존재 내면의 모습을 보여준다. 그러나 이 '미친' 인간이야말로 진실로 자신이 누구인지를 오롯이 알고 있는 존재일 터이다. 왜냐하면 자신의 다른 얼굴을 이미 보아버리지 않았다면 저 주체가 미칠 리는 없는 노릇이기 때문이다. 그러므로 이제하의 소설에 출현하는 미친 인간이야말로 오히려 순정한 영혼을 지닌 존재인 까닭이 바로 거기에 있다. 그렇다면, 역으로, 세계의 폭력을 외부적인 것으로 규정함으로써 스스로는 그것에 대해 어떠한 관계나 책임도 없다고 간주하거나 그러한 사실을 애써 부정하는 '정상적인' 인간들이야말로 사실은 '진짜로' 미친 인간일 수밖에 없다. 왜냐하면 그는 자신이 누구인가를 진실로 알지 못하는 존재이기 때문이다.

이러한 관점에서라면, 이제 모든 존재는 타자에 대한 윤리적 관계 속에 있다고 말할 수 있다. 이 윤리성은 세계의 폭력에 대해 '나' 역시 책임이 있다는, 아니 어쩌면 바로 '나'의 욕망이야말로 저 세계의 폭력이 기원하는 장소일지도 모른다는 성찰의 결과물이다. 이 같은 윤리적 존재론으로부터 이제하의 저 '미친' 인간들은 스스로를 폭력적인 세계의 희생양으로 삼는 상징적인 제의에 참여하게 된다. 이 상징적 제의는 이제하의 소설에서 대개는 저 미친 인간의 '예술적 삶'으로 환유된다. 다시 말하자면 이 예술적 삶은 저 세계의 폭력을 중화시키려는 제의적 삶에 다름 아니라는 것이다. 작가에게 있어서 윤리적 존재론의 귀결점은 바로 이러한 미적 인간과 예술적 삶이었던 것이다. 이처럼 이제하의 소설 세계는 존재론과 윤리학, 미학을 잇는 폭넓은 자장을 형성하면서 우리 현대 소설사에서 가장 인상적이고도 영향력 있는 문학적 봉우리의 하나를 구축했다.

예술은 그러나 제의의 영역으로만 그치는 것이 아니다. 이제하에게 있어서 이 예술의 세계는 현실과 환상을 포괄하는 더 큰 하나의 현실을 드러내는 터전이 된다. 이제하의 소설 세계에서 현실은 환상을 배제하지 않고, 환상은 현실과 공존하는 더 큰 현실의 일부가 된다. 현실주의나 의식-중심주의에 있어서 환상은 현실이 아닌 것, 다시 말하자면 현실의 타자로서 간주되었다. 의식된 것만이 현실이고 의식만이 주체라고 간주하는 이성주의에 있어서 환상은 이성의 타자이다. 그리고 이 타자는 언제나 어둠과 죽음의 세계로 간주된다. 왜냐하면 주체란 의식의 빛을 통해서만 이 현실의 세계에 거주하기 때문이다. 그들에게 있어서 세계와 자아, 타자와 주체 사이에는 건널 수 없는 심연이 놓인다. 그러나 억압받고 고통당하는 주체가 바로 저 폭력적인 타자의 다른 얼굴이라고 간주하는 작가에게 있어서 환상은 현실의 타자가 아니다. 그것은 더 큰 현실을 구성하는 한 측면일 뿐이다. 이제하에게 있어서 현실은 현실과 환상의 양 측면을 포괄하는 현실이다. 이러한 측면에서 그의 소설 세계는 현실주의의 현실을 싸안는 더 큰 현실주의라고 말할 수 있다. 작가 스스로 자신의 소설적 기법을 일러 '환상적 리얼리즘'이라고 했듯이, 이제하의 소설은 분명 '리얼리즘' 소설이다. 그러나 그것은 환상과 현실을 싸안는 현실주의이다. 이제하 소설의 '환상적 리얼리즘' 기법은 말 그대로 기법이 아닌 셈이다. 그것은 인간과 세계를 바라보는 작가의 관점과 정신을 드러내준다.

1990년에 단행본으로 출간된 바 있는 장편소설 《진눈깨비 결혼》은 1988년 '경남 매일'에 연재되었던 〈시습時習의 아내〉를 개제改題한 작품이다. 이 소설의 서사적 뼈대를 이루는 틀은 대단히 간략하고 또 결말 부분과 이제하 소설의 가장 뚜렷한 특징인 환상 부분을 제외한다면 사건의 전개도 지극히 단순한 것처럼 보인다. 그러나 이 작품이 내장하고 있는 의미는 보다 깊은 층위에서 이해되지 않으면 안 된다. 왜냐하면 이 소설은 이제하의 작품으로서는 보기 드물게, 아니 거의 최초로 시대와 역사, 현실과 정치의 문제를 직접적인 화제로 삼아서 집중적으로 조명한 작품이기 때문이다. 물론 첫 창작집이었던 《草食》(1973)을 통해서도 이미 4.19와 5.16의 의미와 한계 등을 문제 삼은 적이 있었던 것처럼, 이제하 작품의 배경에는 6.25나 분단의 문제, 4.19와 5.16이라는 역사의 그림자가 언제나 동반하고 있었음은 사실이다. 그러나 이 작품 《진눈깨비 결혼》처럼 직접적으로 현실과 정치의 문제를, 보다 정확히 말한다면 1960년의 4.19와 1980년의 5.18이라는 거대한 역사의 소용돌이를 작품 속으로 끌어들여 그 자체를 소설을 이끄는 원동력으로 삼았던 적이 없었다는 사실에 주목한다면, 이 소설이 이제하의 창작 도정에서 차지하는 위상을 짐작할 수 있을 터이다.

이제하의 작품들이 당대의 역사적 현실로부터 일정한 거리를 두고 있었다거나 또는 그의 작품을 역사적 현실과 연결시켜줄 내적 고리가 눈에 잘 띄지 않는다거나 하는 세간의 평을 비웃기라도 하듯이, 《진눈깨비 결혼》은 이 작가가 어느 누구보다도 더 철저히 현실과 역사의 문제를 고심해왔고 또 현장에 자리했었다는 사실을 보여준다. 물론 1985년 '이상 문학상' 수상작이었던 〈나그네는 길에서도 쉬지 않는다〉(1984) 이후의 작품들 중에는 초기 소설들이 지니고 있었던 예술가적 환상성이 뚜렷하게 약화되면서 현실과 역사의 문제가 보다 더 전면으로 나서긴 하지만, 이 작품만큼 본격적으로 현실과 정치를 문제 삼은 적은 없었던 것이다. 이 소설에서 다루어지고 있는 현실이나 정치적 의식은 등장인물들이 발 디디고 서 있는 구체적인 계층 의식이나 역사관, 가계도와 가정 배경, 삶의 행태 등의 묘사로 구축되어 있어 이제하의 소설적 도정에서 하나의 방법론적 전환점을 이루게 될 것으로 보인다. 그러나 이러한 방법론 역시 이제하 특유의 예리한 감성적 문체와 상징적이고도 환상적인 이미지와 분위기를 배제하지 않고 거기에 스며듦으로써 상당히 독특한 매력을 발하게 된다.

소설의 공간적 배경을 이루는 곳은 "수출자유지역이다 뭐다 하면서 인근으로 공단이 들어차기 시작한 이래 10만 남짓하던 인구가 50만으로 육박하고"(205쪽) 있는 지방의 한 항만도시(소설에는 지명이 밝혀져 있지 않지만, 마산으로 추정된다)이고, 시간적 배경은 83년 말에서 84년에 걸치는 시기, 즉 1980년대 초로 설정되어 있다. 이러한 설정에는 이미 그 자체로 의미심장함이 깃들여 있다. 말하자면 80년대 초라는 역사의 한 시대는 바로 '광주'라는 이름으로 상징되는 우리 현대사의 근원적인 모순을 함축하는데, 이 소설은 바로 '광주'를 배경으로 하여 씌어졌기 때문이다. 그렇다면 《진눈깨비 결혼》은 바로 저 '광주의 시대'를 살아온 한 작가의 정신의 풍경을 보여주는 동시에 80년대라는 시대의 초상으로 자리하게 되는 셈이다. 이 소설은 17년이라는 나이차에도 불구하고 공통적으로 첫사랑의 실패를 상처로 안고 있는 43세의 교수 최진우와 26세의 젊은 처녀 지소영의 결혼과 그 결혼 생활을 둘러싼 몇몇 단면들을 그린 작품이다. 그러나 이들의 결혼 생활을 뒤틀리게 만드는 첫사랑의 실패라는 심리적 기제는 우리 현대사의 가장 중요한 역사적 상흔들과 결부되어 있어 상징적인 의미를 지니고 있다. 말하자면 4.19세대인 최진우의 첫사랑이었던 선숙은 4.19의 희생자이고, 5.18세대인 지소영의 첫사랑이었던 시습은 광주의 희생자였던 것이다. 이러한 역사의 폭력에 상처 입은 인간들이 나아가는 길은 자기 부정과 일탈이라는 '폭력의 내면화'이다. 가령, 결혼을 앞두고 무녀 차림의 여자와 환상 속에서 관계를 맺는 최진우의 행위라든가 "앞으로 두 번 다시 사내가 나를 침범하는 일은 있을 수 없"(88쪽)도록 결혼 전날 자신의 처녀성을 스스로 파괴하는 다음과 같은 지소영의 행위는 이러한 부정과 일탈의 극단적인 예를 보여준다.

> 허접쓰레기들을 넣어 두는 골방에 들어가 문을 걸어 잠그고, 그날 밤 나는 스스로 내 순결의 막을 파괴해 버렸다. 누더기 옷가지들을 냉골바닥에 깔고 덜덜 떨며 나는 아랫도리를 벗었다. 몇번이나 망설이고 실패한 끝에 이를 악물고 다리 사이로 플라스틱 숟가락을 찔러 넣자, 꽈배기처럼 다리가 꼬이는 고통과 함께 조만간 핏방울이 떨어졌다.
> 나는 목청껏 소리라도 지르고 싶었다. 모든 사내, 모든 독재자들을 나는 저주한다. 총칼로 국민들을 돼지우리로 몰아넣는 미치광이들. 주야로 돈밖에는 생각하지 않고 그것으로 사람의 간까지 꺼내려는 늑대들. 사내로 태어난 것이 무에 그리 우쭐한 일이라고 걸핏하면 담벼락에 오줌이나 깔기는 치한들. 여자의 사타구니를 유일한 낙으로 여기고 제 강요가 먹혀들지 않으면 얼굴부터 시뻘개지는 얼간이들. 큰소리칠 이유가 오직 그것뿐인 잡동사니들… 너희들을 절대로 나는 용서하지 않으리라. 보라, 너희들의 그 더러운 손이 닿기 전에 내 순결은 허공에서 스스로 찢겨 허무한 땅을 단비처럼 피로 적시는구나. (88쪽)

이렇듯 역사의 폭력적인 사건들을 통해 자신의 애인들과 죽음으로써 갈라서게 된 이들의 결합이라는 소설적 구도 속에는 이미 작가가 의도하고자 했을 어떤 틀이 선先이해의 지평으로 놓여 있는 것이다. 소설의 시간적 배경인 80년대 초에서 보자면, 최진우의 첫사랑의 실패는 4.19의 체험을 트라우마로 지니고 있는 세대의 어떤 정신적 상실감을 보여준다. 반면 지소영의 사랑의 실패는 바로 저 80년 광주의 체험을 트라우마로 갖고 있는 세대의 정신적 황폐를 상징한다. 이들은 저 엄청난 역사적 사건 속에서 애인을 잃었지만 자신은 살아남았다는, 말하자면 그 현장에 부재했었다는 알리바이로 인해 부끄러움과 자괴감을 공유하고 있다. 그 자괴감은 비단 그 애인들에 대한 개인적 심리의 차원에서만 연유하는 것이 아니라 역사와 현실에서 자신들이 어떻게 행동했었던가를 반성하는 역사의식으로부터도 기인한다. 이 부끄러움과 자괴감이라는 공통의 정신적 풍경으로 인해, 그러나 또한 이들 각 세대가 지니고 있는 고유한 역사관과 계층적 차이로 인해 최진우와 지소영의 결혼 생활에는 쉬 메울 수 없는 틈이 생겨난다. 이들의 불화와 다툼에는 4.19와 5.18 세대 간의 단절 못지않게 또한 가진 자와 빼앗긴 자라는 계층 간의 갈등, 진우의 아비 최달수의 이기적인 처신으로 인한 소영의 아비 지동한이 자살이라는 가족사에 얽힌 원한 관계가 존재한다. 말하자면 이들 사이에는 화해하기 어려운 갈등과 반목의 요인들이 도처에 자리하고 있는데, 이러한 모든 요인들이 사실은 80년대를 규정짓는 저 커다란 '모순'의 실체였던 것이다.

작가는 세대 상으로나 계층적으로나 가족사적으로 서로 갈등과 대립 및 원한 관계에 있는 최진우와 지소영을 결혼이라는 일심동체의 구도 속에 함께 집어넣음으로써 각 세대와 계층들이 지니고 있는 상처의 흔적들을 대비해보고, 더 나아가 어쩌면 이들을 화해시키고 싶었을지도 모른다. "1960년과 1984년인 지금의 사이는 마치 그 어떤 중장비로도 뚫을 수 없는 암괴巖塊의 지층地層과도 같았다"(188쪽)는 작가의 표현은 이러한 세대간의 단절을 가장 분명하게 보여주고 있다. 이 소설에서 이러한 단절은 하나의 독자적인 장을 형성하고 있을 정도로 큰 비중을 차지하고 있는 '모순矛盾'이라는 어사 속에 집약되어 있다. 이 모순이 의미하는 바는 앞서 언급한 세대간의 단절이자 역사를 바라보는 관점간의 대립이며 가진 자와 못가진 자의 계급적 투쟁이자 가족간의 원수 관계라는 다양한 갈등의 매듭들이다. 작가는 진우와 소영의 관계를 빌어 이같은 중층적인 모순을 '공기조차 통벽이 되지 않는 두 개의 무덤'이라고 말한다.

> 이름만의 부부, 밖으로는 서로 간이라도 빼줄 듯이 다정해 보이면서도 속은 시멘트로 채워진 그런 부부. 공기조차도 통벽이 되지 않는 두 개의 무덤. 겉으로는 투명해보이면서도 절대로 융합이 안 되는 원소로 분리된 두 개의 공동空洞. 가진 자와 빼앗긴 자. 착취 계층과 뿌리 뽑힌 사람들. (110쪽)

그러나 이러한 역사적 '모순'이 초래할 어떤 필연성의 측면만이 이 소설을 이끌고 있는 근원적인 측면은 아니다. 이를테면 진우나 소영에게 있어서 그들의 결혼이란 앞서 언급된 어떤 세대나 계층 간의 문제보다는 지극히 사소한 심리적, 우연적인 문제와 결부되어 있다. 소영은 물론 진우네 집안을 "우리 아버지를 쓰러뜨린 원수 놈의 집안"(70쪽)이라고 생각하긴 한다. 그러나 소영이 진우를 볼 때의 감정이란 이런 것과는 전혀 다른 것이다. "내가 당황했던 것은 그 때문이었을 것이다. 미워할 사람으로도 용서할 사람으로도 보이지 않고 그는 그저 살아 있는 하나의 현실, 하나의 실체였을 뿐이다. 이런 감정은 무어라고 자세하게 설명할 도리가 없다"(71쪽). 말하자면 작가는 진우와 소영의 만남을 이들이 각자 자신의 옛날 애인이었던 선숙과 시습의 이미지를 다소나마 가지고 있다는 우연한 사실, 즉 '운명이거나 계시 같은 것'(70쪽)으로 돌림으로써 세대나 계층 간의 화해라는 어떤 도식적인 틀을 미리 설정하고 있지 않다는 것이다. 진우가 소영의 사진을 보고서 느낀 최초의 이미지, 즉 '바다를 벌벌 기고 있는 여자의 이미지'는 바로 소영이 선숙과 공유하는 이미지이며 진우에 대한 소영의 첫 인상, 즉 '비탈을 내려오는 것 같은' 이미지는 진우와 시습이 공유하는 이미지이다. 진우와 소영이 각자 상대에게서 옛날 애인이었던 선숙과 시습의 이미지를 발견했다는 우연한 사실이 이들 사이에 놓여 있는 그 어떤 역사적인 '모순'의 필연성보다도 앞서 있다는 것이다. 우리는 이들의 결혼에서 그 어떤 역사의 필연과 우연의 조우를 목격하게 된다.

작가는 '책머리에'서 "80년대란 그처럼 대책 안 서고 을씨년스런 풍경이었다"고 토로하면서, 저 신산한 풍경의 배경을 이루는 정신적 지형을 '갈증'과 '혐오'라는 말로써 그려넣었다. 갈증과 혐오라는 이 두 어사는 공통적으로 '—에 대한'이라는 수식 어구를 필요로 한다. 물론 전자는 그 대상에 대한 긍정적인 심상을, 후자는 부정적인 심상을 동반한다는 점에서 대립관계에 있긴 하지만 말이다. 그렇다면 한 사람의 작가로서의 이제하가 바라보는 80년대라는 풍경의 정신적 밑그림을 이루는 저 갈증과 혐오란 과연 그 무엇에 대한 '갈증'이고 그 무엇에 대한 '혐오'였을까? 《진눈깨비 결혼》은 바로 이러한 질문에 대한 하나의 대답으로 존재한다. 그것은 80년대를 살아오면서 작가가 품고 있었던 갈증과 혐오를 보여주는 동시에 저 야만의 시대를 살았던 모든 동시대인들의 갈증과 혐오를 드러낸다. 한 시대의 역사가 그 시대를 살았던 동시대인들의 정신적 풍경의 기록이라면, 이 갈증과 혐오란 곧 80년대라는 한 시대의 역사적 초상으로 자리하는 셈이다. 그런 의미에서 《진눈깨비 결혼》은 "알맹이는 바스라지고, 그걸 싸고 있던 내용은 벌써 부패해서, 오직 악쓰는 소리만이 혼미 속에 남아 있을 뿐"(169쪽)인 그런 세월의 기록으로 읽힌다. 그 기록 속에서 우리는 집단적인 역사의 폭력과 그 억압을 마주하고 선 개인의 성찰과 환상의 힘이라는 화두를 만나게 된다.

우리 시대의 가장 예민한 정치적 문제인 '80년 광주'를 다루는 이 작품 역시도 인간 존재에 대한 근원적인 탐구라는 이제하 소설 세계의 본령에서 한 치도 벗어나 있는 것처럼 보이지 않는다. 저 시대와 역사의 폭력과 억압의 정체를 인간 존재의 내면으로부터 탐구하는 것, 그것이 이 소설로 하여금 단순한 역사적 기록물을 넘어서게 한다. 작가는 소설의 주인공의 입을 빌어 다음과 같이 말한 바 있다. "4.19라는 그 거창한 역사적 사건이 내게는 세 사람 사이의 심리적 드라마로밖에 안 여겨지더란 얘기, 이해가 가오?"(232쪽). 그렇다, 작가에게 있어서 문제가 되는 것은 '80년 광주'라는 저 역사적-외부적 사건 자체가 아니라 그러한 폭력적인 사태를 추동시킨 인간 내면의 욕망과 심리적 기제에 있다. 그러한 관점에서 다음과 같은 언급들이 등장하는 것이다.

이해가 안 가니. 광주사태의 진상은 정욕이야. 인간의 추악한 정욕. 민중을 박살낸 군대의 야만도 그 정욕이 원인이었고 거기 대항해 싸우게 한 것도 그 정욕이야. 정욕은 죽지 않으면 사라지지 않는 거야. 그러니까 살아 있는 놈들은 그걸 떠들 자격이 없어. 죽어서 깨끗해져야 하는 거야. 그러니까 너는 죽었어. 그게 어째서 내 책임이라는 거야…(135쪽)

사람의 한계… 인간의 육체라는 것의 한계… 그걸 아무도 자성하려고 하지를 않아. 조만간 밑바닥을 드러내는 그런 한계가 민주주의를 어떻게 가져 와. 어느 군인이 정권을 잡았어도 권력유지 땜에 똑같은 광주사태가 일어났을 거야. 특정인에게만 책임 지울 일이 아냐. (150쪽)

《진눈깨비 결혼》은 역사와 현실을 이러한 인간 내면의 풍경으로부터 성찰하고 있다. 이 작품에서 이러한 풍경을 드러내도록 선택된 것이 소위 부르주아 내지는 중산층이라고 불리는 계층의 의식 구조이다.《진눈깨비 결혼》은 바로 이 부르주아 계층의 의식구조에 대한 탐구를, 더 나아가 인간이란 존재와 그 욕망의 풍경에 대한 작가의 면밀한 탐구를 보여준다고 할 수 있다. 소설 마지막의 결말에 가서 밝혀지는 진우의 진짜 아비가 일본군 대좌였던 노구찌 겐지野口賢治라는 사실의 전언은 소설의 전체 흐름에서 상당히 갑작스럽고, 그런 만큼 또 당혹스럽게 여겨진다. 그러한 사실이 오늘날 부르주아라고 부르는 계층의 현대사적 뿌리를 암시하는 것인지, 아니면 오늘을 살고 있는 중산층 가정의 착종된 기원을 의미하는 것인지 하는 점은 독자의 몫으로 남겨진다. 중요한 것은 허물어지는 한 중산층 가정의 내부를 역사와 연관지어 들여다본 작가의 태도일 것이며, 이 들여다봄 속에서 역사를 개인의 내면으로만 환원시키지 않고 또 개인의 내면을 역사 속에 매몰시키지도 않는 작가의 폭넓은 통찰과 세계관에 있을 것이다. 작가에 의해 해부된 저 부르주아의 실상은 다음과 같다.

> 분단이니 통일이니 하고 떠들면서도 자신들이 그 엄청난 짓을 저질렀다고는 꿈에도 생각하지 않는 사람들… 소련 아니면 미국놈들이거나 빨갱이들이 나라를 토막 냈다고 철석같이 믿고 있는 사람들…
> 개의 근성과, 노예의 천성을 타고난 사람들… (82쪽).

> 더러운 돈뭉치 외에 이 땅의 부르주아들이 갖고 있는 게 뭐가 있어? 소양이 있어? 멋이 있어? 미에 대한 가치척도가 있어? 돼지상판에 포마드 바르고 넥타이 매고 디룩디룩 배나 내민 꼴에 읽은 책은 한권도 없고, 주간지나 들고 다니면서 시궁창 같은 입으로 쌍잡사나 지껄이는 주제에. 의사니 판검사 집안이니 교육자 내림집안이니 하는 소위 그 타락한 중산층들은 그래도 아직 집구석 어딘가에 유교전통 덕분인지 형식적이나마 예의범절 정도는 갖고 있어. 실천은 못해도 남을 짓밟아서는 안 된다, 남의 것을 훔쳐서는 안 된다 하는 윤리의식도 남아 있어. (304쪽)

그러나 이러한 부류의 인간들과는 전혀 다른 한 인간의 초상을 우리는 오덕嗚德 선생이라는 인물을 통해서 보게 된다. 《진눈깨비 결혼》에 등장하는 인물들 중 어느 누구도 이 인물만큼 커다란 무게를 가지고 있는 것 같지는 않다. 그는 이 소설을 정신적으로 장악하여 이끌고 있는 중심추로서 이제하의 초기 소설 세계를 장악해왔던 광기의 예술가도, 고독한 실존적 인물도 아닌 초연한 한 사람의 생활인으로 등장하고 있다. 마치 저《광화사》에 등장하는 서익 화백과 같은 역할을 담당하고 있는 이 인물은 일본인 아내와 헤어져 홀로 의연하게 살아가는 인물이다. 이러한 소설적 구도는 의미심장하다. 최진우의 진짜 아비가 일본인 대좌였다는 점과 비교해보자면, 일본인 처와 헤어져 초연히 홀로 살아가는 이 인물이 소설에서 차지하는 상징적인 비중을 짐작할 수 있을 것이다. 그의 삶은 저 부르주아의 삶에 대한 하나의 경종이 된다. 그는 다음과 같이 말한다. "나는 초연을 가장한 적이 없소. 최소한으로 먹고 최소한으로 쌌을 뿐이지…"(201쪽) 이에 비해 이 소설의 표면상의 주인공인 부르주아 계층의 진우와 그의 가족들은 어떠한가? 겉보기로는 현실에 대한 커다란 열정과 고뇌를 안고 있는 듯하지만, 그의 고뇌는 오덕 선생의 위풍에 비하면 너무나 허약하고 위태로워 보이는 것이다. 소설에서 오덕 선생의 죽음이라는 사건은 한 시대의 정신적 지주를 상실한 것처럼 느껴질 만큼 무게를 지니고 있는 것이다. 그는 부르주아의 한 극단에 서 있는, 어쩌면 작가가 이 소설을 통해 말하고자 했던 참된 인간의 모습을 간직한 유형의 인물이다.

> 한 도시를 정말로 움직이는 것은 시청이거나 상공회의소거나 온갖 구닥다리 간판들이 아니라, 기품이 청정한 그 도시의 노인들이란 소리를 어디서 읽었던가. 물속으로 꺼져 들어가는 건물들을 더 이상 타락하지 못하게 죄고 있는 축軸은 그 도시의 노인들뿐이다… 설사 한 도시의 모든 낫살깨나 먹은 사람들이 먹고 싸고 퍼마시는 일에만 급급해서 동물의 수준에만

> 만년 맴돌고 있다 하더라도, 정신을 잃지 않은 어른 하나쯤은 어디엔가 반드시 묻혀 있는 법이다. 그 어른이 도시의 맥(脈)을 붙잡고 있는 한, 낭떠러지 끝까지 이른다 해도 사람들의 정신은 아직은 함몰을 면할 수 있다… (190쪽)

《진눈깨비 결혼》은 이제하의 소설 전반에 드러나는 예술가적 인간형이나 환상성의 요소가 그리 큰 역할을 담당하지 못하고 있다. 그리고 이 소설을 이끄는 주된 힘이야말로, '정신을 잃지 않은 어른'의 역할을 하고 있는 오덕 선생의 초연한 삶과 같은, 자기 성찰에 있는 것으로 보인다. 그러나 이러한 성찰의 힘은 또한 언제나 환상에 의해 지탱되고 확장된다. 사실상 이제하의 소설을 보다 높은 세계로, 보다 깊은 인간 이해의 길로 인도하는 것도 어쩌면 이 환상의 힘에 있는 것처럼 보인다. 이 점은《진눈깨비 결혼》을 통해서도 고스란히 입증되고 있는 터이다. 비록 그 역할이 축소되긴 했지만, 여기에서도 환상은 삶의 중요 사건의 길목을 암시하고 또 해결해가는 조타수의 역할을 하고 있는 것이다. 말하자면 의식의 저변에서 이 의식을 추동하고 이끌어나가는 힘이 환상이라는 것이다. 의식과 무의식을 포괄하는 환상이 가능하지 않다면 성찰의 행위란 아마도 맹목적인 진행에 불과할지도 모른다. 말하자면 이 성찰의 힘은 자아라는 테두리를 결코 벗어날 수 없는, '다람쥐 쳇바퀴 돌리기'만을 반복할 뿐이라는 것이다. 이제하의 소설은 참된 성찰의 힘을 보여준다. 이 성찰 속에서 주체와 타자, 자아와 세계는 이분법적으로 분리되지 않은 채 그들이 서로 어떻게 관련을 맺고 있는지 반추된다. 그러나 또한 작가는 이러한 성찰의 행위와 더불어 환상이 지니고 있는 힘을 보충하고자 한다. 거기에서 더 나아가 오히려 이 환상이 저 성찰의 힘을 지탱하고 이끌어가는 추진력이 된다. 이제하의 소설은 바로 환상과 성찰이 공존하면서 서로를 지탱시켜주는 행운을 보여준다. 그리하여 역사와 개인, 현실과 인간은 서로를 배척하지 않는다. 거기에서 주체는 타자이고, 타자의 행위에 대해 어떤 주체도 의무와 책임을 면제받을 수 없다. 그러나 저 폭력적인 '끔찍한' 세계가 바로 '나'의 내면의 모습이라니! 무섭다…… 그럼에도 불구하고 나는 이 무서움이 망각되지 않고 오래 지속되기를 바란다. 왜냐하면 저 오덕 선생이 지녔던 겸허함도 아마 이 무서움으로부터 연유했을지도 모르기 때문이다. 그 겸허함이 없다면 '나'라는 주체에 세 들어 살고 있는 저 욕망의 질주는 어디에서 멈추게 될 것인가?

(보유)

성찰과 환상의 미학

— 이제하 소설집 《독충》

장편과 선집을 제외하고, 《독충》은 이제하의 네 번째 소설집이다. 1986년에 출간된 세 번째 소설집 《용龍》으로부터 만 15년의 세월이 흐른 셈이다. 짧지 않은 그 세월 동안 작가는 《열망》(원제: 《광화사》)이나 《진눈깨비 결혼》(원제: 《시습의 아내》) 같은 묵직한 장편에 힘을 쏟아왔던 것으로 보인다. 그런 의미에서 표제작을 포함한 4편의 단편과 2편의 중편이 실린 《독충》은, 이미 첫 소설집 《초식》으로부터 유감없이 발휘되었던 이제하 작품 세계의 본령인 중·단편 소설 미학의 정수를 다시 확인할 수 있는 기회를 제공한다. 이 작품집에서 작가는 "사람 사이의 소통의 어려움과 그런 관계의 뒤틀림"(〈책머리에〉)에 관해서 말하고 있다. 그러나 '사람 사이의 소통의 어려움'이라는 것이 이론적으로는 무엇을 말하는지가 분명하지 않다. 그 대답은, 아마도, 《독충》에 실린 이제하의 작품들 자체가 말해주고 있는 듯하다. 가령, 〈담배의 해독〉이라는 단편은 죽음의 실체를 찍으려는 어떤 사진작가의 이야기를 다루고 있다. 그러나 도대체 죽음이란 것이 실체가 있는 것일까? 또, 설령 있다고 하더라도 그런 것이 사진의 피사체가 될 수 있는 종류의 것일까? 이같이 죽음의 실체를 찍으려는 소설 속의 인물과 마찬가지로, 어떤 불가능한 작업을 성취하고자 하는 노력이 이제하의 작품 세계를 이루는 핵심적인 특성일 듯싶다. 왜냐하면 이제하의 작품들은 사람 사이의 소통의 어려움을 단순한 도식으로 만들어 추상화하지 않고 예술적 직관을 통해 구체화하고자 하기 때문이다. 따라서 이제하의 작품 세계에서는 의식을 통해 파악된 현실만이 참되다는 저 헤겔주의적 현실관이 더 이상 발언권을 행사하지 못한다. 작가는 의식과 무의식, 현실과 환상을 포괄하는 더 넓은 의미에서의 현실을 포착하고자 하기 때문이다. 거기에서 예리한 이성의 기능인 성찰과 풍부한 상상력의 기능인 환상은 서로 의존하게 된다.

합리와 이성의 경계 바깥을 이 현실의 삶 속으로 끌어오는 환상의 힘이 이제하 소설의 주된 지반이다. 이성은 자신의 보편성을 주장함으로써 삶과 현실의 복잡다단함을 일관된 의사소통 체계의 기호들로써 구성하고자 한다. 이성주의자는 이 이성의 기호들이 사람 사이의 소통을 가능하게 할 것이라고 간주한다. 그가 주장하는 역사의 발전이라든가 인간 사회의 진보라는 관념은 바로 이러한 사람 사이의 소통의 합리성에 대한 믿음으로부터 비롯된다. 그러나 이성주의자의 이러한 관념과 믿음이야말로 환상에 지나지 않을 수도 있다. 사실상 삶의 복잡다단함, 즉 이성주의자가 불합리하다거나 비합리적이라고 치부하여 등한시했던 것, 즉 사람들 사이에 놓여 있는 감정과 환상의 힘이야말로 이제하의 소설 세계에서는 구체적인 현실로 작동한다. 여기에서 이성이 구축한 이 삶의 현실이 오히려 환상이고, 환상이 구축한 저 삶의 가상이 오히려 현실이 될 수도 있다는 기묘한 역설이 등장한다. 이제하의 작품 세계가 갖는 신비감과 매력은 바로 이러한 역설 속에 존재한다. 그러나 이 역설은 작가의 냉정한 성찰의 힘에 의해 지탱된다(내가 아는 한, 작가는 작품 속에서 결코 흥분하는 법이 없다. 얼핏 읽으면 리듬이 자주 끊기는 듯한, 그러나 철저하게 계산된 정확한 문장과 작중인물의 성격을 치밀하게 해부하는 냉소적이고도 날카로운 문체가 이러한 사실을 입증한다). 따라서 이제하의 소설은 성찰을 성찰하는 종류의 성찰, 말하자면 자기 성찰의 힘을 보여준다고 말할 수 있다. 이러한 자기 성찰은 환상을 자신의 영역으로부터 배재했던 이성의 폐쇄성을 넘어선, 삶과 현실의 저변을 이루는 비합리적인 영역의 꿈과 환상을 포괄하는 열린 정신의 태도라고 할 것이다. 아니, 어쩌면 이 자기 성찰의 힘이야말로 차라리 환상의 또 다른 힘일지도 모른다. 이제하의 작품 세계에서 성찰과 환상은 서로를 배격하지 않고 어깨동무하여 간다. 성찰이 환상에 기대고 환상이 성찰을 포개어 안는 이 정신의 풍경이 이제하 소설의 매력과 생명력이다. 그것은 고전적 미의 조화와 낭만적 예술의 생명력을 포괄하는, 놀랍도록 새로운 경지의 미학을 창출해낸다. 이러한 조화와 생명력, 성찰과 환상의 길항 속에 이제하의 소설은 자리한다. 《독충》은 그런 이제하 소설 세계의 강력한 증거가 된다.

환상, 혹은 상상력의 유희

— '작업' 동인의 작품 세계

문학을 현실의 반영으로 간주하는 리얼리즘은 말할 것도 없이 제아무리 현실을 꼼꼼하게 재현해내려는 하이퍼-리얼리즘 문학이라 할지라도, 문학이 상상력의 소산이라는 점에는 이의를 제기할 수 없을 것이다. 왜냐하면 현실의 반영이나 재현이라는 것도 근본적으로는 작가의 상상력에 의한 현실의 취사 선택과 재구성에 의한 매개를 통해서만 가능한 것이기 때문이다. 상상력은 감각적인 이미지들의 연쇄를 통해 하나의 존재나 사태를 구성해내는 우리 정신의 능력으로 이해된다. 달리 말해서 상상력의 참된 활동은 이미지들을 생산해내는 능력에 있다는 것이다. 그런데 낭만주의 문학론에 의하면, 이 이미지들의 실제적 생산을 담당하는 정신의 능력은 환상Phantasie으로 명명된다. 특히 초기 낭만주의자들과 교류했던 셸링F. W. J. Schelling에 의해 이루어진 상상력과 환상의 구분법에 의하면, 상상력이 이미지를 직조해내는 이론적 능력이라면 환상은 이 이론적 능력을 실천적으로 행사하는 정신의 힘으로 간주된다. 이러한 상상력과 환상의 관계를 보다 간략히 표현하자면, '환상이란 상상력의 자유로운 유희'라는 공식이 성립한다. 그렇다면 이 환상이 실제적으로 행하는 능력이란 무엇인가? 낭만주의자들의 전문 용어를 빌려 말하자면, 실재와 이상의 절대적인 통일성의 이념을 직관적으로 표상할 수 있는 능력, 즉 순수한 미적 직관의 능력을 환상이라고 말할 수 있다. 그리고 이러한 미적 직관의 개념이 낭만주의 문학의 형이상학적 의미를 기초한다는 사실은 이미 널리 알려져 있는 터이다.

이처럼 선험적 상상력과 미적 환상을 구분함으로써 낭만주의는 철학적-이론적 의식과 미적-실천적 의식을 분명히 구분하게 된다. 여기에서 더 나아가 낭만주의는 이러한 미적 의식의 자율성에 대한 요청을 '천재Genie' 개념을 도입함으로써 옹호하기에 이른다. 잘 알려져 있다시피 낭만주의에 있어서 천재란 미적 가상으로서의 환상을 직조해내는 능력 그 자체를 의미한다. '천재로서의 예술가'라는 유명한 낭만주의의 공식이 등장하게 되는 것은 이러한 맥락에서이다. 왜냐하면 낭만주의 문학론에 의하면 의식으로 제약된 사고를 통해서는 도달할 수 없는 의식의 절대적 통일성을 형상적으로 표현할 수 있는 능력이 환상이기 때문이다. 그것은 추상적인 원리들에 근거하는 사고 과정과는 달리 미적 창조의 통일성을 보증해준다. 말하자면 상상력의 선험적 종합에 상응하는 순수한 직관의 능력이 환상이라는 것이다. 인식에 대한 합리주의적 이론과는 달리 미적 직관의 자율성과 고유한 가치를 환상 개념으로부터 합법화할 수 있는 이 같은 문학사적 가능성으로 인해 상상력의 절대적인 자유는 이제 실천적으로 보장받기에 이른다. 그리고 이러한 상상력의 자유로운 유희로서의 환상을 통해 문학은 기존의 낡은 전통과 규범에 대한 혁명적인 위반과 전복의 장소로 자리 잡게 된다. 그것은 이제 새로운 가능성을 향해 열린 끝없는 도전과 실험의 장이 된 것이다.

새로운 문학의 가능성을 타진하고 있는 도전적이고도 실험적인 문제의식과 문학적 진정성을 확보하고 있는 '작업' 동인에 속한 젊은 작가들의 공통된 문학적 지향성이라거나 이 작가들의 작품을 관류하는 어떤 공통된 특징 같은 것이 존재한다면, 나는 그것이 문학에 있어서 상상력의 회복과 환상에 대한 관심이 아닐까 생각하는 편이다. 사실상 이들 동인 작가들의 작품세계는 공통적으로 환상적인 요소가 뚜렷이 각인되어 있다고 말할 수 있다. 이 같은 특징은 이미 이 작가들이 낸 첫 번째 동인 작품집《거짓말》(문학동네)에서부터 아주 분명하게 드러나고 있는 터이다. '거짓말, 현실과 마주한 환상의 서사'라는 제목으로 이 작품집의 해설을 쓴 손정수는 이들 작가의 작품세계가 지니고 있는 이 같은 환상적 요소에 주목하여 그것을 '실재하는 거짓말'이라는 용어로 규정한 바 있다. '작업' 동인의 두 번째 작품집이 될 이 책에 실린 작품들에서도 이러한 환상적 요소의 도입은, 다소간의 정도의 차이가 있긴 하지만, 이들 작가의 작품세계를 관통하는 핵심적인 화두가 되고 있는 것처럼 보일 정도로 비교적 뚜렷이 부각되고 있는 실정이다. 그러므로 우리는 이러한 환상적 특징에 주목하여 그것이 이들 동인 작가들의 작품세계에서 어떤 구조적 특징과 양상을 드러내는지, 또 그것이 궁극적으로는 어떤 문학적 의미와 의의를 갖는지 살펴야 할 것이다.

이를 위해서 우선 이들 '작업' 동인들의 작품세계 속에 도입된 환상적 요소가 기능하는 몇 가지 방식을 세분화할 필요가 있을 성싶다. 내가 보기에, 그것은 대략 다음과 같은 세 가지의 방식으로 구분될 수 있겠다. 첫째, 작품 속에 도입된 환상적 요소가 현실의 알레고리로서 기능하는 경우가 두드러진다는 점이다. 이 경우 어떤 하나의 사태를 말하면서 근본적으로는 다른 어떤 것을 의미하는 알레고리의 수사적 특성상 환상적 요소는 역사적이거나 사회적인 현실의 현재 상태를 새로운 맥락과 차원에서 조명하는 효과적인 수단으로 작용할 수 있다. 구경미와 김문숙과 원종국의 작품이 이 부류에 속할 것이다. 둘째, 환상적 요소의 도입이 인간 삶의 일상적 욕망이나 무의식의 탐구를 위한 수단으로 기능한다는 점이다. 이 같은 특징은 환상이 근본적으로 의식적/현실적 접근이 불가능한 영역의 한계를 초월하는 수단이 된다는 점에 그 토대를 두고 있다. 이때 환상적 요소는 이러한 욕망이나 무의식의 상징으로 작용하게 될 터이다. 권정현과 김도언의 작품 및 신화적 상징성이 두드러져 보이는 김숨의 작품을 이 부류에 넣을 수 있을 것이다. 셋째, 환상이 욕망이나 무의식의 탐구를 위한 수단이 된다는 점과 관련하여 그것은 또한 의식적으로나 현실적으로 허용되지 않은 어떤 금기들을 위반하거나 전복하는 기능을 수행한다는 점도 아울러 지적되어야 한다. 금기와 위반이 인간 삶의 구조적 원리에 속한다는 사실이 천명된 이후, 이러한 금기의 위반이 비록 의식적/현실적으로는 '위악'의 포즈를 취할 수밖에 없을지라도 근본적으로는 현존하는 체제와 현실을 비판적으로 전복함으로써 새로운 삶의 가능성을 열어놓는 기제로 작용할 수 있을 것이다. 오현종과 한차현의 작품을 이 부류에 넣고 싶다. 마지막으로, 환상적 요소가 작품의 표면으로는 전혀 드러나지 않는 신승철과 양선미의 작품이 있다. 이들이 그려내는 '실재성 부재의 현실'의 초상은, 역으로, 우리가 사는 이 현실이 왜 환상을 필요로 할 수밖에 없는지를 드러내 주는 하나의 알리바이로 작용하고 있는 것처럼 보인다. 결국 이들 동인의 작업은 문학적 상상력과 환상의 위상을 새롭게 인식하려는 노력의 귀결로 자리매김 될 것이다.

어떤 것을 말하면서 그것과는 다른 어떤 것을 의미하는 문학적 수사인 알레고리는 문학작품에 도입된 환상적 요소에 필연적으로 역사적이거나 사회적인 현실이라는 맥락과 배경을 설정하게 된다. 지시하는 것과 지시된 것의 관계가 자의적으로 설정된 기호와는 달리, 알레고리는 지시하는 것이 지시된 것을 암시하는 연상 관계로 구성되기 때문이다. 따라서 문학작품에 도입된 환상적 요소가 이처럼 알레고리로 작용할 때, 이 환상은 '거꾸로 선' 현실의 초상으로 자리할 수밖에 없을 것이다. 근본적으로는 '무의식적인' 환상이 '의식적인' 현실과 관련을 맺게 되는 것은 이 같은 전복이나 전도의 방식 이외에는 가능하지 않을 것이기 때문이다. 그리고 이 같은 특징은 의미론적으로는 현실성을 갖는 환상의 알레고리가 인식론적으로는 상반된 것의 이원론을 토대로 하고 있다는 점으로부터도 설명될 수 있다. 이때 환상은 현실을 단순히 모방하거나 재현하는 수단이 아니라, 그것을 역설적인 방식으로 재문맥화하거나 재배치함으로써 새로운 현실을 창조한다고 말할 수 있다.

구경미의 〈봉덕동에 가다〉는 겉보기로는 환상적 요소가 거의 개입되어 있지 않은, 지극히 건조한 현대인의 일상 삶과 내면의 고독을 그리고 있는 것처럼 보인다. 그러나 이 작품은 분명, 그것이 비록 일상적인 현실이라는 외양을 하고 있을지라도, 그 현실이란 것이 사실은 얼마나 거대한 이데올로기적 환상에 의해 구축되어 있는가를 작가 특유의 설득력 있는 구성을 통해 보여주고 있다. 이 소설에서 "현존하는 부부들의 일요일 성소, 이마트"는 주인공인 '그'가 처해있는 현실과 환상 사이의 괴리를 보여주는 상징으로 자리한다. 말하자면 주인공인 그를 불행하게 만든 현실적 조건이 사실은 그의 이데올로기적 환상 때문이라는 것이다. 이 이데올로기적 환상은 그가 함께 지내왔던 동거녀를 내보내게 되는 이유를 진술하고 있는 다음과 같은 문장을 통해 아주 극명하게 드러나고 있는 것처럼 보인다. "그동안 왜 행복하지 않았는지 그는 그제야 알 것 같았다. 동거녀 때문이었다. 행복하지 않았다고 해서 불행했던 것도 아니지만, 이제 그는 행복해지고 싶었으므로 행복하지도 불행하지도 않았던 그동안의 삶이 불행하게 여겨졌다"(17쪽). 사실상 그와 동거녀의 삶은 그다지 불행한 것도 아니었음이 그의 회상 속에서 밝혀지고 있는 터이다. 그러니 이제 행복하지도 불행하지도 않았던 그의 삶을 불행하게 만든 것은 바로 이 같은 이데올로기적 환상 때문임이 분명해질 터이다. 환상은 현실에 대해 무력한 듯이 보이지만, 그러나 그것은 분명 현실을 변화시킨다. 소설은 가족 이데올로기 혹은 결혼 이데올로기가 지니고 있는 환상에 의해 현실이 어떻게 변화되고 또 변화될 수 있는지를 보여준다. 〈봉덕동에 가다〉는 환상이라곤 전혀 개입되어 있는 것 같지 않은 현실이 사실은 얼마나 거대한 이데올로기적 환상에 의해 구축되어 있는지를 아이러니를 동반한 비판적 알레고리를 통해 형상화하고 있다.

김문숙의 〈환상의 바이킹〉은 아예 제목에서부터 환상을 표나게 드러내고 있는, 그야말로 그로테스크한 '환상소설'로까지 분류될 수 있는 작품이다. 소설의 구조적 뼈대는 동성애자인 '외계인'과 육체적 성장을 멈춘 여자 '완지', 즉 현실적으로 소외받은 자들의 절망적인 만남으로부터 시작된다. 다만 사회적 소수자라는 이유로 핍박받고 소외당하는 이들의 어두운 내면을 조명함으로써 작가는 우리가 살고 있는 이 현실이 얼마나 왜곡되어 있는지를, 또한 사랑이 부재하는지를 성찰케 한다. 이들 소외된 국외자들이 진정으로 원하는 것은 오직 사랑임을 외계인은 다음과 같이 말하고 있다. "얘야, 너 하나면 된다. 내가 외계인인 줄 모르는 너 같은 사람이라면, 아직 말이 통하고 진심이 통하고 사랑이 통하는 너같이 투명한 사람이라면"(104쪽). 그러나 작가는 또한 우리가 살고 있는 이 현실이 얼마나 사랑이 메마른 장소인지를 다음과 같이 완지의 입을 빌려 고백하고 있다. "엄마는 내가 사랑받고 싶은 방식이 아니라 자신이 원하는 방법으로 날 구속하고 있을 따름이에요. 그리곤 같은 말을 반복하죠. 얘야, 난 너를 사랑한단다. 그게 어쨌다는 거죠? 변하는 건 아무것도 없는데. 난 엄마를 도저히 용서할 수가 없어요"(97쪽). 이 같은 불모의 현실에서 이들 국외자들이 선택할 수 있는 길은 무엇일까? 소설은 결국 저 외계인으로 하여금 완지를 안고 있던 팔의 힘을 풀어 이들이 함께 타고 있던 '환상의 바이킹'에서 떨어뜨려 죽게 만드는 길을 택하도록 한다. 어쩌면 그것이 이 국외자들이 선택할 수 있는 유일한 길이었는지도 모르겠다. 작가는 속도감 있는 경쾌한 단문의 문장들로 이 같은 불모한 현실의 어두운 면을 하나의 비극적 초상으로 그려낸다. 결국 〈환상의 바이킹〉은 그로테스크한 환상적 요소를 통해 사회적으로 차별받고 소외된 자들의 현실을 고발하고 비판하는 알레고리로 작용하고 있다.

원종국의 〈K지하상가 사람들〉 역시 현실 비판적 알레고리로 직조된 작품이라고 할 수 있다. 이 작품에서 우선 주목되는 것은 추리 소설적 기법을 빌려 전개되는 소설의 독특한 구성과, 문장이 완성되지 않고 가운데서 잘리기도 하는 등 실험적 요소를 지닌 문장의 형식이다. 고백수라는 한 인물의 실종사건을 추적하면서 그 주변 인물들의 증언을 뼈대로 구성된 사건의 진행은 소설의 앞뒤에 배치된 TV 뉴스로 전해지는 홍수와 "자살로 추정되는 차량의 방화사건" 및 "병무비리를 잠입취재 중이던 김상일 기자의 실종사건"과 병치됨으로써, 전혀 무관한 듯이 보이는 이 사건들 사이에 모종의 관계가 있는 것은 아닌가 하는 의문을 갖게 만든다. 그러나 이러한 의문에 대해서 소설은 어떤 구체적인 단서도 제공하지 않은 채 끝내 의문으로만 남긴다. 모든 사건의 진실은 안개 속으로 사라지는 것이다. 이 같은 추리 소설적 기법 속에서 환상적 요소는 거의 드러나지 않는 것처럼 보인다. 그러나 우리는 이 소설의 전개 과정 전체가 마치 환상 속의 사건인 것처럼 어떤 구체적인 단서나 사실적인 연관관계도 없이 서로 중첩되어 삼투하고 있음을 주목해야 한다. 말하자면 이 소설은 작품의 구성 자체에 환상적 요소가 투사되어 있는 소설이라는 뜻이다. 그리고 이러한 환상 소설적 구성은 오히려 진실이 부재하거나 실재성이 결핍된 현실, 달리 말해서 환상과 하등 다를 바 없는 현실 그 자체의 알레고리로 작용하게 된다. 작가는 이 같은 소설의 허구적 설정을 통해 진실이란 것이 어떻게 이 현실 속에 존재할 수 있는지를 진지하게 묻고자 했던 것처럼 보인다. 소설을 통해 대답이 주어지지 않은 이러한 문제의식은 진실이 불투명한 이 시대의 현실에 대한 비판과 반성을 촉구하는 것으로 간주되어야 할 것이다. 우리는 끝내 해명되지 않은 채 유야무야 되어 버린 이 시대의 온갖 사회적 비리와 병폐를 이미 알고 있지 않은가? 〈K지하상가 사람들〉은 이 같은 현실에 대한 고발과 비판을 하나의 환상과도 같은 소설 자체의 구성에 의거해 알레고리화 하고 있다.

알레고리나 상징 모두 추상적인 것을 구체화한다는 공통점이 있다. 그러나 알레고리에 있어서는 비유나 기호처럼 지시된 것과 지시하는 것 사이의 구별이 가능한 반면, 상징에서는 그것들이 통합되어 분리되지 않는다는 점에서 서로 변별성을 갖는다. 상징은 근본적으로 하나의 이미지나 관념을 오로지 상상에 의해서만 연결시킨다. 따라서 그것은 어떤 불가시적이거나 형이상학적인 실재를 드러내는 가시적인 형식 또는 대상을 뜻한다고 할 수 있다. 그렇기에 상징은 무엇보다도 인간이 만든 의미세계의 일부가 된다. 그것은 기호로서의 언어가 지닌 한계를 넘어서려는 인간적 의미의 영역에 속하는 것이다. 카시러E. Cassirer가 인간을 상징적 동물이라고 명명한 이유도 바로 거기에 있을 터이다. 그런 점에서 상징은 의식이나 현실 속에서는 그 대상이나 목표가 상실된 것을 추구하는 욕망이나 무의식을 문학 속에 도입하기 위한 최상의 수단으로써 환상의 형식으로 작용할 수도 있을 것이다. 왜냐하면 환상이란 바로 그러한 무의식적 활동에 다름아니기 때문이다. 꿈과 신화의 이미지 역시 인간의 보편적인 정서적 욕구를 간접적으로 충족시키고자 하는 변장한 무의식의 형식이라는 점에서 오로지 이러한 환상을 매개로 해서만 드러날 수 있을 터이다. 환상이 욕망과 무의식, 꿈과 신화의 이미지를 통한 그 어떤 실재의 상징으로 작용할 수 있는 것도 바로 그러한 이유 때문이다.

권정현의 〈달밤〉은 전적으로 꿈과 무의식에 토대를 둔 환상에 의존하고 있는 작품이다. 이 환상은 가령, 프로이트적 심리학의 분석 틀을 가지고 접근하자면, 충족되지 못한 리비도가 만들어낸 어떤 무의식의 풍경이라고 말할 수 있을 듯하다. 이 소설에서 "꿈은 유년의 기억을 반복하여 보여주"(49쪽)고 있는 것으로 설정된다. 그러나 이 꿈은 화자가 다시는 기억하고 싶지 않은 어떤 트라우마 같은 것이어서 그의 무의식 속에 잠복해 있다가 환상의 형태로 거듭 드러나고 있는 것처럼 보인다. 악몽 같은 이러한 환상 속에서 화자인 '나'는 "계속되는 유산"(56쪽)과 "섹스에 대해 결벽에 가까운 기피증"(50쪽)으로 신경쇠약을 앓고 있다. 이 같은 신경쇠약의 증상은 이 소설에서 두 개의 겹을 통해 구성되고 있는 환상으로 드러나고 있다. 첫째는 소설의 화자가 유년기에 겪은 어머니에 대한 기억, 가령 어머니의 불륜을 암시하는 듯한 어떤 악몽과 관련된 환상이다. 두 번째는 저 유년의 기억 속의 악몽이 현재의 화자 자신을 덮치는 어떤 '정체불명의 짐승'으로 전이되어 나타나고 있는 환상이다. 결국 소설이 진행되면서 화자인 내가 겪게 되는 저 '짐승이 출몰하는 숲 속'의 사건들은 모두 화자의 무의식 속에 잠재된 어떤 원초적 욕망이 불러낸 환상에 지나지 않음을 독자들은 알게 된다. 이 같은 사태는 소설 속에 등장하는 르네 마그리트의 그림인 '거짓 거울'을 통해서도 거듭 상징화되고 있는 것처럼 보인다. 결국 〈달밤〉은 "현실의 충동과 마음속 분노 사이에서 갈등"(55쪽)하고 있는, 즉 의식된 현실과 무의식적 환상 사이의 괴리감 사이에서 자기정체성의 확인에 어려움을 겪고 있는 화자를 통해 인간의 무의식 속에 은폐되어 있는 어떤 심리적 실재의 풍경을 상징적으로 포착해낸 작품이라고 할 수 있다.

김도언의 〈지붕 위의 날들〉 역시 욕망이나 무의식 속에 잠복해 있는 어떤 원초적 리비도의 풍경을 상징적으로 펼쳐 보이고 있는 작품이다. 소설에서 이러한 욕망이나 무의식의 상징으로서 꿈과 환상의 요소들은 두 겹의 이야기 속에 산재해 있다. 하나는 소설의 스무 살짜리 화자인 '내'가 새어머니의 아들 K와 맺게 된 피할 수 없는 운명적인 사랑의 이야기이고, 다른 하나는 수양딸로 들어간 집 아들과의 이룰 수 없는 비극적인 사랑으로 인해 동반 자살로 삶을 마감한 내 어머니의 이야기이다. 화자인 나와 K의 관계, 그리고 어머니와 외삼촌 사이의 관계는 모두 현실적으로는 금기시된 어떤 무의식적 욕망의 한 풍경을 상징할 터이다. 소설에 등장하는 K의 애완용 고양이 '루소'가 꿈이나 환상 속에서 화자인 나를 자주 공격하는 것으로 설정된 것은 바로 이러한 이유에서일 것이다. 왜냐하면 "원초적인 에너지로 가득 차 있"(68쪽)는 원시림을 즐겨 그렸던 화가 앙리 루소에게서 이름을 빌려온 이 고양이의 애칭 자체가 내게는 이미 그러한 무의식적 욕망의 상징을 확고하게 보증해주는 것처럼 보이기 때문이다. 다시 말해 고양이 루소는 바로 이 원초적인 에너지 자체, 그러니까 리비도적 욕망을 상징한다는 뜻이다. 모든 욕망은 그 자체로는 선악을 초월한 자연력의 발현일 뿐이다. 문제는 이 욕망이 사회적 제도나 도덕 같은 금기의 그물망에 의해 조율되면서 선악의 문제가 발생한다는 것이다. 그러므로 작가가 소설 속에서 말하는 '악의 세습'은 금기시된 욕망의 발현 자체를 의미하는 것 이상이 아닐 터이다. 화자인 내가 즐겨 올라가 낮잠을 자곤 하는 저 '붉은 비탈의 지붕' 역시 현실이라는 한계를 넘어선 에로스적 욕망을 상징하는 공간이라고 할 수 있다. 따라서 〈지붕 위의 날들〉은 현실에서는 존재하지 않는, 아니 존재해서는 안 되는 것으로 상정된 어떤 금기들로부터 해방된 자유로운 욕망의 공간을 의미할 것이다.

김숨의 〈검은 염소 세 마리〉는 간략한 단문의 깔끔한 문체를 통해 신화적이라고나 해야 할 어떤 '희생제의적' 모티프를 서사의 구조적 뼈대로 삼고 있는 것처럼 보인다. 신화적 이미지나 모티프들 역시 인간의 무의식적 꿈이나 환상에 토대를 두고 있다는 점에서 이 작품 역시 환상적 요소를 배제하고는 언급될 수 없다. 모든 신화적 서사가 그러한 것처럼 시간적 배경이 모호한 이 소설의 공간적 배경은 비교적 소상하게 서술되고 있다. 소설의 주인공이 될 소년과 소녀가 사는 '회색벽돌로 지은 집'은 냇가를 따라 나란히 서 있는 "똑같은 모양으로 지어진 집 여섯 채" 가운데 하나로서, 소설의 서술자에 의하면 나머지 다섯 채는 비어있는 것으로 설정되어 있다. 다시 말해 "귀가 멀고 눈이 멀"게 된, "혀와 손톱과 발톱이 검게 썩"(114쪽)은 마을 사람들이 사는 공간으로 설정된 이 소설의 공간은 다름 아닌 폐허가 된 세계의 신화적 풍경을 드러내고 있다는 것이다. 소설의 마지막 장면에서 소년과 소녀가 사당에 불을 지르는 행위는 이 폐허의 세계에 새로운 생명과 재생을 불러오기 위한 신화적 정화의 의식을, 또한 이들이 사라진 염소 두 마리를 대신하여 스스로 염소가 되는 것으로 설정된 소설적 구성은 신화적 희생제의를 상징하는 것처럼 내게는 보인다. 결국 소설의 이 상징적인 이야기들은 불모하고도 폐허가 된 세계에 새로운 활력을 불러오기 위한 신화적 삶과 죽음의 구조를 연상시킨다. 그러나 이러한 소설의 신화적 구성은 또한 현대 산업사회의 불모성을 환기시킬 수도 있을 것이다. 왜냐하면 이 신화적 공간을 우리는 또한 거주민들이 모두 떠나버린 어떤 폐허화된 현대 산업사회의 변두리 도시 공간으로 읽을 수도 있기 때문이다. 그러할 때 〈검은 염소 세 마리〉에 등장하는 그로테스크한 사건들과 신화적 이미지로 직조된 상징적 풍경들은 현대 산업사회의 불모성에 대한 조사弔詞로 자리하게 될 터이다.

환상이 표현하는 욕망과 무의식의 측면 및 꿈과 신화적 이미지의 차원은 무엇보다도 기존의 의식/현실에 대한 위반과 전복의 기능을 수행할 수 있다. 환상이 의식의 차원에서 지닐 수 있는 이 같은 현실 전복적인 위반의 역할은 그것이 자기동일성의 의식에 의해 구성된 현실과는 다른 차원을 개시할 수 있는 가능성을 자체 내에 지니고 있기 때문이다. 환상이 개시하는 이 다른 차원의 세계를 우리는 좁은 의미에서의 현실과는 대립되는 하나의 이상, 혹은 미적 가상으로 간주할 수 있을 것이다. 문학에서 환상에 의해 개시되는 이 같은 이상이나 미적 가상은 실재나 진리와 모순되는 것이 아니라 오히려 그러한 실재나 진리를 구성하기 위한 필요불가결한 수단이 된다. 왜냐하면 근본적으로는 허구를 통해 진실을 드러내고자 하는 문학 속에서 진리와 가상은 대립하지 않고 오히려 서로를 짝패로 하여 의존하고 있는 것처럼 보이기 때문이다. 그런 의미에서 문학 속의 현실은 이상화된 실재이거나 아니면, 역으로, 문학 속의 환상은 그런 이상화된 실재의 차원에서 교정된 현실이라고 말할 수 있을지도 모른다. 미적 가상이 지니고 있는 이 같은 이상적 차원은 언제나 기존의 현실을 혁명적으로 전복하여 새로운 세계를 창조하고자 한다. 이 새로운 세계의 창조에 대한 열정을 우리는 미적 유토피아로 명명하고 있는 것일 터이다.

오현종의 〈열역학 제2법칙〉은 현실 전복적인 위반의 상상력을 보여준다. 그러므로 이 작품에 도입된 환상적 요소들은 기존의 현실을 전복하는 위반의 역할을 수행하고 있다고 해야 한다. 이 소설에서 대학을 졸업하고 마땅히 할 일이 없는 처지에 놓인 화자인 '나'는 돈은 많지만 인색하기 짝이 없는 아버지 '최귀복 영감'을 집안에 감금해놓고 "어차피 받을 유산을 미리 받는"것으로 셈해 그의 돈을 가지고 평소 하고 싶었던 일, 가령 카페를 인수해 사업을 한다거나 새 자동차를 사는 일 혹은 여자친구들에게 선물할 '페라가모 핸드백'이나 '불가리 목걸이' 등을 사면서 소일한다는 '환상적인' 이야기의 설정 자체는 이미 모든 것을 돈으로 환산하는 이 자본주의적 물질만능의 현실에 대한 하나의 알레고리로 작용한다고 말할 수 있다. 게다가 아버지가 몹시도 믿고 있었던, 지방에 내려가 직장을 다니고 있던 여동생마저 프랑스 유학을 핑계로 아버지의 은행 잔고를 모두 빼내어 사라진다는 허구적 설정 역시도 이 소설이 지니고 있는 배금주의적 현실의 일단을 유감없이 드러내는 알레고리임은 의심의 여지가 없다. 소설의 제목으로 사용되고 있는 '열역학 제 2법칙'은 바로 이러한 물질만능의 자본주의적 소비사회에 대한 규정적 명제로 작용하는 것처럼 보인다. 그 법칙은 소설에서 다음과 같이 서술된다. "어차피 되돌릴 수 있는 건 아무것도 없지 않은가. 나중 일은 나중에 생각하면 될 일이다. 열은 높은 곳에서 낮은 곳으로 흐르고, 삶은 곧 죽음으로 향하고, 질서는 무질서로 향하는 것, 그것이 법칙이다. 어떻게 살아가든 결국 엔트로피는 극에 달하게 되어 있고, 끝은 파멸과 죽음뿐이다"(194쪽). 그러므로 〈열역학 제2법칙〉은 물질만능의 자본주의적 소비사회를 지배하는 이 같은 허무주의적 법칙을 통해 기존의 현실에 대한 비판과 고발을 수행하고 있는 것이다. 물론 이러한 비판과 고발을 위해서 동원된 소설의 환상적 구성 요소들이 그러한 현실에 대한 위반과 전복의 기제로 작용하고 있음은 물론이겠다.

한차현의 〈어젯밤에 우리 아빠가,〉는 그 시공간적 배경 자체가 이미 2030년경의 철거가 예정된 어느 변두리 도시쯤으로 설정되어 있다는 점에서 환상적 요소로 구성된 미래소설의 형식을 취하고 있다고 할 수 있다. 게다가 소설에 등장하는 주인공으로서 초등학교 5학년생에 불과한 화자인 내가 권총을 들고 등교를 한다던가 하는 허구적인 사건의 설정 역시 이 소설이 지니고 있는 디스토피아적 미래소설의 환상적 특징을 더욱 강조하는 역할을 하게 되는 것처럼 보인다. 이 소설에서 특히 주목되는 것은 이 같은 미래소설의 형식을 통한 환상적 요소의 도입이 무엇보다도 기존의 현실을 알레고리화 함으로써 전복적인 위반의 기능을 수행하게 된다는 점이다. 가령, 거의 폐허가 된 동네에서 만물가게를 운영하는 외팔이 할아버지는 어쩌면 1980년에 있었던 '광주사태'를 암시하는 듯한 모종의 사건과 관련이 있는 것으로 설정된 것 등이 이 소설의 알레고리적 특징을 분명히 드러낸다고 할 수 있다. 그는 총을 쏴본 적이 있느냐는 화자인 나의 질문에 50년 전에 남쪽의 어느 도시에서 발생한 대규모 폭동에 진압경찰로 참여한 적이 있음을 밝히는 장면이 특히 그러할 것이다. 결국 작가는 환상적 요소에 의해 축조된 이 그로테스크한 현실의 알레고리를 통해 모든 가치가 무너진 미래 세계의 암울한 초상을 그리고 있는 것이다. "상대방의 관자놀이에 구멍을 낼 용기가 없다면, 차라리 총을 땅속에 파묻어버리는 것이 안전하다"(247쪽)는 외팔이 할아버지의 말을 떠올리며 '가죽조끼'를 향해 방아쇠를 당기는 소설 말미의 장면은 바로 이 같은 암울한 현실에 대한 전복의 상상력에서 기원한다고 말해야 하리라.

신승철의 〈광화문 그 사내〉는 이번 동인 작품집에 실린 작품들 가운데 가장 사실적인 소설에 속한다고 할 수 있다. 말하자면 이 소설은 어떠한 작위적인 인물이나 배경의 설정 혹은 구성도 배제된 채 올곧게 현실의 한 단면을 사실주의적 필치로 그려내고 있다는 것이다. 화자인 소설가 '나'는 현직 대통령이 야당 국회의원들에 의해 탄핵된 사태에 대한 항의의 표시로 광화문의 촛불시위에 아내와 아들을 데리고 참석한다. 그 전에 나는 다니고 있던 출판사에서 후배이지만 상급자로 있던 이혼녀 박혜란과의 마찰, 그리고 그녀를 성희롱하면서 편집권을 움켜쥐고 있는 사장에 대한 염증으로 사표를 던진 바 있다. 지식인으로서 역사와 사회에 대한 부끄러움으로 시위에 참석한 것이 술자리로 이어지고 마침내 도둑으로까지 몰리는 사태가 발생함으로써, 소설은 사회와 역사에 대한 부끄러움이 동시에 지식인의 자기모멸과 자괴감으로 이행하고 있는 과정을 그리고 있는 것이다. 화자는 이 같은 부끄러움과 자괴감을 이미 자신이 촛불시위에 참여한다는 사실을 자신이 속한 소설가 동인들이 만든 인터넷 사이트 게시판에 다음은 문구로 고지한 바 있다. "세상은 이렇게 사는 것이 아니다. 주머니에 짱돌을 담는 대신에, 옆구리에 술병을 차는 대신에, 집사람과 아들의 손을 잡고 이제 부끄럽기에 촛불 세 개를 준비해서 광화문으로 갈 것이다. 세상이 이렇게 흘러가서는 안 된다는 것을 집사람과 아들에게 보여줄 것이다. 세상이여 안녕하기를"(137쪽). 새벽에 경찰서를 나온 소설의 마지막 장면에서 집에 전화를 거는 화자의 모습은 인상적이다. 아내가 전화를 받는 대신 자동응답기가 돌아가는 전화기에 대고 나는 다음과 같이 외친다. "여보, 나야. 나 좀… 데려가 줘! 나 좀 데려가 달라니까!"(153쪽). 이처럼 방향을 상실한 시대와 그 시대의 현실을 사는 지식인의 방황을 어떤 수사나 기교도 없이 담담하게 묘사한 데에 〈광화문 그 사내〉의 진정한 매력이 있다고 할 것이다.

양선미의 〈어디를 달리고 있을까 해피는〉 역시 앞의 작품과 마찬가지로 '사실주의적' 소설로 분류될 수 있다. 이 소설의 핵심적 갈등 구조는 가장 친밀하고 또 서로를 잘 이해하고 있을 관계여야 할 화자인 '나'와 아버지 사이에 가로놓인 어떤 심리적 단절감이다. 화자의 아버지는 7년 전에 어머니와 사별하고 그 심리적 여파로 인해 뇌졸중을 앓은 뒤부터 불편한 팔과 다리를 한 채 술로써 소일한다. 화자에게는 그의 유일한 낙이 술에 취한 채 집에서 기르는, "한쪽 귀가 기형인 채로 태어났다는 이유로"(158쪽) 헐값에 분양된 순종 진도개 '해피'를 "고문에 가까운 폭력"(154쪽)으로 학대하는 일인 것처럼 보인다. 이 같은 아버지에게서 느끼는 애증의 감정은 소설 속에서, 화자인 내가 어렸을 때 부부싸움 도중에 아버지가 던진 끓는 물 세례를 받고 생긴 '화상흉터'에 의해 상징화되고 있는 듯하다. 게다가 나는 이 흉터가 주는 심리적 콤플렉스로 인해 사귀던 남자가 떠나버리는 마음의 상처를 동시에 지니고 있기도 한 터이다. 그렇다면 소설 속의 내가 학대받는 개 해피를 아버지 몰래 풀어주는 행위는 또한 스스로의 심리적 상처로부터 도피하고자 하는 욕망의 상징적 발현일 수도 있을 것이다. 그러나 해피를 풀어준 그날 밤 나는 "하루종일 비를 맞으며 개를 찾아 헤맸"(174쪽)을 술 취한 아버지의 부름을 받는다. 그는 떠돌이임에 분명한 낯선 털북숭이 개 한 마리를 끌어안고 비 오는 밤거리의 골목 입구에 뒤엉켜 있었던 것이다. 소설의 말미에서 그 개와 함께 아버지를 집안으로 들인 나는 마침내 "처음으로 생각했던 것보다도 아버지에 대해 아는 것은 많지 않"(173쪽)음을 깨닫게 된다. 이 동인 작품집에 실린 작품들 가운데에서 어쩌면 유일하게 따뜻한 인간적 시선으로 직조된 이 같은 이야기를 통해 〈어디를 달리고 있을까 해피는〉은 우리의 실존적인 일상의 삶 속에 깃든 헤아릴 수 없을 정도의 깊은 외로움과 사랑의 감정을 탐사하는 동시에 또 그것들을 이해하고자 한 작품이라고 할 수 있을 것이다.

신승철과 양선미의 작품을 통해서 드러나는 현실은 내면의 아픔을 안고 있는 현대인들의 삶 속에 깃든 어떤 상처를 보여준다고 할 수 있다. 거기에서 드러나는 현실은 이미 실재성을 상실한 어떤 세계의 환영처럼 보인다. 왜냐하면 거기에서는 인간과 세계 혹은 정신과 자연의 관계가 어떠한 확고한 심리적 토대에 의해서도 지탱되지 못하고 있는 것처럼 보이기 때문이다. 이처럼 실재성이 상실된 현실 속에서 우리는 충족된 삶을 향유할 수 없을 것이다. 두 작가의 작품은 이러한 충족된 삶의 향유가 불가능한 현실의 실존적 조건들을 꼼꼼히 탐사하고 있다. 그러나 이렇게 탐사된 실재성이 상실된 현실의 초상은, 역으로, 우리의 삶에서 왜 환상이 필요할 수밖에 없는지를 독자들에게 자문하게 만든다. 그런 의미에서 이들 작품은 오히려 환상을 요구할 수밖에 없는 이 실재성 부재의 현실에 대한 알리바이로 작용하고 있는지도 모른다. 문학은 이 누추한 현실과 빛나는 이상 속에서 새로운 현실을 창조하고자 한다. 그리고 이 새로운 현실은 또한 언제나 미적 가상을 통해 그려질 수밖에 없다. 왜냐하면 그러한 미적 가상에 의해 창조된 현실은 아직 이 지상에는 존재한 적이 없는 하나의 유토피아로 작용할 것이기 때문이다. '작업' 동인의 젊은 작가들은 이러한 미적 유토피아의 도래를 위해 문학적 환상이라는 화두에 집중하고 있는 것처럼 보인다. 이들의 작업이 우리에게 주목되는 이유도 바로 이러한 새로운 현실의 창조에 대한 열정에 있을 터이다.

마이다스의 손에 잡힌 뮤즈의 운명

— 호영송 장편소설《꿈의 산》

1.

시나 희곡 및 방송극 등을 제외하고서 오로지 소설의 측면에서만 보자면,《파하의 안개》(1978)와《흐름 속의 집》(1995),《유쾌하고 기지에 찬 사기사》(1996)로 이어지는 세 권의 중 · 단편 소설집과 전작 장편《내 영혼의 적들》(1995)에 이어 다섯 번째 창작집이자 두 번째 장편소설이 될《꿈의 산》(상하 2권, 책 세상, 1999)의 출간은 근 30년에 이르는 호영송 소설 작업의 일관된 관심과 역량을 집약적으로 드러냄으로써 그의 소설 세계의 한 이정표가 될 것으로 보인다. 말하자면 이 소설은, 일찍부터 우리의 문학사에서는 그다지 낯익지 않았던 상징과 알레고리로 축조된 '무서운 사실주의'적 문체의 미학을 통해 현실의 예각을 탐구함으로써 70년대 우리 소설의 지형에서 매우 독특하고도 또 그만큼 소중한 문학의 한 봉우리를 구축했던 작가의 소설적 역정이 줄곧 어디를 향해 있었는지를 보여주는 동시에 그 방향이 지시하고 있는 가능한 하나의 도달점을 보여줌으로써 그 동안의 소설적 작업의 한 매듭을 짓는 것처럼 보인다는 것이다. 이미 독자들은 20년여에 이르는 오랜 침묵 끝에 나온 두세 번째 창작집들을 통해서도 작가의 무서운 사실주의적 정신이 여전히 녹슬지 않은 채 찬란한 빛을 발하고 있음을 확인할 수 있었을 것이다. 《꿈의 산》은 호영송의 그러한 소설적 역량의 한 결정이자 침체되었던 90년대 우리 문학사의 한 정점으로 기록될 것이다. 그러니, 그것은 1973년 〈파하의 안개〉를 기점으로 시작된 작가의 소설적 이력의 한 종착점임과 동시에 또 다른 하나의 처녀지를 향한 새로운 출발점이 되는 셈이라는 의미를 갖는다.

호영송의 소설 세계에 대해 나는 이미 《유쾌하고 기지에 찬 사기사》의 해설 〈실존의 어둠과 영혼의 운명〉이라는 졸고를 쓰면서 "존재와 예술, 권력과 예술의 관계야말로 호영송 소설 세계의 핵심적 주제를 이루게 된다"고 언급한 바 있다. 바로 그렇다. 《꿈의 산》은 존재와 예술, 권력과 예술의 관계에 대한 작가의 변함없는 탐구를 보여준다. 이러한 주제를 탐구하기 위해 호영송의 작품들에서는 거의 예외 없이 '예술적 영혼'을 소유한 인물들이 등장하면서 저 '영혼의 운명'에 대한 탐색이 그의 소설 세계를 뚜렷이 특징짓는 하나의 결정적인 요소가 되어 왔던 터이다. 그러나 초기의 작품들에서 우선권이 주어져 있던 존재와 예술의 관계에 대한 탐구가 비교적 최근에 들어서는 권력과 예술의 관계에 대한 탐구로 강조점이 이동했다는 것이 아마도 그의 작품 세계를 전 · 후기로 양분하는 중요한 차이점이 될 것으로 보인다. 말하자면 초기의 작품들에서는 대개 '실존의 어둠'이라는 부조리한 존재론적인 문제가 탐구의 중심을 이루었다면, 후기의 작품들에서는 그 실존의 어둠에 처해 역사 속에서 구체적으로 행위하는 '예술적 영혼'이라는 실천적인 문제가 탐구의 중심으로 변화된다는 것이다. 여기에서 권력과 예술의 긴장과 불화라는《꿈의 산》의 주된 모티프가 부각되는 것이다.

예술의 발생 이래로 언제나 문제시되었던 것이 권력과 예술의 관계이긴 하지만, 이 문제에 대한 보다 적극적인 관심이 기울여진 것은 바로 낭만주의 이래의 '미적 근대성'의 성립으로부터이다. 그런 의미에서 저 '예술적 영혼의 운명'에 대한 탐사는 바로 근대성의 탐색과 맥을 같이 하고 있다고 말할 수 있다. 왜냐하면 이미 언급된 해설에서도 썼듯이 "예술과 예술적 영혼의 운명이란 주제는 사실상 예술의 자율성이라는 모더니즘적 명제와 관련되지 않을 수 없기 때문이다". 이 영혼의 운명은 현대에 들어 정치적 권력 관계로부터의 위협과 자본주의적 상업화로부터의 위협이라는 이중의 질곡을 겪게 된다. 다시 말해 호영송의 최근 작업들에서 보이는 권력과 예술의 관계는 다시 이데올로기와 예술, 자본주의적 상업화와 예술 사이의 갈등과 긴장으로 세분되는 동시에 중첩되지 않을 수 없다는 것이다.《꿈의 산》은 이 이중의 질곡 속에 처한 예술적 영혼의 누추함과 복됨을, 좌절과 영광을 동시에 보여준다. 호영송의 소설들이 이 긴장의 영역에 대한 탐구라는 점은 그의 소설 세계가 미적 근대성의 확보라는 모더니즘의 과제를 물려받고 있는 적자임을 단적으로 증명하고 있다.

2.

제1부 '푸른 산' 사람들, 제2부 '도시의 광야', 제3부 '그 산이 있는 곳' 등 전 3부 2권으로 구성되어 있는《꿈의 산》은 무엇보다도 우리의 최근 역사에서 저 파란과 격랑의 80년대가 지나고 급격히 도래한 90년대적 세기말의 상황이라는 시대적 배경을 염두

에 두고 읽어야 한다. 그 시대는 어두운 하늘의 빛나는 별처럼 뚜렷하던 이념의 좌표들이 어느 날 갑자기 흐려져서 보이지 않게 됨으로써 지상의 길도 끊어지게 된 상실과 방황의 시대였다. 그러나 동시에 그 시대는 저 찬란했던 이념의 빛이 어쩌면 존재하지 않을지도 모르는 어떤 것에 대한 하나의 환상에 불과했던 것은 아닐까 하는 의구심과 회의가 고개를 치켜든 시대이기도 했다. 작가는 그러한 변화의 시대를 다음과 같이 기술하고 있다.

> 1980년대에 고르바초프가 '글라스노스트'와 '페레스트로이카'를 외치면서 사회주의의 깃발을 내리는 것과 함께, 이 세계에는 짧은 시간에 너무 크고 갑작스런 변화가 밀어닥쳤다. 베를린이라는 역사적인 도시에서 벌어진 극적인 장면은 사회주의의 몰락을 어떻게 받아들여야 할지 몰라 당혹스러워하던 준표에게는 결정적인 것이라 할 만했다. 1945년 히틀러의 패전 이후로 동서로 오랫동안 분단되었던 베를린의 장벽이 부서지고, 동서독 시민들은 그 부서진 벽돌조각을 이제는 하나의 기념물처럼 나누어 갖고 즐거워하였다. 동서로 나뉘어 있던 그 시민들은 아무리 보아도, 역사의 어떤 억지스런 논리에 의해서 부자연스럽게 나뉘었던 것뿐이었다.
>
> 준표는 젊은 날의 자기 자신에겐 뚜렷한 목표가 있었다고 믿었다. 그때는 어물어물하지 않아도 되었다. 아니, 어물어물하는 게 용서되지 않았다. 바로 눈앞에 움직이는 적들이 보였다. 그 적들이 이쪽을 어느 순간에 해칠지 모르는 긴장된 순간들도 많았다. 그래서 때때로 어디론가 숨고 싶었다. 아버지의 등 뒤로 숨어버리고 싶은 유혹까지 느꼈다. 그의 동지들 중에도,

전략적으로 아버지의 등뒤에 숨는 것은 결코 비겁한 일이 아니라고 말하는 사람도 있었다.

《꿈의 산》은 이러한 역사적 의식의 배경 위에서 우리에게 여전히 상실되지 않고 남아 있을, 아니면 여전히 추구해야 할 그 어떤 본원적인 고향에 대한 적극적인 탐구와 모색을 보여준다. 말하자면 이 소설에서 푸른 '꿈의 산'은 인간의 본원적인 고향의 다른 이름이자 상징이라는 것이다. 그러나 동시에 그 '푸른 산'은 권력과 자본이라는 이중의 질곡에 처해 있는 현실의 패러디와 풍자로 자리하기도 한다. 소설의 주된 공간적인 배경이 되고 있는 '푸른 산' 빌딩은 바로 이 상실되었거나 왜곡된 고향에 대한 알리바이라고 말할 수 있다. 그러므로 '푸른 산' 또는 '꿈의 산'은 이중의 의미를 동시에 함축하게 된다. 그것은 무엇보다도 먼저 교회와 철학자의 사무실과 병원과 카페와 찜질방과 소극장이 공존하고 있는 현실의 7층 짜리 '푸른 산' 건물을 지칭한다. 그 건물은 광포한 자본주의의 상업화가 횡행하는 시대에 종교와 예술과 권력과 대중문화와 상업성이 착종되어 있는 오늘날의 상황에 대한 하나의 상징이다. '푸른 산'이 이러한 현실의 상징이 될 때, 호영송의 소설은 아이러니와 역설의 외투를 두르게 된다. 이 상징적인 건물은 우리가 당면하고 있는 현실의 모습인 동시에 아무런 정체성도 없이 오로지 자본의 이윤과 권력의 역학 관계에 의해 부침을 거듭한다는 점에서 하나의 허상이기도 하다. 그러나 저 '푸른 산'은 동시에 소설의 제3부에서 암시되고 있는 어떤 훼손되지 않은 이상으로서의 '히말라야 산맥의 어느 골짜기'를 지시할 수도 있다. 전자의 의미에서 '푸른 산'은 종교와 예술이 자본주의적 상업화의 세계와 공존하고 있는 '도시의 광야'를 지시하지만, 후자의 의미에서 그것은 훼손되지 않은 자연과 순정한 '예술적 영혼'을 상징한다. 소극장의 개장 기념 공연을 앞두고 소설의 주인공인 준표가 인사말을 준비할 때 등장하는 다음의 대사에서 우리는 그 산의 어떤 구체적인 모습을 그려볼 수 있다.

> 저는… 여러분에게 오늘 이 무대 위에서… 뭐랄까 제 마음속의 꿈을 보여드리고자 합니다. 그런데 그 꿈은 결코 거창하거나 특별한 것은 아닙니다. 그것은 어쩌면 나무의 모습을 하고 있을 수도 있고, 또 어쩌면… 산의 모습을 하고 있을지도 모릅니다.

소설에서 저 착종된 권력과 자본이 지배하는 현실 세계는 무엇보다도 준표의 가족사를 통해서 여지없이 드러난다. 말하자면 애인 반설희씨를 두고 벌어진 아버지 홍만선씨와 삼촌 홍춘선씨의 삼각관계나 그 삼각관계의 결과로 태어난 만선씨와 설희씨의 아들이자 준표와 이복 형제 관계에 있는 두표의 여성편력, 준표를 유혹하는 두표의 아내 양민숙의 음흉한 간계 등 끔찍한 혼돈과 무질서를 보여주는 이 가족사 자체가 권력과 자본이 착종된 현실의 알레고리라는 것이다. 이 착종된 세계의 상징 계열들을 이끄는 준표 아버지 홍만선씨의 이력에서 그 점은 분명히 드러난다. 그는 젊어서 미군 부대 주변에서 '여자 장사와 돈 장사'로 치부한 인물로서 "사나이는 역시 권력을 잡아야 한다"고 믿는 철저히 권력 지향적인 인물이다. 말하자면 그는 권력과 자본의 화신인 셈이다. 이에 비해서 그 아들 준표는 일찍이 그런 현실을 향해 연극이라는 '싸움의 방식'을 통해 저항하면서 영혼의 순수성을 지키고자 하는 인물이다. 어쩌면 비극적인 오이디푸스의 신화를 연상시킬 수도 있는 이러한 소설적 플롯의 설정은 권력과 예술의 관계를 보다 극적인 긴장 관계로 파악하려는 작가의 의도에서 비롯된 것으로 보인다. 그러나 그 의도 속에는 또한 아이러니와 역설이 존재한다. 말하자면 준표가 그렇게 꿈꾸던 소극장의 운영이 그 아비의 자본과 권력의 힘에 의해서 준비되었다는 사실이 그 점을 말해준다. 이러한 현실의 모순과 아이러니를 극복하고자 하는 것이 소설 말미에 드러나는 준표의 외국행임을 우리는 짐작할 수 있다. 그것은 브레히트라는 '꿈의 산'을 찾아가는 여행이다.

그 길은 마치 극단 '언덕'의 후배였던 윤구가 연극을 그만두면서 새롭게 찾아 나섰던 길과 다를 바 없다. 윤구가 티베트에서 보낸 한 편지글처럼 티베트 인들이 한평생을 꿈꾸고 동경하는 창조의 근원으로서의 '카일라스 산'처럼 우리들에게는 카일라스 산이라고 할 어떤 동경의 산, 꿈의 산이 있는 것일까고 준표는 자문하면서, 자신이 한때 열광했던 브레히트의 얼굴 사진을 보면서 다음과 같이 생각한다. '지금은 브레히트처럼 나를 매혹하는 존재도 없다. 그만큼 나를 강렬하게 이끄는 존재도 없다. 올라야 할 브레히트라는 동경의 산, 꿈의 산도 없다. 그러니 나는…… 떠나야 하는 것이다'. 이 소설은 연극 공부를 하기 위해 프랑크푸르트행 비행기에 준표가 몸을 싣는 것으로 끝난다. 그렇다면 그가 택한 길은 아버지로 상징되는 권력이나 자본과의 타협 속에서 이루어지는 길이 아니라 이제 전적으로 새롭게 시작될 예술의 길임이 분명한 것일 터이다.

3.

극단 '언덕'의 리더인 준표는 브레히트에 대한 이해를 통하여 연극에 몸을 담게 된 인물로 설정되어 있다. 그러나 연극과 브레히트로 준표를 인도해준 직접적인 계기는 저 암담하던 시대에 그에게 역사와 현실을 보는 눈을 뜨게 해준 '작은 거인', '숲 속으로 몸을 숨긴 사나이' 오충민이라는 인물이다. 《꿈의 산》에서 가장 중요한 정신적인 축을 이루고 있는 충민이라는 인물은 준표가 추구하고자 하는 순정한 세계를 동경하고 지향하는 예술적 영혼을 소유하고 있는 전형적인 인물이다. 그는 "준표가 보기에는 사실 혁명가라기보다는 혁명을 꿈꾸고 동경하는 사람이었고, 오히려 섬세한 시인 기질을 타고났다고 생각되었다". 그러한 오충민이 시골의 '초정 마을'로 내려가 벌을 치는 일을 생업으로 삼아 살면서 준표에게 보낸 다음과 같은 편지글의 일부는 이들 예술적 영혼을 소유한 인물들의 지향점을 잘 말해주는 것일 터이다. 오충민은 이렇게 썼던 것이다. "강한 것은 폭탄이 아니라 예술이며, 강한 것은 매가 아니라 사랑"이라고.

연극이라는 '싸움의 방식'을 통해서 저 권력과 자본의 세계에 맞서려고 했던 준표가 애초에 택한 것은 "스탈린 상을 받은 사회주의자, 철저한 자기중심주의자. 자기 피부 밖의 모든 소중한 것, 이를테면 많은 애인과 친구들조차도 자신의 목표를 달성하는 데 걸리적 거리면 가차 없이 배신할 줄 알았던, 그 냉혹한 천재" 브레히트의 방식이었다. 그러나 앞서 말한 저 이념의 좌표가 상실된 시대에 이르러 준표는 정신적으로 좌절과 방황을 경험하게 된다. 말하자면 '싸움의 방식'으로서의 예술이라는 관점을 가진 브레히트의 세계에 맞서 제 실존의 고뇌를 끌어안고 브레히트와는 다른 세계를 살았던, "이미 50년, 60년 전에 무대 위에서 새로운 길을 뚫어내기 위해 고뇌하고, 거의 피를 흘릴 듯이 진지하게 괴로워했던 사나이! 나중에는 거의 광란의 단계까지 들어갔고, 엄청난 좌절감 속에서 다시 몸을 추스려야 했던 예술가, 앙토냉 아르토"의 방식이 그의 애인인 율희에 의해 권유되는 것이다. 이 둘 사이의 선택을 놓고 준표는 고심한다. 말하자면 전자는 예술을 하나의 이념 아래에서 권력과의 투쟁의 장으로 파악하며, 후자는 실존의 고뇌의 현상의 장으로 파악한다는 것이다. 결국 준표는 이 둘의 선택지 사이에서 좀더 많은 공부를 하기 독일로 떠나는 것으로 소설은 결말을 맺고 있다.

저 권력과 자본이 착종된 혼란스런 세기말의 시대에 대한 하나의 상징으로서 삼풍 사고와 성수대교 붕괴라는 사건이 이 소설에서는 중요한 역할을 담당하고 있다. 작가는 이 모든 어처구니없는 사건들이 배금신 맘몬Mammon과 바알 신을 떠받드는 우리 자신의 내면에서 이미 드러나고 있다고 말한다. 그렇다면 맘몬을 숭배하는 우리 자신의 마음이야말로 바로 마이다스 왕의 손이라고 말할 수 있겠다. 이 맘몬 숭배의 시대에 무엇보다도 문제가 되는 것은 자연과 예술의 순정한 세계를 동경하고 지향하는 '예술적 영혼', 즉 뮤즈 여신의 운명이 된다. 말하자면 저 마이다스 왕의 손에 사로잡힌 뮤즈 여신의 운명에 대한 탐사가《꿈의 산》의 주제라고 말할 수 있다. 자본주의적 상업화의 세계 속에서 예술은 어떠한 모습으로 존재할 수 있으며 또 존재해야 하는가의 문제는 바로 작가로서 호영송의 일관된 관심사였던 것이다. 이러한 관심 아래에서 준표는 브레히트와 아르토라는 상이하지만 동일한, 동일하지만 상이한 두 예술가의 세계를 놓고 갈등했던 것이다. 중요한 문제는 이들의 예술적 방식이 아니라 브레히트와 아르토로 표상되는 이들 예술가들의 예술적 영혼의 지향점 그 자체가 아닐까 싶다. 그들은 상이한 방식으로 예술을 지키려고 했지만, 저 권력과 자본의 세계에 대해 양자 모두 순정한 '영혼의 싸움'을 감행했다는 점에서는 아무 차이가 없을 것으로 보인다.

《꿈의 산》은 오늘날 우리 인간이 서 있는 자리가 어디인가를 알려주는 동시에 진정한 예술은 어디에 서 있어야 하는가를 동시에 생각하게 해준다. 작가의 지난 작업들이 그래왔듯이 이 소설은 인간 실존의 탐색과 역사적 조건을 동시에 물음으로써 인간은 무엇이고 예술은 또 무엇인가를 생각하게 한다. 말하자면 언제나 좋은 작품들이 그렇듯이 《꿈의 산》은 우리를 불편하게 만든다. 그것은 우리의 혼탁한 정신을 채찍질하고 나태한 영혼을 회초리 질 하는 것이다. 그러나 예술이라는 이름의 저 사랑의 채찍질이 없다면 삶은 또 얼마나 빠르게 추락할 것인가? 마이다스의 손아귀에 사로잡힌 뮤즈 여신의 운명을 탐구하는 것, 그리하여 저 뮤즈 여신의 자리를 온전히 회복시키고자 노력하라는 것이 바로 호영송이라는 대가가 우리에게 전하는 소중한 메시지일 것이다. 그러한 작업은 오늘날 우리가 살고 있는 이 '황량한 사막'을 '푸른 산'으로 만드는 일이 될 것이다. 그렇다. "도시의 사막 같은 삭막함을 푸르게 가꿀" 임무를 부여받은 이 예술적 영혼의 운명은 21세기를 살아가는 바로 오늘날의 우리 문학의 운명이기도 할 것이다.

역사적 실존에 대한 상상

— '역사의 내면화' 경향에 대하여

1. 기억과 역사 혹은 역사와 상상

소설이라는 장르, 더 나아가 문학 일반의 모태가 인류의 집단적, 원형적 기억을 담보하고 있는 신화 속에 똬리를 틀고 있음은 익히 잘 알려진 사실이다. 신화는 뮤즈 여신들Muses의 어머니를 '기억의 여신' 므네모시네Mnemosine로 설정함으로써 이러한 사실을 정당화한다. 다양한 민족의 전설과 설화 및 영웅담을 포괄하는 인류의 집단적 '기억의 장치'로서 신화의 성립과정은 곧 무차별적 가치가 지배하는 물리적인 자연의 세계에 인류의 정신적 가치를 낙인찍어 인간의 세계로 전환시키는 과정이었다. 신화 속에서 인류는 무엇보다도 이 세계를 자연의 세계가 아닌 인간의 세계로 전유한다. 인류의 집단적 기억이 응축되어 있는 모든 신화 속의 이야기들은 바로 인간의 자기정체성의 확보를 위한 유용한 도구가 되었던 셈이다. 그런 의미에서 신화는 신과 영웅들의 이야기가 아니라 신성의 외피를 두른 인간적 욕망의 무대, 즉 인간들 자신의 이야기가 된다. 범위를 좀 더 축소하기로 한다면, 각각의 개별 부족이나 민족들 역시 이러한 민족-신화적 이야기들을 통한 집단적 기억의 공유에 의해 다른 부족이나 민족들과는 구분되는 자신들만의 고유한 공동체적 전통과 민족적 자기정체성을 구성한다고 말할 수 있다.

근대에 이르러 이러한 집단적, 민족적 기억의 보존과 공유는 국가적, 제도적 차원에서 한층 절실하게 요청될 필요가 있었다. 왜냐하면 역사적 근대의 도래는 민족국가 혹은 국민국가의 형성과 그 궤를 같이 함으로써, 그리 긴 역사를 갖고 있지 않은 이 근대의 전통 속에는 전통적인 역사학의 주제라고 할 만한 국가나 민족, 계급 등의 공동체적 전통과 민족적 자기정체성 기획의 문제가 핵심으로 놓여 있기 때문이다. 근대가 이러한 민족적 자기정체성을 구성하는 구체적인 방식들 가운데 하나는 대개 특정한 역사적 인물들에 대한 영웅담의 고안, 즉 '영웅 만들기'를 통해서이다(박지향 외, 《영웅 만들기》, 휴머니스트, 2005. 21쪽 참조). 근대적 민족국가의 형성을 위해서는 서로 낯선 사람들을 하나의 민족이라는 범주로 묶어주는 그 어떤 '상상의 원천'이 요구되는 바, 이때 이러한 상상의 원천으로 작용하는 것이 바로 민족적 영웅에 대한 집단적 기억/이야기라고 할 수 있기 때문이다.

근대의 영웅은 이제 민족의 자기정체성이라는 가상적 실체의 '숨은 신'이 되어 그 구성원들의 내면을 하나의 집단적 주체로 호명해낸다. 위인과 영웅들은 한 국가와 민족이 감당해왔던 오랜 역사의 고난과 영광을 대변하면서 그 자체로 국가와 민족의 자기정체성을 형성하는 토대가 된다. 다시 말해서 이러한 영웅과 위인들의 초상 자체가 곧 한 국가나 민족의 자기정체성의 형성에 있어서 도덕적인 목표와 방향을 설정하는 초자아Super-ego의 역할을 감당한다는 것이다. 다양한 층위와 방향들로 들끓고 있는 한 공동체

구성원들의 잠재적 리비도는 이 같은 영웅과 위인이라는 초자아의 역할에 힘입어 현실적인 하나의 국가나 민족이라는 자아 속으로 통합된다. 이러한 민족적 영웅들의 행적을 들여다보면, 그야말로 "세계사는 위인들의 역사"(칼라일Th. Calyle)라는 말이 정확히 무엇을 뜻하는지 이해할 수 있을 법하다. 근대 이전의 구전된 신화적 이야기들이 개별 민족어로 기록되어 한 국가의 국민문학 혹은 민족문학으로 정착된 이후의 역사에서 이러한 사태는 피할 수 없는 사실이 되어버린다. 운명적으로 개별 민족어에 점착적일 수밖에 없는 근대 이후의 모든 문학은 그런 의미에서 불가피하게 이데올로기적이라고 말해야 한다. 근대 국민국가의 발전과 긴밀하게 연관되어 있는 소설(특히 역사소설)이라는 장르의 탄생은 바로 이러한 역사적 사실을 결정적으로 뒷받침한다. 오늘날 우리에게 익숙한 역사-민족-문학의 긴밀한 고리는 사실상 근대적 정신의 발명품일 뿐이다.

지난 1990년대 이래 오늘날 한국문학의 현장은 역사나 현실의 객관적 반영 혹은 재현을 목표로 삼았던 과거 리얼리즘 문학의 현격한 퇴조를 목격하고 있다. 한 시대를 풍미하던 저 장대한 리얼리즘의 물결이 썰물처럼 빠져나간 그 빈자리를 메우는 지류들은 이제, 거칠게 분류하자면, 다음과 같은 세 가지 경향들로 압축될 수 있을 것으로 보인다. 첫째, 현재적 삶과 현실의 지반을 가능케 한 미시적 일상과 내면의 조건들을 응시하고 탐색하려는 내면적 경향. 둘째, 현재와 과거의 대화를 중심으로 역사와 현실의 문제를 새롭게 성찰하고 제기하려는 역사소설적 경향. 셋째, 현재와 미래의 대화를 중심으로 현재를 비판하거나 교정하려는 과학(/미래)소설적 경향. 보다 간략히 말하자면, 1990년대 이후 한국문학의 현장은 기존의 리얼리즘 문학이 금과옥조로 여겼던 현실이라는 범주의 자리에 내면성, 과거, 미래의 범주를 새롭게 보충했다는 뜻이 될 터이다. 그리하여 이제 리얼리즘적 역사와 현실은 그 자체로 존재하고 승인되는 문학적 재현의 모델이 아니라 인간 내면의 욕망이나 환상에 의해, 과거의 무의식과 기억에 의해, 그리고 미래의 예감과 기획에 의해 새롭게 구성될 수밖에 없는 그 무엇이 된다. 역사와 현실은 이제 욕망과 기억과 예감에 의해 주조되는, 또는 주조되어야 할 어떤 것으로 변화된 것이다. 최근 우리 문학의 흐름에서 과거 역사에 대한 기억과 재구성에 대한 관심은 이러한 흐름의 일단을 반영하고 있는 것으로 보인다. 이 글의 문제의식은 이러한 최근의 소설적 경향에서 역사가 호명되는 방식과 그 변화의 양상, 그리고 그러한 호명 방식의 변화가 문학사적으로 의미하는 바가 무엇인가를 살펴보는 데 있다.

2. 문체의 힘으로 직조된 실존의 감각

《칼의 노래》(생각의 나무, 2001)는 오늘날 우리 문학의 현장에 있어서 역사소설의 새로운 방향을 타진하는 하나의 이정표로 자리할 수 있다. 이 소설이 발표되었을 당시 문단은 "구국 영웅의 무훈담을 마음으로 세상을 버린 자의 단단히 응고된 울음으로 바꾸어 놓"은 뛰어난 문학적 성취에 대해 더 없이 장엄한 수사를 동원한 심사평을 덧붙여 그 해의 '동인문학상'을 헌사하면서 최대의 경의를 표한 바 있다. "음표의 표기가 불가능한 음역의 노래"로 평가된 이 새로운 소설의 등장에 대한 심사위원들의 심사평 속에는 당시 독자들과 문단이 받았던 신선한 감동과 충격이 잘 반영되어 있다. 사실상 현대 한국문학사에서 가장 빈번하게 등장하는 역사소설의 주인공 목록에 오른 이순신이라는 한 역사적 실존인물의 삶을 다룬《칼의 노래》가 갖는 문학사적 의의는 역사상의 사건이나 인물 혹은 풍속 등 역사적 사실을 소재로 취한 다른 그 어떤 역사소설과도 달리 "오직 존재함의 숭엄한 비극"이라는 '마음의 풍경'을 드러내고 있다는 바로 그 사실에 존재한다. 여기에서 "마음으로 세상을 버린 자의 단단히 응고된 울음"이야말로 이 비극적인 '마음의 풍경'의 구체적 표현이 될 터이다. 이 작품에서 더욱 중요한 것은 "투명한 독백의 악기로 탄주"되어 있는 이 비극의 곡조 자체가 곧 이야기여서 거기에서는 문체와 이야기 사이의 거리가 무화되어 있다는 사실이다. 하나의 문학작품에 대한 평으로서는 이보다 더한 찬사가 있을 수는 없다. 왜냐하면 문학이 바로 그런 것이 아니라면 또 무엇이겠는가 하는 의문이 들기 때문이다. 그러니 저 헌사는 곧 이상적인 문학의 존재 자체가 이 작품 속에 자리하고 있다는 뜻으로 읽힌다. 사실상《칼의 노래》의 진정한 매력은 더없이 간략하고도 투명한 문장으로 하나의 사태나 상황의 핵심에 곧바로 진입하여 그 근골을 정확히 해부해내는, 너무 날카로워서 아름다운 바로 그 문체와 수사에 있다. 가령, 다음과 같은 문장들을 보기로 하자.

> 나는 죽음을 죽음으로써 각오할 수는 없었다. 나는 각오되지 않는 죽음이 두려웠다. 내 생물적 목숨의 끝장이 두려웠다기보다는 죽어서 더 이상 이 무내용한 고통의 세상에 손댈 수 없게 되는 운명이 두려웠다. 죽음은 돌이킬 수 없으므로, 그것은 결국 같은 말일 것이었다. 나는 고쳐 쓴다. 나는 내 생물적 목숨의 끝장이 결국 두려웠다. 이러한 세상에서 죽어 없어져서, 캄캄한 바다 밑 뻘밭에 묻혀 있을 내 백골의 허망을 나는

> 감당할 수 없었다. 나는 견딜 수 없는 세상에서, 견딜 수 없을 만큼 오래오래 살고 싶었다. 바다에서, 삶은 늘 죽음을 거스르고 죽음을 가로지르는 방식으로만 가능했다. 내어줄 것은 목숨뿐이었으므로 나는 목숨을 내어줄 수는 없었다. 죽음을 가로지를 때, 나는 죽어지기 전까지는 죽음을 생각할 수 없었고 나는 늘 살아있었다. 삶과 분리된 죽음은 죽음 그 자체만으로 각오되어지지 않았다. (203-4쪽).

문체란 작가의 고유한 감각의 결인 동시에 등장인물들의 심리나 사태의 형편을 지극히도 미세하게 드러낼 수 있는 효과적인 표현 수단이다. 따라서 이 소설을 여타의 다른 역사소설과 구분되게 하는 가장 뚜렷한 특징이 이러한 문체와 수사에 있다는 점은 의심의 여지없이 분명해 보인다. 투명한 문장과 빛나는 문체의 힘이 소설의 육체를 구성하고 있는 이 작품의 정신은 그 어떤 민족적이거나 도덕적인 가치의 지반도 상정하지 않은 채 오로지 자신의 고독한 내면을 응시하면서 전장으로 상징되는 이 삶의 비극적 의미와 무의미를 곱씹는 자의 정직한 자기 대면에 있다. 이 같은 자기 대면 속에서는 오로지 자신의 실존의 무게만이 문제될 뿐 민족이나 역사 혹은 도덕으로 환원되는 그 모든 거대담론들이 자리할 여지는 아예 없는 것처럼 보인다. 그러므로 《칼의 노래》는 우리가 익히 알고 있는, 역사를 통해 신비화된 한 '민족의 성웅'의 이야기가 아니라 절망적인 삶과 세상 앞에서 자신의 실존과 역사적 기투만이 문제가 되는 한 순정한 인간의 내면적 독백으로 자리한다. 이 독백은 이순신이라는 역사적 인물이 살았던 당대를 넘어서 우리와 동일한 근대적 자의식을 내장한 한 실존적 인간의 목소리가 된다. 그렇게 인간적 실존이 문제가 될 때, 거기에서 역사는 거의 문제가 되지 않거나 혹은 그 실존적 고뇌를 위한 배경이나 장치로만 기능하게 된다. 이 소설에서 중요한 것은 역사에 대한 사유보다는 '칼'과 '노래'로 상징되는 감각적-육체적 실존의 사실들이다. 영웅의 비범함과 위대함의 자리에, 민족과 국가의 이데올로기적 자리에 이제 순수하게 감각적인 육체를 지닌 한 인간의 실존적 삶이 들어선다. "끼니는 칼로 베어지지 않았고 총포로 조준되지 않았다"(197쪽)며, 한 '끼니'의 '밥'을 걱정하는 인간은 이제 더 이상 영웅이 아니라 우리 자신의 내면의 모습일 뿐이다.

《칼의 노래》 이후 불과 3년 만에 나온 《현의 노래》(생각의 나무, 2004) 역시 우륵이라는 역사적 실존 인물의 내면 풍경을 통해 삶의 무상함과 무의미를 반추하고 있다. 기울어져가는 한 왕국의 악사로서 우륵에게 있어서 현의 소리는 바로 역사의 흐름 자체와 동일한 것으로 보인다. 이 두 노래의 작가는 '칼의 노래'이든 '현의 노래'이든 간에 모든 소리가, "그렇다. 그것이 모두 몸의 일이다"(204쪽)라고 말한다. "소리는 살아 있는 동안의 일이옵니다. 쇠 또한 그러할 것입니다"(60쪽)라는, 임종을 앞둔 가야왕의 침전에서 내뱉는 우륵의 쓸쓸한 독백처럼, 그 모든 "소리는 들리는 동안만의 소리고 울리는 동안만의 소리"(251쪽)일 뿐이다. "소리는 주인이 없는 것"(251쪽)이어서 또한 그 어느 왕의 것도, 또 그 어느 나라와 민족의 것도 아니다. "소리는 제 가끔의 길이 있다. 늘 새로움으로 덧없는 것이고, 덧없음으로 늘 새롭다"(285쪽). 《칼의 노래》와 《현의 노래》의 작가는 역사적 인물들의 실존적 삶에 대한 상상을 통해 그 삶 속에서 순정한 인간 내면의 목소리를 읽어내고자 했으며, 역사 속에서 인간이 자리하고 있는 그 실존의 의미를 묻고자 했다. 이러한 물음의 방식은 문장의 힘과 문체의 매력을 동반한 뛰어난 미적 성취를 통해 기존 역사소설의 도식화된 영웅 이데올로기의 한계를 결정적으로 넘어선다.

3. 역사와 허구의 경계 허물기

《인간의 힘》(문학과지성사, 2003)은 기존 역사소설의 형식을 빌려 조선 시대의 한 평범하지만 강력한 유교적 사상과 확고한 실천적 의지를 지닌 한 시골 선비를 주인공으로 삼아 그가 네 번에 걸친 가출을 감행하게 된 내력과 행적을 쫓고 있는 작품이다. 소설의 주인공은 "임진왜란이 채 끝나기 전인 16세기 말에 태어나 70여 년 동안 이승에 실재했던 전형적인 시골양반"('작가의 말'), 즉 역사적 실존 인물을 모델로 하여 형상화되었다. 외적으로 보자면 평범하기 이를 데 없는 이 같은 익명의 역사적 인물을 소설적 탐구의 대상으로 삼게 된 데에는 "중앙의 공식적인 기록보다는 변두리와 시골의 향토지, 문집에서 사람다운 어떤 것, 인지상정(人之常情)의 향기를 훨씬 더 강하게 느낄 수 있었"다고 밝히는 작가의 특정한 역사적 관점이 작용하고 있다. 다시 말해서 소설의 작가는 어떤한 '시골의 향토지'에 등장하는 비교적 평범한 인물이 '중앙의 공식적인 기록'에 등장하는 역사적으로 위대한 인물들보다 '사람다운 어떤 것'을 더 많이 담보하고 있다고 믿는 편이다. 이 말은, 물론, 전자의 인물이 후자의 인물들보다 역사적-이데올로기적으로 덜 신화화/영웅화되어 있다는 사실을 뜻할 터이다. 그런 의미에서 이 소설이 탐구하고자 했던 것은 추상화된 '역사적' 인간이 아니라 특정한 시대적 상황 속에서 자신의 실천적 의지에 의해 운명을 개척해나가는 구체적인 '실존적' 인물 자체의 생명력과 개성이 살아 숨 쉬는 한 개인의 내면이었다고 말해도 무방하다. 그리고 바로 이 점이 "이름 없는 민중의 일원으로서 스스로 인간임을 자각해가는 한 인간의 모습"을 그리고자 했던 작가의 의도와 정밀하게 일치하는 것으로 보인다.

《인간의 힘》의 진정한 문학적 의미와 매력은 사실상 그 미적-구조적 특징에 있다고 해야 한다. 이 소설의 구조는 현실에 존재하는 실제 텍스트('작가의 말'에 비추어보자면, 소설 속에 등장하는 〈만구선생 실기〉라는 기록은 실제 역사적 실존 인물의 행장인 〈오봉선생 실기〉를 제목만 바꾼 것이다)를 소설 속에 도입하여 이를 작가가 문학적 상상력에 의해 재구성 내지 재해석하는 과정으로 짜여져 있다. 다시 말해서 그것은 실제 역사의 기록과 그것을 토대로 한 작가의 상상력이 교직되어 재구성된 한 인물의 내면과 그 행적의 기록이라는 것이다. 소설은 실제 역사의 기록이나 행장이 누락했거나 과장한 인간적 실존의 자리를 문학적 상상력을 통해 복원한다. 그리하여 소설은 역사적 기록이나 행장에는 등장하지 않는 미세한 일상이나 실존적 내면의 풍경을 보충함으로써, 또한 기록과 행장으로는 남아있지만 과장되거나 왜곡된 것으로 간주되는 부분을 재해석하거나 재구성함으로써, 이 역사적 실존 인물의 구체적인 삶과 내면의 진실에 접근한다. 그러니 결국《인간의 힘》은 역사적 사실이 아니라 인간적 진실을 탐구하고자 했던 것이다. 이러한 과정을 이해하기 위해 다음 두 개의 문단을 비교하면서 읽기로 하자.

> 그러고 나서 동구는 단계연을 집어들었다. 동정은 더 듣기 싫었는지 기절해버렸다. 동구는 환도를 있던 자리에 다시 집어넣고 마당을 나오다 늙은 작은쇠에게 "사랑채에 집채만 한 쥐가 들어와서 형님이 혼절하셨노라"고 대충 말한 뒤에 뒤도 돌아보지 않고 씩씩하게 걸어서 집으로 왔다. 물론 이처럼 현실

> 적으로 있을 법한 부분은 행장 같은 데 나오지 않는 법이다. (62쪽).

> 여기에서 명백히 사실과 부합하는 건 훈봉되고 간관諫官으로 임용된 조상의 음덕으로 군정을 면했다는 것이다. 나머지는 모두 과장된 것이거나 억지에 가깝고, 실상 동구의 마음속 풍경은 쓸쓸하기 그지없었다. 그러는 동안에도 세상은, 세상의 중심은 숨가쁘게 돌아가고 있었다. (73쪽).

인용문에서 드러나고 있는, "현실적으로 있을 법한 부분은 행장 같은 데 나오지 않는 법"이라거나 "나머지는 모두 과장된 것이거나 억지에 가깝"다는 표현들은 소설의 작가가 역사를 바라보는 근본적인 시각이나 태도를 확인케 해준다. 독자들은 이 소설이 역사의 기록 속에서 이미 축소되거나 생략되어버린, 아니면 역으로 과장되거나 견강부회한 부분들을 생생한 현실과 현재의 감각으로 복원하려고 했다는 사실을 알 수 있다. 그리하여《인간의 힘》은 향토지나 인물지 같은 역사적 기록을 통해 이미 추상화되거나 화석이 되어버린 한 역사적 실존 인물의 행적을, 문학적 상상을 동원하여, 실존적인 삶의 지평 위로 끌어올림으로써 거기에 인간의 내면적 숨결과 생명력을 불어넣는다. 어쩌면 그것은 '역사의 허구화'에 대한 '허구적인 소설'의 항변일 수도 있다. 그러한 항변 속에서 역사와 허구, 사실과 상상의 경계는 의문시되면서 동요하게 된다. 사실상 소설/허구 쪽으로부터 제기된 역사의 기록에 대한 이 같은 항변은 일반적으로는, 역으로, 역사 쪽에서 허구에 대해 비판할 때 즐겨 쓰는 사안들이다. 근대의 역사는 자신이 객관적이고 사실에 충실한 반면, 문학은 불완전한 기억과 상상에 의해 언제나 현실을 왜곡하거나 축소한다며 스스로를 차별화했던 것이다. 그렇다면《인간의 힘》은 이러한 역사와 허구 사이의 편차를 해소하면서 그 둘의 상호소통과 중재를 모색하려는 힘겨운 시도의 한 결실이라고 할 수 있다. 어쨌든 이 소설에서 중요한 것은 상상에 의한 역사적 기록의 보완과 생생한 현재화의 노력이라고 해야겠다. 이런 연유로 이 소설 속에는 가령 병자호란 같은 당대를 요동치게 한 역사적 사건이나 시대적 지표가 놓여있긴 하지만, 그것은 주인공의 강렬한 인간적 실존의 의지와 실천의 힘에 가려져 어떤 뚜렷한 역할도 하지 못하게 된다. 소설이 문제로 삼아 탐구하고자 했던 것은 어떤 특정한 역사적 사건이나 인물이 아니라 한 개인의 내면을 오롯이 형성하고 있는 어떤 실존적 삶의 태도와 의지였던 셈이다. 작가는 그것을 '인간의 힘'이라고 표현했다.

4. 몸의 기억으로 복원된 역사

〈밤은 노래한다〉(《파라Para21》 2004년 봄 제5호-겨울 제8호)는 지난해 한 계간지에 네 차례에 걸쳐 연재되었던 장편소설로서 아직 단행본으로 출간되지 않은 작품이다. 1932년 만주사변 이후 일제 강점기 아래의 북간도를 시공간적 배경으로 하여 씌어진 이 작품은 짙은 어둠이 드리워진 한 시대의 잔혹한 역사를 살다간 젊은이들의 굴곡 많은, 그러니 또한 역동적일 수밖에 없는 그런 실존적 삶의 초상과 이력들을 그려내고 있다. 물론 소설 속에 등장하는 디아스포라 집단인 한국의 많은 젊은 혁명가와 유격대원들, 그리고 일본 군인들은 현실적으로 존재하는 그 어떤 공식적인 역사의 기록 속에도 자리하고 있지 않는 무명의 인물들이다. 그러나 이 무명의 평범한 젊은 인물들의 사랑과 죽음의 사건들을 통해서 특정한 한 시대의 역사를 살았던 당대 젊은이들의 실존적 고뇌와 아픔이 작가 특유의 서정적 가락을 동반한 언어로 표현되어 있는 소설은 단순히 역사적 풍속의 재현이나 과거의 향수적인 복원을 목표로 하지 않는다. "이 잔혹한 시대의 진실은 누가 얘기할 수 있을 것인가. 이제 내가 호소할 것이라고는 발가락뿐이다. 그러니 이해해 달라"는, 다소 당혹스러운 문장들로 시작되는 이 소설은 이미 죽은 자임에 분명한 저 발가락의 주인을 과거 회상의 주체로 삼아 '시대의 진실'을 자신의 몸으로써 드러내고 또 증명하고자 한다. 말하자면 죽은 자의 자기 고백이라는 소설적 허구를 통해 역사의 진실을 탐구하려는 작가적 욕망의 표현인 소설은 비극적인 역사적 사건들과 상황 속에서 인간의 실존적 삶의 꼴이 달리 어떻게 변화될 수 있는지, 그리하여 종국에는 역사에 있어서 인간적 삶의 진실이란 무엇인지를 묻고자 했다는 것이다.

이 소설이 역사를 호명하는 이유를 알기 위해서는 "민족과 국가보다 인간에 더 매료된"(《파라Para21》 2004년 봄 제5호, 168쪽), 말하자면 현실적으로나 정신적으로 무국적자이자 개인주의자인 화자의 세계관 혹은 역사관에 주목할 필요가 있다. 그 역사관은 소설 속에서 화자가 영향을 받은 것으로 서술된, 개인주의적 성향을 지닌 한 일본군 장교의 다음과 같은 인생관과 정확히 일치한다. "뭐든 상관없어. 서로의 심장을 꺼내놓고 싸우고 나면 세계는 어떤 식으로든 정리될 테니까. 역사책이란 그런 사람들의 심장에서 뿜어난 피로 쓴 책이야"(171쪽). 그리고 바로 이러한 '인간의 참된 혼'을 증명하기 위해 "죽음으로서 자신이 고귀하다는 걸 증명하지 않으면 안 되는"(181쪽) 이 같은 실존주의적인, 혹은 허무주의적인 역사관 속에서야 "심장을 바쳐서 사랑을 해본 자들은 죽음을 두려워하지 않는 법"(169쪽)이라는, 다소 통속적인 발언도 이해될 수 있는 것이다. 이토록 '강렬한 경험'은 물론, 다음과 같은 서술에서 드러나고 있듯이, 머리에 의한 논리적 회상의 문제가 아니라 오로지 실존적인 몸에 각인된 기억의 문제가 된다.

> 요즘도 나는 유격대 시절의 일들에 대해 마구잡이로 떠들어대는 사람들을 가끔 만난다. 그럴 때마다 나는 그들의 얘기를 의심할 수밖에 없다. 그 날, 내가 겪은 일들은 모두 생생하게 내 몸 안에 남아 있다. 하지만 그건 논리적으로 회상되지 않는다. 어떤 일들이 일어났는지, 그리고 내가 무엇을 봤는지 말하려고 해도 도무지 앞뒤가 맞지 않는다. 내가 아무리 다시 말하려고 해도 그 전투에 관한 얘기는 어디까지나 그와 비슷한 어떤 일들에 대한 얘기일 뿐이지, 정확하게 그 일에 대한 얘기는 아니었다. 전투담의 본질은 거기에 있었다. 전투는 지금 일어나는 일에만 모든 것을 쏟아 부어야만 하는 너무나 강렬한 경험이라 절대로 재현되지 않는다. 수치를 제외한다면 전사戰史는 절대로 객관적으로 회고되지 않는다. 전쟁담은 세계가 얼마나 주관적인 곳인지 보여주는 가장 대표적인 사례다.
>
> —《파라Para21》 2004년 겨울 제8호, 151-2쪽.

"그 날, 내가 겪은 일들은 모두 생생하게 내 몸 안에 남아 있다"는 문장에 주목하기로 하자. "논리적으로 회고되지 않는", 그리고 또한 "절대로 객관적으로 회고되지 않는" 이 엄혹한 인간의 실존적 삶의 무게를 〈밤은 노래한다〉는, 일체의 도덕적이거나 민족적인 이데올로기를 배제한 채, 오로지 몸의 기억에 의존해서만 기술하고자 한다. 여기에서 '논리적으로'나 '객관적으로' 회고될 수 없는, "모두 생생하게 내 몸 안에 남아 있다"는 저 몸의 기억이라는 사태가 뜻하는 바는 무엇일까? 그것은 무의식적인 쾌락원칙에 의해 지배되는 기억이라는 방어기제에 대해 문제를 제기하는 것이며, 또한 그러한 기억에만 의존하는 역사적 사건들의 재현에 대한 항변을 담고 있는 것처럼 내게는 보인다. 사실상 기억은 상처와 고통으로 직조된 인간의 실존적 삶의 진실을 담보해내지 못한다. 왜냐하면 기억은 언제나 고통스러운 현재였을 과거의 사실들로부터 고통을 삭제해버리거나 아니면 자아가 감당해낼 수 있는 그 어떤 것으로 변모시키기 때문이다. 기억 속의 사건들이 언제나 미화되는 이유가 거기에 있다. 인간의 무의식은 언제나 기억을 새롭게 만들고 변형시킨다. 그러므로 '고통의 기억'이란 말은 사실상 모순어법으로만 존재하게 된다. 기억은 인간의 실존적 삶의 고통을, 유감스럽게도, 기억하지 못한다. 그런 의미에서 좋은 문학이란 그 고통을 회피하지 않는 문학, 고통스럽지만 인간의 실존적 삶과 존재의 진실을 회피하지 않는 문학이다. 〈밤은 노래한다〉는 과거의 역사적 사실들로부터 이러한 실존적 삶의 진실을 은폐할 수 없는 기억의 수단으로서 몸을 소환한다. 소설은 몸이 기억하는 실존적 삶의 기록이 된다. 그러니 집단적 기억의 재구성에 의존했던 과거 역사소설의 한계는 이 소설에 이르러 확장되고 있는 셈이다.

5. 역사의 내면화 혹은 개인의 주체화

문학과 역사는 특정 집단의 공유된 기억을 담보하고 있는 이야기로서의 신화라는 공동의 모태로부터 출생한 쌍생아이다. 역사적 근대가 도래하기 이전까지는 구전으로 전승된 집단적 기억으로서의 신화와 역사는 분리되지 않는다. 〈단군신화〉를 떠올리면 당장 납득되는 사실일 테지만, 신화가 담보하는 집단적 기억이 곧 민족의 역사 자체와 동일시되기 때문이다. 그러나 근대가 도래하면서 기억/이야기는 역사에 의해 분리되고 축출되는 비운을 맞게 된다. 왜냐하면 이제 기억은 역사와는 다른 그 무엇, 혹은 역사의 하위 개념으로 간주되기 때문이다. "역사가 객관적이고 공적인 사실을 다루고 그 권위를 보증하는 데 비해 기억은 주관적, 심리적, 파편적이어서 신뢰하기 어려운 것, 기껏해야 역사가의 작업실에서 신빙성이 낮은 자료"(《영웅 만들기》, 20쪽)로만 취급되는 것이다. 그러나 근대에 있어서 과거의 현실을 객관적으로 재현한다는 역사의 특권적 지위는 과연 사실의 차원에 속하는 것일까? 역사와 기억의 경계선이, 사실로서의 역사Geschichte와 이야기로서의 역사Historia의 경계선이 그토록 뚜렷한 것일까? 이러한 의문에 답하기 위해서는 저 집단적 기억과 영웅담이 만들어졌던 그 역사적, 정치적 과정에 주목하지 않을 수 없다.

제3공화국 시대의 프랑스 학교 교과서들을 대상으로 하여 프랑스 역사에서 민족적 영웅들이 어떻게 만들어졌는지를 연구한 아말비Ch. Amalvi의 저서(《영웅은 어떻게 만들어지는가》, 성백용 역, 아카넷, 2004)에 의하면, 수많은 위인과 영웅들로 수놓아진 역사란 사실상 후세인들에 의해 뒤늦게 만들어진 '국민적 상상 세계'에 불과한 것으로 간주된다. 그러한 역사적 위인과 영웅들이란 다만 낭만주의 시대에 과거에 대한 기억을 되살리려는 치열한 노력의 결과일 뿐이라는 것이다. 이처럼 역사가 엄밀한 객관적 사실의 문제가 아니라 후세인들의 상상적 재구성에 의한 집단적 기억의 문제라면 역사와 신화, 사실과 허구의 엄밀한 경계는 의문시될 수밖에 없다. 사실상 역사란 한 공동체 구성원들의 집단적 기억 위에서 구축되며, 또 이러한 기억의 형식 자체가 곧 역사라고 말해야 하리라. 《만들어진 전통》(1983)의 저자 홉스봄 E. J. Hobsbawm이 그의 또 다른 저서 《1780년 이후의 민족과 민족주의》(1990)에서 혈통, 언어, 영토 그 어떤 것도 민족을 성립시키는 필요충분조건이 되지 못한다고 말했을 때, 그가 민족을 구성하는 가장 중요한 요소로 염두에 두었던 것은 바로 이러한 역사적 계승의식에 입각한 공동의 기억이었다(《영웅 만들기》, 25쪽 참조). 공동체의 구성원들에게 강력한 귀속성의 느낌과 사고를 부여하는 집단적 기억은 모든 사회적 집단에 있어서 자기정체성의 확보와 유지를 위한 근원적이고도 최종적인 조건이다. 역사의식의 고취를 목적으로 하는 근대의 계몽주의적, 민족주의적 특성을 지닌 문학(특히 역사소설)의 등장은 이러한 배경 아래에서만 이해될 수 있다.

지난 90년대 이후 오늘날 우리 문학의 현장에서 역사적 사건이나 인물 혹은 상황 따위의 역사 자체를 소재로 한 소설들은 이제 더 이상 과거 역사에 있어서의 객관적 현실의 재현을 목표로 하고 있지 않은 것처럼 보인다. 최근의 역사소설, 혹은 소설 속에 역사를 호명해 들이고 있는 소설들은 그러한 객관적 현실의 재현보다는 인간의 내면적, 실존적 삶의 진실을 포착하고자 하는 데에 한층 더 많은 관심을 기울이고 있는 것이다. 이들에게 있어서 역사란 당대 인간의 실존적 감각의 지평을 구성하는 배경으로만 존재하는 듯하다. 달리 말해서 이들 소설에서는 역사적 사실과 사건들의 자연적 경과와 시간적 진행은 최소한으로 축소되는 반면, 당대의 삶을 마주하고 선 등장인물들의 실존적인 내면 풍경과 그것을 이야기하는 방식 자체가 보다 중요한 문제로 부각되고 있다는 것이다. 이러한 점은 최근의 역사소설이 역사적 사실 자체의 복원이나 재구성보다는 이미 집단적-민족적 기억에 의해 이데올로기적으로 재구성된 역사적 사실이나 인물들 속에서 그동안 의식적으로나 무의식적으로 무시되거나 은폐되었던 인간의 실존적 감각과 내면적 진실을 발굴해내고 거기에 적극적인 의미를 부여하고자 했다는 사실을 말해준다. 이들 소설에서 역사는 이미 과거에 존재했던 사실 그 자체가 아니라 존재할 수 있고 또 존재해야만 할 어떤 인간적 삶과 진실의 문제가 된다.

우리가 일반적으로 역사소설의 최상의 단계란 문학이라는 예술양식이 갖는 인간과 현실의 내면적, 구조적 탐구와 조형이라는 보편적 속성을 역사라고 하는 소재에서 발굴해낼 때에야 가능한 것으로 간주한다면, 이 점에서 최근 우리 문학의 현장에 등장하고 있는 '역사소설'들은 이미 '역사'라는 수식어를 제외하고서도 존재할 수 있는 그런 '소설'이라고 말할 수 있을 듯하다. 이들 작품은 역사소설은 역사로부터 자유로워질 때만이 비로소 하나의 온전한 소설이 될 수 있다는 사실을 증명한다. 지난 70-80년대 우리 문학의 지형에 있어서 리얼리즘적 역사소설이나 대하소설이 역사와 현실에 정면으로 대응하면서 그 압도적인 무게에 짓눌려 문학적 상상력과 미적 전략의 결핍을 노정하는 경우가 종종 있었다면, 실존적 감각의 결로 구성된 최근의 역사소설은 역사와 현실을 더 이상 의식의 객관적 상관물이 아닌 인간 개인의 내면적-실존적 진실을 발굴하는 터전으로 삼음으로써 그로부터 일정한 거리를 확보하게 된다. 이 같은 '역사의 내면화' 경향은 이제 우리 문학이 역사를 보다 더 주체적인 관점으로 탐구할 수 있는 출발선에 서 있음을 말해주는 것일 터이다. 왜냐하면 모든 내면성이란 주체성의 다른 이름이기 때문이다. 그리고, "주체성, 즉 내면성이 진리"라고 말한 이는 아마도 실존주의 철학자 키에르케고어였을 것이다.

실존의 어둠과 영혼의 운명

— 호영송 소설집《유쾌하고 기지에 찬 사기사》

1.

단편소설 특유의 서사적 완결성과 환상적인 요소가 가미된 단아하고도 '무서운 사실주의'(조세희, 무서운 사실주의의 경우, 뿌리깊은 나무 79년 1월호)적 문체의 미학을 추구하는 호영송의 작품들은 그 형식상의 깔끔한 구성이 가져다주는 청량감에도 불구하고 내용상으로는 현실의 삶에 드리워져 있는 세계와 실존의 어둠에 상처받고 내파된 영혼의 표정들을 풍경화함으로써 암시성이 대단히 강한 상징과 알레고리의 반추상 화폭을 만들어낸다. 섬세한 예술적 영혼을 소유한 저 화폭 속의 인물들은 거의가 근원을 알 수 없는 폭압적인 세계와의 싸움에서 패배하여 스스로를 유폐시키거나 또는 현실로부터 추방당하는 지난한 존재론적 운명을 겪는다. 순정한 영혼의 입장에서 보자면, 그 세계와의 싸움은 사실상 싸움이라고도 할 수 없는 일방적인 내몰림과 억압의 과정에 지나지 않을 수도 있다. 그렇게 호영송의 소설들에서 세계와 존재의 어둠은 항거할 수 없는 완강한 색채로 화폭의 밑그림을 형성한다.

작가는 저 어둠에 의해 상처받은 영혼의 흔적들을 보듬으며 역으로 실존의 그늘과 운명의 폭력성을 반증하려는 것처럼 보인다. 첫 소설집의 표제작이기도 한 〈파하의 안개〉를 비롯한 대부분의 초기 작품들과 두 번째 작품집《흐름 속의 집》에 실린 몇몇 작품들에서 드물지 않게 애용되던 수사적 장치인 알레고리는 그 반증의 형식이다. 왜냐하면 그것은 추상적이거나 금기적인 것 등의 말할 수 없는 것을 말하는 표현의 일종이기 때문이다. 추상적인 내용들은 말할 수 없기 때문에 오직 알레고리로서만 표현될 수 있을 뿐이다. 거기에서 형식과 내용, 표시하는 것과 표시된 것 사이에는 하나의 틈이 생긴다. 알레고리는 그 균열에 대한 인식의 형식이다. 그러나 그것은 이성적인 논리가 파산한 자리에 들어서는 예술적 논리의 형식이다. 호영송의 지적인 '사실주의' 소설들에서 꿈이나 환상 같은 '초현실적' 장면들이 자주 등장하는 이유도 바로 그러한 사정과 무관하지 않다. 작가는 초현실적 어둠의 상황을 사실주의적 문체와 결합시킴으로써 저 '틈'에 대한 소설적 긴장의 공간을 마련하고 있다. 카프카와 보들레르와 베케트의 정신 속에서 구현된 바 있는 그러한 상징과 알레고리적 방식을 통해 호영송의 소설은 우리 문학에 있어서 현실의 예각을 탐구하는 특이한 종류의 사실주의의 길을 구축해 왔다. 다음의 문단은 바로 그러한 호영송 소설의 문체적 특성의 일단을 보여주고 있다.

> 그의 눈앞에는 긴 줄 끝에 매달린 하나의 둥근 추가 허공을 가르며 빙빙도는 모양이 떠오른다. 그것은 하나의 원을 그린다. 그는 긴 줄 끝에 매달려서 원을 그리는 작은 쇠붙이가 자기 자신의 모습일 수도 있다고 생각했다. 그는 취중에 곧잘 이런 환각에 사로잡히곤 했다. 자기가 매달린 그 줄의 맨 위

쪽으로 거슬러올라간다면, 그것은 원의 구심점이 될 것이다. 그 구심점은 어떤 것일까? 내 영혼이 줄의 끄트머리에 매달린 추라면 원의 구심점에 해당되는 그것은 어떤 것일까?

〈소무수 씨의 어느 세월〉에서 인용된 위의 문단은 작가의 문체적 특성 외에도 그의 소설적 관심의 한 끝을 드러내고 있다. 단적으로 말해, 그것은 인간의 실존과 영혼에 대한 근원적인 물음의 자리라고 할 수 있다. 영혼의 추가 매달린 저 줄을 조종하고 있는 '원의 구심점'에 대한 탐색이야말로 이 작가의 존재론적 소설이 지향해가는 방향이었던 것이다. 그러나 저 구심점은 두터운 어둠 속에 가리워져 있어서 그곳을 향한 탐구의 도정은 불가피하게 추상의 색채를 띠지 않을 수 없다.

호영송 소설들의 배경을 이루는 어둠은 두 개의 방향에서 생겨난다. 그 하나는 세계 속으로 기투된 인간 존재의 실존론적 운명으로부터 주어진 어둠이고, 다른 하나는 현실의 정치경제적 권력관계로부터 부과된 어둠이다. 전자에 무게가 실릴 때 그의 작품들은 존재론적 탐구의 길을 걷게 되고, 후자에 중심이 옮겨질 때 그것은 권력 역학적 탐구의 장이 된다. 존재론적 탐구가 종국에서 만나는 문제는 죽음이라는 실존적 한계상황이며 권력 역학적 탐구의 종착지에는 억압과 소외라는 현실적 폭력성이 자리하고 있다. 저 화폭 속의 예술적 영혼들은 이러한 양자의 어둠으로부터 동시에 상처받는다. 그러므로 존재와 예술, 권력과 예술의 관계야말로 호영송 소설세계의 핵심적 주제를 이루게 된다.

그러한 이중적 관계 속에서 소설적 서사의 초점은 무엇보다도 저 예술과 예술적 영혼의 운명에 맞추어져 있다. 물론 여기에서

'예술적' 영혼이란 포괄적인 의미로 인간의 참된 자리와 아름다움을 모색하고 또 추구하고자 하는 본연의 순정한 정신을 지시한다고 말할 수 있을 것이다. 그런 의미에서 호영송의 소설은 예술의 자율성을 화두로 삼고 있는 모더니즘의 뿌리와 만나게 된다. 현대의 억압적인 세계상황 속에서 예술과 예술적 영혼의 운명이란 주제는 사실상 예술의 자율성이라는 모더니즘적 명제와 관련되지 않을 수 없기 때문이다.

현대에 들어 예술의 자율성 내지 순결한 예술가적 영혼은 외부로부터 이중으로 위협받는 운명에 처해 있다. 첫째는 현실사회적 삶의 한 중심을 형성하는 정치적 권력 관계로부터의 위협이고, 둘째는 저 예술의 경제적 지반으로서 대중으로부터의 위협이다. 전자는 다양한 검열장치나 제도를 통하여 예술을 통제하려고 하며 후자는 상업화라는 시장의 자본 논리에 의해 예술적 영혼을 제어하려고 한다. 그러므로 정신의 자유로운 활동, 즉 상상력과 비판정신에 의해 인간의 해방과 아름다움을 추구하는 예술은 한편으로는 도덕적인 획일성과 제도화를 목표로 하는 현실 정치 권력과 불화 관계에 있게 되며, 다른 한편으로는 대중의 기만적인 쾌락주의에 영합하여 자기증식을 목표로 하는 자본과도 대립관계에 서게 된다. 역으로, 예술의 자율성은 그 양자로부터 자기정체성을 확인받게 된다고 할 수도 있다. 결국 현대의 예술적 영혼은 이중의 싸움을 감당하지 않을 수 없다. 예술의 운명과 예술가적 영혼의 풍경을 탐사하는 호영송의 소설들이 이러한 두 가지 방식의 싸움을 동시에 수행하고 있다는 것은 거의 필연적인 결과라고 할 수 있다.

2.

70년대 후반에 나온《파하의 안개》와 지난 95년에 나온《흐름 속의 집》에 이어 작가의 세 번째 단편집(지난해에 나온 전작 장편《내 영혼의 적들》을 포함하면 네 번째 작품집)이 될 이 소설집은 표제작 〈유쾌하고 기지에 찬 사기사〉 연작 두 편을 제외하면 모두가 80년대 전반기에 씌어진 작품들이다. 따라서 우리는 이 작품들을 읽을 때 그 시대적 배경을 등한시해서는 그것들이 지니는 의미를 제대로 음미하지 못할 것이다. 물론 이 작품들을 시대적 배경과는 무관한 존재론적 탐구의 소설로도 읽을 수는 있지만, 그러한 보편적 탐구의 구체성을 담보하기 위해서도 시대적 위상을 염두에 두지 않을 수 없을 것이다. 더구나 우리의 현대사에 있어서 80년대 초반이라는 시간이 지니는 무게는 과소평가 될 수 없다. 그것은 단순한 연대기의 한 지점으로만 머무는 것이 아니라 현대사 전체의 모순과 해방의 계기가 들어있는 상징적인 시간대로 자리하고 있다. 그러한 현대사의 시대적 어둠을 배경으로 할 때에야 이 작품집에 들어있는 80년대 소설들이 지니는 상징적, 알레고리적 형식은 보다 명확한 의미를 부여받을 수 있을 것이다.

죽음의 그늘이 드리워진 폐쇄된 현실의 공간에서 절대적으로 탈출이 불가능한 실존의 어둠과 6.25의 상흔을 교직시켜 다룬 〈열리지 않는 술병〉이나 "시를 쓰면서 기쁨도 느낄 수" 없는 절망적인 시대상황에 처해 스스로 죽음을 택할 수 밖에 없었던 한 예술적 영혼의 운명을 추적하고 있는 〈어느 시인의 죽음〉 등은 단순히 존재론적 탐구의 소설로만 머물지 않고 암울한 시대의 표정을 각인함으로써 역사적인 의미까지도 담보하게 된다. 〈상실〉이라는 작품 역시도 그러한 시대적 어둠 속에서 영혼의 고향을 상실한 악몽 같은 상황을 피해의식이라는 정신적 내상으로 형상화하면서 그 잃어버린 것의 결핍에 대해 고뇌하는 한 예술가의 초상을 보여주고 있다.

> 나는 일구가 말하는 결핍에 대해서 잠시 생각했다. 나는 그의 말뜻을 이해한다고 믿었다.
> "저것봐!" 일구가 손가락으로 가리켰다. 해가 막 지고 난 바다는 어둡고 음울해 보였다.
> "날이 어두워지자 바다와 하늘을 가르는 수평선을 찾아낼 수가 없어졌어. 햇빛이 비칠 때 우리는 아름다운 수평선을 볼 수 있었어. 그러나 지금은 어둠 속에 숨어 버렸어."

화가 지망생으로서 미술교사였던 '일구'와 시인 지망생이었던 '나' 사이에서 이루어지는 위의 대화는 저 상처받은 예술적 영혼들이 지향하는 바를 암시하고 있는 것으로 보인다. 햇빛의 밝음 속에서는 모든 것이 선명했던 세계가 어둠 속에서는 '바다와 하늘을 가르는 수평선'조차 구분할 수 없을 정도로 흐려졌다는 것이 암울한 시대에 대한 현실인식이라면, 그러한 절망적인 어둠 속에서 이제는 잃어버린 그 어떤 것, 고향이래도 좋고 아름다움이래도 좋을 그 어떤 것의 상실에 대해 생각해야 한다는 암묵적인 메시지는 고스란히 작가의 예술관의 표명으로 돌려도 무방할 것이다. 폭력과 억압이 만연한 시대일수록 그러한 영혼의 고향과 아름다움을 향한 동경은 더욱 절실한 요구가 될 수 밖에 없다. 위에 인용된 구절들을 조금 거슬러 올라가면 거기에서 우리는 순수하지만 그래서 단호한 예술적 영혼의 자존과 만나게 된다. "어떤 외부의 변화나 힘에 의해서도 빼앗기고 싶지 않은 그런 것이 우리들에겐 있어. 그걸 우린 내던져선 안 돼". 이것은 아마도 저 상처받은 예술적 영혼의 마지막 실존의 자리일지도 모른다. 그러한 믿음의 내용들은 〈소무수 씨의 어느 세월〉에서 다음과 같이 압축적으로 표현되고 있다.

> 아무리 살벌한 세계라 해도 인간은 본성으로 아름다움에 대한 강렬한 동경을 버리지 못하기 때문에, 세상 한쪽에서는 예술가와 같은 사람들을 옹호하고 뒤를 밀어주려는 세력이 있기 마련이라고 그는 생각했다. 제아무리 통제된 체제라해도 그것이 문명 자체를 정면으로 부정하지 않는 한 예술을, 예술가를 추방하지는 않는 법이다, 라고 그는 믿고 있었다.

> 세상이 어떤 마술적인 주문에 걸려서 거대한 바퀴가 단번에 펑크가 되어 꺼져버리는 것처럼, 또는 아이들의 고무풍선이 한도 이상으로 너무 크게 부풀었다가 걷잡을 새 없이 펑 터져버리고 마는 것처럼 이 세계가 종말을 고하고 만다 하더라도, 목숨의 주체인 영혼은 멸망함이 없을 것이라고 그는 믿었다.

이 상처받은 예술적 영혼의 자존과 순수한 믿음은 저 '살벌한 세계'의 현실 속에서 온전히 지탱될 수 있을 것인가? 여기에서 중요한 것은 아마도 사실의 문제가 아니라 당위성의 문제일지도 모른다. 말하자면 우리는 저 예술적 영혼을 보존하고 또 회복해야만 한다는 것이다. 왜냐하면 사람이 사람답게 살게 되기를 추구하는 한 저 고향과 아름다움에 대한 동경은 단지 하나의 가상으로서만 자리할 수는 없는 것이기 때문이다. 세계와 존재의 어둠에 묻혀 상실된 그 어떤 것의 결핍에 대한 자기성찰과 아름다움에의 동경은 인간 본연의 자리에 대한 권리의 다른 이름일 것이다.

그러나 이 작품집에서 현실의 상황은 마치 죠지 오웰이 그린

세계처럼 역유토피아의 섬뜩한 풍경들을 보여주고 있다. 〈겸손한 사람들〉은 세계의 불의와 억압에 대해 움츠러들대로 움츠러든 존재의 허약함과 비겁함을 다루고 있고, 〈작은 거인〉 같은 작품도 불의한 세계에 비굴하게 타협하여 안주하는 한 영악한 예술가의 영혼의 파멸을 드러내고 있는 것이다. 또한 〈자리〉라는 아주 짧은 단편은 저 비굴한 영혼 속에 똬리틀고 있는 명예와 출세를 향한 은폐된 욕구를 알레고리적으로 형상화함으로써 세계와 존재의 웅숭깊은 그늘을, 〈그 어둠 속〉은 폐쇄적인 자족적 예술의 완결성을 추구하던 한 예술가가 부닥치는 영혼의 패배를 보여주고 있다. 마찬가지로 〈사막에서 돌아온 남자〉와 〈소무수 씨의 어느 세월〉 역시도 순수한 영혼들이 현실의 어둠 속에서 이용당하고 추방되는 풍경을 탐사함으로써 저 아름다움에의 추구가 좌절되는 상황을 전경화한다. 〈사막에서 돌아온 남자〉의 아래와 같은 문단은 바로 오늘날의 세계 속에서 순정한 예술적 영혼의 운명을 암시하는 것으로 읽힌다. "이빨도 발톱도 없"이 저 "끝간 데 없이 넓은 초원"을 어슬렁거리는 사자의 몸짓은 바로 쓸쓸하고도 절망적인 역유토피아의 풍경이다.

> 끝간 데 없이 넓은 초원이었다. 한 마리의 사자가 어슬렁어슬렁 걷고 있었다. 사자는 몇 번이고 사위를 돌아보지만 어느 쪽이고 지평선만 보일 뿐이었다. 사자는 지쳤는지 주저앉아 버리고 만다. 가만히 보면 사자는 이빨도 없고 발톱도 없다. 다시 보면 그것은 아이들이나 가지고 노는 장난감 사자 같기도 하다. 사자는 다시 몸을 일으킨다. 그런데 이번엔 사자가 온데간데 없고 유문세 씨 자신이 광막한 들판에 혼자 서 있는 것이었다.

3.

호영송의 소설들은 일관되게 예술과 현실, 영혼과 실존의 틈 사이에서 발생하는 갈등과 긴장에 촛점을 맞추어 왔다. 앞의 소설들과는 근 10여년 이상의 시간적 간격을 두고 씌어져 작가의 최근의 작업 방향을 엿볼 수 있는 이 작품집의 표제작 〈유쾌하고 기지에 찬 사기사〉 연작 두 편에서도 우리는 작가의 소설적 관심의 올곧은 일관성을 확인할 수 있다. 이 작품은 세계의 어둠 속에 함몰된 한 세속적인 예술가의 부패와 타락을 추적함으로써 현실과 예술 사이의 긴장을 더욱 극단화시키고 있다. 불륜과 표절을 일삼으며 현실에 영합하여 세속적인 명예를 추구하는 이 타락한 영혼은 〈작은 거인〉이나 〈겸손한 사람들〉, 〈자리〉 등의 작품에서 보이는 인물들과 마찬가지로 호영송의 전작들이 보여주었던 고뇌하는 예술적 영혼과 대위법적 관계에 위치하고 있다.

이 작품에서 주목할 만한 점은 현실과 타협한 타락한 예술혼의 주인공인 소설가 송광수 씨와 현실의 어둠 속에서 긴장의 끈을 놓지 않고 고뇌한 또다른 예술가 채지훈의 대비를 통해서 얻게 되는 예술적 영혼들의 내적인 갈등과 아이러니이다. '무거운 시간'의 작가 채지훈은 "소설 속에다가 지옥을 집어넣으려" 함으로써 허위적인 현실에 정면으로 맞닥뜨려 싸운 고뇌하는 실존적 예술가로, 그에 비해 "유쾌하게 인생을 영위하고, 기지에 넘치는 송광수 씨"는 "문학은 사람을 즐겁게 해주어야 하지 않는가? 그것은 당연한 권리이고 의무이기도 하다"는 현실 위무적인 문학관을 가진 예술가로 등장하고 있다. 그러나 "현실의 허위 속에서, 진실의 심지를 찾아, 거기 송광수적인 미학의 불꽃을 불 붙이는 것"이라는 송광수 씨의 명목적인 예술관 뒤에 숨겨져 있는 실체는 표절과 타협과 위선일 뿐이었다. '무거운 시간'의 작가는 "상업주의의 거센 흐름 속에서 문학의 순수성을 지키다" 병으로 요절하는 반면, '나비와 황제'의 표절작가는 '우리시대 문학상'을 수상함으로써 세속적인 광영을 얻는다. 이러한 내용상의 역설과 아이러니를 통해 〈유쾌하고 기지에 찬 사기사〉 연작은 블랙 유머와 풍자의 문체를 선보이고 있다. 그것은 진실의 외투 속에 조롱과 경멸을, 칭찬의 외관 속에 비판을 숨기고 있는 작법이다.

> 송광수 씨는 그들의 만남을 남들이 알게 되는 것을 원치 않았으므로 밀회라는 은밀한 형식을 취했다. 밀회는 사람 사는 사회를 보다 살기좋은 사회로 만드는 촉진제 같은 역할을 하기 때문에 교양과 신분이 높은 사람들뿐만 아니라, 바닥쪽에 있다는 사람들까지도 종종 즐기는 데이트방식이라 할 수 있다. 밀회는 그렇지 않는 조건에서 만나는 것보다 적어도 세곱절이나 다섯곱절의 긴장감과 즐거움을 준다고 알려져 왔다. 때문에 중년이나 장년 남자들의 심장발작에도 중요한 이유가 되기도 했다.

아이러니와 역설이 가미된 이 풍자적 정신은 일찍이 7-80년대에 씌어진 호영송의 작품들에서는 눈에 띄지 않는 것이었다. 그렇다면 이 소설집은 어떤 의미 있는 변화의 단초를 보여주는 셈이다. 작가의 초기 소설들이 대부분 알레고리라는 추상적, 지적 장치에 의해 구성되었던 것과는 달리, 이 최근의 작품은 위트와 유머를 동반한 풍자의 문체를 통해 현실적 삶에 한층 밀착된 모습으로 다가온다. 이러한 변화는 작가의 존재론적 탐색이 현실의 사회적 조건들을 폭넓게 아우르면서 한층 무게를 더하게 되었됨을 의미한다. 우리는 이 풍자의 정신이 나아가는 방향을 주목할 것이다. 암울하고도 부박한 이 현실 속에서 진정성의 세계를 향한 저 예술적 영혼의 행로는 곧바로 우리 삶의 척도로 작용할 것이기 때문이다. 저 영혼의 운명은 이 세계의 빛과 어둠을 진단하는 하나의 시금석이다.

소설, 혹은 욕망과 초월 사이에서

— 하창수 소설집《서른 개의 門을 지나온 사람》

모두 열 개의 단편이 실려 있는《서른 개의 門을 지나온 사람》은, 마치 작가가 그동안 노력을 경주해온 소설적 작업의 전모를 총괄적 지형도로 그려내기라도 하려는 듯, 그 관심사의 스펙트럼은 질적으로는 옹글고 조밀하면서도 또한 양적으로는 거대하면서도 포괄적이다. 이 지형도의 주름과 굴곡은 '나는 누구인가?'라는 근원적인 존재론적 질문으로부터 시작하여, 또 그로부터 파생되는 인간적 욕망과 언어에 대한 탐구를 넘어, 신과 초월의 문제에 대한 종교적-형이상학적 고찰에 이르기까지 폭넓은 진폭과 깊이를 보여주기 때문이다. 그래서 하창수의 이번 소설집을 어쩌면 작가의 그동안의 소설적 관심사의 다양한 면면들이 한데 모이고 어우러지는 하나의 거대한 문학적 저수지라고 불러도 무방할 성싶다. 그렇다고는 해도《서른 개의 門을 지나온 사람》에는 이 작가 고유의 미덕이자 장기인 미세한 일상의 풍경과 세밀한 마음의 움직임이 무심을 가장한 듯한 서정적인 가락을 동반하면서 저 치열한 주제 의식들은 하나의 온전한 소설적 육화를 성취해내고 있다 하겠다.

하창수의 소설 세계 근저에서는 언제나 참과 거짓이, 선과 악이, 아름다움과 추함이, 성스러움과 속됨이 서로를 배제하지 않고 동거하는 장면을 보여준다.《서른 개의 門을 지나온 사람》 역시 그러한 맥락의 연장선에서 관념과 서정이, 마음과 말이, 초월과 욕망이 서로를 다독이며 한 몸으로 섞이는 눈물겹도록 아름다운 풍경을 연출해낸다. 그러므로 모든 이분법적 사고에 의해 분리, 대립된 것처럼 보이는 이 세계와 삶의 꼴들을 '모순 그 자체로서 통일된 하나의 구조'로 간주하는 이 작품집을 그동안 작가가 천착해온 다양한 관심들의 한 결집체로 보는데 큰 무리는 없다 할 것이다. 이번 작품집에서 이 같은 통합적 사유는 무엇보다도 '말'과 '소설'에 대한 문학적 탐색, 말하자면 보다 근원적인 맥락에서는 '문학의 자기 성찰'이라는 주제에 대한 탐색으로 귀결되고 있는 것처럼 보인다. 여기에서 '말'과 '소설'의 문제는 바로 저 모든 이분법적 대립 항들이 길항하며 삼투하는 핵심적인 모티프로 작용한다. 이 모티프들은 욕망과 초월, 리얼리티와 환상, 삶과 죽음 '사이'를 가로지르며 횡단하는 하나의 장대한 존재론적-형이상학적 드라마를 구성해낸다.

하창수의 작가적 탐구의 촉수가 닿는 곳은 그 어떤 단일한 하나의 요소로도 환원될 수 없는 세계의 복잡성 혹은 삶의 복합성이라는 사태일 듯하다. 이 복잡성과 복합성을, 이 작품집에 등장하는 한 인물의 말을 빌려, '카오스'라고도 또는 삶의 아이러니나 모순 혹은 역설이라고도 말할 수 있을지 모르겠다. 작가에게 있어서 삶과 죽음은, 운명과 초월은, 성과 속은, 사랑과 미움은 동전의 양면처럼 결코 둘로 분리될 수 있는 것이 아니다. 가령, 이번 소설집에 등장하는 〈추상화〉라는 작품에서 고고학을 예로 들어 '인간의 본질'을 설명하려는 한 인물의 다음과 같은 언급을 떠올려보기로 하자. "돌의 파편이나 흙 부스러기가 되어 흩어지기 직전의 것들을 또렷한 형상을 묘사한 구상화라고 한다면 그것들이 와해되어버린 뒤에는 전혀 형체를 알아볼 수 없는 추상화가 되어버린다는 거였다. 그런데 희한한 것은 그 와해되어버린 것이란 오히려 최초의 상태에 더 가깝다는 사실이었다. 그것을 그녀는 추상적 상태라고 표현했고, 인간의 본질이란 그러하다고 덧붙였다. 그래서 그녀는 고고학은 시원의 비밀을 밝혀내는 데는 아주 실속 있는 접근법이지만 본질의 비밀을 밝히는 데는 오히려 그 유물들을 부숴 버리지 않으면 안 된다는 상당히 도발적인 상상력을 발휘했다"(77-78쪽). 또 다른 작품 〈천지소설야天地小說也〉에 등장하는 다음과 같은 언급은 작가의 이 같은 세계관을 보다 분명하게 보여주는 한 증좌가 될 것이다.

> 음은 멈추고 양은 간다고 안다. 허나 음에도 양이 있고, 양에도 음이 있다. 어둠에도 밝음이 있고 밝음에도 어둠이 있다. 습한 데도 마른 병이 생기고, 마른 데도 습해서 병이 생긴다. 움츠리는 것도 뻗치는 것일 수 있고, 뻗치는 것도 움츠리는 것일 수 있다. 빨아들이는 것은 상대를 달리하면 뱉는 것이 되고, 뱉는 것도 방향을 달리하면 빨아들이는 것이 된다. 멈추거나 가는 것도 다 그러하다. 안으로 들어가면 밖으로 나오게 되어 있고, 밖으로 나가면 다시 안으로 들어가게 된다. 어둠에 있는 밝음의 속으로 가면 다시 어둠과 만나고, 그 어둠이 깊어지면 다시 밝아진다. 또 그 안으로 들어가면 어두워지고, 또 밝아지고, 또 어두워지고, 그렇게 끝은 없다. 음양이 천지의 도가 되는 것은 이러한 이치 때문이다. 하여 큰 깨달음을 얻

> 은 자가 던져놓기를, 나는 아무 것도 아는 게 없노라, 하는 것이다.
>
> —〈천지소설야〉, 109쪽.

"예외구역 혹은 특별이라는 뜻을 가진"(13쪽) '엑스 존'을 제목으로 삼은 작품에서 작가는 우선 이 세계와 삶이 철저하게 인과율에 의해 지배되고 있는 것처럼 보인다고 말한다. "그러나 웬만큼 세상을 살다보면 다 알아지는 거지만, 모든 일은 그렇게 흘러가도록, 그렇게 일어나도록 되어 있는 법이다. 일단 하나의 일이 일어나면 그것이 원인이 되어 다른 결과를 낳고, 그것은 또 하나의 원인이 되어 다시 다른 하나의 결과를 생산하게 된다. 그리고 그것을 다시 원인으로 삼은 결과가 만들어지며, 그것은 또다시 다른 결과의 원인이 되는 것이다. 이걸 운명이라고 하든, 신의 조화라 부르든, 그리고 인과의 속도 방정식이 참이든 거짓이든, 그런 건 중요하지가 않다"(10-11쪽). 그런데 보다 중요한 사실은, 이렇게 인과율에 의해 직조된 것처럼 보이는 이 세계의 구조와 삶의 운동이 그 자체로서 '모순의 통일'을 이룬다는 점이다. 정확히 말하자면, 하창수의 소설 세계에서 모든 모순과 대립은 모순 그 자체를 넘어서 있다고 할 수 있다. 그렇기에 양립할 수 없는 것처럼 보이는 모든 이항 대립들은 서로를 배제하지 않는 '열린 구조'를 형성하게 된다. 물론 이 '열림' 역시 '닫힘'과 양립 가능한 것이라는 전제 아래에서 말이다. '자살의 집'이라고도 불리는 〈엑스 존〉에는 이 같은 사실이 "여기서 개방은 곧 죽음으로의 열림이기 때문이다. 희한하게도 Ex-8에서 열림이란 '닫힘'과 동의어가 되어 버리는 것이다. 엑스 존 제8구역의 근무자를 제외한 실질적 이용자들에게는 출(出)은 없고 오직 입(入)만 있을 뿐이다"(14쪽)라고 기록되어 있다.

그러므로 이 소설집에 등장하는 다양한 형태의 죽음에 대한 기록은, 역설적으로, 복합적 형태의 삶에 대한 태도 혹은 해석으로도 읽힐 수 있다. 〈이야기의 유령 - 죽음들. 1〉, 〈이야기의 독 - 죽음들. 2〉는 공통적으로 연작 형식으로 쓰인 다양한 죽음에 관한 기록들처럼 보인다. 〈이야기의 유령〉에는 모두 네 개의 죽임과 죽음의 사건들이 다뤄져 있고, 마찬가지로 〈이야기의 독〉에도 네 개의 죽음의 사태들이 섬뜩하도록 치밀하게 그려져 있다. 작가는 왜 이러한 다양한 종류의 죽임과 죽음의 풍경들을 우리에게 던져놓은 것일까? 왜 이 죽임과 죽음들에는 그리 뚜렷한 이유나 근거들이 없어 보이는 걸까? 죽음은 아무런 준비도 없이 맞게 되는 우연한 사건들이라는 뜻일까? 그리고 왜 이 모든 죽음의 사태들 배후에는 그 정체를 알 수 없는 두려움이나 공포 같은 것들이 깃들여 있는 것처럼 보이는 것일까? 그 본질을 알 수 없는 이 같은 삶과 죽음의 사건들이 의미하는 바는 무엇인가?

이 같은 질문들에 답하기 위해 우리는 먼저 '나는 누구인가?'라는 작가의 존재론적 질문을 통과해야 할 성싶다. 왜냐하면 앞서 언급했듯이 하창수의 소설 세계에서 삶/존재와 죽음/비존재는 분리할 수 없는 것이고, 또 우리가 언급할 수 있는 것은 오로지 이 삶의 지평 안에서 일어나는 사태나 사건들일 뿐이기 때문이다. 〈당신도 흰나비 두 마리를 죽일 수 있다〉라는 작품에서 정신과 의사인 주인공은 다음과 같이 말한 바 있다. "우리는 아무도, 내가 누구인지를 말할 수가 없어요. 그렇게 말해서는 안 된다고 표현하는 게 옳겠지요. 우리가 우리 자신에 대해 얘기할 수 있는 건, 의사라거나, 선생이라거나, 카페 주인, 책방 점원, 탤런트, 과일 장수, 선거 운동원, 날치범… 이라고 하는 것, 누구도 부인할 수 없는 그런 것들뿐이죠. 우리는 우리 자신을 포함해서 그 누구에게도 정신병자라고 말할 수 없습니다. 그건 어떤 사람을 훌륭한 사람이라거나 죽일 놈이라고 말해서는 안 되는 것과 같습니다. 우리가 두려움에 휩싸이는 것은, 누군가를 훌륭하다고 말해야 하고 스스로를 죽일 놈이라고 말해야 하기 때문이죠. 그렇지 않다면 무엇이 두렵습니까?"(143쪽)

이러한 세계의 구조와 삶의 운동의 탐구를 위해 이 소설집에서 작가의 관심이 가장 압축적으로 표현되고 있는 모티프는 무엇보다도 '말', 특히 소설의 말의 역할과 기능이다. 사실상 많은 단편들로 구성된《서른 개의 門을 지나온 사람》을 관통하는 하나의 핵심적인 탐구 주제 역시 이 '말' 혹은 '소설의 말'이라고 해야 한다. 특히 '소설가로서의 예수'의 삶을 추적하고 있는 〈성자가 된 소설가〉는 소설과 경전, 혹은 예술의 말과 종교의 말의 차이를 탐색하는 작품이다. 소설에 의하면, "예수라는 사람은, 우리가 지극한 성자로 알고 있는 그 분은, 정녕 죽음에 이르기까지 소설가이지 않은 때가 단 한 번도 없었다"(64쪽)는 것이다. 이 작품에서 '소설' 혹은 '소설가'에 대한 작가의 관점이 드러나는 것은 세례자 요한의 말을 곱씹고 있는 다음과 같은 예수의 생각을 통해서이다. "마음을 발라 햇살 아래 널어놓는 말씀의 칼은 배워서 가질 수가 있는 것이 아니라 했습니다. 그것은 제가 이미 가진 것이라 했습니다. 다만 그는 칼을 벼리는 숫돌입니다. 하여 그가 없이는 언설의 힘을 날카롭게 유지할 수가 없을 것입니다. 스스로 숫돌이 되기 전에는"(41쪽). 여기에서 소설가로서의 예수의 다음과 같은 생각은 또한 작가 하창수의 소설관 혹은 소설의 언어관으로 이해하여도 무방할 것으로 보인다.

> 그녀(마리아-필자)가 요한을 만나러 가는 일이 얼마나 중요한 것인지를 그에게 말해주기 이전에 이미 그는 앞으로 자신이 무엇을 하며 살아가야 할 것인지를 결정하고 있었다. 그것은 여전히 신의 말씀에 귀 기울이는 독실한 경청자이긴 했으나 경청자에 머물지 않는 무엇이었다. 그것은 자신이 들은 것을 사람들에게 옮겨주는 일이었다. 옮겨준다는 것 - 그것이 중요했다. 듣기만 한다면 신만으로도 족했다. 그러나 옮기기 위해서는 그 신이 만들어낸 가공품들, 즉 인간에게 주목할 필요가 있었다. 신보다는 차라리 당신의 피조물이 더 필요한 것이었다. 그의 관심은 신이 아니라 그 가공품들의 조잡하고 지리멸렬한 삶의 방향과 갈피없이 흔들리는 나약한 성정에 있었다. 영원히 사는 신에게는 처음부터 흥미가 없었다. 당신이 만들어낸 저 수많은 가공품들의, 술병의 좁은 주둥이와 같은, 그 주둥이를 들락거리는 파리와 같은 하찮고 비루한 목숨에 예수의 관심이 쏠려 있었던 것이다. 그들은 자신이 비루하고 나약하다는 사실을 왜 모르는가. 그들은 왜 가공품으로서의 삶에 만족할 뿐인가. 그들의 사전엔 왜 운명이란 단어만 있고 초월이란 단어는 존재하지 않는 것인가. 그는 그 질문에 대답해줄 필요성을 느끼고 있었던 것이다.
>
> — 〈성자가 된 소설가〉, 43쪽.

다시 말해, 소설가로서의 예수의 관점에서 작가란 신보다는 그 피조물인 인간의 삶과 목숨에 대한 관심과 애정에 의해 성립된다는 것이겠다. 그렇기에 소설은 신이 부여한 '운명'보다는 인간 자신의 노력에 의해 성취되어야 할 '초월'에 대한 관심의 표현이어야 할 것이다. 전자에 무게가 실리면 그 말은 '경전'이 되고, 후자에 중심이 옮겨지면 그 언어는 '소설'이 된다는 뜻이리라. 예수는 바로 이러한 '인간적 초월'의 문제에 대한 대답의 필요성을 제기하면서, "그 필요를 채워줄 수 있는 것은 경전이 아니라 바로 소설"이라고 생각한다. 여기에서 경전과 소설의 차이는 다음과 같은 언급에 의해 보다 분명해진다. "이해가 아니라 암송을 요구하는 경전은, 인간의 삶을 완전히 뒤바꾸어놓을 수 없다는 것을 예수는 절감하고 있었다. 삶의 전복顚覆, 삶의 전도顚倒가 필요했다"(44쪽). 소설가로서의 예수에게 있어서 소설은 바로 이러한 '삶의 전복'의 유력한 수단이자 터전인 것이다.

〈천지소설야天地小說也〉에서는 보다 직접적으로 세계와 말, 경전과 소설, 소설과 인간, 인간의 삶과 신의 관계가 작품의 중심 테마로 등장한다. 거기에서 소설은 애초 여섯 소리(육성, 육음, 폐음)로부터 문자가 발생하고 난 다음에 등장하는 경經 이후의 언어적 산물이다. 보다 정확히 말하자면, 역사적으로 소설은 경전 이후에 등장한 위설爲舌이라는 언어적 형태의 한 파생물이다. 때로는 "위설이 정설正說이 되기도 하였으니, 바야흐로 거짓이 참보다 더 위세를 떠는 때가 도래했다. 이때 왕은 귀 밝고 말 잘 하는 자들을 가려 뽑아 패관稗官이라는 말직을 주고 저자에 떠도는 얘기들을 주워 모으게 하였다. 나중에 이들이 엮은 것을 소설책이라 하였는데, 지혜가 높은 자들 중에도 때로 그 얘기의 재미에 빠져 지혜의 길을 버린 자가 적지 않았다. 신이 세상의 밥맛을 잃은 것이 이때이다. 크게 기지개를 켜고 가만히 턱을 괸 채 벌 줄 생각을 한 것도 또한 이때였다. 모두 위설의 도를 넘어선 소설 때문임은 자명하다"(105쪽). 〈천년부千年賦〉는 이처럼 말이 더 이상 그 본연의 의사소통적 기능을 하지 못한 채, 오히려 그것을 방해하고 가로막는 세계의 실상을 상징적으로 그려 보인 작품이다. 거기에서 '신의 문'(225쪽)이라는 의미를 갖는 바벨이 그 본뜻에서 왜곡되어 '혼란의 문'(226쪽)으로 전락한 것은 바로 말의 본뜻을 왜곡한 다음과 같은 인간들의 이분법적 욕망에서 기인하는 것으로 간주된다.

> 그것은 저 오랜 옛날 에덴의 동산에 심어진 과실에 대한 경고와 마찬가지였다. 인간들은 제멋대로 그 과실에 선과 악이라는 가당치도 않은 관념의 독을 저주처럼 심어놓았었다. 선과 악이라니. 무엇이 선이고 무엇이 악하단 말인가. 존재하는 모든 것은 그 안에 선과 악을 동시에 지니고 있는데 어떤 과실이 도대체 선이며 악이란 말인가. 결국 인간들은 스스로 열매를 따먹으며 그것이 악하다고 했다. 아벨을 돌로 쳐 죽인 카인도 마찬가지였다. 너무도 인간적인 실수에 대해서조차 인간들은 그것이 당신의 섭리라고 당당하게 말하는 실수를 저질렀다. 하지만 그것을 누구도 실수라 여기지 않았다.
>
> ―〈천년부〉, 221쪽.

〈서른 개의 門을 지나온 사람〉은 어느 날 갑자기 목소리를 잃고 '침묵의 강'에 빠진 한 인물이 어떻게 그러한 절망(의사불통)의 상태를 넘어 이 삶과 진정으로 화해하게 되는지 그 눈물겨운 고투의 과정을 세밀하게 그리고 있는 작품이다. 여기에서 '침묵의 강'은 아마도 저 바벨의 시민들이 마주한 '혼란의 문'의 또 다른 표현으로서, 말이 더 이상 의사소통의 수단이 되지 못하는 절망적인 세계의 상징일 터이다(그것은 또한 이 작품에 등장하는 김정완이라는 소설가가 쓴 장편소설 〈문밖의 사람들〉 속의 인물 자폐아 경석의 세계이기도 할 것이다). 그러나 소설의 막바지에 등장하는 다음과 같은 환상 속의 장면은 이 의사불통의 자폐적 세계가 어떻게 이러한 절망적 상태를 극복할 것인가 하는 문제에 대한 하나의 강력한 암시를 제공한다. 거기에는 의수를 하고 하반신이 없어 휠체어를 타는, 그래서 명상 속에서만 마라톤을 하는 한 인물의 모습이 다음과 같이 감동적으로 그려져 있다. 아마도 삶은 이 같은 고투 속에서 새롭게 시작될 것이다.

> 눈앞으로 숨을 가쁘게 몰아쉬며 긴 언덕을 올라가고 있는 마라톤 선수가 보였다. 그 마라토너는 휠체어를 타고 있었다. 길게 오르막이 진 언덕 어디쯤에서 그는 휠체어를 내렸다. 그리고는 아주 느리게 언덕을 오르기 시작했다. 그 언덕 위에서는 서른여섯 살 먹은 한 사내가 서있었다. 그는 언덕을 오르고 있는, 팔과 다리가 없는 마라토너를 향해 손나팔을 만들어 힘껏 외치고 있었다. 그 소리는 언덕을 빠르게 내려가, 마라토너를 또 빠르게 지나쳐갔다. 그리고는 언덕 저편, 장엄한 일몰처럼 펼쳐진 길고 넓은 침묵의 강에 닿아, 낱낱의 음절로 부서져 햇살처럼 흩어지고 있었다. 거기에 활짝 열린 거대한 문이 있었다. 결승점처럼 보이는.
>
> — 〈서른 개의 門을 지나온 사람〉, 207쪽.

하창수의 작품 세계에서 이 같은 환상은 단순한 가상이 아니라 현실을 더 넓게 감싸고 조명하는 수단이라는 점은 각별한 주목을 요할 성싶다. 사실상 환상과 현실의 관계에 대한 탐구는 이번 작품집에서 핵심적인 모티프를 형성하는 말과 소설에 대한 탐구와 대위법적 구조를 형성하고 있다고 하겠다('리얼리티'를 문제 삼은 관계로 '역사 퇴행죄'라는 죄목으로 '달리는 감옥 44호'에 수감되어 일 년을 살다나온 한 변호사의 이야기를 미래소설의 형식으로 쓴 작품 〈환상의 이쪽〉을 떠올려보라). 왜냐하면, 작가의 관점에 의하면, 환상이 그려내는 이 허구/소설의 세계야말로 또한 진정한 현실/리얼리티를 드러낼 수 있는 '말의 장소'이기 때문이다. 이미 작가는 〈성자가 된 소설가〉에서 "예수에게 있어서 소설은 민중들로 하여금 피폐한 현실을 견디게 하는 판타지이자 이상이었다"(51쪽)고 언급한 적이 있음을 기억하기로 하자. 이 같은 관점에서 작가는 결정적으로 "소설의 본질적 가치인 새로움의 발견"(49쪽)을 언급한다. 그렇다면 하나의 '판타지이자 이상'인 소설과 '새로움의 발견'으로서의 소설은 어떻게 관련되는가? 이 질문에 대한 대답은 예수가 세례자 요한의 죽음 이후 그의 동료들과는 떨어져 광야로 들어가게 되는 이유 속에 존재할 성싶다. 동료들과 헤어진 후 예수가 남긴 다음과 같은 독백이야말로 이 질문에 대한 하나의 대답이 될 것이다.

> 그대들은 나를 모르오. 그대들이 그대들 자신을 모르듯이. '나'란 존재는 모든 것보다 우월한 빛이요, 모든 것 자체요. 모든 것은 '나'에게서 나왔고, 또 '나'에게로 돌아가지. 장작을 쪼개도 '나'는 거기에 있고, 돌을 들추어도 거기에 '내'가 있질 않는가. 그대들이 그대 자신을 발견하는 그곳에서 나는 '나'를 발견하는 것. 그래서 나는 사막으로, 산중으로 가려는 것. 지금 저자의 인간들은 그 누구도 우리의 말에 귀 기울이지 않을 것이니, 그것은 그들의 책임이 아니라 우리들의 책임인 것. 사막과 산중에서 영혼을 단련하지 않았기 때문이오. 듣는 이 아무도 없는 곳에서 지껄이고, 듣는 이 아무도 없는 곳에서

떠들지 않음 없이 어찌 저 바위로 고막이 막힌 자들의 귀를 뚫을 것인가.

— 〈성자가 된 소설가〉, 61쪽.

여기에서 분명하게 드러나듯이, '모든 것보다 우월한 빛이요, 모든 것 자체'인 '나'를 새롭게 발견하는 것, 이것이 바로 소설가로서의 예수가 말하는 소설의 본질적 가치인 것이다. 결국 소설의 '새로움의 발견'이라는 존재 의미는, 보다 정확하게 말하자면, '새로운 자아의 발견'에 있다는 뜻이리라. 이 새로운 '나'를 불교식 용어로 '참된 자아眞我'라고 하든 아니면 또 다른 세계관의 용어로 '우주적 자아' 혹은 '초월적 자아'라고 하든 그 근원적 의미는 그리 달라 보이지 않을 터이다. 문제는 예수가 규정하는, 이 새로이 발견된 자아의 특징은 무엇이며, 또한 이해가 아니라 암송을 요구하는 경전과 달리 삶의 전복과 전도를 요구하는 소설의 구체적 수단이 무엇인가 하는 것이다. 단적으로 말해, 예수에게 있어서 이 새로이 발견된 자아의 궁극적 규정은 '사랑'에 있다. 다음과 같은 예수의 진술을 직접 들어보기로 하자. "나는 저들에게 사랑을 말하리라. 저들의 아가리에 똥을 처넣는 대신 향기로운 철자들로 만들어진 꽃다지로 저들의 입안을 채우리라. 너희들의 신은 저주의 신도 징벌의 신도 아닌, 사랑의 신이므로. 나의 아비는 나의 어미를 사랑했으며 그 사랑은 신이 우리를 사랑하는 것 그 이상도 그 아래도 아니라는 것을. 그것은 저 황홀한 아가雅歌의 시인들이 사용했던 문법文法의 힘이라는 것을. 율법가들에게 가서는 이렇게 말하리라. 에녹과 엘리야의 죽음 없는 죽음을 신비화하지 말라, 그것은 승천昇天의 우화일 뿐"(44-45쪽).

바벨의 시민들이 가졌던 말에 대한 욕망은 초월의 욕망과 그리 먼 거리에 있지는 않을 것이다. 그것은 언제나 '지금-여기'를 넘어서려는 과잉의 욕구일 것이기 때문이다. 거기에서 '리얼리티'는 현존의 초라하고도 거추장스러운 존재 형식으로 간주될 것이다. 작가는, 소설가로서의 예수와 더불어, 저 모든 초월의 욕망에 앞서 인간이 딛고 선 이 현실의 지반을, 남루하고도 고통스럽지만 이 몸의 존재 조건을 온 힘으로 껴안고 사랑하라고 말하는 듯하다. 나는 이 사랑 역시도 초월의 한 형식으로 간주하고자 한다. 하지만 이 사랑은 이 세상 바깥으로의 초월이 아니라, 아무리 힘겹고 지난해보일지라도 이 삶과 현실을 껴안고 넘어서려는 이 세상 안으로의 초월이다. 우리가 '존재 바깥에 있는 존재의 안'과 '존재 안에 있는 존재의 바깥' 같은 어떤 사태를 상정할 수 있다면, 초월이란 바깥으로 나가 안으로 들어가는 방향만 있는 것이 아니라 안으로 들어가 바깥으로 나가는 방향도 가질 수 있을 것이다. 〈추상화〉에 등장하는 저 '나선형 궤도'의 구조는 아마도 이 같은 사태를 도식화한 것일 터이다. 작가는 욕망과 초월이 삼투하는 이 삶의 나선형 궤도의 구조를 탐색하고자 하며, 이 궤도의 구조를 지탱하는 핵심적인 요체는 사랑임을 말하고자 한다. 소설은 이러한 삶의 탐색의 장이자 동시에, 소설가로서의 예수의 행적이 그렇듯이, 사랑의 실천의 장이 된다. 그런 의미에서 문학은 말의 욕망과 사랑이라는 초월적 상태의 긴장 영역을 형성하면서, 그 '사이'를 매개하는 작용을 할 것이다.

이념의 황혼과 유토피아의 종말

— 박석근의 《외로운 사람들은 바다로 간다》

1. 이념과 유토피아 사이에서

이념이 던지는 황홀한 빛에 취해 가슴 설레지 않은 청춘이, 그 푸른빛이 만들어내는 씁쓸한 현실의 그늘에 절망하지 않은 젊음이 있을까? 사랑의 열에 들떠 긴긴 편지를 쓰며 새벽을 밝히거나 그 사랑의 상실에 가슴 아파하며 상처 입은 어린 짐승마냥 불면의 밤을 지새지 않은 청춘이 있을까? 그리하여 젊음은 미칠 듯한 격랑의 바다와 투쟁하는 황금빛 근육질의 선원을 꿈꾸거나 푸른 햇살과 한가한 바람만이 떠도는 외딴 섬의 등대지기를 꿈꾸는 것이 아닐까? 그때, 저 바다와 등대는 젊음에 대해서 무엇일 수 있겠는가? 그것은 혹 젊음의 이념이 던지는 빛과 그림자는 아니었을까?

청춘이 아름다운 이유는 불꽃같은 열정이나 얼음 같은 지고의 순수함 때문이 아니다. 정열과 순정성은 오히려 젊음이 추구하는 저 찬란한 유토피아의 분사물에 지나지 않는다. 그러한 유토피아에 대한 믿음과 희망이 없다면 도대체 열정과 순정성이 가능하기나 하겠는가? 그러니, 이제 다시 말하자. 젊음이 아름다운 이유는 절망할 수 있기 때문이라고. 저 '아무 곳에도 없는' 유토피아란 사실상 절망의 뿌리에 지나지 않는 것이라고. 그리하여 희망과 절망은 젊음이 투사하는 유토피아의 양면인 셈이다. 이념과 유토피아를 둘러싼 희망과 절망의 드라마, 그것이 젊음의 초상이다. 저 초상의 궤적은 이상주의와 허무주의 사이의 넓은 간극을 횡단한다.

박석근의 첫 장편소설《외로운 사람들은 바다로 간다》는 바로 저 매혹에 찬 젊음의 초상을 그리려는 야심작이다. 그러므로 그것은 또한 모순에 가득 찬 청춘의 드라마이기도 하다. 거기에는 젊음이 지닌 힘과 그 열정의 풋풋함이, 그리고 그 젊음이 가질 수밖에 없는 불가피한 관념성과 그것의 패배가 함께 자리하고 있다. 이러한 양 측면이 이 소설의 내용과 형식을 지배하는 운명으로 작용한다. 그리고 이 운명은 고스란히 이 소설의 매력이자 한계로 되돌려진다.《외로운 사람들은 바다로 간다》가 지니는 미덕은 무엇보다도 하나의 관념을 극단화하여 그것을 원인으로부터 탐구하는 도저한 실험정신에 있다. 하기야 이 실험정신이야말로 젊음의 또 다른 이름이기는 하다. 그러나 동시에 이 '관념 실험'의 실패 속에 이 소설의 한계가 놓여진다. 정확히 말하자면, 그 한계란 '관념'의 실패에서 기인하는 것이 아니라 '실험'의 실패에서 기인한다고 하는 편이 옳다. 그 둘 사이의 거리에는 '관념소설'과 '관념적 소설'의 균열이 가로놓여 있다. 문제는 이 소설이 관념소설이긴 하지만 동시에 관념적 소설이라는 것이다. 관념소설 역시도 그 관념성을 이루는 사건과 사태는 구체적인 소설적 틀거리에 의해 육화되지 않으면 안 된다. 그 점에서 '관념적인 소설'과 '관념소설'은 전혀 다른 차원의 문제이다. 이러한 측면에도 불구하고 우리는 작가의 야심에 찬 실험정신을 주목하지 않을 수 없다. 그리고 저 실패는 이 실험정신에 비하면 하찮은 것에 지나지 않을지도 모른다. 왜냐하면 실패를 두려워하지 않는 저 정신이야말로 우리가 젊은 작가에게 기대하는 전부일 것이기 때문이다.

이 소설에서 주목할 점은 다음과 같은 두 측면에 있는 것으로 보인다. 우선, 저 바다와 등대라는 공간이 의미하는 관념의 위상이다. 저 등대는 적극적으로 추구된 유토피아인가 아니면 이념을 상실한 자들의 도피처인가, 라는 질문이 거기에서 대두된다. 이는 등장인물들의 등대행에 대한 구체적인 이유의 분석을 요구한다. 다음으로, 저 등대에서의 삶을 이루는 질서의 양상이다. 이러한 측면은 물론 앞의 문제와 분리될 수 없지만, 그 자체로 하나의 문제의식으로 성립될 수가 있다. 왜냐하면 이는 원인의 분석과는 무관하게 사실의 양상에 대한 설명을 요구하는 것이기 때문이다. 저 등대의 질서는 유토피아의 질서인가 아니면 무정부주의적 허무주의자들의 광기의 부산물인가, 라는 질문이 여기에서 등장한다. 첫 번째 측면과 연관하여 우리는 저 등대가 등장인물들이 떠나온 '도시'와는 위상학적 대립관계에 있음을 분명히 해야 한다. 말하자면, 저 등대의 관념적 의미를 묻는 작업은 소설 속의 인물들이 떠나온 도시의 현실 세계의 의미를 묻는 작업과 동궤에 놓여 있다는 것이다. 그리고 두 번째 측면과 연관하여 우리는 저 등대의 질서가 도시의 질서에 대한 하나의 대안일 수 있는지를 검토해야 한다. 작가가 스스로에게 던진 화두는 바로 이러한 두 측면에 놓여 있으며, 독자는 이제 저 화두를 자신의 문제로 삼지 않을 수 없다.

2. 아비의 이름 — 이념과 폭력 사이에서

소설의 첫 장면은 등대로부터의 휴가로 시작되지만, 이 소설 전체를 구조화화는 출발점은 동수의 등대행에 있다. 박사학위 취득을 단념하고 등대지기를 희망하는 대학 강사인 동수에게 그 이유를 알고 싶어 하는 해운항만청의 한 공무원이 던지는 물음은 이 소설에 있어서 등대가 지니는 근원적인 상징 의미를 묻는 질문으로 바꿔 읽을 수 있다.

> "등대원을 자청하는 사람 중에 별의별 사람이 다 있어요. 이를테면 자살할 장소로 등대를 선택한 사람, 죄를 짓고 도망 중인 사람, 실연하여 염세주의에 물든 사람, 그리고 등대를 영화에서처럼 낭만적으로 생각하고 있는 사람이 그런 경우죠. 댁은 어느 쪽입니까?"(28쪽).

"댁은 어느 쪽입니까?"라는 이 의문문은 곧바로 동수에게 있어서 등대가 어떤 관념의 표상을 내포하고 있는가를 묻는 질문이다. 그것은 다음과 같은 양자택일의 물음으로 바뀐다. 과연 등대는 유토피아로서 추구된 장소인가 아니면 삶으로부터 패배한 자의 도피처인가? 우리는 이러한 의문에 답하기 위해서 등대라는 공간이 의미하는 관념성을 동수가 떠나고자 한 저 도시의 공간과 대비시킬 필요가 있다. 왜냐하면 저 등대는 그것과의 대립관계에 있는 도시라는 현실 세계의 전제 없이는 성립될 수 없는 것이기 때문이다. 말하자면 등대의 의미는 저 도시의 현실로부터 추론되는 결과에 대한 대립적 의미를 지니고 있다는 것이다.

이 소설에서 도시의 현실을 지배하는 질서는 종말론적인 풍경을 드러내고 있다. 거기에는 정보기관의 삼엄한 감시와 고문과 뼈가 부서지도록 노동을 해야 하는 엄격한 자본의 규율과 그 규율을 확대재생산하는 사이비 종교집단들이 존재하고 있다. 그래서 "도시의 밤은 거대한 공동묘지. 또 낮은 거대한 공장지대. 밤에 보이는 건 신자의 피를 빨아먹은 시뻘건 십자가들뿐이며, 낮에는 쉴 새 없이 돌아가는 요란한 기계소리뿐"(291쪽)인 전율의 풍경을 우리는 마주하게 된다. 그렇다면 이러한 도시의 풍경이 전체적으로 의미하는 바는 무엇인가? 여기에서 우리는 등장인물들의 가족사에서 아주 흥미로운 하나의 단서를 발견하게 된다. 그 단서란 어느 철학자가 명명했던 '아비의 이름'과 관계된다.

저 등대의 식구들인 동수와 진호, 수진의 가족사에는 놀라운 공통성이 존재한다. 즉 그들 모두에게는 아비가 부재 한다는 사실이다. 혈혈단신 고아인 진호는 말할 것도 없이, "어린 시절부터 부모로부터 충분한 보살핌을 받지 못"(33쪽)한 편모슬하의 동수와 "술주정꾼에다 난봉꾼이었고 생활 무능력자"(132쪽)인 아비마저 숨진 수진 모두는 아비 없는 자식들이다. 그리고 이 아비의 부재라는 사실이 이들의 등대행과 밀접한 관련을 맺고 있음을 우리는 주목해야 한다. 수진이 아비의 죽음과 더불어 파멸의 길을 걷다가 등대로 향한다는 것이 단적인 예가 될 것이다. 아비의 부재, 이 단순하면서도 단순할 수 없는 사실은 무엇을 말해주는가?

저 철학자의 설명을 빌자면, '아비의 이름'은 모든 자식들에게 있어서 초월적인 기의, 세계의 법, 불변의 이념과 질서를 의미한다. 모든 자식들은 저 아비의 법이라는 상징적 질서를 통해 세상의 도덕과 가치 체계를 자신의 것으로 받아들인다. 그 질서는 어느 한 사람의 사상 체계가 아니라 모든 사람이 그 질서 안에서 태어나서 그 질서 안에서 죽는 그런 법, 말하자면 모든 인간을 종속시키는 절대적인 타자의 담화질서이다. 그것이 아비의 이름이다. 역으로 말하자면, 그것은 동시에 나의 담화질서가 아닌 폭력적인 규율의 세계, 곧 명령과 금지의 체계를 의미한다. "이 사회에서 한 개인의 존재란 거대한 권력의 바다 위에 뜬 일엽편주에 지나지 않을 뿐만 아니라 그런 부도덕한 권력이 마음만 먹는다면 한 개인을 파괴시키는 것은 식은 죽 먹기보다 더 쉬운 일이었다"(80쪽)라는 진술은 저 도시의 현실 세계를 지배하는 아비의 이름의 보편성과 폭력성을 말해주는 것이다. 아래의 진술은 그러한 점을 더욱 분명하게 보여주고 있다.

> "난 이 사회가 만든 모든 제도를 증오해. 난 그 어떤 나라의 백성도 아니야. 내가 이 나라에서 태어난 건 사실이지만 그건 내가 원한 게 아냐. 국가는 강제로 나를 국민으로 편입시켰고 제도로 나를 묶어 버렸지. 나는 제재를 당하지 않기 위해 국민의 의무를 이행한 것뿐이었지 자발적으로 움직인 적은 단 한 번도 없었어. 나는 한때 사회민주주의 운동에 몸담았고 그것을 위해 목숨을 바치고자 했었지. 하지만 그 또한 새로운 제도를 만들기 위한 집단적 망상에 지나지 않는다는 것을 깨달았어."(158쪽)

여기에서 말하는 국가란 바로 저 아비의 이름이 현실적으로 구체화된 하나의 체계를 일컫는데 지나지 않는다. 그것은 강제에 의한 명령과 금지의 체계, 선악의 이원론으로 이루어진 체계이다. "국가는 권력을 앞세워 우리에게 끊임없이 의무를 강요하지"(205쪽)라는 말이나 "애당초 선과 악은 구별이 없었는데, 국가 권력자들이 그걸 만든 거라네. 왜냐하면 국가를 통치하기 위해서는 만인을 지배하는 공통적인 이념 같은 게 필요하고 그래서 자칭 윤리학자라는 자들이 권력에 붙어서 만들어낸 게 바로 선과 악의 구별 아닌가"(179쪽)라는 진호의 진술은 모두 그러한 관점에서 읽힐 수가 있다.

그러므로 아비의 부재가 의미하는 바는 이러한 이념과 질서가 상실되었다는 점이다. 그러한 사정에 대한 예로서는 다음과 같은 진술이 등장하고 있다. “동구권이 무너지고 소비에트 연방이 해체되고 레닌 동상이 쓰러진 것”(114쪽)이라는. 따라서 “이 사회에 있으나마나한 회색분자”(78쪽)로서의 동수와 “사회주의 사상에 물든 골수분자”(75쪽)로서 대학졸업 후 노동운동을 하던 진호의 등대행에는 이처럼 공통적으로 저 아비의 부재가, 이념의 상실이 자리하고 있는 것이다. 결국 등장인물들의 등대행은 대립적인 두 가지 의미에서 해석될 수 있다. 아비의 부재로 인한 폭력적인 규율로부터 자유의 획득이라는 긍정적인 의미가 그 하나라면, 그 아비의 부재로 인한 이념과 질서의 상실이라는 부정적인 의미가 다른 하나이다. 전자의 의미에서 등대는 유토피아의 상징이지만 후자의 의미에서 그것은 이념을 상실한 허무주의자들의 도피처가 된다. 소설 속에서 그 둘은 사실은 같은 것의 두 측면일 뿐이다. 우리는 등장인물들에게서 등대가 무엇을 의미하는지를 일률적으로 정할 수가 없는 것이다.

3. 아비의 부재 — 유토피아와 광기 사이에서

이제 우리는 저 등대섬의 질서가 어떠한 종류의 것인지를 물어야 할 때가 되었다. 그것은 저 등대섬의 식구들이 추구했던 질서의 양태를 묻는 일이다. 동수와 진호와 수진이 새로이 세운 저 등대섬의 질서는 과연 유토피아의 그것인가? 저 외로운 섬을 지탱시키는 질서는 자유와 평등의 질서인가? 분명한 것은 이들이 “스스로 등대지기의 삶을 선택했다”(157쪽)는 것이고, 또 그런 만큼 그들의 질서를 어느 정도는 스스로 마련할 수 있다는 것이다.

그러나 이들이 마련한 질서는 과연 저 아비의 이름으로부터 얼마나 먼 거리에 있는 것일까? 등대에 처음 당도한 동수에 대해 진호가 건네는 다음과 같은 대화는 이들이 등대에서 새로이 세워야 할 질서의 방향을 말해주고 있다.

> "어쨌든 잘 왔습니다. 마음 먹기에 따라서는 등대는 우리의 낙원일 수도 있고 또 그 반대일 수도 있습니다."
> "그 반대라면 지옥이 될 수도 있다는 말씀인가요?"
> "그렇습니다. 지옥과 천국은 사람의 마음속에 있죠. 앞으로 등대생활을 해보면 알게 될 테지만, 지금부터 내가 하는 말을 잘 새겨 들으면 분명히 도움이 될 거라고 확신합니다. 등대지기에게 가장 큰 적은 무력감이에요. 그건 생활이 단조롭기 때문인데, 그 무력감의 뿌리는 자유에 따르는 고통에서 도망가려는 욕구 때문에 생기는 겁니다. 또 육지에서 흔히 행사하는 권리라든가 어떤 힘을 내던졌기 때문에 무력감을 느끼게 되죠. 생각을 가진 인간은 원래 고통을 느끼기 마련이고 그 고통을 감내해야만 합니다. 모름지기 등대지기란 바람과 놀고 구름과 이야기하고 갈매기와 친구가 되어야 합니다." (68쪽)

우리는 이미 저 등대섬의 상황을 잘 알고 있다. 거기에서의 자유의 대가는 최소한의 생활마저도 불가능할 정도의 부족한 물과 섹스와 소략한 식사이다. 장마나 폭풍우로 인해 배가 끊어지면 기르던 개를 도살하여 식량으로 삼아야 할 때도 있고 또 내리는 빗물을 저장하여 식수로 사용할 정도로 욕망의 충족에서는 거리가 먼 곳이 저 등대섬의 현실이다. 그러면 이 척박한 현실에서 그들은 어떤 종류의 질서를 세울 수 있었던가? 중요한 것은 이 등대섬에서는 이들 자신이 아비가 되어야 한다는 것이다. 왜냐하면 유토피아 역시도 하나의 질서체계일 것인데, 모든 질서와 체계는 아비의 다른 이름이기 때문이다. 그렇다면 이제 문제는 이 아비의 존재방식과 역할의 차이일 터이다.

등대의 질서는 수진과 맺고 있는 동수와 진호의 관계에서 단적으로 보인다. 등대와 위상학적으로 대립된 위치에 있는 도시는 '사회적 진화의 산물'(165쪽)로서 일부일처제의 질서가 유지되는 곳이다. 그런데 이들 인물들은 그 일부일처제 아래의 질서에 환멸을 느낀 자들이다. 저 질서는 아비의 폭력과 가난하고 불쌍한 어미의 눈물로 이루어진 질서였다. 따라서 이들이 등대에서 새로이 세워야 할 질서는 분명 저 '아비의 이름'으로 불리어지는 그런 종류의 것일 수는 없다. 이 등대의 체계가 저 사회의 질서와 동일하다면 이들의 등대행에는 아무런 의미가 없을 것이기 때문이다. 소설 속에서 이들이 선택한 등대의 질서는 일처다부제의 체계로 모습을 드러낸다. 그것은 다수의 아비를 상정한다는 점에서, 세계를 하나의 원리로 꿰뚫는 유일한 아비의 존재를 부정한다는 의미에서 저 도시의 체계와는 본질적으로 다른 체계임에 분명하다. 그러나 등대의 새로운 질서는 저 폭압적인 도시의 질서와 달리 폭력과 소외를 낳지 않는 진정한 사랑과 관용의 질서인가?

당겨서 말하자면, 그렇지 않다. 이들 등장인물들이 등대에서 세우고자 한 질서는 저 도시의 질서와 다를 바 없는 결과를 가져온다. 등대의 체계 역시도 시기와 질투와 폭력과 소외를 낳게 되고, 결국엔 그러한 것들로 인해 무너지게 됨을 확인할 수 있다. 그러므로 "삶이 저를 옥죄일 때마다 등대를 떠올리곤 했어요"(130쪽)라는 수진의 저 기대만큼 등대섬의 삶은 평화와 안락을 가져다주지 못했다. 바다와 등대는 저 무서운 자유의 대가를 그들에게 요구했던 것이다. 다음과 같은 암시적인 바다의 풍경은 저 등대섬의 몰락을 예고하는 전주곡으로 들린다. "몸을 뒤치는 바다의 거대한 물굽이가 이제는 공포로 다가왔다. 어제까지만 하더라도 찬란했던 바다였지만 이젠 울부짖는 백악기의 거대한 공룡 같았다"(82쪽).

저 일처다부제의 질서에 어떤 일이 일어났던가? 그 질서는 상호적인 존중과 관용에 의한 사랑으로만 지탱될 수 있는데, 문제는 그 사랑의 방식이 배타적인 독점적 소유를 허용하지 않는다는 것이다. 그리고 그 점에서 등대의 질서는 아비의 이름으로 성립된 저 도시의 질서와는 다른 체계를 구성할 수 있었던 것이다. 그런데 여기에 질투와 소유욕이 개입하면서 폭력과 소외가 등장하게 된다. 수진을 둘러싼 동수와 진호의 소유욕과 질투심, 그리고 이어지는 폭력과 소외는 고스란히 이 등대의 질서를 와해시키는 요인으로 작용한다. 그럴 수밖에 없는 것이 이 체계는 저것들의 부정으로부터만 존재의의를 가질 수 있는데, 그 부정적인 양상이 전면으로 등장한다는 것은 곧 이 질서의 관념성과 그것의 패배를 말해주는 것이기 때문이다. 말하자면 이 등대의 질서에 저 도시의 아비의 법이 스며들었다는 것이다.

그리하여 등대에서의 새로운 삶은 실패한 실험으로 남게 된다. "사람도 일종의 동물"(180쪽)이라는 진호의 허무주의와 등대를 "인간 내면에 숨어 있는 신성하고 고귀한 것들을 발견하고 성숙시킬 수 있는 곳"(217쪽)이라고 믿는 동수의 이상주의 사이의 갈등은 결국 이 등대섬의 질서를 화해가 아닌 파멸로 이끌어간다. 허무주의자는 이상을 향한 인간 열정의 숭고함을 불신한 대가로, 이상주의자는 자신을 포함한 인간의 현실적 욕망을 간과한 대가로 저 등대섬의 일처다부제 체계는 종말을 고하게 되는 것이다. 수진의 다음과 같은 진술은 저 등대에서의 삶에 대한 실패의 고백에 다름 아니다. "용서받을 것도 없고 용서할 것도 없어요. 그땐 누구나 정상이 아니었으니까요"(278쪽). 정상이 아닌 삶, 그것은 광기의 삶이었던 것이다.

도시로 '복귀'한 이들 인물들의 행로에 대해서 우리는 이미 알고 있다. 동수는 서둘러 중매를 통해 결혼하여 평범한 직장인의 생활로 돌아간다. 진호는 행려병자가 되어 식당의 쓰레기통을 뒤지는 신세로 전락하고, 수진은 술집 접대부로 생활하게 된다. 모든 것은 원점으로, 아니 그 이하의 상태로 되돌아간다. 결국 유토피아를 꿈꾸었던 이들은 다시 저 아비의 질서 속으로 추방되는 것이다. 그리하여 등대는 폐쇄되고 저 젊음의 유토피아는 종말을 고하게 된다. 등대섬은 낙원인 동시에 지옥이었다. 등대에서 그들은 자유를 획득했지만, 그러나 그 자유는 관념에 불과했고 현실은 광기가 지배했던 것이다.

4. 폭력과 광기 사이에서

소설은 저 등대에서의 삶 역시도 유토피아의 그것은 아니었다고 말한다. 결국 동수와 진호, 수진이 아비의 이름으로 이루어진 저 도시의 질서로부터 벗어나 당도하고자 한 유토피아는 어디에 있는 것일까? 그리고, 그것은 과연 있기나 한 것일까? 아마도 작가가 던지고자 했던 질문은 그런 것일지도 모른다. 어쩌면 유토피아란 바다 속에 있다가 가끔씩 드러나는 저 소설 속의 '모래섬' 같은 것은 아닐까? 진호가 섬에 없는 동안 동수와 수진이 함께 보냈던 저 모래섬이야말로 그러한 낙원의 풍경을 언뜻 비추어주는 것처럼 보인다. 저 모래섬은 '반짝이는 바다, 푸른 하늘, 금빛 모래톱 그리고 벌거벗은 두 인간!'(226쪽)으로 완벽하게 조화를 이루는 곳이니 말이다.

그러나 저 모래섬은 과연 유토피아이기나 한 것일까? 저 유토피아 역시도 이미 유토피아가 아니다. 왜냐하면 저 유토피아는 동수와 수진 사이에 낀 진호라는 인물이 사라졌을 때만이 존재할 수 있는 일부일처제의 질서를 다시 복원한 것에 지나지 않기 때문이다. 모래섬에서의 정사는 진호가 등대를 떠나있을 때에나 가능했던 것이다. 그렇다면 저 모래섬이라는 유토피아는 아비의 이념과 다름이 없게 된다. 그리하여 이들의 유토피아는 필연적으로 실패할 수 밖에 없는 이념에 지나지 않는다. 물론 이념과 유토피아의 차이는 아비의 존재와 부재의 차이가 아니라 아비의 존재방식과 역할의 차이이다. 등대섬의 아비의 존재방식이 저 도시의 그것과 다름이 없어졌을 때, 저 유토피아는 또 하나의 이념에 지나지 않았음을 보여준다. 유토피아의 소설적 실험은 그렇게 종말에 이른다. 그러면 구원이란 불가능한 것인가? 다음과 같은 수진의 진술은 이들이 생각한 유토피아에 대한 하나의 단서를 제공해줄지도 모른다.

> "전 구원을 마음속의 지도 같은 것이라고 생각해요. 인간이라면 누구나 인생이라는 밀림 속에 내던져진 존재이고 우린 그 밀림을 헤쳐나와야만 하는 운명을 가졌죠. 그 밀림을 헤쳐나오기 위해서는 정확한 지도가 필요하고 그것을 얻기 위해서 신앙을 가지는 게 아닌가요. 신앙한다는 것은 그런 지도를 얻기 위한 노력이고 구원은 바로 그 지도를 스스로 얻거나 누군가로부터, 그것이 신이든 사상이든 아니면 다른 그 무엇으로

부터 선물 받는 행위하고 생각해요. 말하자면 구원이란 기쁨 이나 행복이나 평화와 같은 개념이 아니라는 거예요."(116쪽)

그러니, 저 지도는 오로지 인간의 마음속에만 있는 셈이다. 그렇다면 인간이 현실에서 선택할 수 있는 것은 유토피아가 아니라 오로지 폭력과 광기 사이에서의 양자택일일 뿐인가? 작가는 그러한 질문을 던지고자 했던 것일까? 알 수 없는 일이다. 이제 저 질문 속에서 박석근의 소설적 실험은 다음을 향해 나갈 것이다.

허구의 이미지와 이미지의 허구

— 박석근의 소설 세계

1997년에 나온 첫 장편소설 《외로운 사람들은 바다로 간다》(책세상)은 작가로서 박석근의 소설적 작업의 출발점과 지향점을 동시에 보여주는 하나의 단서로 작용할 듯싶다. '외로운' 바다의 '외딴' 섬 등대지기 삶을 통해서 우리 시대의 젊음의 이념과 열정을, 그리고 그것의 실패와 상처를 극명하게 보여주었던 그 소설에서 '바다'(혹은 '등대')는 저 젊음의 열정이 지향하는 하나의 이상을 상징하는 장소로서 '도시'에 대비되는 공간으로 설정되었다. 역으로 말하자면, "엄격한 자본의 규율과 그 규율을 확대재생산하는 사이비 종교집단들"(필자의 해설, 〈이념의 황혼과 유토피아의 종말〉)이 지배하는, 종말론적 풍경을 보여주는 이 자본주의적 '도시-현실'의 이미지는 저 외로운 '바다-이상'의 이미지와 짝패로서 대립하고 있었던 것이다.

1999년에 출간된 작가의 두 번째 장편소설 《숨비소리》(책세상) 역시 '마라도 등대지기'의 삶을 취재하기 위해 제주도를 방문한 한 잡지사 편집부장의 이야기를 다루고 있다. 이 소설에서도 '바다'의 이미지는 희망과 절망을 동시에 안고 있는 삶의 한 상징으로 자리하지만, 그럼에도 불구하고 이 지지부진한 자본주의적 일상의 삶이 지배하는 '도시'의 이미지와는 정확히 대척점에 서 있음을 간과할 수 없다. 왜냐하면 이 소설 역시 저 '섬'과 '바다'의 이미지를 젊은 날의 사랑과 추억의 이름으로 채색해 놓고 있기 때문이다. 이 같은 사실들을 염두에 두고 단적으로 말하자면, 박석근의 소설 세계에서 바다는 일종의 '유토피아'를 상징하는 공간적 의미를 갖는다고 할 수 있다. 전작들을 통해 이러한 사실을 이미 잘 알고 있는 독자라면, 박석근의 첫 소설집이 될 《남자를 빌려드립니다》에 실린 많은 작품들에서 '물'이나 '강' 혹은 '바다'의 이미지가 유난히 자주 등장하고 있음을 결코 간과하지 않을 것이다.

모두 8편의 단편들이 모여 있는 한 권의 소설집 전체를 두고 말하자면, 《남자를 빌려드립니다》는 현대 자본주의적 일상의 삶을 그 근원으로부터 꿰뚫고 있는 인간성의 '상실' 혹은 '소외'에 대한 탐구라고 할 수 있다. 그리고 이러한 상실과 소외가 발생하는 소설의 구체적인 공간은 끊임없는 노동과 억압과 빈곤과 외로움으로 얼룩진 '도시-감옥'의 이미지로 상정될 수 있다. 이미 전작들에서도 분명하게 드러났듯이, 박석근의 소설 세계에서 "지옥훈련 따위나 강요하는"(〈강변의 추억〉) "쓰레기장 같은 이 더러운 세상"(〈미성년〉)으로서 자본주의적 도시의 현실은 마치 감옥 속에 감금된 삶처럼 보이기 때문이다. 소설집의 표제작 〈남자를 빌려드립니다〉는 그것을 '대역인간'이라는 한 인물의 삶을 통해 보여주며, 〈미성년〉의 주인공은 역설적으로 "나는 더 이상 이 세계에 있지 않다"고 말한다.

《남자를 빌려드립니다》에서 이 같은 도시-감옥의 이미지를 가장 분명하게 보여주고 있는 작품은 아마도 표제작일 것이다. 이 소설 역시 상실과 소외를 앓고 있는 현대인의 삶과 초상을 그리고 있는 작품이다. 소설 속 주인공의 다음과 같은 인식을 주목하기로 하자. "나는 삶과 죽음 사이에 금을 긋고 어디에 발을 디딜 지 번민했다. 한순간 문득, 더 이상 잃을 것도 불행해질 일도 없으며, 본래부터 빈손이었다는 생각이 들었다. 그러자 이상하게 마음이 평온해졌고, 촘촘한 그물에도 걸리지 않는 바람처럼 자유로웠다. 하이에나의 자유는 생각보다 달콤했다." 하던 사업의 파산과 함께 감옥살이를 한 후 '대역인간'의 삶을 살고 있는 이 '하이에나'의 이미지는 가난과 고독과 상실로 점철된 지옥에서의 삶과 다를 바 없는 것처럼 보인다. "일이 없을 때 하루 중 대부분을 피시방에서 온라인 바둑을 두며 일감을 기다렸다"는 주인공 인물의 '온라인 세계'로의 도피는 바로 이러한 소외 상태를 역설적으로 말해주는 것과 다르지 않다. '소외된 현실'을 벗어나기 위한 피난처가 이전의 작품들에서처럼 싱싱한 '바다'(또는 '등대')의 이미지로 상징되는 유토피아의 세계가 아니라, 또다시 '실체감 없는 가상세계'의 이미지를 갖는 역유토피아의 세계라는 이 아이러니는 작가의 이번 작품집을 관통하는 하나의 소설적 방법론이 되고 있는 듯하다.

《남자를 빌려드립니다》에서 이 자본주의적 현실의 상징으로서 도시-감옥의 이미지들이 모두 '실재성'(혹은 '실물성')을 상실한 '정신병적 공간'(〈아바타를 사랑한 남자〉)으로 그려져 있다는 점은 각별한 주목을 필요로 한다. 소설집에서는 이러한 공간 이미지의 연속선상에 또 하나의 세계, 즉 '가상세계'라거나 '아바타', 혹은 '그림자'나 '대역인간'의 삶이 존재한다. 〈전망 좋은 집〉(1995년 〈문학사상〉 신인상으로 등단한 작가의 데뷔작)의 인물들이 흐르는 강물을 바라보며 빠져드는 과거적 삶이나 〈남자를 빌려드립니다〉의 '대역인간'의 삶, 〈아바타를 사랑한 남자〉의 사이버 세상 속의 삶, 그리고 〈그림자〉에 등장하는 한 인물의 미디어를 통한 이미지 속의 그림자 같은 삶, 〈장군 의자〉의 포장된 이미지나 스타일을 추구하는 현대인의 삶 모두가 바로 이 같은 사태의 변주들로 이해될 수 있을 것이다. 사실상 실재와 가상의 문제는 이번 작품집을 관통하는 핵심적인 문제의식이라고 할 수 있다.

그렇다면, 결국 이 소설집에서 말하는 '정신병적 공간'이란 실재성이라거나 자기정체성을 상실한 소외의 공간을 지칭하는 것일 수밖에 없을 터이다. 왜냐하면 소외란 그 근원적 의미에서 '자신으로부터 자신이 낯설게 되는' 상황을 의미하는 것 이외의 다른 것일 수는 없기 때문이다. 그런 점에서 가령 〈아바타를 사랑한 남자〉는 우리가 흔히 말하는 '정보화 사회' 혹은 '사이버/가상 세계'와의 관계 속에서 발생하는 소외의 문제를 다루고 있는 문제작이라고 할 수 있다. 정보화 사회의 미덕은 시공을 초월하여 '언제 어디서나(유비쿼터스)' 모든 사람들이 서로 만나서 대화하고 소통할 수 있다는 점일 것이다. 그런데 이 같은 유토피아적 상황(소설에서는 이 가상 세계를 '조이시티'라고 명명하고 있다. 또한 소설에 등장하는, 가상세계 속에서의 신혼여행지인 '남태평양 타히티섬'은, 작가의 소설 세계에서 '바다'나 '섬'의 이미지가 언제나 그렇듯이, 자유와 유토피아의 상징으로 작용한다)이 현실에서의 고독과 소외를 극복하기 위한 조건이 되는 것이 아니라, 역으로 현실 사회에서의 대화와 소통을 오히려 방해하는 소외의 수단이 되어 역유토피아의 상황을 초래하게 된다는 점은 분명 아이러니이다. 그리고 바로 이 아이러니 속에 이번 소설집의 전체적인 문제의식과 이전 장편소설들과의 변별성이 존재한다고 나는 생각하는 편이다. 왜냐하면 이제 저

'바다'의 이미지는 전작들에서처럼 유토피아가 아니라 역유토피아의 이미지로 전환되고 있기 때문이다.

'미국 남북전쟁 당시 남군의 총사령관이었던 리 장군이 앉았던 의자'의 진위를 둘러싼 사건을 다루고 있는 〈장군 의자〉 역시 가상의 이미지와 실재의 문제를 천착하고 있는 작품이라고 할 수 있다. 소설에 등장하는 고가구 판매점 '중세가구'의 '조 사장'은 고가구나 골동품을 파는 행위를 '옛날 장인들의 정신을 파는' 일이라고 주장하는 인물이다. 그런 그가 미군 부대에서 흘러나온 한 중고가구 의자를 '장군 의자'라고 속여 판매를 하려 한다. 다시 말해서 그는 가상의 이미지를 실재로 속이고자 했던 것이다. 잠시 이 속임수를 정당화하는 그의 견해를 들어보기로 하자. "그러니까 요새 사람들이 일상생활에 공허감과 무력감을 느끼고 특히 소외감을 느끼는 것은 한마디로 양식, 즉 스타일이 사라졌기 때문이야. (… 중략 …) 그것의 반작용으로 사람들은 양식에 대한 향수를 가지기 시작했지. 그러니까 골동품이나 고가구를 사들이는 것은 단순한 취미가 아니라 사라진 양식에 대한 향수라고 할 수 있어. 그것은 곧 일상의 권태로부터 탈출을 염원하는 요즘 사람들의 희망 사항이기도 하다, 그 말이야." '스타일'에 대한 욕망이야말로 바로 현대 사회와 인간들이 상실한 자기정체성에 대한 향수라는 뜻이겠다. 역으로 말하자면, 이 스타일에 대한 향수야말로 현대인의 인간성 상실과 소외의 알리바이로 작용하게 될 것이다. 상실된 정체성을 스타일이라는 가상의 이미지를 통해 회복하고자 하는 이 욕망 속에 현대인의 정신병적 증상이 존재한다는 것이다.

마찬가지로 미디어가 만들어낸 조작된 이미지와 실재의 괴리를 탐구하고 있는 〈그림자〉는 "사시장철 한복을 즐겨 입으시는 스승"의 이미지를 간직한 '기품이 높은 분'으로서 한 교육자(정교수)의 아이러니한 행적을 추적하고 있다. 대학 시절 주인공인 '나'의 지도교수였던 그는 각종 방송과 언론을 통해 "규범과 도덕 정신이 마비된 이 시대를 바로잡을 대안으로 유교사상을 부활시켜야 한다는 취지의 글을 기회 있을 적마다 발표했"던, 이 시대의 정신적 스승으로 추앙받을 만한 인물을 대변한다. "선생은 어느새 익명성을 잃어버릴 만큼 유명인사가 되셨다. 익명성을 잃는다는 말은 행동의 자유를 잃어버린다는 말과 똑같다." 그런 사람이 방화로 인한 살인죄를 쓴 "자기 아버지 죄를 덮어쓰고 숨어버린" 사건이 발생한다. 결국 이 작품은 "죄지은 아버지를 구하기 위해 부귀와 명예를 초개처럼 버린 성인"과 '한국의 최고 지성' 이미지를 가진 한 교수의 기이한 행적을 추적함으로써 현대 자본주의 사회에서 미디어를 통해 소비되는 이미지(소설의 제목 '그림자'는 바로 이 '이미지'의 중의적 표현일 것이다)와 실재의 거리에 대한 질문을 제기하는 것이다.

자, 이제 이 어둡고 불길한 도시-감옥과 가상세계의 이미지를 잠시 벗어나 보기로 하자. 이때 떠오르는 하나의 이미지가 이 소설집에서는 "흐르는 강물을 한눈에 볼 수 있는 전망이 기막힌 집"(《전망 좋은 집》)이거나 "흐느끼듯 흘러가는 강물의 소리를 들을 수 있"(《강변의 추억》)는 '강변'으로 대변되는 물의 세계, 보다 구체적으로 말하자면 박석근의 소설 세계를 그 근원으로부터 규정짓고 있는 '바다'의 이미지로 상징되는 세계이다. 〈아바타를 사랑한 남자〉에서 사이버 세계 속의 주인공들이 꿈꾸는 "남태평양 타히티 섬에서의 일주일간 예약된 신혼여행"이 상징하는 이 바다의 이미지를 떠올려 보라. 그것이 바다든 아니면 강이든 개울이든 박석근의 소설 세계에서 바다/물의 이미지는 언제나 이 같은 자유와 해방, 혹은 사랑과 행복을 상징하는 것처럼 보인다. 왜냐하면 "원래 인간이란 유유히 흐르는 강물을 보면서 휴식과 평화를 느끼고 나아가 몽상에 젖어들"(《전망 좋은 집》)기 때문이다.

도시-감옥에서 도태되어버린 한 남자의 이야기를 그리고 있는 〈강변의 추억〉에 등장하는 인물 '류씨'나 직장에서 해고를 당한 '나'가 향한 곳이 '강변'이었음도 같은 맥락에 있다. 왜냐하면 박석근의 소설 세계 전체를 염두에 두고 말하자면 여기에서 이 '강변' 또한 바다/물 이미지의 하위 계열체에 속하기 때문이다. 다음과 같은 언급을 참조할 수 있겠다. "나는 다시 소주 병나발을 불었다. 화가 치밀어 올라 강 저편을 향해 아 하고 소리쳤다. 그렇게 하니 마음이 좀 가라앉았고, 높은 데서 낮은 데로 한사코 흐르는 강물의 철학을 배워야 할 필요성을 느꼈다." 그리하여 보들레르의 시구를 인용해 이 같은 바다/물의 이미지를 보다 분명하게 전하고 있는 〈미성년〉의 다음과 같은 인상적인 구절이 등장하게 된다. "나는 열람실에 앉아 있는 시간보다 등나무 벤치에 앉아 바다를 바라보는 시간이 더 많았다. 세계와 연결된 드넓은 바다는 곧 자유였다. 자유인이여, 너는 언제나 바다를 흠모하리. 바다는 네 거울, 너는 너의 넋을 끝없이 펼쳐가는 물결 위에 비추어본다." 바다가 이처럼 '야성'과 '자유'의 이미지를 환기시킨다면, 이 '자유'의 이미지는 또한 우리에게 그에 따르는 대가를 요구할 것이다. 왜냐하면 "역동적인 바다는 불확실한 미래를 인간의 심상에 투사"(《전망 좋은 집》)하기 때문이다. 다시 말하면, 이 자유는 또한 '불확실한 미래'의 상징이라는 뜻이겠다. 그렇기에 이 불확실성이 던지는 불안의 그림자는 자유라는 빛이 던지는 동전의 이면이다. 문제는 우리가 이 불확실성을 감당하면서까지 유토피아적 삶을 추구할 수 있느냐 하는 것일 터이다.

이 같은 문제를 천착하고 있는 작품이 〈전망 좋은 집〉이다. 사물의 이미지(이 작품에서는 '흐르는 강물'의 다양한 이미지)가 인간에게 투영되어 어떻게 마음을 움직이는지를 정묘하게 탐사하고 있는 이 작품은 역유토피아, 즉 유토피아적 삶의 역설을 보여주고 있다. 보다 정확히 말하자면, 유토피아적 삶을 견디지 못하는 현대인들의 정신적 불안과 소외를 역설적으로 그려내고 있다고 할 수 있다. 소설의 배경으로 등장하는 '행복공인중개사 사무실'의 '행복'은 바로 이러한 아이러니의 표현이다. 이 같은 정황을 소설에 등장하는 한 인물의 말씀을 빌려 직접 들어보기로 하자. "난 솔직히 이핼 잘 못하겠어. 만인들이 부러워하는 전망 좋은 집이 살아가는 데 오히려 장애가 된다는 게 말이야. 하긴 풍수지리설에 의하면 강가나 바닷가는 지기地氣가 좀 특별하고, 그래서 그런 데 사는 사람 중엔 정신 이상자가 많다고 하더라만."

사실상 박석근의 소설 세계에서 '바다'와 '물'의 이미지가 유토피아적 공간의 상징임은 앞서 언급한 바 있다. 그런데 이 유토피아적 공간이 오히려 현대인들의 불안과 소외 의식을 부추기고 조장하는 이유는 무엇일까? 작품에 등장하는 한 인물은 그것에 대해 다음과 같이 언급하고 있다. "휴식과 몽상이 경제적 활동에 장애가 되고 그러다간 이 치열한 경쟁사회에서 도태되고 말거라는 강박관념 때문이지." 바다와 물의 이미지가 상징하는 저 '휴식과 몽상'이 이 자본주의적 일상과 도시적 삶에는 오히려 독이 된다는 역설, '전망 좋은 집'이 오히려 '정신병적 공간'이 되는 이 역설 속에 우리는 살고 있다는 것이다.

그런 의미에서 이번 작품집에서 전작들과 가장 근친성을 갖고 있는 작품을 꼽으라면 단연 〈미성년〉이라고 할 수 있다. 〈미성년〉은 앞서 우리가 살펴본 자본주의적 현실의 인간성 상실이나 소외의 문제와는 또 다른 각도에서 각별한 주목을 요하는 작품이다. 서정적인 가락이 동반된 이 아름다운 한 편의 서사는 어쩌면 박석근의 문학적 출발점과 지향점을 시사하고 있는 것처럼 보이기 때문이다. 거기에는 버거운 노동을 견뎌내기 위해 늘 술에 취하는 아버지와 남루한 생활을 꾸려나가는 어머니가 있고, 성취하지 못할 미래의 꿈에 가로막혀 죽음에 이르는 한 장애인 '형'이 있으며, 또 비록 미래를 꿈꾸지만 모진 현실을 간신히 버텨내는 '내'가 있다. 겉보기로 이 작품은 모든 소설가들이 언젠가는 반드시 쓰고야 말겠다고 다짐하는 첫사랑의 '로맨스'인 동시에 못다 이룬 젊음의 애가이다. 보들레르, 랭보, 아이히 등의 많은 시인들의 주옥같은 시구들이 물 흐르듯 녹아 있는 이 서정적 풍경은 눈물겹도록 아름답지만, 그러나 그 아름다움은 끝내 이루지 못한 꿈의 비가로 머문다. 그것은 또한 젊음의 초상화이며 성장기이기도 하다. 그 점에서 이 소설은 독자들이 이미 접했던 작가의 첫 장편소설《외로운 사람들은 바다로 간다》의 전주곡에 해당하지 않을까 싶다.

박석근의 소설 세계에서 자본주의적 일상의 구조가 초래한 저 모든 상실과 소외의 삶은, 그러므로 결국 이 같은 바다/물의 이미지가 상징하는 세계로부터의 결별에서 유래하고 있는 것처럼 보인다. 이 바다/물의 세계를 벗어난 삶이《남자를 빌려드립니다》에서는 "욕망이 썩어가는 냄새가 바람결에 실려 오"는 도시-지옥의 이미지를 만들어낸다. 보다 정확히 말하자면, 박석근의 소설 세계에서 도시는 법이 지배하는, 그리고 그 법이란 것도 강자의 이익을 대변하고 약자에게는 한없이 잔인한 족쇄로 작용하는 약육강식의 세계이다(〈남자를 빌려드립니다〉). 그렇기에 이 도시에서의 삶은 인간적이어선 안 된다. 인간적이길 원하는 순간 그는 나락으로 떨어지는 것이다(〈강변의 추억〉). 이 같은 맥락에서 가령, 〈남자를 빌려드립니다〉에 등장하는 '대역인간'의 다음과 같은 언급이 등장하는 것이리라. "나는 차라리 비린내 나는 피를 먹고 싶다. 달콤한 포도주를 마시는 날이 지속되면 끝내 야생성을 잃어버리고 말 것이다. 야성의 상실은 곧 죽음을 의미하며 살아남기 위해서는 야성이 필요하다."《남자를 빌려드립니다》에는 우리가 이 세계 안에서 살 수도 없고 그렇다고 이 세계 바깥에서도 살 수 없다는 하나의 역설이 자리하고 있는데, 이 역설이야말로 어쩌면 박석근의 소설 세계를 그 근원으로부터 규정짓는 하나의 세계관 혹은 인생관일지도 모르겠다.

그렇다면 삶의 이 역설을 견디는 작가의 방법론적 대안은 무엇인가라고 이제 물을 수 있을 듯하다. 내게는 그것이 바로 이 작품집《남자를 빌려드립니다》를 방법론적으로 관통하고 있는 작가의 아이러니적 태도가 아닐까 싶다. 왜냐하면 아이러니는 '역설의 형식'으로서 오로지 양가적인 태도만이 세계의 모순된 총체성을 파악할 수 있다는 사실에 대한 인식이기 때문이다. 그것은 세계에 대한 완전한 파악의 불가능성과 필연성에 대한 동시적 의식으로서의 성찰적 태도를 말한다. 이 같은 점이 바로 박석근의 소설 세계를 '삶에 대한 근원적 성찰'로서 규정할 수 있게 하는 근거가 되는 것이다. 아마도 허구로서의 소설이 실재로서의 현실에 대응하는 가장 급진적인 방식은 허구의 이미지를 통해 이 현실의 배후에 똬리 틀고 있는 이미지의 허구를 폭로하는 것이리라. 앞으로도 여전히 소설은 허구의 이미지를 통해 이미지의 허구를 드러내는 이 아이러니를 살 것이다. 박석근의 소설 세계는 바로 이러한 이미지와 실재, 허구와 현실의 관계에 대한 성찰과 실험의 기록으로 자리할 것이다.

'가능한 불가능' 혹은 가능한 태도와 불가능한 욕망

— 김도언 소설집《홍대에서의 바람직한 태도》

불가능을 꿈꾸는 것은 가장 가능한 정신의 사치

— 〈가능한 사치와 불가능한 꿈〉,

《가능한 토마토와 불가능한 토요일》(문학세계사, 2022)

0. '토마토주의자'의 글쓰기

소설과 시의 장르적 경계를 제한 없이 넘나드는 분방한 '문학적 글쓰기ecriture' 작업을 해오고 있는 중견작가의 소설에 대해 발언하는 자리에서, 그의 시 작품들로부터 논의를 출발하는 일이 분명 과하긴 하지만, 또한 마땅히 허용될 수도 있으리라 여겨진다. 이번에 출간된《홍대에서의 바람직한 태도》의 작가에게 있어서 문학이라는 것은 시와 소설이라는 장르적 전통의 문제라기보다는 '문학적 글쓰기' 자체의 문제로서 화두가 되었던 것처럼 보이기 때문이다. 그는 자신의 문학적 글쓰기(시에 특별히 더 해당되겠지만)가 서술적-설명적 기능이나 형식적-전통적 수사로부터 해방되어 작가나 시인으로서의 개별적인 삶과 경험의 덧없고도 순간적인 감각과 정신의 심리적 정황과 묘사에 헌신하기를 원하는 듯하다. 잘 알려져 있다시피, 작가는 지난해 상자한 시집《가능한 토마토와 불가능한 토요일》(문학세계사, 2022)에서 시인으로서의 자신을 무엇보다도 '토마토주의자'로 명명한 적이 있다. 그가 자칭하고 있는 이 이상하고도 '불가능'해 보이는 '주의/이데올로기'가 의미하는 바를 이해하기 위해서 다소 긴 인용이 되겠지만, 같은 이름의 제목을 갖는 시 전문을 옮기기로 한다.

> 토마토주의자는 모든 감정에 토마토적인 감각을 집어넣는다. 슬픔과 외로움은 물론이고 심지어는 기쁨과 환희에도 토마토적인 감각을 넣는다. 토마토적인 감각은 식은 적막 두 스푼에 들끓는 연민 세 스푼 따위로 계량될 수 있는 게 아니다. 말하자면 토마토주의자는 모든 감정이 토마토와 무관해지는 걸 참지 못하는 사람이다. 이 세계가 반反토마토주의적인 분위기로 흘러가는 것을 견디지 못하는 것이다. 토마토의 처녀적인 쇄말성과 붉음을 전파해, 낡은 것의 고집불통을, 노인의 지혜를, 이성의 전체주의를 파괴하는 것이 토마토주의자의 정신이다. 토마토주의자는 당연히 토마토에 대해 매우 분명한 태도를 가지고 있는데, 토마토주의자의 토마토는 붉고 아름다운 감정에 충실해야 하지만 토마토주의자의 입술은 반드시 붉거나 아름다울 필요는 없다. 처음부터 완벽히 붉었던 것은 드물다.
>
> —〈토마토주의자〉 전문

"모든 감정에 토마토적인 감각을 집어넣는", 말하자면 지극히 개인적 은유와 상징으로 구축될 수밖에 없을 시인의 '토마토주의'에 대한 과도한 경사는 가히 '파라노이아'('편집신경증' 정도로 옮길 수 있을 듯한데, 시집에 들어있는 같은 제목의 시에서 빌려왔다)'라고 할 지경에 도달해 있는 것처럼 보인다. 그렇기에 "낡은 것의 고집불통을, 노인의 지혜를, 이성의 전체주의를 파괴하"려는 '토마토주의자의 정신'과 '분명한 태도'가 지향하는 '붉고 아름다운 감정'이라는 상상의 세계가 이 시인이 추구하는 궁극의 문학적 가치라고 할 수 있다. 이 같은 '토마토주의자'가 추구하는 긍정적/능동적 측면이 시집의 한편에 존재한다면, 동시에 이 '토마토'와 짝패를 이루면서 그것의 부정적/수동적 국면을 드러내는 또 다른 한편의 세계가 시집에 존재한다. 그것은 소위 '바나나'의 정신과 태도의 세계라고 할 수 있다. 물론 저 토마토와 이 바나나가 둘인 것은 아니다. 차라리 그것들은 하나의 뿌리를 갖는 두 개의 가지라고 말해야 한다. 왜냐하면 우리는 이 바나나를 '스스로 성찰하고 있는 토마토'라고 말할 수 있을 것이기 때문이다. 무엇보다도 이 "바나나는 바나나를 극복할 수 없"는 바나나이고, "바나나로부터 늘 패배"하는 '슬픈' 바나나이다. 다시, 한 편의 시 전문을 옮긴다.

> 바나나는 바나나의 성격이 싫다. 바나나의 미래에 바나나는 투자하지 않는다. 바나나는 바나나의 무관심을 견딜 수 없다. 바나나는 바나나의 변덕과 바나나의 신경질 앞에서 속수무책이다. 바나나는 바나나가 아닌 순간의 바나나를 늘 상상하지만 바나나가 바나나가 아닌 적은 단 한 번도 없다. 바나나는 바나나들과 바나나가 아닌 것들의 틈바구니에서 숨을 쉬지 못한다. 바나나는 바나나가 슬프다. 바나나는 바나나의 열등감을 이해한다. 바나나는 바나나를 극복할 수 없다. 바나나는 바나나의 자부심을 비웃는다. 바나나는 바나나의 기품과 바나나의 욕망 앞에서 가장 바나나적인 태도를 생각한다. 바나

나는 바나나로부터 늘 패배한다. 바나나는 바나나와 이별하
지 못한다.

―〈바나나들〉 전문

"토마토에 대해 매우 분명한 태도를 가지고 있는" 저 '토마토주의자'와 "가장 바나나적인 태도를 생각하는" 이 '바나나들'('바나나주의자'가 아니다! 부정적/소극적 특성을 이념의 지향적 가치로 삼을 수는 없을 터이다)이 다른 것은 아니다. 둘은 각자가 갖는 '태도'로 인해 하나로 겹친다. 이 토마토/바나나적 '기품과 욕망'에 대한 시인의 집착과 자긍심, 다시 말해 '파라노이아'가 소중한 것은, 바로 그것이 지닌 '바람직한 태도'(〈홍대에서의 바람직한 태도〉) 때문이라고 할 수 있다. 이제 우리는 이 '태도'와 더불어 작가의 소설 세계로 들어갈 수 있게 되었다. 여기에서 '태도'는, 내 관점으로 더 정확히 말하자면 '미적 태도'는 이 작가의 문학적 글쓰기의 향방을 가름하는 가장 핵심적 관건이 되고 있기 때문이다. 소설집의 제목으로까지 격상되어 있는 작품에 등장하는, 자발적 '소외의 추종자'인 시인 K는 "자신이 좋아하는 것을 어떤 외부적 요인 때문에 바꾸는 것을 그는 홍대에서의 바람직한 태도에 어긋난다고 생각"(〈홍대에서의 바람직한 태도〉)하는데, 이 같은 '바람직한 태도'에 대한 올곧은 작가적 신념('파라노이아'로서 이미 시집에 등장했던)이야말로 그의 작품세계를 지탱하는 하나의 세계관 혹은 문학관이 된다고 말할 수 있다.

1. 무관심과 냉담: 미학주의자의 '바람직한 태도'

대부분 자의식과 자기-진술적 심리나 정황의 묘사에 능기를 갖고 있는 사소설(〈사소설을 위한 몇 장의 음화〉에 등장하는 화자이자 주인

공인 한 소설가는 다음과 같이 말한다. "자신의 실제 이야기에 서사를 기대는 것, 편의상 그것을 사소설이라고 부를 수 있다면 K는 사소설에 어떤 희망이 있을지도 모른다고 생각한다")로 분류될 수 있을 것으로 보이는 김도언의 문학과 글쓰기의 세계는 무엇보다도 '미감적'이라거나 '미학적'이라는 말로 특징지어질 수 있는 자의식과 자기-진술적 심리와 정황의 묘사요소들로 충만해 있다. 여기에서 이 용어는 무엇보다도 작가의 문학적 관점과 태도를 직접적으로 지시하는 표현으로 받아들여야 한다. 사실상 '미학적'이라는 용어는 우선 문학과 세계에 대한 하나의 특정한 '태도'와 관계된다. 학문적 관점에서 말하자면, 이 태도는 대상과의 일정한 '거리'를 전제하는 '미적 태도론'이나 '미적 거리론'이라는 명칭으로 널리 알려져 있는 터이다. 이 이론들의 주장에 의하면, '미(학)적'이라는 것은 무엇보다도 특정한 '태도'의 문제이다. 여기에서 언급되고 있는 우리의 시인이자 작가가 견지하고자 하는 저 '분명한 태도'는 정확히 이 이론의 테두리 안에서 조명되고 설명될 수 있다고 나는 생각하는 편이다. 이 이론의 출발점은 근대 미학을 정초한 칸트I. Kant로 거슬러 오른다. 이 정초자에 의해 '무관심적 만족'으로 정의되었던 '미/아름다움'은 이후 '미적 태도론'의 이론적 토대가 되기 때문이다. 칸트의 《판단력 비판》(1790) 제1장 '미의 분석론'에서 아마도 가장 중요한 명제가 될 제2절 '취미판단을 규정하는 만족은 일체의 관심과 무관하다'에 등장하는 몇 문장을 옮긴다.

> 대상이 아름답다고 말하고, 내가 취미를 가지고 있다는 것을 증명하기 위해서 중요한 것은, 나로 하여금 대상의 현존에 좌우되도록 하는 요인이 아니라, 내가 나 자신의 내부에 있어서

> 이러한 표상에 대하여 부여할 수 있는 의미라고 함은 아주 명확한 것이다. 미에 관한 판단에 조금이라도 관심이 섞여 있으면, 그 판단은 매우 편파적이며 또 순수한 취미판단이 아니라고 함은 누구나 승인하지 않으면 안 된다. 취미의 문제에 있어서 심판관의 역할을 하자면, 우리는 사상事象의 현존에는 조금도 마음이 끌려서는 안 되고, 이 점에 있어서는 전혀 냉담하지 않으면 안 되는 것이다.

칸트의 '무관심성Interesselosigkeit'(여기에서 '관심Interesse'이란 용어는 정신적 '흥미'나 물질적 '이익'의 뜻을 갖기도 한다) 이론으로 알려져 있는 이 태도론은 이후 쇼펜하우어A. Schopenhauer의 '미적 관조aesthetic contemplation' 이론 속에서 더욱 정교해져 하나의 형이상학적 의미로까지 격상된다. 요약해 말하자면, '무관심적 만족'이나 '미적 관조'의 이론은 우리가 미를 향유하기 위해서는 무엇보다도 이 같은 '태도'가 우선 전제되어야 한다고 주장한다. 그리하여 미적 지각과 체험이란 특정 대상에 대한 일상적 지각이 '무관심적 관조'로 전환된 상태를 의미하게 된다. 그런 점에서 이 '무관심적' 태도는 '미학적'이라는 말의 본질적 국면이 된다. 그러나 이 태도는 또한 불가피하게도 '욕망'이라는 아주 껄끄럽고도 성가신 단어를 끌고 온다. 왜냐하면 '일체의 관심을 떠난' 이 '무관심적 만족/관조의 태도'는 일종의 '욕망을 욕망하지 않기'를 요구하는 것처럼 보이기 때문이다. 여기에서 미/아름다움은 욕망'의' 해방이나 성취가 아니라 오히려 그 욕망'으로부터의' 해방이나 그 해방의 성취로 이해된다. 미(학)적 쾌/만족이라는 말은 그렇기에 '욕망을 욕망하지 않으려는 욕망의 만족'을 의미할 수도 있다. 다른 맥락에서이긴 하지만, "불가능해서 격렬한 희망"(《권태주의자 外篇》)이라는 작가의 표현은 이 경우 매우 유사한 정신의 상태나 태도를 의미할 법도 하다.

김도언의 '토마토주의'는 바로 이 '미적 태도론' 혹은 '미학주의'의 선언으로 내게는 읽힌다. 그렇기에 또한 그의 작품세계에 등장하는, 이 미적 태도를 견지하고자 하는 작품 속 등장인물들의 열패감과 무기력('권태'와 '허무'라고 해도 되겠다)은 현실에서 패배할 수밖에 없는 이 '미학주의'의 온전한 부산물이라고 해야 한다. '자전적 사소설'을 위한 예비 단계로서 구상된 소설 속의 등장인물은 다음과 같이 말하고 있다. "우리 집에는 확실히 개인주의 전통, 다시 말하면 자신 외의 사람에게는 본능적으로 냉담하고 무관심한 전통이 있는 것 같다. 그 전통을 창안한 사람은 아버지와 어머니다. 우리 가족, 아버지, 어머니 두 형과 나는 하나같이 자기 자신의 일 외에는 그 어떤 것에도 관심이 없었다. 내 몸은 그 전통에 완전하게 적응했다. 내가 그것을 원했기 때문일 것이다"(《사소설을 위한 몇 장의 음화》). 이 같은 사정은 정확히 작가 자신에게 해당된다고 나는 믿고 있는 편이다.

이 '무관심'과 '냉담'이라는 미적 태도는, 비록 그것이 미적 유토피아를 구축할 수는 있을지라도, 삶의 현실에서는 언제나 굴욕과 패배를 감수해야만 한다. 삶에서 욕망은, 욕망을 넘어서려는 욕망에 대해 언제나 승리한다. 그렇지 않다면 이 현실은 와해 될 것이고 삶은 더 이상 지탱될 수 없을 것이기 때문이다. 하지만 이 불가피한 욕망의 현실과 삶을 넘어서고자 한다면, 욕망을 넘어서려는 욕망 역시 불가피한 것이다. 왜냐하면 욕망을 넘어서려는 이 욕망 없이는 '여기 지금'의 삶과 현실 역시 또한 지탱될 수 없기 때문이다. 삶은 무엇보다도 삶을 넘어서고자 하는 데에서만 또한

(참다운) 삶일 수 있다고, 작가와 더불어, 나는 믿고 있다. 삶과 현실은 무엇보다도 현재와, 이 현재를 장악하고 극복하고자 하는 의지의 결합이기 때문이다. 작가는 이 욕망/탈욕망의 긴장과 길항을 직시하고 있었을 터이다.

작가로서의 이 같은 욕망은 그의 작품세계를 다양한 형태의 실험의 장으로 만든다. 종종 '액자소설'과 '메타-소설'의 형식으로 구성된, 자의식으로 충만한 사소설적 경향의 작품들 이외에도 《홍대에서의 바람직한 태도》에는 다양한 형식 실험의 작품들(사소설적 경향의 관점에서는 어쩌면 '외도'일 수도 있는)이 등장한다. 공사장 인부 다섯 명의 사망사고 전 스물네 시간 일상의 삶을 '옴니버스' 형식으로 구성한 리얼리즘적 경향의 소설 〈다큐, 스물네 시간〉, '피카레스크(악한 소설)' 형식의 전통을 따라 '패륜'과 '부도덕'을 행동의 지침으로 삼아 친부살해를 모의하는 알레고리적 형식의 작품 〈장난하냐, 장난해〉, 그리고 시인인 주인공 '나'의 '문학적 신념'과 대조를 이루는 '처남들'의 '정치적 (무)신념'을 풍자적으로 다루고 있는 소설 〈정치적 신념과 처남들의 반란〉 등도 그 예시가 될 것이다(여기에서 나는 작가의 '자(기)의식'의 문제, 즉 '무관심적 태도'와 내면의식의 결과로서 도출된 자발적 '소외의 추종자'로서 '권태주의자'라는 문제에 집중하기 위해 방금 언급된 세 작품을 분석에서 제외하기로 했다).

2. 허무와 권태:
실존적 부조리의 의식과 저항의 '권태주의자'

'무관심'과 '냉담'이 '올바른 태도' 즉 미적 태도의 본질적 국면을 형성한다면, '권태'는 그것의 불가피한 결과일 수밖에 없다. 말하자면 "권태주의자를 자처하는 나"(〈권태주의자 內篇〉)는 '토마토주의자/미학주의자'의 필연적 부산물이라는 뜻이다. 김도언의 작품들에 등장하는 대부분의 인물(주로 시인이나 소설가들)에서 발견되는 '권태'는 "열정이나 욕망을 유예시키는 어떤 필연적인 상태"(〈권태주의자 內篇〉)로 규정된다. 심지어 그들은 "발견하고 표현된 나 자신을 끊임없이 부정하고 지워서 권태주의자가 되는 것이 나의 문학적 소명"(〈권태주의자 內篇〉)이라고까지 말한다. 그렇기 때문에 이 권태는 '어떤 일이나 상태에 시들해져서 생기는 게으름이나 싫증'이라는 사전적 의미와는 전혀 다른 맥락에서 파악되어야 한다. 권태를 현대사회의 일반적인 도덕적-정신적 쇠퇴와 도시 생활의 결과로 간주한 보들레르의 관점이나 "권태는 좌절감의 다른 이름"(수전 손택)이라는 부정적 관점 역시 이 작가의 '바람직한 태도'로서의 '무관심'과 그 결과물로서의 '권태'를 온전히 파악할 수 없다. 〈권태주의자 內篇〉에 등장하는 다음과 같은 발언을 참조하기로 하자. "권태에 대해 오래 생각하고 관찰하는 동안 나는 사람이 가장 권태롭게 보이는 순간이 시각적인 이미지의 이데아에서 자기 자신을 해방시킬 때라는 걸 알게 되었다. 그러니까 외부의 시선을 모두 거두어버릴 때, 그리고 그 안에 자신의 정조를 조용히 불러들일 때 권태가 완성된다는 걸 깨달은 것이다". 그러니 이 권태는 '외부의 시선을 모두 거두어' 오로지 '그 안에 자신의 정조를 조용히 불러들일 때' 완성되는, 철저하게 근원적인 내면의식 혹은 '자(기)의식'으로부터 발생한다는 것이다. "권태란 이런 것이다. 권태로운 사람에게 근원적인 곳으로 향할 것을 명령한다"(〈권태주의자 內篇〉).

김도언의 작품세계에서 권태는 이러한 근원적인 내면의식 혹은 자의식으로부터 발생한다는 사실은 매우 중요한 시사점을 갖는다. 사실상 《홍대에서의 바람직한 태도》에 등장하는 대부분의 화자나 주인공들은 '자의식'으로 충만한 '소외의 추종자'들이다. 그 인물들(사실상 한 인물의 변용이겠지만)의 시선과 행위 속에서 우리가 또한 떠올릴 수 있는 것은 작가의 세계관 혹은 문학적 태도이다. 김도언의 작품세계가 전반적으로 '사소설적 경향'을 띠는 이유도 이러한 태도와 무관하지 않다. 이미 앞서 인용한 바 있듯이, "자신의 실제 이야기에 서사를 기대는 것, 편의상 그것을 사소설이라고 부를 수 있다면"(〈사소설을 위한 몇 장의 음화〉), 소설 속의 인물 소설가 K의 문학적 관점을 우리는 또한 소설가 김도언의 관점으로 유추해 읽을 수도 있기 때문이다. 물론, 자(기)의식이란 스스로의 존재와 의식을 문제로 삼는 의식, 즉 일종의 '성찰'과 '반성'(독일어에서 두 용어는 분리되지 않고 모두 'Reflexion'으로 표기된다)의 행위가 전제되어 있다. 독일 초기 낭만주의자들이 '의식의 의식'으로서의 이 용어를 토대로 '비평Kritik' 개념을 구상했던 것과 마찬가지로, 김도언의 작품들에서 '자기-비판/비평'(독일어에서 '비평'과 '비판' 또한 서로 구분되지 않고 모두 'Kritik'으로 쓴다)적 요소가 강한 것도 바로 이 때문일 것이다. 작가가 차용하고 있는 '액자소설'이나 '메타-소설'의 형식 역시 이 '자(기)의식' 혹은 '성찰/반성'의 행위와 무관하지 않을 것이다. 그것들 모두 소설을 감싸고 있는 소설의 형식이기 때문이다. 특히 소설 내부에서 소설 자체에 대한 이야기나 작가의 창작 과정을 다루는 메타-소설의 형식은 '소설 자체의 자의식'이라고 할 만한 것으로서, 이는 자의식으로 충만한 인물들(작가나 시인)의 근원적인 내면의식과 대위법적 구조를 이룬다고 할 수 있다.

그러나 '자(기)의식'을 논하는 자리에서 분명히 제기되어야 할 것은 '세계'와 '타자'의 문제이다. 자(기)의식과 (자기)비판으로서의 '성찰' 행위가 평가받을 만한 가치가 있는 것이냐의 문제는 모두 그것들이 지닌 '타자'와의 관계설정에 의존해야 하기 때문이다. 그 의식과 비판이, 작가 자신의 표현을 빌려, '바람직한 태도'로서 자기 존재와 의식 바깥의 세계와 타자를 지향하지 않는다면, 그러한 자의식과 성찰은 '유아론'의 테두리 속에서 '악무한'을 반복할 것이다. '의식의 의식'으로서의 반성과 성찰이, '두제곱 된 성찰' 즉 성찰의 성찰'로서의 자기비판이, 그리고 '성찰의 성찰의 성찰'로서의 또 다른 의식 행위가 제아무리 거듭된다 하더라도, 거기에 '세계'와 '타자'를 위한 자리가 없다면 그것은 한낱 공허한 자(기)의식의 놀음에 지나지 않을 것이다. 레비나스E. Levinas가 《시간과 타자》에서 인용한 바 있는 성경(〈신명기〉 10장 18-19)의 구절, '고아와 과부'의 모습으로 다가오는 저 '타자의 얼굴' 앞에서 '자(기)의식'과 '성찰/반성'이, 그리고 '비판/비평'은 어떤 '바람직한 태도'를 취할 수 있는 것일까?

작가의 글쓰기에서 '권태'가 대단히 중요한 화두가 되는 것은 그것이 미적 태도, 즉 '무관심성'의 필연적 귀결이라는 사실은 앞서 언급했다. 무관심과 냉담은 권태를 불러온다. "권태주의자를 자처하는 나"라고 스스로를 규정하고 있는 작품 속의 인물은 "내가 '권태주의'라고 부르는, 나의 고질적인 증세는 어쩌면 무관심의 다른 이름일지도 모르겠다"고 분명히 말한다. 그러니 이 '권태주의자'는 분명 자존심과 품위를 소중히 여기는 '토마토주의자'의 다른 얼굴인 셈이겠다. 저 인물은 이어서 다음과 같이 말하고 있기 때문이다. "권태주의에 빠진 사람이 자존심까지 잃는 것은 매우 비참한 일이다. 권태주의는 품위와 매우 깊은 관계에 있기 때문이다”. 여기에서 권태의 의식이 인간의 ‘자존심’이나 ‘품위’와 ‘매우 깊은 관계’에 있다는 사실은 각별히 주목할 필요가 있다. 작가는 이 권태라는 화두를 통해 인간의 내면에 숨어있는 어둠과 복잡성을 직시하도록 할 뿐만 아니라, 그것을 자본주의적 현대사회에 대한 적극적인 저항과 도발적인 위반의 지표로 삼고 있는 것처럼 보이기 때문이다. 한 인물은 다음과 같이 말한다. “지금에 와서야 생각하는 것이지만, 가장 좋은 권태주의는, 최소한의 영향력으로 가장 거대한 변화 가능성의 징후를 계속 자극하는 것 같다. (… 중략 …) 내가 믿는 권태주의는, 개인의 신념과는 멀리 떨어져 있다. 오히려 끝없이 끝없이 자신을 지우면서, 상대와 세계를 변화시키는 것이다”(〈권태주의자 外篇〉).

‘액자소설’의 형식을 취하고 있는 또 다른 소설 〈아만다와 레베카와 소설가〉라는 작품에서 액자 속의 이야기로 등장하는 ‘홍대에서의 바람직한 태도’의 작가 K는 아래와 같이 고백하고 있다. 아마도 그것은 액자 속 소설의 이야기를 넘어서 또한 실재하는 김도언이라는 소설가가 쓴 개별 작품으로서 〈홍대에서의 바람직한 태도〉에 대한 작가 자신의 기획과 의도를 포함하고 있는 것 같다. 물론 거기에서 더 나아가, 내가 이해하기로는, 《홍대에서의 바람직한 태도》라는 소설집 전체에 대한(그러므로 작가 자신의 문학 세계 전반에 대한) 스스로의 평가로 읽히기도 한다. 거기에서 액자의 기능은 속 이야기의 근원이나 진술 의도를 밝히는 것은 물론 복잡다단하고도 혼란스러운 현실세계의 역동성과 다성성을 위한 장치로 작동한다. 액자소설이라는 형식 자체가 서술자의 시점을 다각화함으로써 전지적 시점을 벗어나 다양한 방식으로 이야기의 전개가 가능하도록 허용하기 때문이다.

> 소설의 서사가 요구하는 요소들, 이를테면 멋진 인물과 극적인 사건과 아름다운 배경 같은 것을 찾아볼 수 없는 단조롭기 짝이 없는 그 작품은, 어느 날 '권태'가 내게 도래한 이후 내가 느낀 이 세계의 참을 수 없는 즉물성과 공허함을 표현하기 위해 쓴 작품이다.
>
> -〈아만다와 레베카와 소설가〉

"이 세계의 참을 수 없는 즉물성과 공허함"은, 그 즉물성과 공허함을 직시하는 작가의 '무관심한 (관조의) 태도'는 '권태'와 필연적으로 연관된다는 점을 강조하기로 하자. 위의 인용에서는 '권태'가 이 세계의 공허함에 대한 인식의 선결 조건으로 전제되어 있지만, 사실상 권태는 '무관심성'이라는 '(미적) 태도'로 직관(직시/관조)한 이 세계의 공허함에 대한 인식의 결과물이다. 공허감이 권태의 모태이지, 그 역은 아닐 것이기 때문이다. 그런 의미에서 《홍대에서의 바람직한 태도》는 이 세계의 무의미함을 직관/관조하는 한 '권태주의자'의 내면의식 혹은 자의식이라는 심리적 풍경에 대한 기록으로 자리한다. 그 뿌리에는 아마도 실존에 대한 부조리의 의식이 똬리 틀고 있는 것 같다. "나는 죽음에 맞서는 한 사람의 나약한 소설가일 뿐"이라고 고백하는 그 부조리의 의식이 소설가에게 권태를 불러오는 것이다.

> 그의 소설 〈홍대에서의 바람직한 태도〉는 정말 내가 찾던 그런 유형의 작품이었다. 부조리하고 회의적인 세계를 떠도는 잉여의 비관주의자가 자신의 삶을 대하는 독특한 태도, 부적응하는 사회에 소극적으로 저항하는 유약한 탐미주의의 일상이 매우 희귀한 정조에 실려 섬세하게 묘사되고 있는 작품이

었으니까. 나는 거기서 이오네스코를, 카뮈가 말한 페스트적 징후를, 베케트와 한트케적인 질문을 발견했다.

- 〈아만다와 레베카와 소설가〉

3. 몽상 혹은 환상: '유토피아주의자'의 실낙원

시인이자 작가로서 김도언의 영혼을 사로잡고 있는 것은, 내게는, 기독교적 원죄 의식과 구원(유토피아)의 문제인 것처럼 보인다. 다시 말해 원죄로 인한 실낙원 이후의 구원과 새로운 유토피아에 대한 희망은 어떻게 가능한가라는 문제는 김도언의 작품세계를 근원적으로 관통하는 문제의식이라는 뜻이겠다. 작가는 "사랑과 연민, 이 두 단어 없이 인간을 설명하는 것이 과연 가능한 일일까?"(《의자야 넌 어디를 만져주면 좋으니》)라고 말한다. 그리고 '사랑과 연민'이 사라진 이 세계는 그의 작품 속에서 다음과 같이 '밀림과 사막'으로 비유된다.

그렇다. 밀림과 사막. 축축하고 풍성한 밀림과 메마르고 건조한 사막. 무엇이 나타날지 모르는 흥미진진한 밀림과 이미 모든 것을 펼쳐 보이는 권태로운 사막. 내게는 그때 밀림과 사막이 함께 있었다. B와 Y의 세계가 바로 그것이었다.

하지만 난 앞에서도 말한 것처럼 밀림과 사막, 그 어느 한 곳에도 오래 머무르지 못했다. 밀림 속에 오래 있다 보면 어느새 몸에 곰팡이가 피고 짓무르는 느낌에 사로잡혔다. 그럴 때면 까끌까끌한 모래바람이 부는, 햇볕이 이글거리는 사막이 견딜 수 없이 그리웠다. 나는 결국 도망치듯 밀림을 떠나야만 했다. 하지만 사막이 나의 구원(강조는 필자)이었을까. 사막에서도 며칠을 보내고 나면, 그 건조한 열기에 목이 콱콱 막히고 온몸에 비늘 같은 각질이 이는 것 같았다. 그럴 때면

> 또 밀림이, 그 축축한 습기와 풍성한 그늘이 가득한 밀림이 그리웠다.
>
> –〈의자야 넌 어디를 만져주면 좋으니〉

내가 이 글의 제목에서 차용한 '가능한 불가능'이라는 용어가 소제목으로 쓰인 이 작품은 '사막'과 '밀림' 사이에서 방황하고 있는 한 영혼의 이야기이다. 작품의 상징적 배경은 '실락원'의 모티프로 가장 잘 설명될 수 있다고 생각하기 때문이다. "아아! 어디가 내 구원처인지 모르겠어"라고 탄식하는 소설 속 양성애자인 주인공은 결국 "지금은 알고 있다. 나의 사랑은 불가능했고 결핍은 완성되었다는 것을"이라는 패배의 인정으로 이 소설은 절정에 이른다. 거기에서 '홍대'는 무엇보다도 먼저 '불가능한 사랑'과 '완성된 결핍'을, 권태와 소외를 충족시키려는 욕망과 꿈/몽상의 해방공간이 된다.

> K의 경우를 보면 홍대의 하루는 몽상으로 시작해서 몽상으로 끝나는 것 같다. 이것은 과장이 아니다. 홍대에 뜨는 달은 홍대에 사는 사람들의 몽상과 권태가 일으킨 부력으로 떠오른 것이다. 그리고 그 몽상과 권태가 수그러들 때 홍대의 달도 이운다. 몽상으로 가득 찬 하루가 서른 번이 되면 한 달이 되고, 또 그것이 열두 번 모이면 일 년이 된다. 그렇다면 홍대에서의 일 년은 몽상에서 시작해서 몽상으로 끝나는 셈이다.
>
> —〈홍대에서의 바람직한 태도〉

단순히 몽상이나 감정적 분위기에만 매몰되지 않는 내면의식의 섬세한 실존적 음영이나 주체와 타자, 자아와 외부와의 소통 문제 등은 이 작가의 오랜 문학적 화두였을 것이다. 모순적이고

적대적인 현실로부터 미적 현상세계와 무관심으로의 도피(?)는 필연적으로 비사회적, 반정치적 허무와 권태로 귀결될 터이다. 소설 속에 등장하는 한 시인은 '우리는 모두 지하의 내부에서 깊은 잠을 자는 부족이다'(《홍대에서의 바람직한 태도》)고 고백했다. 그러나 한 고등학교 교사가 화자이자 주인공으로 등장하는 '악한 소설'에는 다음과 같은 발언이 출현한다. "인간에게 부여된 가장 위대한 가치는 독립과 자유를 불가능하게 하는 모든 야만스런 공격에 저항하고 부당한 것을 거부할 수 있는 정신에서 나온다"(《장난하냐, 장난해》). 그러므로 우리는 저 무관심의 태도와 권태의 의식은 또한 저항과 거부의 정신적 산물이라고 해야 한다. 사실상 그렇다. 미적 유토피아의 꿈은 또한 혁명의 의식의 산물이기 때문이다. 모든 이데올로기론들로부터 온갖 비판과 비난을 감수하게 만드는 작가의 이 특정한 '혁명의 이데올로기/미학주의'는, 역으로, 또한 모든 이데올로기론들에 대한 치명적인 저항과 반동으로 작용할 수도 있다. 그렇기에 "나는 문학이 사회와 세계를 개조하거나 자기 자신을 구원할 수 있다고 생각하지 않습니다"(《아만다와 레베카와 소설가》)라는 소설 속 한 인물의 믿음은 곧바로 작가의 믿음으로 읽어도 무방할 것이다. 하지만 그것은 분명 유토피아적 혁명의 욕망을 갖는다. 비록 그 욕망이 욕망을 넘어서려는 욕망이라고 할지라도 말이다. 무엇보다도 모든 이데올로기는 특정한 욕망의 서사들이다. 그리고 미적 유토피아는 그 욕망/탈욕망의 경계에서 '저 너머'를 꿈꾼다.

그렇기에 김도언의 작품세계에 짙게 드리워져 있는 '허무'와 '권태'의 그림자들은 이 욕망의 실패와 패배로부터 오는 것이 아니라 적극적인 거절과 포기로부터 연유한다고 해야 한다. 하지만 이 태도 또한 하나의 욕망임을 우리는 동시에 수긍해야 한다. 욕망을 욕망하지 않으려는 욕망, 하기야 그것만큼 큰 욕망이 또 어디 있겠는가? 이 태도 또한 하나의 건강한 욕망임을 인정할 때, 이 욕망의 이데올로기는 진정한 힘을 갖게 될 것이다. 성찰된 욕망과 반성된 이데올로기야말로 피를 요구하지 않는 진정한 혁명일 것이기 때문이다. 그렇기에 이 (반)욕망과 가장 치열한 전선을 형성하는 것은 언제나 모든 정치적-도덕적 이데올로기이다. 미학을 논의하는 자리에서 욕망과 정치의 출현은 필연적이다. 미학과 정치는 욕망을 사이에 놓고 대립하는 가장 치명적인 짝패 관계를 이룬다. 정치적-도적적 이해利害와 욕망을 적극적으로 관철하고자 하는 욕망의 정치학과 그 이해와 욕망으로부터 해방을 성취하려는 (반)욕망의 미학이 형성하는 이 전선은 무관심이라는 '미적 태도'를 올곧게 견지하려는 작가에게는 불가피한 것이다. 그런 의미에서 정치학과 미학은 욕망/반욕망의 쌍생아라고 말해야 한다. 미(학)적 태도를 견지하려는 김도언의 문학 세계에서 그러므로 정치와 이데올로기에 대한 사유와 발언은 회피할 수 있는 것이거나 선택 가능한 것이 아니다. 하나는 언제나 다른 하나를 배경으로만 이해될 수 있기 때문이다. 가능한 세계를 욕망하는 정치와 불가능한 세계를 꿈꾸는 미학은 그렇게 서로를 요구한다. 그 긴장과 길항의 영역이 작가가 활동하는 공간이다.

죽음은 어떻게 완성되는가?

— 다시, 《죽음의 한 연구》를 읽으며

1.

"〈무정〉 이후에 씌어진 가장 좋은 소설 중의 하나"(김현, 〈인신人神의 고뇌와 방황〉) 라는 널리 알려진 평가 외에도, 박상륭의 오랜 친구이자 문학적 동지였던, 이미 고인이 된 평론가 김치수는 그의 평론집 《삶의 허상과 소설의 진실》(문학과지성사, 2000)에 실려 있는 〈구도자의 세계 — 박상륭의 소설〉에서 이미 박상륭의 문학이 지니고 있는 전위적 실험성에 대해 "문학이 모든 관습과 규범에 문제를 제기하고 그것에 대한 일탈과 전복을 통해서 새로운 의미를 질문하는 것이라면 박상륭의 문학은 출발부터 비범한 전위적인 성격을 띠고 있다"고 주장하면서, "박상륭의 소설은 30년대의 작가 이상李相 이후 가장 철저한 모더니즘의 방법으로 씌어져 있"다고 덧붙였다. 그렇다, 박상륭의 문학은 무엇보다도 실험적이고 전위적이었다. 문제는, "문학이 모든 관습과 규범에 문제를 제기하고 그것에 대한 일탈과 전복을 통해서 새로운 의미를 질문하는 것"이라는 김치수의 명제에서 박상륭의 문학이 우리의 어떤 관습과 규범에 문제를 제기했으며, 또 그것에 대한 어떤 일탈과 전복을 수행했는가 하는 점이리라. 형편없는 졸문이나 끄적이는 평론가로서의 나 자신을 '문학판'이라는 제도권의 장으로 끌어들인 계기가 되었던 〈죽음의 신화적 구조 — 박상륭의 '죽음의 한 연구'〉 외에도 그 책의 개정판 해설 〈대지의 은총과 생명의 축제〉를 쓴 적이 있었던 자가 한없이 두려운 마음으로 《죽음의 한 연구》를 또다시 앞에 펼쳐놓고 앉은 이유가 바로 그 점에 대해서 생각해보고자 하는 글쓰기의 욕망 때문이다. 이 글쓰기의 욕망이 무엇보다도 두려운 것은, "박상륭의 문학은 박상륭의 종교"(박태순, 〈'죽음의 한 연구'에 대한 연구〉)라는 평까지 있는 터여서, 이 지극한 문학주의자의 면전에서 문학은, 다시, 무엇인가라는 요령부득의 질문을 통과하지 않을 수 없을 듯하기 때문이다.

먼저, 문학주의자로서의 박상륭이 자신의 문학적 과제를 어떻게 생각했는지 잠시 참조하기로 하자. 1999년 박상륭은 세 번째 소설집 《평심》을 막 출간한 직후 가진 한 인터뷰(〈중앙일보〉, 1999년 4월 29일자)에서 "저는 이제까지 한 권의 책을 써온 거나 마찬가지이지요. 죽음에 맞선 사람을 어떻게 구원할 것인가, 이 한 가지 주제지요"라고 말한 적이 있었다. 요컨대, 박상륭의 문학 세계에 있어서 전체적인 유일한 관심은 '죽음이란 무엇인가'라는 문제가 아니라, 오히려 필멸의 운명을 타고난 존재로서의 '사람/삶은 어떻게 구원될 수 있는가'라는 문제였다는 것이다. 보다 엄밀하게 말하자면, 박상륭 문학의 참된 주제는 '삶의 구원'이라는 철학적 혹은 종교적 형이상학의 문제였고 문학주의자로서의 박상륭이 제출한 최종적인 답변은 '생명에 대한 사랑'이었다고 나는 믿고 있는 편이다. 그러므로 박상륭의 문학 세계 전체를 염두에 두고 말하자면, 그의 문학은 '생명의 참의미를 탐구하는 형이상학의 세계'였다고 말할 수 있다.

1963년 《사상계》에 발표된, 박상륭의 등단 데뷔작 〈아겔다마〉를 영역본과 함께 실어 '바이링궐 에디션 한국 대표 소설' 시리즈로 재출간한 책의 해설에서 나는 이미 다음과 같이 쓴 적이 있었다.

> 충격적이고도 기이한 '정사'와 '살해'는 박상륭의 작품 세계를 떠받들고 있는, 하나의 질서를 이루는 두 개의 상극적 요소로 이해되어야 한다. 박상륭의 작품 세계에서 삶/생명은 언제나 '살욕'과 '성욕'이라는 상극적 요소의 갈아듦[易] 속에 존재하는데, 이러한 파괴력과 창조력은 마치 '제 꼬리를 물고 도는 뱀'의 형상이 상징하는 것처럼 상극적 질서로서의 '자연의 순환 원리'가 된다. 신화적인 시공간적 배경, 충격적이고도 카니발적인, 혹은 제의적 의미를 갖는 성의 탐닉과 폭력적인 죽음의 사건들, 기괴한 형상을 한 인물들(죽음에서 부활한 예수 이미지, '기도하는 사튀로스'라고 명명된 유다의 사팔뜨기 눈의 이미지 등)과 광기의 폭발, 그리고 심오한 종교적 비의와 상징들로 구성된 「아겔다마」는 그 모호함만큼이나 많은 상징적 의미들을 독자에게 던져 놓는다. 번역을 통해서는 어떻게든 그 의미를 전달할 수 있을 것 같지 않은 전통적인 한국어(특히, 남도 사투리)의 사용과 새로운 조어법造語法으로 구성된 박상륭의 작품 세계는 한국의 독자들에게도 낯설지만, 이국의 독자들에게는 훨씬 더 많은 해독解讀의 노력을 요할 것이다. 그러나 그러한 노력은 분명 시도해볼 만한 가치가 있다. 왜냐하면 세계/자연과 사람과 삶/생명을 범우주적인(따라서 '우주적'이라는 말의 뜻 그대로 '보편적인') 관점에서 통찰하려는 작가의 야심찬 시도와 상상력은 독자로 하여금 '문학이란 무엇인가?'라는 질문을 새롭게 숙고하도록 하기 때문이다.
>
> —《아겔다마》(전승희 옮김, 주식회사 아시아, 2013) 해설에서

그랬다. 비록 단편에 불과한 작품이었지만, 〈아겔다마〉는 이후에 펼쳐질 박상륭의 문학 세계 전체를 포괄할 만한 주제와 제재, 모티프와 이미지들 모두를 이미 포괄하고 있었다. 그렇다는 것은, 박상륭의 문학적 관심이 그의 평생 동안 단 한 번도 변한 적이 없다는 사실을 뜻하기도 할 것이다. 죽음을 모티프로 하여 삶과 사람과 생명의 참의미를 탐구하려는 박상륭의 집요하고도 지극한 정성은 그의 문학을 그의 종교의 차원으로까지 이끌어갔을 터였다. 박상륭의 작품을 앞에 두고서 무엇보다도, 문학이란 무엇인가라는 질문을 다시 던지지 않을 수 없는 이유가 바로 그것이다. 박상륭은 문학이라는 아포리아를 한계 지을 수 없는 인간 정신의 아득한 경계로까지 끌고 가 심문하고 취조했던 것으로 보인다. 그의 심문 앞에서 문학은 자신의 가능성과 한계 모두를 실토하지 않을 수 없을 정도의 극심한 고초를 겪었을 것이다. 그리고 그러한 문학의 고초는 바로 문학을 종교로 삼은 박상륭 자신의 고초로 고스란히 되돌아왔을 것이다. 왜냐하면 《죽음의 한 연구》는 한국문학의 가능성과 불가능성에 대한 문학 자신의 시험과 자기비판의 법정이었던 것으로 내게는 믿겨지기 때문이다(이 점과 관련하여 다음 언급을 덧붙일 수 있다. "분명 《죽음의 한 연구》는 한국 현대 문학사의 보기 드문 영역을 개척해놓았다. 필자는 박상륭이 개척한 이 분야를 '형이상학적 소설'로 분류하고자 한다. 박상륭의 글은 소설 자체로 된 형이상학이다. 즉 인간 존재에 대한 근원적인 질문과 세계와 우주에 대한 전체적인 사유가, 우리가 충분히 규정하지 않은 채로 '소설'이라고 부르는 형식 안에 그 형태를 드러내고 있다. 그러면, 문학이란 무엇이고 형이상학이란 무엇인가. 그리고 양자가 서로 존재하는 관계는 어떤 종류의 것인가. 전래된 어떤 형이상학과 미학도 이 문제에 분명한 해답을 제시할 수 없었다는 것이 명백하다. 인류의 신화적 발생으로부터 정신적 전승의 전체로부터 사유된 그의 작품은, 철학적 사유와 함께 문학적 존재 가능성이 불붙기 시작하는 문제에서 우리를 심사숙고하게 한다". 〈죽음의 신화적 구조 — 박상륭의 '죽음의 한 연구'〉, 《사랑, 그 불가능한 죽음》(문학과지성사, 2000), 263쪽). 그 모든 사유와 언어의 한계 너머에 있는 '죽음'을 탐구한다니! 그렇다면 이 연구가 필경 불가능한 사유와 언어의 실험에 지나지 않을 것임을, 박상륭은 이미 그 책의 제목에서부터 고백하고 있었던 셈이겠다. 분명 《죽음의 한 연구》는 불가능한 문학적 사유와 언어의 실험이었다. 하지만 말의 진정한 의미에서 '실험'이 그런 것이 아니라면, 또 문학이 그러한 불가능성과의 싸움이 아니라면 우리가 그것을 어떻게 문학이라고 할 수 있겠는가? 《죽음의 한 연구》는 사유 불가능한 것을 사유하기, 말할 수 없는 것을 말하기라는 한국문학 초유의 극단적인 사유와 언어의 실험이었다.

2.

박상륭의 문학적 문제의식과 관련해 내게는 그의 작품이 두 가지 차원에서 '불가능한 실험'의 산물로 이해된다. 첫째는 《죽음의 한 연구》가 죽음이라는 사유 불가능한 대상에 대한 사유라는 점이고, 둘째는 이 사유 불가능한 대상에 대한 언어적 한계의 실험이라는 점에서 그러하다. 죽음은, 물론, 사유되지 않는다. 그것은 사유를 통해 접근할 수 있는 그 모든 한계 너머에 존재한다. 그렇다면 삶을 영위하는 존재자로서의 자연인 박상륭이 그 들목에나마 접근해 볼 수 있는 최선의 방법은 무엇이었을까? 아마도 박상륭에게는 그것에 접근할 수 있는 유일한 길이 '에로티즘'의 체험 속에 존재하는 것으로 보였던 것 같다. 박상륭과 더불어 바타유의 견해를 빌리자면, 에로티즘이야말로 또한 '작은 죽음'의 체험이기 때문이다. 그렇기에 박상륭의 죽음에 대한 사유는 에로티즘에 대한 사유와 동반하지 않으면 안 되었다. 에로티즘을 '완전한 일원화의 장소'(《죽음의 한 연구》, 문학과지성사, 1986. 412쪽)로 간주하고 있는, 가령 밀교적 관점을 드러내고 있는 다음과 같은 구절을 참고하기로 하자. "그러니까 성교란 하나의, 명상법으로도 던져진 것이며, 우주를 이해해 보기 위한 수단으로 놓여진 것이다. 그래서 이 음통陰通은 음통이 아니며, 그것은 죽음의 연구로 변해 진다"(420쪽). 신비주의적 에로티즘의 연구가 《죽음의 한 연구》의 절반이라는 나의 관점은 그로부터 기인한다(이에 덧붙여, 박상륭에게는 문학적 '글쓰기'의 체험 역시 어쩌면 이 에로티즘과의 유비 속에서 또 하나의 '작은 죽음'의 체험은 아니었을지 모르겠다. 죽음의 체험과 관련한 에로티즘과 문학적 '글쓰기'의 유비에 대해서는 다음과 같은 졸문을 인용하기로 한다. "예술적 언어가 직조해내는 이미지들은 대상과의 합일의 순간이 만들어낸 충만한 쾌락과 자아의 한계이탈의 공포감으로 심하게 동요하는 풍경을 보여준다. 예술의 언어는 우리의 의식이 내면화한 체계와 문법의 언어가 아닌 것이다. 그것은 의식에 의한 주객의 분리 이전의, '나'의 존재가 '나'라는 한정된 개체성의 껍질을 벗고 세계와 직접적으로 대면하는 순간의 어떤 불가능한 기호들이다. 그 기호들은 의식의 구조화된 문법체계와 언어화되기 이전의 이미지의 물질성 사이의 틈에서 위태롭게 흔들리는 언어 이전의 언어이다. 단적으로 말하자면, 예술은 자아가 세계와 대면하는 순간의 존재의 한계이탈의 흔적을 보여준다는 것이다. 그것은 에로티즘의 절정의 순간에 겪는 죽음의 체험과 다를 바 없는 자아의 죽음을, 자아와 타자의 융합을 드러낸다". 〈시, 혹은 에로티즘과 아름다움〉, 《오직 시인일 뿐 그저 바보일 뿐》(사문난적, 2019). 13쪽).

박상륭의 사유 체계에서 '죽음의 연구'가 동시에 '사랑의 연구'가 되는 이유가 여기에 있다. 우리는 이 에로티즘과 사랑의 테마를, 박상륭 식으로 말해서, '우주적으로' 확대하면 곧 '생명의 연구'가 된다고 말할 수 있다. 박상륭에게서 삶(사랑, 생명)이야말로 죽음의 안쪽 얼굴이고, 죽음이야말로 삶의 바깥쪽 얼굴이었던 것이다. 그 둘은 분리되지 않는다. 그 둘을 분리하는 것은 오직 우리의 반쪽짜리 의식과 사유 속에서의 사건일 뿐이다. 이 점을 근대적 사유의 지평 속에 배치하기란 불가능하다. 근대의 사유 지평 속에서 죽음은 언제나 삶의 타자이기 때문이다. 그 지평 속에서는 죽음이 현전할 육체와 감각과 욕망/무의식은 타자로서 영원히 배제된다. 그렇기에 박상륭은 이 '죽음의 연구'의 실험실을 근대적 사유의 지평 바깥에 위치시킬 수밖에 없었다. 그 지평 바깥의 실험실 속에서 박상륭이 초대했던 이들은 아마도 니체나 라캉 같은 인물들이었던 듯하다.《죽음의 한 연구》와 그 속편《칠조어론》에서 이 인물들의 사유의 흔적을 추적하는 것이 만만치 않은 일임에는 분명하지만, 그것은 가능한 일이고 또 해명되어야만 할 비평적 과제이기도 하다. 여기에서는 다만 그 과제가 이 글의 의도를 벗어나 있다는 사실만 지적하기로 하자.

《죽음의 한 연구》는 무엇보다도 한국문학의 주제를 인류의 보편적인 삶과 죽음이라는 형이상학적 문제로까지 확장함으로써 그 폭을 확대 심화시키는 데 결정적으로 기여했다.《죽음의 한 연구》의 문학사적 위상을 보다 면밀하게 검토하기 위해서는 당대 한국사회와 문학이 처했던 상황과 형편을 함께 조감할 필요가 있을 것이다. 작품이 처음 발표된 1970년대 중반까지만 하더라도 한국 사회는 군부 독재 아래에서의 경제적인 산업화 단계에 접어들 무렵이었다. 다시 말해 경제적 '근대화'의 기치 아래 한국사회는 전통적인 농경사회로부터 산업사회로 급격히 옮겨가는 단계에 처해 있었다. 그러한 정치경제적 환경 아래서 한국의 전통적인 봉건적 질서와 관습은 근대 사회의 새로운 가치와 갈등하고 대립했을 것이다. 60-70년대에 발표된 한국문학 작품들의 목록을 살펴보기만 해도 이 점을 충분히 확인할 수 있다. 그럴 당시 '4.19세대'로서의 박상륭의 문학은 이미 근대의 심화와 동시에 근대의 극복이라는 인류사적 문제에 관심을 쏟고 있었다고 할 수 있다(이 점과 관련해서는 다음과 같은 언급을 덧붙이기로 하자. "'문학이란 무엇인가'라는 문학의 자기정체성 문제가 문학 내부에서 심각하게 대두하게 되는 것은 문학이 근대 사회의 기능적 분화에 의해 자율성을 획득하게 되면서부터이다. (… 중략 …) 이 같은 사정은 4.19의 혁명적 의미가 현실 정치의 차원에서는 군부 쿠데타에 의해 좌절됨으로써 그 혁명적 에너지의 진정한 개화는 오히려 문학의 영역에서 담보되었다는 사실과 무관하지 않다. 달리 말해서 4.19세대가 공유하고 있었던 자유의 의식은 이데올로기나 정치의 영역에서보다는 오히려 문학과 예술의 영역에서 훨씬 더 커다란 역사적 상징성을 획득하게 되었다는 것이다. 널리 지적되고 있듯이, 이들 4.19세대에 의한 문학의 자율성의 확보를 위한 싸움의 과정에서 한국 사회는 개인의 의미에 대한 자각과 문화적 주체성을 확립하게 되었으며, 이를 통해 봉건사회의 해체 이후 역사적 질곡 속에서 지속적으로 유예되었던 근대적 자아의 내면화를 현실적으로 성취할 수 있게 된다". 졸문, 〈진정한 전위성과 전위적 진정성 — 1960년대부터 1980년대 문학까지〉, 《감각인가 환각인가》(사문난적, 2018), 203-4쪽). 《죽음의 한 연구》는, 당시에는 아무도 관심을 기울이지 않았던, 어쩌면 '글로컬리즘glocalism'이라고나 해야 할 사상의 산물이었던 셈이다. 한국의 전통 신화와 설화와 민담은 성경과 불경과 밀교의 경전과 접합되어 교차 해석됨으로써 한국의 문화와 삶은 인류의 보편적 문화와 삶 속에서 어깨를 나란히 하며 이해 가능하게 되었고, 그럼으로써 《죽음의 한 연구》는 전통에 대한 새로운 해석과 더불어 혁신까지도 성취할 수 있었던 것으로 보인다.

그러한 점은 무엇보다도 박상륭 문학의 언어적 측면에서 보다 분명하게 확인될 수 있다. 《죽음의 한 연구》는 다른 한 편으로 한국어가 지닌 언어적 가능성과 한계의 실험의 장이기도 했다. 이미 여러 평자들에 의해 지적된 바이기도 하지만, 박상륭의 언어적 실험은 모국어로서의 한국어가 지닌 잠재성이 어느 정도로까지 확장될 수 있는지를 보여주었다. 《죽음의 한 연구》는 가령, 문법적 체계를 전혀 손상시키지 않고도 전통적인 한국어에서는 거의 사용되지 않았던 피동형 동사나 동명사형의 사용, 혹은 서구어에서나 가능한 것으로 간주되었던 대과거 시제나 관계대명사 절의 사용 및 새로운 조어법造語法 등을 통해서 한국어의 무한한 확장 가능성을 시험했던 것이다. 거기에는 또한 한국어가 지닌 음성학적 특장(특히 의성어의 사용을 동반한 시적 가락)들이 유감없이 발휘됨으로써 박상륭 문학 특유의 운율과 리듬감을 만들어내기도 했다. 박상륭과 더불어 한국어의 무미건조한 산문 투의 문장은 시의 경지로까지 비상할 수 있었던 것이다. 특히 문장의 잦은 쉼표의 사용은 문법과 리듬 모두를 살려내기 위한 박상륭의 사유와 언어적 고투의 증명서처럼 보인다. 《죽음의 한 연구》가 거의 500여 쪽에 이르는 장편소설임에도 불구하고 한 편의 대하 서사시나 장시처럼 읽히는 것도 바로 그런 리듬감 때문이라고 해야 한다. 한국어에서 자주 생략되는 주어나 목적어를 생략하지 않고도 그러한 문장의 리듬감을 확보한 경우가 박상륭의 문학 이전에는 아마도 없었을 것이다. 《죽음의 한 연구》를 통해서 한국어는 보다 문법적으로 정련되고 그 표현법에 있어서는 세련될 수 있었다. 게다가 박상륭의 긴 호흡의 문장은 한국어가 얼마든지 복잡다단한 사유를 너끈히 감당하고도 남는다는 사실을 확인시켜 주었다.

3.

우리의 존재-감각과 언어-사유의 지평에서 죽음은 그냥 없는 것, 말하자면 부재하는 것으로 상정된다. 부재를 존재와 사유의 언어로 말하기는 불가능하다. 현존재의 존재 방식은 오로지 '지금-여기'에 구속되어 있을 뿐이기 때문이다. 그런 의미에서도 그것은 존재하지 않는다. 그렇다면 죽음을 말하고 사유한다는 것은 무슨 뜻인가? 에두르지 않고 질러 말하기로 한다면, 그것은 바로 타자(여기에는 '미래'라든가 '초월성'이라든가 '구원' 혹은 '존재의 개방성' 같은 의미소들이 함께 자리하고 있을 것이다. 그러나 죽음은 무엇보다도 그것들 모두를 넘어서는 '대타자'이다)에 대해 사유하고 말한다는 뜻이 될 터이다. 그러니, 죽음을 단순히 '자연으로 돌아가는 일'이라고 믿는 나 같은 빈약한 사유의 소유자에게 죽음에 대해 말한다는 것은 '자연'(박상륭은 이 자연을 소박하나마 '흙'이라거나 '대지'라고 불렀다. "박상륭의 소설 세계에서 우주와 자연 자체는 '살욕殺慾'과 '생식욕生殖慾'을 두 자장磁場으로, 완벽한 상극적 질서에 의해 운영되는' 조화의 체계이다. 그러나 우리는 이 조화라는 말로 인해서 어떤 완전무결한 정지의 상태를 떠올려서는 안 된다. 그렇기는커녕 《죽음의 한 연구》에서 조화란 끊임없는 변화 속에서 여성성과 남성성이, 체와 용이 갈아드는 생성 중에 있는 작용력 자체를 의미한다"(졸문, 〈대지의 은총과 생명의 축제〉, 《사랑, 그 불가능한 죽음》, 273쪽). "《죽음의 한 연구》는 생명을 죽음으로 몰아넣고 거기에서 다시 재생을 성취케 하는 저 어머니인 대지가 은총임을, 그리고 그의 자식인 생명이 축복임을 알려준다", 274쪽)에 대해 말하기와 다르지 않은 일이다. 만약 죽음이 자연으로 돌아간다는 뜻이라면, '지금-여기'로서의 삶은 자연이 아닌 상태, 즉 자연으로부터 외화되었거나 소외되었다는 뜻이어야 할 것이다. 이러한 사유의 연장선에서 보자면, 분명 그렇다, '나'라는 존재는 자연이 아닌 상태의 존재자이다. 이 자연이 아닌 상태의 삶/사람으로부터 우리가 출발해야 할 이유이다. 더 나아가 박상륭은 자연이 아닌 이 인간의 삶人世을 문학과 종교가 그 총화를 이루고 있는 문화라고 이해했던 듯하다. 그리고 이 문화를 통해 '삶/사람의 구원'의 가능성을 모색하고 타진하고자 했다. 아마도 문학과 일체가 되었을 박상륭 자신의 삶 자체가 바로 그러한 가능성의 지난한 모색 과정이었을 것이다. 그 참담한 고투의 과정 속에서 박상륭의 문학은 마침내 그의 종교가 되었고, 또 육조六祖는 칠조七祖가 되지 않으면 안 되었다. 어쨌든 문학은 저 (종교적) 사유가 (문학적) 언어로 육화되지 않으면 성립되지 않을 것이기 때문이다.

그렇기에 박상륭의 문학은 또한 '삶/사람의 구원'이라는 종교적-형이상학적 주제를 둘러싸고 벌어지는, 유장하고도 독창적인 화법이 펼쳐내는 '말씀의 축제'의 장이 되지 않으면 안 되었다. 《죽음의 한 연구》에는 시골장터의 장삼이사들이 건네는 떠들썩한 입말의 소란스러움과 종교적-형이상학적 믿음에 기반한 엄숙하고도 논리 정연한 글말의 위엄이 함께 어울려 있다. 그것들은 가히 카니발적 장관을 만들어내는데, 거기에서 우열이나 위계를 따지는 것은 무의미할 정도로 말씀들의 난장亂場이 펼쳐지는 것이다. 그것들은 어떤 단일한 목소리에 의해 지배되거나 하나의 목적지를 향해 선조적으로 진행되지 않는다. 이 같은 사유(주제)와 언어(말하기의 방식)를 성취하기 위해서 《죽음의 한 연구》는 무엇보다도 '죽음의 완성'을 향한 고투의 과정이자 축제의 장이 되었다. 왜냐하면 박상륭에게 있어서 죽음은 자연의 현상이 아니라 사람이 성취하고 완성해야 할, 인간사에 속하는 일로 간주되었기 때문이다. 거기에서 두 가지 질문이 생겨난다. 죽음이 인간사의 일이라는 것은 무슨 뜻인가 하는 질문이 그 하나라면, 죽음을 완성한다는 것은 또 어떤 의미인가 하는 질문이 나머지 다른 하나이다. 그리고 그 둘의 질문 모두를 포괄하는 것이 바로 '인간이란 무엇인가'라는 질문일 것이다. 이 질문에 답하기 위해서는 무엇보다도 박상륭 특유의 인간관에 대한 이해가 밑받침되어야 한다. 박상륭에게서 인간은 무엇보다도 인간을 넘어서 (참)인간을 향해 나아가야 하기 때문이다. 이 점이 박상륭이 한 평생 고투한 문학의 전모를 밝혀줄 핵심에 자리하고 있다고 나는 생각한다. 그러니, 이렇게 다시 물어야 한다. 인간이 인간을 넘어 인간으로 나아간다는 것이 무엇을 의미하는지 말이다. 내가 지금까지 도달한 그 답변은 다음과 같았다: 박상륭의 문학에서 인간이 인간을 넘어 인간으로 나아가야 한다는 것은 '선과 아름다움에 대한 사랑'을 성취해야 한다는 뜻과 다르지 않다. 《죽음의 한 연구》의 속편으로 씌어진 전체 4권으로 구성된 《칠조어론》은 이 같은 점을 분명히 하고자 했던 듯하다.

> 견성한 인간으로서 칠조의 종국적인 가르침은 사랑에 있다. 그는 "악에 대해서 악심을 기르려 말고, 선에 대해서 선심을 기르기에 애쓰라"고 가르친다. 우리의 "성공적 삶은, (이쪽 세상) 消風이 아니라, 고행인 것"인데, "육신은 왜냐하면, 그것을 벗는 날 진화도 벗는 것이어서, 진화를 위해 입어진 것이며, 그 육신적 쾌락을 위해 입어진 것이 아니기 때문이다. 그는 "惡이, 그리고 魔가, 못 먹는 음식이 있다면, 도류들이여, 그것은 善이라고, 또는 '사랑'이라고 이르는 그것"이라고 말

한다. 즉 "이 한 우주간, 왜냐하면 도류들 자신 속의, 그 어떤 아름다움에 대한 열망 말고는, 아무것도, 현재의 도류들의 처지에서, 도류들을 끌어올려줄 손이란 없기 때문이다"(《칠조어론》1, 351쪽). 이같이 칠조가 가르치는 깨우침의 목적이란, 그래서 우리에게 요구하는 것은 선과 아름다움을 향한 사랑인 것이다.

— 〈'몸 입기'의 지난함과 지복함〉, 《사랑, 그 불가능한 죽음》, 문학과지성사, 2000. 284쪽.

박상륭의 '죽음의 연구'가 '인간과 자연의 연구'인 동시에 '아름다움에 대한 사랑의 연구'가 되는 근거가 여기에 있다. 그리고 이 사랑이야말로 인간을 (인간을 넘어서) 인간으로 완성시키는 유일한 통로가 된다. 《죽음의 한 연구》가 '죽음의 완성'을 향한 처절한 고투의 장이라면, 그것은 동시에 '사랑의 완성'을 향한, 더 나아가 '인간의 완성'을 향한 지난한 행로이기도 했던 것이다. 그것들 모두가 박상륭의 문학에서는 또한 '우주적 마음' 혹은 '마음의 우주'의 성취라는 광대한 테마 속에 집결되어 있다. 《열명길》과 《죽음의 한 연구》 외에도, 《칠조어론》과 《평심》을 거쳐 《잡설품》에 이르기까지 박상륭은 오직 이 마음의 우주를 개화시키고자 진력을 다했던 것이다(《평심》을 해설하는 자리에서 나는 이 점과 관련하여 다음과 같이 언급한 적이 있다. "박상륭의 소설은 하나의 신비이다. 소설이라는 몸을 이루는 저 사유의 뼈대가 지닌 형이상학적 난해성이 우선은 그러하고, 저 장대한 근골을 살아 숨 쉬게 하는 말씀의 불가해성이 또한 그러하다. 그러나 무엇보다도 가장 큰 신비인 것은, 이 사유와 말씀의 형태화인 그의 소설이 펼쳐내는 '마음의 우주'의 풍경 그 자체이다"(〈되돌아오는 삶, 불가능한 죽음〉, 《사랑, 그 불가능한 죽음》, 239쪽)).

부기:

선생은 2017년 7월 1일, 향년 77세로 타계했다. 생전에 선생 자신이 밝혔듯이, 《죽음의 한 연구》는 '죽음의 완성'을 향한 한 인간의 고뇌와 방황의 기록이었다. 그렇다면 이제 우리는 평생 문학을 종교로 삼아 살았던, 이제는 자연으로 돌아간 선생에게 있어서 '죽음의 완성'이 무엇을 의미하는지 물어야 할 때를 맞게 되었다. 그 질문을 머릿속 한 편에 모셔두면서, 이 자리에서는 다만 저 먼 이국의 땅에서 유명을 달리하신 선생에게 못다 한 이별의 말씀을, 그의 절친한 문우였던 이문구 선생의 영결사에서 행한 당신의 말씀을 그대로 빌려, 영전에 올리고자 한다.

> 하는 말로는, 사람은 빈손으로 왔다가 빈손으로 간다고 합니다마는 저의 생각엔, 그 시대의 '양심과 긍지'가 되어 있는 이들은, 빈손으로 오는 것이 아니라, 그쪽 편의 모든 값지고 아름다운 것들을 아름아름으로 아름어와, 이쪽의 모든 가난한 심령들에다 나누어주는 이라고 하고 있습니다. 갈 때는 또, 그가 노력했으나, 다 이루지 못하여 남은, 부정적 기운이나 원망, 슬픔 따위가 있다면, 그걸 다발다발로 묶어가, 그쪽 편 누른 물속에 넣어 썩히거나 씻어내는 것이라고도 알고 있습니다. 이런 이들을, 불가의 어휘로는 '보디사트바'라고 이르는 듯한데, 이들은, 일체중생의 무명이 깨칠 때까지, 이쪽 고해에로, 고통을 자초해오고, 또 온다고 이르지 않습니까? 그의 행적을 두고보건대, 고인이 된 이문구 선생은, 분명한 한 보디사트바였던 것이고, 그래서 저로서는, 그를 잃게 된 슬픔의 눈물을 흘리는 대신, 그가 오는 발자국 소리를 들으며, 귀를 맑게 하여 기울여보려 합니다.
>
> — 박상륭, 〈보디사트바의 다비식〉, 2003. 2. 28.

선생의 이 같은 믿음처럼, 나 역시 선생이 이 삶의 고뇌를 "다발다발로 묶어가" 저 대자연 속에서 그것을 생명과 사랑으로 다시 "아름아름으로 아름어와"주기를 염원할 뿐이다. 선생이《칠조어론》에서 고안한 몸-말-마음이라는 세 우주의 도식을 빌려 말하자면, 선생은 평생을 몸의 우주로부터 마음의 우주로 이행하기 위해 '말씀'을 질료 삼아 삶의 구원이라는 '연꽃 속의 보석'을 연금하려고 했을 터였다. 이제 선생의 몸의 우주는 닫혔고, 말의 우주는 완결되었으며, 그와 아울러 또한 마음의 우주가 열렸으리라고 나는 믿고 있는 편이다(연금술에서 화금석은 '순수 영혼'을 상징하는 이미지임은 잘 알려져 있다). 내가 선생의 글쓰기를 일러 '경전 짓기'라고 이름 하는 이유도 당신의 글쓰기야말로 말씀이 마음의 우주를 여는 질료가 되었기 때문이다. 글쓰기가 선생을 구원에 이르게 할 수행의 방법이었고, 또 그것이 선생에게는 구원 그 자체였던 것으로 내게는 보인다. 선생의 사유와 글쓰기가 마음의 우주를 향한 구원의 도정이었던 것과 꼭 마찬가지로. 그리하여 선생에게서 죽음의 완성은 바로 글쓰기의 완성을 향한 도정과 다른 것이 아니었을 터였다. 죽음은 마침내 선생의 '말'과 '글쓰기'로 완성되었을 것이다. 그 길은 글쓰기와 죽음의 완성이 삶과 사람과 생명에 대한 사랑의 완성과 다르지 않음을 보여주는 과정이었다. 그래서, 그렇다면 문학이란 무엇인가라는 질문에 대해 나는, 선생의 저 생전의 고투를 떠올리면서, 사랑으로써 죽음을 완성하는 일임을 어렴풋이나마 짐작할 수 있게 되었다.《평심》에 실려 있는 〈두 집 사이〉의 연작 두 번째 편과 첫 번째 편에 등장하는 다음과 같은 질문과 답변을 덧붙이는 것으로 선생을 추모하기로 한다. "결코 죽음을 모르는, 살기의, 살기에 의한, 살기를 위한, 살기의 맛은 어떠할 것인가? 죽음을 모르는 삶을 살기에도, 무슨 의미나 목적은 있는 것일 것인가?", "무덤에까지 가져갈, 그렇게나 귀중한 것이 있다면, 또는 꼭히 놓아두고 갈 소중한 것이 있다면, 오늘 늙은 네가 믿기엔, 그것은 사랑일 것이라고".

(보유)

생명의 참의미를 탐구하는 형이상학의 세계

박상륭의 작품세계는 한국 현대문학사에 있어서 실로 그 유례를 찾아볼 수 없을 만큼 독창적이고도 개성적인 색채를 지니고 있다. 우선, 박상륭의 작품세계는 대부분 종교적이거나 신화적인(샤머니즘이나 민담, 전설을 포함한) 테마나 모티프들로 구성되어 있는데, 이 모티프들은 어떤 단일한 종교적-신화적 계통을 따른다기보다는 서로 이질적인 문화권의 세계관들이 혼융되어 결합되는, 말하자면 통종교적이거나 범우주론적인, 혹은 인류의 집단무의식적인 '원형 이미지들'이 서로 연결되는 구조를 이룬다는 점에서 가히 형이상학적 사변의 백과사전을 구성한다. 또한 이 형이상학적 구조들의 핵심 모티프나 주제 역시 거의 언제나 죽음과 재생(구원, 부활)이라는 '우주적 파괴력과 창조력'의 길항 속에서 영위되는 '생명의 참의미'라고 할 수 있다. 그런 점에서 박상륭의 작품세계는 존재의 근원과 생명의 궁극적 비의 및 죽음의 의미에 대한 '우주적 상징'(C. G. 융)의 탐사로 일관된다고 할 수 있는데, 이를 위해 작가는 토속적인 한국어의 방언들을 위시하여 각각의 종교적, 신화적, 심리학적 용어와 어휘들로 직조된 독특하고도 개성적인 문체를 만들어냈다.

박상륭의 등단 데뷔작인 〈아겔다마〉(1963)는 바로 이러한 독창적인 작품세계의 전조를 드러내는 초기 작품으로서, 예수의 죽음과 부활을 배경으로 인간 '가룟 유다'의 구원에의 갈망을 고통과 회환에 찬 페이소스로 직조한 이야기이다. 소설의 제목으로 차용된 '아겔다마ageldama'는 예수를 '은 30세겔'에 팔아넘긴 유다가 양심의 가책을 이기지 못해 자살한 곳으로 추정되는, 예루살렘 성곽 바깥에 있는 화장장터 혹은 쓰레기장을 지칭하는 말로서 '피밭'이라는 의미를 갖는다. 이 장소는 소설의 공간적 배경이 되는 '힌놈Hinnom의 골짜기' 안에 있는 곳으로 그 골짜기가 구약시대에는 어린아이들을 불태워 우상에게 제사를 올렸던 곳이라는 점을 상기한다면, 아겔다마는 곧 '살육의 골짜기' 혹은 신약의 의미에서는 '지옥'이라고 할 만한 것의 상징적 공간으로 자리하게 된다. 이후 작가의 대표작이 된 《죽음의 한 연구》(1975)의 배경이 어부왕Fisher King의 전설에서 취해진 '마른 늪'이라는 상징적 불모지였듯이, 박상륭의 작품세계에서 이러한 시공간적 배경은 언제나 불모성(죽음과 파괴)을 신화적 휘장처럼 두르고 있다. 이 같은 사정은 박상륭의 초기 작품세계가 근원적으로 죄와 벌, 그리고 속죄라는 종교적 세계관을 토대로 구축되었다는 사실과 무관하지 않다. 이러한 종교적 세계관의 토대 위에서 '죽음'의 현실과 새로운 '생명'의 희구라는 박상륭 소설세계의 양극적 구조가 확립되는 것이다.

유다는 골고다의 언덕에서 예수가 죽임을 당한 날('서력 기원 삼십년 니산달 열닷새 금요일') 그 현장을 목격하고는 서둘러 힌놈의 골짜기에 있는 자신의 집으로 돌아온다. 그리고 그곳에서 자신을 친자식처럼 돌보아주었던, 몇 해 전에 사망한 옹기장이 노인의 부인이었던(따라서 유다가 '어머니'라고 불렀던) 사마리아인 노파를 설명할 길 없는 어떤 광기와 폭력의 감정에 휩싸여 겁탈한다. "그리하여 그는 짐승의 한계에서도 더 아래쪽 길을 저벅저벅 걸어갔다." 그리고 비몽사몽간에 유다는 "서른 세겔의 은을 받아가기 위해서" 왔다는 부활한 예수의 형상과 조우한 뒤, "동쪽 창턱에 아침이 감빛으로 밝아져오는 것을, 그 창의 찢어진 구멍을 통해서 푸른 하늘이 엿보이는 것을 무슨 구원이나처럼 바라보"면서 죽어간다. 여기에서 유다가 관련된 두 번의 파괴행위(예수의 죽음, 노파의 살해)는 새로운 영혼과 생명의 창조를 위한 신화적 원형상징으로 해석될 수 있다. 유다는 이 파괴행위의 대가로 신성모독의 죄를 달게 받으면서 새롭게 정화된 영혼으로 거듭해 태어날, 영적 구원을 희구하는 인간적 상징이 된다.

충격적이고도 기이한 '정사'와 '살해'는 박상륭의 작품세계를 떠받들고 있는, 하나의 질서를 이루는 두 개의 상극적 요소로 이해되어야 한다. 박상륭의 작품세계에서 삶/생명은 언제나 '살욕'과 '성욕'이라는 상극적 요소의 갈아듦[易] 속에 존재하는데, 이러한 파괴력과 창조력은 마치 '제 꼬리를 물고 도는 뱀'의 형상이 상징하는 것처럼 상극적 질서로서의 '자연의 순환 원리'가 된다. 신화적인 시공간적 배경, 충격적이고도 카니발적인, 혹은 제의적 의미를 갖는 성의 탐닉과 폭력적인 죽음의 사건들, 기괴한 형상을 한 인물들(죽음에서 부활한 예수 이미지, '기도하는 사튀로스'라고 명명된 유다의 사팔뜨기 눈의 이미지 등)과 광기의 폭발, 그리고 심오한 종교적 비의와 상징들로 구성된 〈아겔다마〉는 그 모호함만큼이나 많은 상징적 의미들을 독자에게 던져놓는다. 번역을 통해서는 어떻게든 그 의미를 전달할 수 있을 것 같지 않는 전통적인 한국어(특히, 남도 사투리)의 사용과 새로운 조어법造語法으로 구성된 박상륭의 작품세계는 한국의 독자들에게도 낯설지만, 이국의 독자들에게는 훨씬 더 많은 해독解讀의 노력을 요할 것이다. 그러나 그러한 노력은 분명 시도해볼 만한 가치가 있다. 왜냐하면 세계/자연과 사람과 삶/생명을 범우주적인(따라서 '우주적'이라는 말의 뜻 그대로 '보편적인') 관점에서 통찰하려는 작가의 야심찬 시도와 상상력은 독자로 하여금 '문학이란 무엇인가?'라는 질문을 새롭게 숙고하도록 하기 때문이다. 그리고 문학이 '가치 있는 그 무엇'이라면, 이토록 새로운 질문을 던질 수 있게 해주는 작품이야말로 바로 그러한 문학의 가치를 입증해주는 것이리라.

비평과 이론의 유기적 연관성

— 김태환의 《문학의 질서》

흔히 영미 문학권에서는 '문학비평literary criticism'이라는 이름으로, 또 독문학계에서는 '문예학Literaturwissenschaft'이라는 용어로 지칭되는, 문학을 연구하는 학문에 대한 우리말 명칭이 따로 존재하던가? 해당 학문에 대한 명칭조차 제대로 정립되어 있지 않은 이 같은 우리 학계와 문학계의 난감한 현실이야말로 《문학의 질서》가 갖는 문제의식의 배경이 되는 동시에 또한 이 범상치 않은 저작물이 내장하고 있는 학문적-문학적 의의의 토대가 된다고 말할 수 있다. 용어의 부족과 개념의 부정확성은 한 사회의 학문적-문화적 취약성을 드러내는 단적인 징후이다. 책의 '머리말'에서 저자가 명시적으로 밝히고 있듯이, '문학에 대한 학문이 당면한 위기'는 비단 "문학에 대한 사회적 관심이 줄어들었다는 데서 오는 위기일 뿐만 아니라 학문의 중심을 이루는 전문적 이론이 제대로 정립되지 못한 데서 오는 위기이기도 하"기 때문이다. 그렇다면 소장 문학연구자이자 비평가로서 저자가 이 저서를 통해 목표 하는 바 역시 분명할 수밖에 없겠다. '제대로' 된 '전문적 이론'의 정립, 그것이 바로 당면한 위기를 극복하고자 하는 이 저작물의 목표인 셈이다. 비교 문학자이자 문학연구자로서 저자가 서 있는 이론적 관심과 입장은 무엇보다도 문학사회학적 관점에 의거해 있으며, 이 관점 아래서 문학 연구에 실제적으로 작동되는 이론적 틀과 도구들은 러시아 형식주의(프로프, 야콥슨)와 구조주의(소쉬르, 레비스트로스, 토도로프) 및 기호학(주네트, 그레마스)의 개념과 모델들이라고 할 수 있다. 그리고 이러한 문학적 관점과 입장들을 심층에서 지탱하는 (문예)미학적 원리와 토대는 우리가 흔히 '칸트주의적'이라고 부르는 문학의 자율성(보다 정확히 말하자면, 기의에 대한 기표의 우위성 내지는 자율성)에 대한 굳건한 믿음인 것처럼 보인다. 그것은 문학 텍스트를 어떤 사회적이거나 심리적인 인자들 및 (내용)의미의 구조들로 환원하여 하나의 개념적 등가물과 동일시하는 '헤겔주의적' 입장과 정반대의 방향에 위치해 있다. 그러니 "문학이론의 위상과 기능, 텍스트의 구조, 시적 언어의 특성, 서사적 형식, 장르의 유형론, 소설의 진화, 문학과 사회적 환경 등, 현대 문학이론의 주요 주제들을 다룬 10편의 논문으로 이루어"진 이 저작물에서 "각각의 논문들은 그 자체로서 독자성을 가지고 있으나, 책 전체를 읽는 독자는 10편의 글들이 일관된 이론적 관점과 문제의식을 통해 서로 긴밀하게 연관되어 있음을 발견할 수 있을 것"('머리말')이라는 저자의 말씀도 바로 이러한 측면에서 이해될 수 있을 터이다.

먼저, 《문학의 질서》의 전체 지형도를 간략히 그려보기로 하자. "문학이론의 가능성과 의미에 관한 메타이론적 고찰"이 수행되는 제1부의 '이론'이 문학과 비평, 비평과 이론의 관계 및 (전자)매체의 발달에 따른 문학의 사회적 위상과 기능 변화를 검토하면서 저자의 이론적 입장을 개진하고 있다면, "작품을 실제로 분석하고 기술하는 데 필요한 이론적 개념과 모델을 개발하고 가다듬는 작업"을 수행하고 있는 제2부의 '개념과 모델'은 저 입장을 구체화하는 이론적 도구들과 개념 틀이 분석, 제시된다. 또한 "문학사적 과정과 문학을 둘러싼 사회적 환경의 문제"를 검토하고 있는 제3부의 '진화와 환경'은 자본주의적 근대의 상황 아래에 놓인 문학의 제도적 위상과 운명을 차분히 반추하고 있다. 문학의 이론과 실제를 결합하고자 하는 저자의 야심찬 기획과 안목이 여지없이 드러나는, 따라서 이 저작의 가장 빛나는 부분은 제2부 '개념과 모델'에 실린 논문들이다. 은유와 환유를 단순한 문학적 장치로서의 수사학적 범주를 넘어 언어학적인 차원의 문제로 취급했던 야콥슨과 소쉬르의 논의를 검토하고 있는 '은유와 환유'(4장), 그레마스의 기호학적 범주와 모델들을 활용하여 어떻게 전통적인 서사적 텍스트(민담)와 비서사적 텍스트(정치적 성명서, 칼럼 등)가 모두 일종의 이야기로서 분석되고 해석될 수 있는지를 보여주는 '서사성과 담화'(5장), 환상문학의 구조적 유형을 분리형식, 혼합형식, 이중형식으로 구분함으로써 토도로프의 환상문학 이론 및 유형론과의 유사성과 차이점을 논의하고 있는 '환상성의 구조'(7장)는 모두 저자의 이론적 입장과 실제 텍스트의 치밀한 분석을 매개하는 연구들로서 각 편마다 대담한 문제의식과 그 문제의식에 입각한 정교하고도 설득력 있는 논리를 보여준다. 또한 루카치와 바흐친과 쿤데라와 모레티의 소설사적 구상을 전체적으로 아울러 이들 관점들의 장단점을 거시적으로 조망하면서 절충을 모색하고 있는 제3부의 '서사시에서 모더니즘으로'(8장)는 문학연구자로서 이 저자의 방대한 이론적 지형과 탁월한 안목을 유감없이 보여주는 연구라고 할 수 있다. 논문은 아리스토텔레스로부터 유래하는, 문학

장르가 고정불변의 모형이라는 규범시학을 부정하면서 그것이 역사적으로 생성, 변화, 발전, 소멸의 과정 속에 놓여 있다는 '역사시학'의 관점에서 서사시와 소설의 관계를 검토하고 있다. 저자에 의하면, 역사시학의 출현은 서사시의 몰락과 소설의 발흥이라는 근대 유럽의 문학사적 상황과 밀접한 관련이 있다. 이 이행의 문제에 대해서는 상이한 관점들이 존재한다. 서사시에서 소설로의 이행과 더불어 모더니즘과 함께 일어난 소설사적 이행이라는 '이중이행'을 가정하는 루카치나 바흐친, 라블레 이후 400년에 걸친 유럽 소설의 역사 중간에 어떤 근본적인 미학적 단절(18세기와 19세기 사이)이 있었던 것을 가정함으로써 '삼중이행'을 주장하는 쿤데라, 가장 급진적인 형태의 형식주의를 대변하는 초기 슈클로프스키의 입장에서 유래하는 것으로 근대서사시의 개념을 중심으로 기법 위주의 관점에서 문학사를 고찰하면서 서사시는 몰락하지 않았고 다만 진화했을 뿐이고 모더니즘은 없다며 아예 이행 자체를 부정하는 모레티의 관점이 그것이다. 저자는 이들 이론을 비교 서술하면서 각각의 관점이 지니고 있는 장단점을 논의하고 또 표면적으로는 이질적으로 보이는 쿤데라와 모레티 사이의 절충점과 합의가능성을 검토함으로써 서사시의 몰락과 함께 시작되는 근대 소설사의 이행 문제가 이중이행이 아니라 삼중이행의 문제임을 제시한다.

이 모든 사실에도 불구하고 '현대문학이론의 문제들'이라는 부제가 달린 《문학의 질서》가 갖는 뚜렷한 장점은 깡마른 이론의 노출이 아니라 적재적소에 카프카와 토마스 만과 프루스트, 조이스, 파울 첼란 같은 세계문학사의 거장들뿐만이 아니라 이용악과 정지용과 기형도의 시들로부터 한유주의 소설에 이르기까지 실제

작품의 분석을 통해 그 이론의 유효적실성을 설득력 있게 제시하고 있다는 점이다. 그렇기에 가령, 해당 문학연구 분야의 전문가가 아닌 독자나 학생들에게는 아마도 난수표의 암호문 같을 구조기호학의 개념이나 도식들이 왜 필요하고, 어떻게 적용되는지를 '알기 쉽게' 설명하고 있다는 것이다. 전문적인 개념들의 복잡성과 복합성을 단순화시키지 않으면서도 그것들을 조리 있게 설명하고 이해시킬 수 있다는 것은 저자가 그 이론과 개념들에 아주 정통한 연구자라는 사실 외에도 이론을 실제 작품의 분석에 정확히 적용할 수 있는 탁월한 비평적 안목을 함께 갖추었음을 입증한다. 그것은 또한 저자가 문학을 연구하는 학문의 취약성에서 가장 큰 문제점으로 지적한, "개별적 대상, 예를 들어 특정 작가나 작품들에 대한 연구와 일반적 수준의 이론이 유기적으로 연관되어 있지 못"한 현재 상황의 '문학의 위기'가 이 저자에게는 별반 문제될 것이 없다는 사실을 말해주기도 한다. 제3장 '하이퍼텍스트와 비평'에 실린 다음과 같은 언급이야말로 이 저자가 상정하고 있는 '문학의 질서'가 어떠한 것인지를 잘 보여주고 있다 하겠다. "비평이란 원텍스트를 해체하고, 새로운 순서의 텍스트로 재구성하는 작업이라고 할 수 있을 것이다. 좀 더 정확히 말하자면, 비평을 통한 새로운 순서의 도입은 원텍스트의 순서를 폐기하거나 대체하기 위한 것이 아니라, 본래의 순서가 미처 다 보여주지 못한 텍스트의 질서를 드러내기 위한 것이다. 창조적 비평은 텍스트를 하나의 선형적인 열로 환원시키는 데 반대하며, 텍스트를 이루는 여러 요소 사이의 복합적으로 다중적인 관계들의 망을 드러내기 위해 노력한다." 결국 문학을 연구하는 학문으로서의 문학이론과 비평이란 작품이라는 원텍스트의 '복합적으로 다중적인 관계들의 망'

으로서의 '문학의 질서'를 드러내기 위한 것이라고 할 수 있다. 물론 저자는 이 질서가 '선형적인 열로 환원'될 수 없음을 분명히 하면서, 그것은 메타언어나 메타진술의 차원에서나 서술될 수 있을 것이라고 말한다. 그럼에도 불구하고, 우리는 이 같은 구조기호학적 관점에서 상정되는 (메타언어의 차원에서 서술될 수 있는) 문학의 질서가 텍스트의 개방성과 무제한적인 해석가능성을 열어놓는가(가령, 바르트의 관점) 아니면 하나의 의미론적 구조에 고정될 수밖에 없는가(가령, 그레마스의 관점) 하는 문제를 물을 수 있으며 또 물어야 한다고 생각한다. 기호 세계의 개방성과 폐쇄성의 문제는 기호학적 방법론의 원리와 전제를 좌우하는 관건이기 때문이다.

‘심미적 이성’의 이론적 구성은 가능한가?
— ‘문학의 자율성’ 문제와 관련하여

삶은 그 가장 단순한 상태에 있어서도
본질적으로 스스로를 넘어가는 거기 있음이다.
—〈헌 책들 사이에서〉*

김우창에게서 모든 인식과 관심의 준거점은 어쨌든 ‘삶’인 것처럼 보인다. 그러니, 그의 문학 사상의 체계 속에서 그 지향점조차 삶과 현실이 되는 것 또한 당연한 이치가 되겠다. 제사題詞의 언급과 더불어, “만족할 만한 삶은 결국은 사회적으로 얻어질 수밖에 없다”(〈헌 책들 사이에서〉, 18쪽)는 주장은 그의 가치체계 속에서 굳건한 믿음과 신념에 속하는 것 같다. 그러나 “본질적으로 스스로를 넘어가는 거기 있음”이라는 삶이 지닌 초월적 경향과, 그 삶이 “결국은 사회적으로 얻어질 수밖에 없다”는 내재적 경향은 상호 이질적인가, 모순적인가, 아니면 전체적인가? 이 문제의 해결

* 김우창, 《심미적 이성의 탐구》, 솔, 1992. 본문에서의 모든 인용은 이 책에 실린 글들을 근거로 하며, 그 방식은 (〈글의 제목〉, 쪽수)로 표기했다. 따라서 이 글이 대상으로 삼고 있는 것은 김우창의 ‘심미적 이성론’으로 한정된다.

을 위해서는 그가 말하는 삶이 무엇을 의미하는가를 먼저 물어야 한다. 무엇보다도 그에게 있어서 삶은, 언제나 "감각적 복합체로서의 구체적 삶"(18쪽)이다. '감각적 복합체'라는 말 속에 삶의 다양성이 존재하는 듯하고, '구체적'이라는 말 속에 삶의 통일성이 존재하는 것 같다. 그에게서 삶은 어쩌면 '다양의 통일'이나 '모순의 일치' 같은 것일지도 모르겠다. 그리고 이 구체적 삶과의 관계에서 문학의 언어가 소중한 것은 아래와 같은 이유에서이다. 그것은 무엇보다도 "삶 그 자체의 움직임과 함께 있으려는 언어"이기 때문이다.

> 되풀이하건데 추상적 언어, 특히 상투어가 되어버린 언어는, 구체적 삶의 살아 숨 쉬는 가변성을 잃어버린 언어이다. 여기에 대하여, 이상적으로는 **문학의 언어는 삶 그 자체의 움직임과 함께 있으려는 언어**이다. 그러나 그것은 언어라는 사실에서 이미 삶으로부터 일정한 간격을 가지고 있다. 이것은 극히 답답한 일이면서 또 우리의 은밀한 구도에 맞아 들어가는 일이다. 우리는 삶의 직접성 속에 있으면서 동시에 그것을 넘어가기를 원하고 있기 때문이다. 그리하여 **삶의 주어진 체험** 속에 삶의 모든 것, 그 조건의 모든 것까지를 거머쥐기를 바라는 것이다. 문학의 언어, 일상적 삶의 언어이면서 그것에서 쉽게 얻을 수 없는 **스타일의 고양을 얻은 문학의 언어**는 이러한 일에 또는 이러한 일의 가능성을 시사하는 데 특히 적절한 것으로 보인다. (* 강조는 필자)
>
> ─ 〈헌 책들 사이에서〉, 19쪽.

김우창이 여기에서 말하는 '체험'이라는 문제와, "글의 존재 이유는 그것이 어떤 방식으로든지 진리를 밝히는 데 관계된다는 데 있을 것"(20쪽)이라는 주장은 그가 딜타이W. Dilthey와 하이데거M. Heiddeger와 가다머H. G. Gadamer의 해석학적 전통에 입각한 관점에 동의하고 있다는 사실을 말해주는 것 같다. 그리고 그에게 있어서 진리는 그 본질에 있어서보다는 기능에 있어서 중요한 역할을 담당하고 있는 듯이 보인다. "진리의 가장 중요한 기능의 하나는 질서"라거나 "진리를 질서의 원리라고 할 때, 그것은 현실적 효율성을 가지고 있는 한, 보다 큰 질서를 확보해주는 것일수록 보다 큰 진리성을 갖는다고 할 수 있다"(21쪽)는 주장은 그의 진리관이 현실적 삶의 질서에 얼마나 기여하는가라는 실천적 문제와 연관되어 있음을 알 수 있게 한다. 그러나 그가 "삶의 역설은 가장 구체적인 것이 가장 추상적이라는 것이다"(24쪽)라고 주장할 때, 그는 구체적인 것과 추상적인 것의 복합적인 관계를 사유해야만 한다. 여기에서 미와 예술의 문제가 그의 사상에서 가장 핵심적인 관건이 된다. 왜냐하면 그 영역은 구체와 추상, 개별과 보편, 부분과 전체, 다양과 통일 등 그 모든 대립 쌍들의 연관을 사유하는 공간이기 때문이다.

그러한 연관성의 사유 속에서 그는 "심미적 체험의 즐거움은 그것이 감각적으로 주어지는, 대상 초월의 경험이라는 데 관계한다. 헤겔의 공식대로 아름다운 것은 감각과 이상을 결합한다"(〈심미적 이성 — 오늘을 생각하기 위한 노트〉, 367쪽)고 주장한다. 일찍이 1991년에 쓴 글에서 그는 자신의 미학과 예술관의 철학적 근거를 아주 분명하게 적시해 놓은 터였다. 메를로 퐁티M. Ponty가 제안했던 '심미적 이성asthetische Vernunft'이라는 용어로 자신의 미와 예술에 대한 사상 전체를 포괄하고자 했던 그의 이론적 구상은, 적어도 내게는, 헤겔로부터 유래하는 것으로 보인다. 이어지는 다음과 같은 입론은 이 같은 생각을 더욱 굳게 만든다. "주체의 활동에 들어 있는 초월적 계기와 그것의 즐거움은 사회적으로도 매우 중요한 것이다. 전체성은 쾌락의 원천인 것이다"(368쪽). 여기에서 그가 말하는 '쾌락의 원천'으로서의 전체성이 "진리는 전체"라고 주장했던 헤겔의 관점을 떠올리게 하는 것은 아마도 우연은 아닐 것이다. 그의 모든 인식과 관심의 준거점이 되었던 그 '삶'이 이러한 '현실'과 '진리'와 '질서'와 '전체성'의 요구 속에서 규정되고 있다는 사실이 그 유력한 증거가 된다. 우리는 또한 이 모든 개념들의 공통적인 뿌리가 '이성'임을 알고 있다.

이 '전체성'의 요구 속에 깃든 억압에 대한 문제의식을 분명히 갖고 있었음에도 불구하고, 그에게서 그것은 거부할 수 없는 정언명령 같은 것으로 보인다. 그는 자기 성찰의 관점에서 그러한 요구가 지닌 억압적 특성을 분명하게 적시하고 있었다. "더 쉽게 간과되는 것은 보편성, 전체성 자체가 바로 특수한 의지의 억압적 표현일 수 있다는 점일 것이다. 전체성에의 초월이 개인적 자아실현의 내용을 이룬다고 할 때, 전체성 자체가 개인 의지의 소산이면서 그것을 은폐하는 것일 가능성이 큰 것이다. 그리하여 진정한 전체성의 구성의 문제는 여전히 미해결의 상태로 남게 된다"(368쪽). 그렇기에 그에게서 전체성은 선험적 조건이나 경험적 사실의 문제가 아니라, 여전히 '미해결의 상태'로 남아 있는 '사후적 구성'의 문제였던 것이다. 그가 구상한 '심미적 이성'은 이 미해결의 아포리아를 해소할 수 있는 개념적 틀로 구상되었음이 분명하다. 그래서 그는 '사회와 역사의 이해의 근본적 기제'를 언급하면서 "어떠한 현실 이해도 관계된 개인들의 주체작용을 통과하지 아니할 수는 없다"고 전제한 뒤, 세간에 회자되는 저 유명한 구절을 등장시킨다.

> 유동적인 현실에 밀착하여 그것을 이성의 질서 속에 거두어들일 수 있는 한 원리를 메를로 퐁티는 '심미적 이성'이란 말로 불렀다. 이 이성을 통하여 무엇이 드러난다고 하면 그것은 '개념 없는 보편성'일 뿐이다. 그러나 개념 없이 무엇이 인식되고 계획될 수 있는가? 그것은 생존의 흐름 속에 스스로를 맡겨버리는 일로, 절망의 변호밖에 되지 않는 것처럼 생각된다. 그러나 그것은 적어도 너무 이른 결정으로 현실을 놓치는 것을 경계하는 원리가 되기는 할 것이다. 무엇보다도 중요한 것은 **현실의 우위**이다. (* 강조는 필자)
>
> — 〈심미적 이성 — 오늘을 생각하기 위한 노트〉, 370-1쪽.

'현실의 우위'라는 말이 유난히 두드러진다. 글의 전체적인 맥락에 의존해 보자면, 전체성(혹은 보편성)은 모든 개별성(개별 주체들의 특수한 의지와 행위)들에도 불구하고 그것들을 "이성의 질서 속에 거두어들일 수 있는 한 원리"인데, 이 원리의 준거점은 바로 '현실'에 있다. 그렇다면 위에서 전제한,어떠한 현실 이해도 그것을 통과하지 않을 수 없는 '개인들의 주체작용'은 '현실의 우위' 앞에서 어떻게 될 것인가? 이 딜레마의 해결이 그의 화두였을 것이다. 그래서 그에게는 '개념 없는 보편성'이라는 칸트의 용어가 이 딜레마의 해결을 위한 유효한 개념이 되었다. 그것은 무엇보다도 바로 미와 예술의 세계에서 유효하게 통용되는 칸트적 개념이다. 칸트에게는 인식 판단이 순수한 오성(이론 이성)의 작업이라면, 미적 판단의 특수성은 '이성(오성)과 상상력의 자유로운 유희'에 있다. 그것은 개인의 자유의지와 (취미의) 공동체의 요구를 모두 포괄하는 개념이었다. 하지만 김우창은 칸트적인 해결로는 만족할 수 없었던 것으로 보인다. 그에게 '개념 없는 보편성'이라는 이 개념은 다만 "너무 이른 결정으로 현실을 놓치는 것을 경계하는 원리"로만 머문다. "무엇보다도 중요한 것은 현실의 우위"이기 때문이다. 이미 일찍이 1977년에 발표된 한 글에서 그는 "모든 예술은 초월의 방법"(〈예술과 초월적 차원〉, 52쪽)이라고 주장했다. 거기에서 그는 인간의 초월에의 의지를 다음과 같이 초상화의 예에서 읽어낸 적이 있었다.

> 초상화의 모든 것은 그 영원성, 그 위엄, 또 아름다움에도 불구하고 그것이 덧없는 시간 속에 사람의 노력이 결정시킨 최선의 순간일 뿐이라는 것을 느끼게 하는 것이다. 사람의 힘과 위엄이 아무리 크다고 하더라도 하늘과 땅은 하나의 개인을 위하여 오랫동안 다소곳이 있을 수 없다. 초상화의 주인공이 과시하고 있는 위엄은 수많은 일상적 순간의 속됨과 낭비와 무정형에 대한 한 때의 승리를 나타내고 있음에 불과하다. 초상화 — 잘 된 초상화는 소모적인 삶의 표류 가운데 이룩되는 한 순간, 한 초월의 순간을 포착한다. 또는 더 정확히 이 초월에의 노력을 포착한다. 왜냐하면 그러한 순간은 **삶의 무너짐에 대한 끊임없는 투쟁**으로서만 나타나기 때문이다. (* 강조는 필자)
>
> — 〈예술과 초월적 차원〉, 51-2쪽.

그리고 "삶의 무너짐에 대한 끊임없는 투쟁"으로서의 초월에 대한 보다 세부적인 설명이 이어진다. "순전히 경험적인 테두리에서만 말한다면 초월은 주어진 삶의 부분성이나 범속성을 전체적이고 고양된 이념으로 극복하는 경우를 말한다"(59쪽). 그가 이해하는 이 같은 초월의 범례로는 '르네상스의 휴머니즘'이 제시되는데, 그는 이 말이 함의하는 바를 칸트의 일화에 대한 미술사가 파놉스키E. Panovsky의 말을 빌려 '인간의 위엄Humanität'으로 해석한다. 거기에서 그는 "제한된 인간의 현실을 높은 원리 속에 초월하려는 것이 휴머니즘의 핵심"이라고 전제한 뒤, "예술에 투영되어 있는 것도 이러한 초월적 충동"(60쪽)이라고 결론 짓는다. 그렇기에 그에게 있어서 인간의 초월에의 충동과 노력은. 또한 "예술작품의 감동의 근본에, 삶에 내재하는 초월의 가능성"(62쪽)에 대한 탐구는 인간적인, 너무나 인간적인 욕망에 속하는 것이었다. 그리고 이러한 "욕망의 충족은 어떤 경우에나 행복을 가져오는 것이다. 그것의 이상적 상태는 이러한 여러 면이 균형을 이룰 때 가능한 것이고, 궁극적으로는 대상과 자아, 또는 세계와 인간의 정신적 일체성의 확인에서 보장"(〈국제공항〉, 357쪽)되기 때문이다.

보편주의적 인문학자로서의 김우창의 철학적 인간학의 목표는 '인간의 전체성'이라는 개념 속에 자리하고 있다. 그것은 문맥이나 쓰임새에 따라 '전인全人'이나 '인간의 진실' 혹은 '인간의 전인적 가능성'이나 '개별적 인간의 전체성'같은 말로 변주되긴 하지만, 그 내실에서 차이를 갖는 것은 아니다. 중요한 것은 이 용어로서 그가 함의하고자 하는 철학적 인간학의 내용이다. 내가 이해하기로, 김우창의 사상이 그 토대를 두고 있는 그리스 · 로마 - 르네상스적 전통 속에서 '인간의 전체성'이란 인간 심의의 세 영역, 즉 로고스Logos(이성)과 에토스Ethos(윤리)와 파토스Pathos(정념)의 통합을 의미한다. 그 각각의 심의 능력에 대응하는 최고의 가치들이 진(학문), 선(도덕), 미(예술)라는 사실을 고려하면, '인간의 전체성'이라는 용어가 함의하는 바는 지성(이성)과 의지(자유)와 감정(행복)이 고루 조화된, 통합된 이상적인 '전체-인간'일 것이다. 어쨌든 이 용어가 의미하는 바는 인간의 의지의 자유와 자연의 법칙의 필연성이 조화를 이루어야 한다는 고전적 인간주의의 이상을 담고 있는 것처럼 보인다.

김우창의 글에서 인용되는 칸트에 의하면, 순수 이성의 대상으로서의 자연의 세계와 실천 이성의 대상으로서의 자유의 세계는 서로 조우할 수 없다. 자연의 세계는 필연의 법칙이 지배하는 영역이고, 자유의 세계는 도덕적 정언명령이 지배하는 영역이기 때문이다. 그것들은 서로 결합될 수 없는 분리된 두 영역을 따로 형성하고 있다. 그러나 인간은 한편으로는 자연의 필연적 법칙의 지배 아래 있는 존재이면서, 다른 한편으로는 자유 의지의 지배를 받는 존재이기도 하다. 그 사이에서 인간은 아마도 분열될 것이다. 그렇다면 인간의 고유한 자리는 도대체 어디인가? 칸트에 의하면, 그 자리는 인간에게 아직 주어지지 않은 것 같다. 그렇기에 그 자리는 인간이 곧 새롭게 만들어내지 않으면 안 될 장소인데, 바로 그 곳이 미와 예술의 정당성이 확보되는 자리였다. 그곳은 자연의 필연적 법칙의 지배와 인간의 자유로운 의지가 아무런 충돌 없이 서로 화해하고 조화되는 자리였다. 그 곳은 인간의 행복과 불행이 문제가 되는 결정적인 장소이긴 했지만, 그것은 자신의 보편적 필연성과 객관성을 주장할 수 없는 '주관적' 취미판단의 영역으로만 머물러야 했다. 하지만 그 자리는 있지 않으면 안 될 자리, 즉 자신의 '보편적 필연성'을 어떻게든 주장해야만 하는 자리이기도 했다. 칸트는, 물론, 그 근거를 인간의 '공통감각sensus communis'(상식)이라는 오감(외부적 감각) 이외의 새로운 감각(내부적 감각)의 발명을 통해 그 문제를 해결하고자 했다. 그렇기에 그 감각은 또한 인식 판단이나 도덕 판단처럼 보편적 필연성을 담보하지는 않지만, 사후적으로 동의를 요구할 수 있는 '(보편적이 아닌) 보편타당한 필연성'의 자리였다. 삼라만상의 우주에는 존재하지 않지만, 그 영역은 칸트에게는 어떻게든 그 존재의 필연성이 요청되는 자리였던 것이다. 이미 있는 세계(자연)과 있어야만 할 세계(자유)를 서로 매개하여 조화로운 통일성을 부여할 수 있는 '신세계'가 바로 '심미적' 영역, 즉 미와 예술의 자리였던 것이다. 그 세계는 발견된 것이 아니라 새롭게 발명된 인간의 자리이기도 했다. 여기에서 우리는 다만 그것이 ('순수'든 '실천'이든 간에) 이성의 권리를 주장할 수 없는 순수한 '취미판단'의 능력으로만 머물러야 한다는 사실을 강조하기로 하자.

김우창은 '심미적 이성'이라는 용어로서 칸트의 해결책을 넘어서고자 했던 것으로 보인다. 그렇다면 이제, 그의 사유 체계를 결정화하는 '심미적 이성'이라는 용어에서 '심미적'이라는 말과 '이성'이라는 말을 따로 떼어 놓고 생각해보기로 하자. '심미적'이라는 용어의 그리스어 어원은 '감각aisthesis'이다. 즉, 그것은 관능적 기관으로서의 감각Sinnlichkeit과, 이 감각으로부터 촉발된 우리의 심의 상태, 즉 감정Gefühl 모두를 포괄하는 용어로서, 이후 '미학Ästhetik'이라는 학문의 어원이 되었다. 여기에서 중요한 것은, 이 '심미적'이라는 용어의 뿌리에 놓인 '감각'이라는 의미가 일의적이지 않다는 사실이다. '감각'은 인식의 수단으로서는 사유에 봉사하지만, 그 스스로는 또한 관능의 주체일 수도 있기 때문이다. '심미적'이라는 용어의 진정한 의미는 인간의 '감각'을 이 관능과 향유의 주체로서 간주하고 이해한다는 뜻이다. 이성의 위대함은 인간을 자연(인식)과 자유(도덕)의 주체로서 정립한다는 사실에 있다. 그러나 미학의 학문적 토대와 체계를 준 칸트에 의하면, 각자 자신의 자율적 영역을 갖는 자연과 자유는 이 미와 예술의 영역 안에서 서로 조화와 통일을 이루어야 한다. 아름다움은 자연과 자유의 화해이자 종합이다. 그러나 그 역을 생각하면 아마도 난감한 사태가 발생할 수 있을지도 모른다. 자연과 자유의 종합이 미라면, 미는 다시 자연과 자유로 분리, 환원될 수 있는가 하는 문제가 그것이다. 칸트 이후의 세대는 이 문제에 대한 대답에 따라서 헤겔적 관념론(이상주의)의 방향과 (니체에게서 정점에 이르는) 낭만적 예술론의 방향으로 분화되었다. 칸트는 자연의 필연성(학문)과 인간 의지의 자유(도덕)를 구분하고, 여기에서 또 다시 미와 예술의 자율성의 영역을 구분함으로써 계몽주의의 단초를 마련했다. 그는 한편으로는 자연의 지배로부터의 해방을, 다른 한편으로는 인간 자신이 초래한 스스로의 무지와 편견으로부터의 해방을 기획함으로써 계몽의 프로젝트(해방 서사)를 마련했던 것으로 간주된다. 그리고 이 프로젝트는 이성의 가능성과 한계의 구획을 통해 가능한 것이었다.

김우창의 미학과 예술관에서는 '낭만주의적'(41쪽)이라거나 "낭만적 경향의 표현인 관능주의"(42쪽)는 비판의 도마에 오른다. 이 비판의 핵심은, 헤겔이 낭만주의에 대한 비판의 핵으로 삼은 것과 동일하게도, 이들 경향의 문학이 '환상'과 결부되어 있다는 점 때문이다. 그리하여 그는 마침내 "사실 예술은 그 본질에 있어서 낭만적이라고 할 수 있다"(43쪽)는 전제에도 불구하고, "삶의 뿌리가 절단되어 있는 환상의 조작으로서의 예술에 맞설 수 있는 것은 삶의 현실로 돌아가는 예술"(42쪽)이라는 주장과 더불어 "사실주의를 관능적 퇴폐주의로부터 구분해주는 것은 그 놀라운 사실들이 아니라 강한 도덕적 관심일 것"(42쪽)이라는 판단에 도달한다. 낭만주의적 환상에 대한 비판의 맥락에 도덕이 딸려 나오는 것이다. 헤겔의 미학적 고전주의와 루카치의 문학적 리얼리즘의 관점이 관통하고 있는 그의 주장이 그리 놀랄 만한 것은 물론 아니다. 그러한 미학과 문학관이 지니고 있는, 다음과 같은 조화로운 통일성과 총체성(혹은 '구체적 보편성')의 관점에 우리는 물론 존경을 보낼 수 있다.

> 다시 말하여 **이성은 전체성 또는 보편성의 이념**이다. 그것은 부분적인 것, 특수한 것을 초월한다. 그러나 다른 한편으로 참다운 전체성이나 보편성은 추상적으로 전체를 포괄하는 것이 아니라, 즉 모든 구체적 계기를 사상함으로써만 얻어지는 일반 개념이 아니라 구체적인 것들의 그 변증법적 전개과정을 일부로 포함하는, 구체적인 것들의 낱낱의 구체성과 그 가능성을 포용하는 참다운 전체, 아무것도 완전히 버리거나 무시하는 것이 아닌 보편을 말하는 것이다. 이것은 현실적으로 특정한 개체나 집단 고유의 역사성을 존중하는, 다시 말하여 그 역사적 진로의 관성에서 유래하는 제약을 참고하고 그것의 발전적 지양의 가능성을 고려하는, 그러한 보편성이다. 이것은 한편으로 개체적인 것의 완전한 원자적 자유와 그것의 단순한 총화를 넘어간다. 구체적 보편성은 개체적 생존의 고유한 역사적 전개를 허용하면서, 그 안에서 일어나는 개체적 역사의 맥락에 늘 삼투하는 **고양과 초월의 지평**으로서 존재한다. 다른 한편으로 구체적 보편성은 추상적 전체성에서처럼 모든 것의 획일적이며 즉각적인 조화를 겨냥하지 않는다. 그것은 인간의 생존이 구체와 보편의 긴장된 변증법적 관계 속에 있음을 인정하고 일시적인 긴장과 갈등에도 불구하고 **구극적인 조화의 지평**이 그러한 긴장과 갈등의 근본 바탕임을 믿는 것이다.(* 강

조는 필자)

— 〈구체적 보편성에로 — 역사와 문학의 관계에 대한 한 고찰〉,

308쪽.

이처럼 '심미적 이성'이라는 용어와 개념의 뿌리에는, 미와 예술의 영역을 진리와 도덕의 영역으로부터 분리하여 자율성을 마련하고자 했지만 결국엔 그 자리를 다시 '도덕적 선의 상징'으로서 이해할 수밖에 없었던, 칸트의 미완의 해결책을 완수하고자 하는 정념이 똬리 틀고 있는 것으로 보인다. 하지만 그 해결책은 미와 예술의 영역을 다시 도덕적 실천의 영역으로 환원하는 일에 불과했을 뿐이다. 그리고 그 방법은 완전히 헤겔주의적이다. 나로서는 그 주장의 가치와 고결함을 인정할 수는 있지만, 그러한 이성이 이론적으로 어떻게 구성될 수 있는지에 대해서는 알지 못하고, 또 그의 사유의 궤적 속에서 확인할 수도 없다. 헤겔에게 있어서처럼 아마도 그것의 완전한 실현은 '절대지'라는 역사의 완성 속에 유예되어 있을지도 모르겠다. 사실상 '심미적(감각적)'이라는 용어와 '이성'이라는 용어의 현대적 사용법은 그 둘의 결합을 애초부터 의문시한다. 심지어 그것들은 결합될 수 없는 대립적 관계에 있기도 했다. 희랍어 '아이스테시스'(감각 혹은 감각적 지각)은 무엇보다도 '노에시스'(순수 지성의 인식 혹은 이성적 사유)와는 대립되는 개념이었기 때문이다. 그 둘의 결합은 '뜨거운 얼음' 같은 모순어법을 만든다. 문학과 예술이 삶과 불가분의 관계 속에서 그것을 고양하는 것이라고, 더 나아가 초월에의 의지와 노력이라는 주장에 이의가 있을 수 없다. 그러나 그 방식이 문학과 예술의 자율성을 희생한 대가 위에 세워진 것이라면 문제는 다를 수밖에 없다. 문학과 예술의 자율성 자체가 삶의 고양이자 인간 정신의 고귀함의 결과라고 생각할 수는 없을까? 예술과 아름다움의 자율성을 수용하는 일 자체가 이성의 능력과 권위를 보장하는 것일 수는 없을까? 이성이라는 전체성과 보편성의 이념 자체가 또한 언제나 전체화의 억압 기제로 작용할 수 있다는 사실을 충분히 인정한다면, 이성의 가능성과 아울러 그 한계 또한 용인하는 것이 보다 더 이성적이지 않을까? 그 같은 용인 아래에서만 그가 그렇게 소중히 여기는 문학과 예술의 존재가능성이 진정 빛을 발하게 되는 것은 아닐까? "삶은 그 가장 단순한 상태에 있어서도 본질적으로 스스로를 넘어가는 거기 있음"이고, 또한 무엇보다도 "문학의 언어는 삶 그 자체의 움직임과 함께 있으려는 언어"니까 말이다.